Anna Kalman
Nichts als dein Schatten

SERIE PIPER

Zu diesem Buch

Still ist es in der Wohnung, und gleißendes Sonnenlicht fällt durch die Fenster. Nur ein Raum ist dunkel. Ein Mann sitzt in einem Ledersessel, umgeben von unzähligen Kerzen. Erst auf den zweiten Blick erkennt Dorothee den Toten – es ist Alexander, der Mann, den sie liebt … Per Zufall gerät die Münchner Detektivin Malina Maltzan in einen grausamen Mordfall, der fast das Leben ihrer Freundin Dorothee Kupitz zerstört. Als sie in die Abgründe der mysteriösen Ereignisse eintaucht, kommen beängstigende Bruchstücke einer doppelten Existenz zum Vorschein. Ihre Suche nach der Wahrheit verändert nicht nur ihr Leben, sondern läßt sie auch an ihrer Sicht der Dinge zweifeln. Und am Ende ist nichts mehr, wie es war.

Anna Kalman hat zwei Gesichter: *Christiane Mühlfeld*, geboren 1968 in Mellrichstadt, und *Jutta Siekmann*, geboren 1958 in Bad Oeynhausen. Beide leben in München und sind im Journalismus tätig. Nach »Dornröschenmord« ist »Nichts als dein Schatten« ihr zweiter Roman um die charismatische Detektivin Malina Maltzan.

Anna Kalman

Nichts als dein Schatten

Ein Malina-Maltzan-Roman

Piper München Zürich

Die Zitate auf den Seiten 28 und 326 drucken wir mit freundlicher Genehmigung der Autoren ab. Das Copyright für das Zitat auf Seite 129 liegt beim Hoffmann und Campe Verlag, Hamburg 1983.

Von Anna Kalman liegen in der Serie Piper vor:
Dornröschenmord (3528, 6063)
Nichts als dein Schatten (3815)

Mit Dank an die Gattin des Pastors –
für Inspiration und Entertainment …

Originalausgabe
September 2003

Umschlag/Bildredaktion: Büro Hamburg
Isabel Bünermann, Julia Martinez/
Charlotte Wippermann, Kathrin Hilse
Foto Umschlagvorderseite: L. Moulin/ZEFA-GraphiStock
Foto Umschlagrückseite: Dieter Schüssler
Gesamtherstellung: Clausen & Bosse, Leck
Printed in Germany ISBN 3-492-23815-7

www.piper.de

Ruckedigu! Ruckedigu!
Blut ist im Schuh!
Der Schuh ist zu klein,
die rechte Braut sitzt noch daheim!

Gebrüder Grimm

Prolog

Einem reichen Mann wurde seine Frau krank, und als sie fühlte, dass ihr Ende herankam, rief sie ihr einziges Töchterlein zu sich ans Bett und sprach: »Bleib fromm und gut, so wird dir der liebe Gott immer beistehen, und ich will vom Himmel herab auf dich blicken und um dich sein.« Darauf tat sie die Augen zu und verschied.

Noch immer höre ich die Stimme meiner Mutter, wie sie mir das Märchen vom Aschenputtel vorlas. Ich war damals etwa fünf Jahre alt und von Märchen fasziniert. Ja, ich konnte gar nicht genug davon bekommen, und meine Mutter mußte mir jeden Abend ein neues vorlesen. Aber Aschenputtel war mein liebstes.

Ich kannte Walt Disneys Version »Cinderella«, ich liebte das Musical »Der gläserne Pantoffel«, aber als ich eines Tages die tschechische Verfilmung »Drei Nüsse für Aschenbrödel« sah, mußte ich weinen. Meine Mutter tröstete mich, indem sie mir ein Stück Schokolade gab und mit mir malte: Bilder von glücklichen Familien in schönen Häusern, von einer riesigen Sonne beschienen und von prächtigen Wäldern umgeben. Dabei erzählte sie mir, die Bilder würden sie an ihre Heimat erinnern, an die Fjorde von Norwegen.

Ich war ein glückliches Kind. Bis zu jenem Tag. Wir waren wie so oft mit dem Auto unterwegs gewesen, zu einer bewaldeten Anhöhe, von wo aus man endlos über einen blauen See blickt. Meine Mutter hatte diese Landschaft unzählige Male in ihren Bildern eingefangen.

Auf der Rückfahrt kam uns in einer der Haarnadelkurven ein weißer Wagen entgegen. Er fuhr zu schnell, geriet ins Schleudern und auf die Gegenfahrbahn. Meine Mutter war auf der Stelle tot, während ich mit ein paar Prellungen und einer Gehirnerschütterung davonkam.

~

DER SCHNEE ABER DECKTE EIN WEISSES TÜCHLEIN ÜBER DAS GRAB, UND ALS DIE SONNE ES WIEDER HERABGEZOGEN HATTE, NAHM SICH DER MANN EINE ANDERE FRAU.

Anders als im Märchen stand mir der liebe Gott nicht bei. Die Frau, die mein Vater heiratete, war das Gegenteil meiner Mutter. Sie war sanft und heiter gewesen, mit sonnenhellen Haaren und einer weißen Haut, die sie mir vererbt hatte. Meine Stiefmutter hingegen war gebieterisch und launenhaft. Das Haar nachtschwarz, die Haut zäh wie gegerbtes Leder.

Mein Vater hatte sich nach dem Tod meiner Mutter in seine Arbeit als Physiker vergraben und war durch seine Forschung zu einigem Erfolg gelangt. Obwohl er viel Geld verdiente, war er als Mensch bescheiden geblieben und zeigte zu Hause wenig von dem Ehrgeiz und Selbstbewußtsein, die ihn zu seiner Karriere befähigt hatten. Als er schließlich zum zweiten Mal in seinem Leben vor den Altar trat, heiratete er nicht, sondern wurde geheiratet. Von einer Frau, die aus erster Ehe zwei Töchter mitbrachte und mit unerbittlichem Willen danach gestrebt hatte, versorgt zu sein.

Ich war ihr von Anfang an ein Dorn im Auge. Genau wie ihren beiden Mädchen. Mit ihren lockigen braunen Haaren wirkten sie unschuldig und süß, wie die meisten Mädchen im Alter von acht und zehn Jahren. In Wirklichkeit waren sie gemein und heuchlerisch. Wenn es die Erwachsenen nicht sahen, quälten und hänselten sie mich. Sie zogen mir alberne Kleider an, flochten mir die Haare, kniffen mich in Arme und Beine, und wenn es ihnen danach war, verprügelten sie mich auch. Wenn ich dann weinte, lachten sie nur und riefen: »Heimat, deine Sterne, jetzt sieh dir diese Heulsuse an.« Noch heute gellt mir manchmal dieses »Heimat, deine Sterne« in den Ohren. Weiß der Himmel, woher sie es hatten.

Um ihrem Spott zu entgehen, lernte ich im Lauf der Jahre, ihren perfiden Spielchen mit teilnahmsloser Miene zu begegnen. Innerlich habe ich geschrien.

Doch als ich eines Abends im Bett meinen Teddy fand, dem sie beide Arme und Beine ausgerissen hatten und dem die Holzwolle aus dem aufgeschlitzten Bauch quoll – da wußte ich, daß ich meinen ersten Mord begehen würde.

Den Teddy hatte mir meine leibliche Mutter zu meinem fünften Geburtstag geschenkt, und seitdem hatte ich mich nicht für eine Nacht von ihm getrennt. Und nach ihrem Tod war es manchmal so, als sei dieser Teddy an ihre Stelle gerückt, und ich fühlte mich nicht mehr so allein. Nachdem ich ihn so zugerichtet gefunden hatte, nähte ich seine Arme und Beine wieder an, schloß ihm den Bauch. Aber er war nicht mehr derselbe.

Als ich meinem Vater weinend davon erzählte, strich er mir nur abwesend über den Kopf und meinte, ich müsse lernen, mit den anderen auszukommen, doch ich wollte es nicht.

Zu Weihnachten hatten meine Stiefschwestern ein Pärchen indischer Pfautauben geschenkt bekommen, zwei besonders schöne Exemplare, schneeweiß mit kleinem Schwanzfächer. Ich haßte sie von Anfang an, weil sie geliebt wurden und damit einen Stellenwert einnahmen, den ich niemals erlangen würde. Im Sommer waren sie in einer großen Volière auf der Terrasse untergebracht, im Winter in einem Verschlag, der im Garten eigens für sie gebaut worden war.

Ein paar Tage nach der Geschichte mit meinem Teddy schlich ich mich mitten in der Nacht hinaus. Die Köpfe der Vögel steckten tief im Gefieder, und aus ihren Kehlen stieg ein sanftes Gurren. Während ich mir den einen Vogel griff, wurde auch der andere wach und begann – als ahnte er die Gefahr – mit seinem spitzen Schnabel hysterisch nach mir zu hacken. Doch das machte mir nichts. Der Haß trieb mich an, und mit einem einzigen Ruck drehte ich der Taube, deren wild pochendes Herz ich in meiner Hand fühlen konnte, den Hals um. Gleich darauf tat ich dasselbe mit der zweiten. Der Anblick ihrer leeren, gebrochenen Augen war ebenso abscheulich wie der dünne Blutfaden, der seitlich aus ihren Schnäbeln rann. Ich fühlte mich erleichtert und mächtig zugleich.

Dann nahm ich die beiden toten Vögel und hängte sie mit ihren Füßen an der Tanne im Garten auf. Das Weiß ihrer Gefieder hob sich gegen das dunkle Grün der Nadeln ab, und jeder würde sie am nächsten Morgen gut sehen können.

Niemand würde mich verdächtigen. Sie hielten mich für zu schwach, zu still, zu unscheinbar. Und niemand würde an meiner Hand die Wunden von den Schnabelhieben entdecken können. Wie immer war ich strategisch vorgegangen und hatte meine rechte Hand schon

Tage vorher in einem Verband getragen. Als Grund hatte ich eine Prellung angegeben. Keiner aus meiner Familie hatte nach der Ursache gefragt.

Nie zuvor hätte ich gedacht, daß ich zu einer so grausamen Tat fähig sein könnte. Aber nachdem ich es hinter mich gebracht hatte, wußte ich, daß da etwas anderes in mir schwelte. Etwas, das nur darauf gewartet hatte, ans Tageslicht zu treten. Ich war anders als jenes dumme Mädchen aus dem Märchen. Ich hatte mich immer bemüht, und meine Mutter hätte es so gewollt – aber ich war nicht fromm und gut.

I

Es kommt die Zeit,
wo man seinen Kindern erklären muß,
warum sie auf der Welt sind,
und es ist etwas Wunderbares,
wenn man den Grund dann weiß.
Hazel Scott, Musikerin aus Trinidad

Am frühen Morgen eines kalten Januartages ging Danny Jorcic die Münchener Corneliusstraße in Richtung Gärtnerplatz. Ihm haftete etwas Schmieriges an. Sein Haar glänzte fettig, als hätte er es seit Tagen nicht gewaschen, seine bleiche Haut war noch fahler als sonst, und er roch ungesund.

Danny hatte eine harte Nacht hinter sich, aber immerhin am Hauptbahnhof ein paar Fünfziger verdient. Die Typen, die sich seiner bedient hatten, waren noch armseliger als er selbst – wenn nicht in ihren Brieftaschen, so doch in ihrem Dasein.

Danny war auf dem Weg zur dicken Paula. Woher dieser Spitzname stammte, war nicht zu übersehen, aber in ihrem massigen Leib verbarg Paula, die Prinzipalin eines kleinen Theaters, ein schönheitsliebendes und warmherziges Wesen. Sie hatte Danny vor Jahren in der »Deutschen Eiche« aufgelesen, als es ihn gerade von Hamburg nach München verschlagen hatte. In den Siebzigern war das Lokal die Stammkneipe von

Fassbinder gewesen, und auch heute noch verkehrten dort Künstler oder solche, die davon träumten, es zu sein.

Irgendwie hatte Paula der magere Junge leid getan. Wenn auch seine Besuche bei ihr nicht regelmäßig waren, so hatte sie ihm doch immer Unterschlupf gewährt. Im Augenblick war Danny wieder einmal ohne Wohnung, und er hoffte, daß Paula sich nicht wie üblich über ihn und sein Leben auslassen würde, wenn er jetzt bei ihr auftauchte. Er brauchte eine Dusche und ein Bett, in dem er liegen konnte. Allein.

Seine Hände zitterten, als er ein Plastikmäppchen aus der Tasche zog und mit übermüdeten Augen nach dem richtigen Schlüssel suchte. Er schleppte sich drei Stockwerke nach oben und öffnete die Tür.

Die friedvolle Atmosphäre von Paulas Wohnung umfing ihn sofort. Sie unterschied sich so deutlich von der Welt dort draußen, daß er sein Elend für einen Moment vergaß und ein Gefühl von Wärme und Heimat spürte. Einzig die Stille ließ ihn stutzen. Etwas stimmte nicht.

Er atmete tief durch – die stickige Luft raubte ihm fast den Atem. Sein durch die Jahre auf dem Hamburger Kiez geschärfter Instinkt witterte Unheil. Für einen Moment blieb er auf der Schwelle stehen, dann schloß er zögernd die Tür hinter sich. Der Gestank, der aus jeder Ritze zu kriechen schien, stand in krassem Gegensatz zur Sauberkeit der Wohnung.

Die Stille dröhnte in seinen Ohren, und ein Geruch nach Kot, Urin und etwas Süßlichem ließ ihn würgen. Von Paula keine Spur. Danny wußte, daß es besser wäre, auf der Stelle zu verschwinden. Dennoch ging er weiter den hellen, mit unzähligen Bildern dekorierten Flur entlang. Noch immer rührte sich nichts. Normalerweise hätte er nach Paula gerufen, aber er unterließ es. Er wußte, sie würde ihm nicht antworten.

Jeder Schritt, mit dem er weiter in die Wohnung drang, steigerte Dannys dunkle Ahnungen. Sein Herz klopfte zum Zerspringen, und instinktiv kniff er die Hinterbacken zusammen, während er sich gleichzeitig den Rollkragen seines Pullovers vors Gesicht schob. Der Gestank war bestialisch und der Ekel, die faulige Luft einatmen zu müssen, groß.

Links vom Flur lag das Wohnzimmer. Auf einem dunklen Vertiko leuchtete ein riesiger Strauß gelber Fresien in einer Glasvase. Der Deckel des alten Klaviers war offen, und die Noten des Barbra-Streisand-Songs »The Way We Were« lagen aufgeschlagen da. Es sah aus, als hätte Paula eben noch daraus gespielt. Auf dem Wohnzimmertisch stand eine Teekanne auf einem Stövchen, daneben eine leere Tasse. Eine zweite stand im Spülbecken in der Küche, wo alles blitzte und blinkte.

In Paulas Schlafzimmer am Ende des Flurs war das Bett nicht gemacht, und die eisblauen Augen der Käthe-Kruse-Puppe, die am oberen Bettende saß, waren ebenso kalt wie die Laken.

Durch die angelehnte Badezimmertür fiel ein schwacher Lichtschein in den Flur. Danny schwankte leicht und hielt sich instinktiv am Türrahmen fest. Er fühlte etwas Klebriges an seiner Hand. Blut. Zäh klebte es an seinen Fingern. Kalter Schweiß brach ihm aus, während er die Luft anhielt und die Klinke hinunterdrückte.

Der Anblick, der sich ihm bot, überstieg in seiner Grausigkeit alles, was er jemals gesehen hatte. Minutenlang stand er da, bis ihn ein Geräusch aus seiner Starre riß. Es war das Keuchen seines eigenen Atems.

Danny Jorcic schaffte es gerade noch in den Flur, dann erbrach er sich. Voller Entsetzen floh er aus der Wohnung, sein Herz raste in der schmächtigen Brust. Er rannte und rannte und rannte.

~

Victor verstand die gemurmelten Worte nicht, aber die schwere Hand, die aus einem schwarzen Ärmel ragte, sah er deutlich. Langsam kam sie auf ihn zu, und ein fremder Geruch hüllte ihn ein. Kurz danach spürte er rissige rauhe Finger auf seiner Stirn. Sie waren kalt wie das Wasser, das im selben Moment in Augen und Nase drang. Victor schrie, und sein Schrei vermischte sich mit der plötzlich aufbrandenden Musik: Ein Chor sang »For unto us a Child is Born«, und eine volltönende Stimme sagte: »Victor Andreas, ich taufe dich im Namen des Vaters, des Sohnes und des Heiligen Geistes. Amen.«

In den Bänken des St. Nikolaus Kircherls am Starnberger See gaben sich zwei Handvoll Frauen hemmungslos ihrer genetischen Programmierung hin und weinten Tränen der Rührung. Der einzige, den das Szenario nicht weiter beeindruckte, war Victor. Er quengelte vor sich hin, und auch daß seine Mutter ihm liebevoll das Bäckchen streichelte, versöhnte ihn nicht. Das kalte Wasser hatte ihn nachtragend gestimmt, außerdem hatte er Hunger.

»Hier«, flüsterte Irene Maltzan und reichte ihrer Tochter ein Milchfläschchen, das sie für alle Fälle eingepackt hatte und das Malina Maltzan jetzt dankbar an sich nahm. Sobald sie dem Baby den Nuckel in den Mund gesteckt hatte, verstummte es.

So traf Geistliches auf allzu Weltliches und sorgte

dafür, daß feierliche Mienen sich entspannten und ein kaum hörbares Schmunzeln durch die Reihen dunkler Anzüge und heller Kostüme ging.

Kaum war der Gottesdienst vorbei, machten sich die Damen mit Eifer daran, die tränenverschmierten Gesichter wieder herzurichten. Puderdöschen klappten auf und wieder zu, Lippenstifte gingen ihrer Bestimmung nach, während die Herren mit einem vernehmlichen Räuspern die Anzugkragen strafften und Edward, dem Erzeuger des strammen Täuflings, beifällig auf die Schulter klopften.

Malina erging es wie ihrem Sohn: Sie hatte Hunger. Mit leicht verzerrtem Lächeln nahm sie die Glückwünsche der Gäste entgegen und posierte rasch noch fürs Familienalbum, während ihre Gedanken ausschließlich um das Mittagessen kreisten. Inbrünstig dachte sie an Rehragout in dunkler Lebkuchensoße, an klare Tomatensuppe mit Basilikumstrudel und an Grießflammerie mit cointreauflambierten Orangenfilets.

Als sie sich bei der Vorbereitung zur Taufe für jenes Rehragout entschieden hatten, war es für Dorothee Kupitz, Victors Patin und Malinas beste Freundin, die Gelegenheit gewesen, ihrer spitzen Zunge wieder einmal freien Lauf zu lassen: »Und abermals muß Bambi sterben«, hatte die Vegetarierin die sentimentalen Erinnerungen des Paares kommentiert.

Für Dorothee hatte Bambi sein Leben natürlich nicht gelassen. Während sie beim Festessen hingebungsvoll jedes einzelne Blatt ihres Gärtnerinnensalats faltete, saßen die übrigen Gäste an der fein gedeckten Tafel und ließen sich das zarte Wild in der köstlichen Sauce, an der der Koch nicht mit Rotwein, Lorbeer und Lebkuchen gespart hatte, munden.

Nur eine Frau, die eigentlich so aussah, als wüßte sie

ein schmackhaftes Essen durchaus zu schätzen, pickte hin und wieder mit entrücktem Blick einen Bissen vom Teller und hob die Gabel an den Mund, um sie gleich wieder sinken zu lassen. Hiltrud Waldvogt, Malinas Cousine, war die Liebe auf den Magen geschlagen. Und während er jegliche Nahrungsaufnahme verweigerte, empfing das Herz jene sättigenden Impulse, die es höher schlagen ließen. Ihr Blick weilte auf ihrem vollbärtigen Tischnachbarn, dessen kluge Augen jedoch weniger auf ihr, sondern auf Malina ruhten. Pfarrer Wolf-Hinrich Willnet hatte Hiltruds Anwesenheit noch nicht einmal bemerkt, für die sinnliche Malina mit den kastanienroten Haaren hingegen hatte er als alter Freund der Familie schon eine Schwäche gehegt, als sie gerade am Anfang ihres Studiums gestanden hatte. Er war den weltlichen Dingen des Lebens gegenüber niemals verschlossen gewesen. Wäre er sonst neunzehn Jahre lang verheiratet gewesen und hätte drei Kinder gezeugt? Warum er allerdings seit einem Jahr geschieden war – auf diese Frage hatte ihm auch sein oberster Dienstherr nicht antworten können. Von Hiltruds Träumen ahnte er jedenfalls nichts.

Hiltrud gehörte zu jenem Schlag überlebensgroßer Frauen, die freudig durch den Regen stapfen, Motoren auseinandernehmen und begeistert Nudelsalat von Papptellern essen. Sie war tatkräftig und patent, was ihrem Beruf als U-Bahn-Fahrerin sicherlich zugute kam, aber keinesfalls Männer zum Träumen brachte. Dennoch hatte sie es nach der Trennung von ihrem langjährigen Geliebten – sie hatte ihn stolz den schönen Hartwin genannt – nicht aufgegeben, nach einem neuen Mann zu suchen. Unverdrossen. Bislang aalte sich allerdings nur Malinas Pudel zu ihren Füßen. »Du bist eben doch mein Bester«, seufzte sie, während sie ihn hinter den Ohren kraulte und ihm heimlich die Reste ihres Ragouts zuschob.

Wenn Hiltrud auch davon überzeugt war, niemand habe ihre schwärmerischen Blicke bemerkt, so täuschte sie sich. Simon Graf, ein ehemaliger Kriminalkommissar und der neue Partner in Malinas Detektei, hatte nichts von seinem Instinkt verloren, und Hiltruds ungeschickte Bemühungen, den Gottesmann in ein Gespräch zu verwickeln, waren ihm nicht entgangen.

»Wissen Sie, bei uns im Norden«, sie stammte aus der Nähe von Flensburg, »läuft das mit den Taufen ja viel nüchterner ab. Der Sohn meiner Schwester wurde zusammen mit vier anderen Kindern getauft. Da war natürlich nichts mit Chor und so. Ja, und Ihre schöne Predigt, also ich bin ja fast dahingeflossen.« Aus ihren kleinen, dilettantisch geschminkten Augen blickte sie ihr Gegenüber voller Verehrung an.

Es hätte schon eines weitaus weniger konzilianten Mannes als Wolf-Hinrich Willnet bedurft, um auf solche Schmeichelei abweisend zu reagieren.

»Freut mich sehr, daß es Ihnen so gut gefallen hat. Man gibt sich ja auch immer alle Mühe. ›Der Mensch lebt nicht vom Brot allein, sondern von einem jeglichen Wort, das durch den Mund Gottes geht‹«, zitierte sein *Mund* die Bibel, während sein *Blick* mit Malinas Dekolleté beschäftigt war.

»Wissen Sie, ich bin ja U-Bahn-Fahrerin.« Ermutigt rückte sie näher. »Ich kann es nachempfinden, was es heißt, wenn einem so viele Menschen zuhören. Ich sage ihnen ja auch täglich, wo's langgeht: ›Nächster Halt Holzapfelkreuth, Endstation. Alles aussteigen, bitte.‹« Sie vollführte eine Handbewegung, als spräche sie in ein Mikrofon, und lachte.

Pfarrer Willnet sah sie irritiert an. Nahm diese Frau sich gerade selbstironisch auf die Schippe, oder sah sie tatsächlich einen Zusammenhang zwischen einer U-Bahn-Fahrerin und einem Geistlichen? Hiltruds Gesicht unter dem kunstvoll eingerollten Pony gab ihm keinerlei Auskunft darüber.

Simon Graf, der das Gespräch gespannt verfolgt hatte, wandte sich an Dorothee:

»Wes das Herz voll ist, des geht der Mund über«, bemerkte er grinsend und machte eine kleine Kopfbewegung in Hiltruds Richtung.

»Gilt das auch für Sie, Herr Graf?« Obwohl er immer freundlich war, wenn sie sich trafen, hatte er etwas an sich, was Dorothees Widerspruch reizte.

»Gut gekontert, Frau Doktor. Ihre rasche Auffassungsgabe ist für mich immer wieder ein Quell der Inspiration. Dennoch frage ich mich: Reagieren Sie nur bei mir so schnippisch, oder haben Sie grundsätzlich ein gespaltenes Verhältnis zur Spezies Mann?«

»Mann? Ich höre immer Mann. Wären es denn *Männer*, die sich um mich bemühten, so würde ich sicherlich weit mehr Eifer zeigen, ihnen näherzukommen. Meine Erfahrungen allerdings haben mich eines Besseren belehrt, und deshalb stelle ich die Vernunft über diesen ganzen Schnickschnack.«

Simon Graf rieb sich lachend seinen Dreitagebart. »Ihr Faible für Shakespearesche Wortgefechte in allen Ehren, Gnädigste. Aber das soll ich Ihnen jetzt glauben, wo Sie doch nach Chanel duftend und mit Dior auf den Lippen hereinstolziert sind? Warum geben Sie es nicht zu? Sie sehnen sich nach der Aufmerksamkeit eines Mannes, seinen Komplimenten und seinen Blikken. Und tief, tief unter dem Putz Ihres Jil-Sander-Kostümchens und hinter Ihren dreifach getuschten Wimpern fragen Sie sich doch allmählich, ob der Tag, an dem all dies vorbei sein könnte, schon gekommen ist.«

»Wissen Sie was, Herr Graf, Sie sind mit Verlaub gesagt, der größte Arsch, der mir je begegnet ist«, entfuhr es Dorothee.

Simon Graf blieb vollkommen ungerührt. »Na, dann finde ich, daß Sie ihn nachher zum Abschied küssen sollten.«

Malina, die dem Schlagabtausch gelauscht hatte, wäre fast in schallendes Gelächter ausgebrochen. Bevor sie sich allerdings einmischen konnte, schaltete sich ein dunkelhaariger Mann in das Gespräch ein.

»Le cœur a ses raisons que la raison ne connaît pas, n'est-ce pas? Das Herz hat seine Gründe, die die Vernunft nicht kennt. So ist es doch im Grunde, nicht wahr?« meinte er mit einem winzigen Lächeln. »Aber ich finde es schade, daß eine Frau wie Sie uns Männern so vollkommen abgeschworen hat.«

»Affe«, murmelte Simon Graf, ärgerlich über das erfolgversprechendere Verhalten des anderen, und bestellte sich ein Bier.

Dorothee schüttelte prompt ihr langes dunkles Haar und wandte sich dem Fremden mit auffälliger Freundlichkeit zu. Insgeheim fragte sie sich, ob sie es tat, um Simon Graf zu ärgern.

»Vous êtes français?« fragte sie und sah den dunkelhaarigen Mann mit ihrem schönsten Lächeln an.

»Nicht wirklich, nur in meinem Herzen. In Wahrheit stamme ich von hier. Ich bin sogar ganz in der Nähe aufgewachsen, in Possenhofen am Starnberger See.« In seinen Augen blitzte der Schalk. »Genau wie Sissi.«

Dorothee nestelte unbewußt an ihrem Ausschnitt: »Gehören Sie zur Familie von Malina oder von Edward?«

»Weder noch. Malinas Bruder in Hamburg ist ein uralter Freund von mir. Und weil er gerade ein paar Tage bei mir wohnt, hat er mich mehr oder weniger mitgeschleift. Mein Name ist übrigens Alexander de Vries.«

Irgend etwas in Dorothees Kopf klickte. De Vries, woher kannte sie nur diesen Namen? Den Mann hatte sie jedenfalls noch nie gesehen. Er wäre ihr aufgefallen.

Jetzt sah er sie an, als erwarte er, daß sie sich nun vorstellte. Doch Dorothee schwieg. Er gefiel ihr, und das beunruhigte sie. Eben noch hatte sie erklärt, daß der ganze Zirkus um Amor und seine Schwingen sie nicht interessiere, und nun strafte sie ihre eigenen Worte Lügen. Warum nur sagten Frauen nie das, was sie eigentlich meinten, fragte sie sich verwirrt.

Alexander de Vries, der sie aufmerksam betrachtete, registrierte überrascht ihren Rückzug. Er hatte nicht das Gefühl, als sei er ihr zu nahe getreten. Für ihn war das Gespräch bislang nichts weiter als eine belanglose Plänkelei gewesen, aber die plötzliche Unsicherheit der dunkelhaarigen Frau weckte seine Jagdlust. Was verbarg sich dahinter?

Die Antwort hätte ihm auch Dorothee nicht geben können. Vielleicht war es die Ahnung, daß etwas von ihr Besitz ergreifen wollte, was sie fürchtete, vielleicht war es auch nur Unsicherheit. Sie wußte es nicht.

»Ich heiße Alexander de Vries«, wiederholte der Mann.

»Dorothee Kupitz«, sagte Dorothee schließlich und sah ihm unvermittelt in die hellen blauen Augen.

Später würde sie sich daran erinnern, daß dies der Moment gewesen war, in dem sie sich verliebte.

~

Es begab sich aber, dass der König ein Fest anstellte, das drei Tage dauern sollte, damit sich sein Sohn eine Braut aussuchen könnte.

Als ich vierzehn Jahre alt war, erzählte mein Vater, daß das Anwesen neben unserem verkauft worden sei und neue Nachbarn einziehen würden. Sie sollten sehr reich sein. Eine Bankiersfamilie. Nach vier Wochen gaben sie ein Einweihungsfest, und weil mein Vater zu den Honoratioren des Ortes gehörte, wurden auch wir eingeladen.

Die neue Familie hatte einen Sohn. Er verkörperte alles, wovon ich immer geträumt hatte. Er war wild, er war charismatisch, und mit seinen fünfzehn Jahren zeichnete sich schon ab, daß er einmal attraktiv sein würde. Der Junge faßte eine unerwartete Zuneigung zu mir. Bis dahin hatte ich im Schatten meiner Stiefschwestern und meiner Stiefmutter gelebt. In der Schule gehörte ich zu den Außenseitern, und ich war zu schüchtern, um mich in irgendeiner Weise beliebt zu machen. Sie wollten nicht einmal von mir abschreiben.

Und dann kam er. Wir verbrachten fast unsere ganze Freizeit zusammen. Im Sommer schwammen wir weit hinaus, abends saßen wir am Lagerfeuer, rauchten heimlich die ersten Zigaretten und besprachen – er ungeniert, ich verschämt –, was wir auf den Aufklärungsseiten irgendwelcher Jugendzeitschriften gelesen hatten.

Zuerst dachte ich, es sei nur Bewunderung, was ich für ihn empfand, doch dann entdeckte ich, daß meine Knie weich wurden und mein Herz zu rasen begann, wenn ich ihn sah. Ich hatte mich in ihn verliebt, und als er mich verführte, konnte ich nicht glauben, daß er dasselbe für mich empfinden sollte.

Meine Ahnung war richtig gewesen. Im Lauf der Jahre entfernte er sich von mir und kehrte doch immer wieder zurück. Ich hörte nie auf, ihn zu lieben. Obwohl verschiedene Frauen kamen und gingen, hoffte ich immer, daß er eines Tages ganz zu mir gehören würde. Ich wußte nicht, was ich tun würde, sollte sich diese Hoffnung nicht erfüllen. Ohne ihn wäre ich so verloren.

Obwohl ich es lange nicht gespürt hatte, fühlte ich dennoch, daß dieses Andere noch immer in mir schwelte. Und ich fragte mich, wie lange ich es noch würde verbergen können.

~

Erst am späten Abend seines Ehrentages war Victor endlich eingeschlafen.

Wäre er älter gewesen, hätte auch ihn das merkwürdige Verhalten paarungswilliger Erwachsener amüsiert: Hiltrud, durch ein paar Gläschen Wein ermuntert, hatte schließlich die Initiative ergriffen und Pfarrer Willnet zu einem Tänzchen überredet. Während sie ihn mit roten Bäckchen über die Tanzfläche geschwenkt hatte – sie war größer als er –, war sein Hüftschwung eher bescheiden ausgefallen. Mehr wehals übermütig war sein Blick immer wieder in Malinas Richtung geschweift, die ihrerseits verliebt mit Edward getanzt hatte. Wolf-Hinrich Willnet waren die Gesetze des Weltlichen nicht fremd. Er wußte genau um den ihm zugeteilten Platz im gesellschaftlichen Gefüge Bescheid: die Malinas für die einen, die Hiltruds für ihn.

Doch auch wenn er diesem Tanzbären zuletzt entkommen war, Hiltruds eisernem Willen entkam er nicht. Gottergeben hatte er ihr Visitenkärtchen an sich genommen und versprochen, »ganz bestimmt« anzurufen. Es war eine barmherzige Lüge gewesen.

Hiltruds Spät-Mädchen-Träume waren Victor völlig egal. *Er* träumte inzwischen von der nächsten Mahlzeit – Bio-Pute mit Kartoffelmais –, und sein Atem ging schwer und gleichmäßig. Leise schloß Malina die Tür zum Kinderzimmer hinter sich und schlich hinunter ins Wohnzimmer. Im offenen Kamin prasselte mittlerweile ein Feuer, und Dorothee, die gemeinsam mit Malinas Bruder Andreas, und Alexander de Vries noch mitgekommen war, hatte Häppchen zubereitet. Doris Day sang leise im Hintergrund »Fly me to the Moon«, und Edward öffnete eine Flasche Chianti. Er goß den Wein in eine schwere Kristallkaraffe und stellte sie zur Platte mit dem Serranoschinken und dem Gorgonzola, der so cremig war, daß er fast schon vom Teller floß. Es verschaffte Malina ein archaisches Gefühl der Geborgenheit und Wohligkeit, zu sehen, wie Edward eine Scheibe Brot mit Schinken belegte, hineinbiß und dabei pure Zufriedenheit ausstrahlte.

Malina setzte sich neben ihn auf die Couch, und während sie sich an ihn kuschelte, fütterte er sie von seinem Teller.

»Müde?« fragte er leise.

»Hmm«, machte sie, »aber es ist schön so.« Sie trank einen Schluck aus seinem Glas und schob sich anschließend ein Stück Käse in den Mund. Die Unterhaltung plätscherte dahin, niemand hatte nach dem langen Tag noch Lust, große Worte zu machen. Dennoch entstand kein peinliches Schweigen, vielmehr war es eine wohltuende Trägheit, die nur aus einer gewissen Vertrautheit heraus entstehen konnte.

Gegen zwölf löste sich die kleine Gesellschaft auf. Als sie sich an der Haustür voneinander verabschiedeten, ahnte niemand, daß dieser Tag die Wende in ihr Leben bringen würde.

»Wir sollten uns wiedersehen. Finden Sie nicht auch?« meinte Alexander leise zu Dorothee, und etwas Warmes durchströmte sie.

2

Für immer und immer.
Für immer und jetzt.
Und die Dämmerung verfing sich in deinen Haaren.
Und Worte standen wie Schatten darum.
Und wir wußten, wie kostbar die Augenblicke waren,
die die kleinen Ewigkeiten sind.
GEORGETTE DEE

Die Stimme am Telefon sprach mit norddeutschem Akzent. Sie klang gehetzt, beinahe ängstlich.

Wachtmeister Fred Oberholzer hatte zwei Nachtschichten mit anschließendem Tagdienst hinter sich. Er war gereizt und hundemüde. Lustlos hörte er dem Mann zu und kaute an seiner Leberkässemmel. Im Geist vernahm er die zänkische Stimme seiner Frau, die stets an seinen ungesunden Eßgewohnheiten herummäkelte. Fast unbewußt rollte er mit den Augen. Hatte Hanna sich eigentlich jemals gefragt, woher er im Dienst frisches Müsli bekommen sollte? Seit neuestem kochte sie ayurvedisch. Es schmeckte ihm überhaupt nicht.

Der Mann am anderen Ende der Leitung stammelte in unzusammenhängenden Sätzen weiter, bis Oberholzer ihn schließlich unterbrach:

»So, und jetzt verzählen'S alles noch amal der Reihe nach. Und langsam, bittschön.«

Als der Mann geendet hatte, schüttelte der Wachtmeister nur mit dem Kopf. Wieder so ein Spinner, der seinen Rausch vom Wochenende noch nicht ausgeschlafen hatte. Dennoch notierte Oberholzer pflichtbewußt eine Adresse. »Hallo, Sie, san'S noch da? Wie heißen'S denn?« rief er in den Hörer. Am anderen Ende blieb es still, dann ertönte das Besetztzeichen. Der Mann hatte einfach aufgelegt. Wachtmeister Oberholzer seufzte und schickte eine Streife in die Corneliusstraße 19.

~

In der Ecke einer grünen Couch saß ein ungepflegter Mann und schwor lallend Besserung. Auf einem gekachelten Hocker neben ihm blühten künstliche Sonnenblumen. Ein schwacher Versuch, so etwas wie Licht in den kleinbürgerlichen Mief zu bringen.

Zum wiederholten Mal hatte Ewald Kneissl seine Frau kreuz und quer durch die Wohnung geprügelt, nachdem er sich am Wochenende mit seinen Kumpanen den üblichen Quartalsrausch angetrunken hatte. Und zum wiederholten Mal hatten die Nachbarn die Polizei alarmiert.

Wozu eigentlich, fragte sich Polizeihauptmeister Rudolph. Kneissls Frau verweigerte jedes Mal die Anzeige gegen ihren Mann, saß nur still weinend in einer Ecke und zupfte verängstigt an ihrer billigen Halskette.

»Also, Herr Kneissl«, die Stimme des Polizisten klang resigniert, fast schon gleichgültig: »Jetzt schaun'S halt amal, ob'S nicht doch einen Entzug machen wollen. So kann's ja nicht weitergehen, das sehen'S ja selber.« Rudolph blickte zu seiner Kollegin hinüber, die nur mit den Schultern zuckte. Fälle wie diesen erlebten sie fast täglich, und nur selten konnten sie etwas ausrichten. Nicht solange es Frauen gab, die sich noch immer in den Glauben flüchteten, sie seien ohne ihre prügelnden Männer ein Nichts.

Die Beamten warfen einen letzten Blick auf das Ehepaar Kneissl. Sie hatten ihre Pflicht getan – keiner von ihnen mußte Gewissensbisse haben. Erleichtert, die Wohnung wieder verlassen zu können, zogen sie die Tür hinter sich ins Schloß.

Obwohl es Mittagszeit war, hatte Hauptmeister Rudolph plötzlich keinen Appetit mehr. Und auch seiner Kollegin Petra Klenke schien die Szene auf den Magen geschlagen zu sein. Sie ließen den »Vinzenzmurr« links liegen und machten sich auf den Weg zur Corneliusstraße 19.

Der Funkspruch war eingegangen, kurz bevor die Beamten die Wohnung der Kneissls betreten hatten. Er hatte ziemlich wirr geklungen. Viel hatte Kollege Oberholzer dem anonymen Anrufer offensichtlich nicht entlocken können.

Als Rudolph vor dem Haus bremste, drehten die Reifen des Wagens durch. Frischer Schnee war gefallen, und die Straßen waren glatt. »Paula Martinez« stand auf dem Türschild, doch auf das Klingeln meldete sich niemand. Petra Klenke probierte es noch ein zweites und drittes Mal – nichts geschah.

Unschlüssig standen die beiden Beamten vor der weißen Wohnungstür. Kein Hinweis auf etwas Außergewöhnliches. Sollten sie unverrichteter Dinge wieder gehen? Rudolph zögerte noch, als er plötzlich auf dem Fußabtreter einen dunklen Fleck entdeckte. Er bückte sich und strich mit dem Zeigefinger darüber. Wenn sein Instinkt ihn nicht trog, dann war es Blut. Etwas mußte passiert sein in dieser Wohnung.

Wenig später hatten sie den Hausmeister herausgeklingelt, einen mürrischen Mann, der sie vorwurfsvoll mit seinem rechten Auge anblickte. Das linke war nicht mehr vorhanden: Statt dessen wuchsen von der Braue bis zum unteren Lid Hautfetzen, als sei das Auge irgendwann einmal mit groben, unregelmäßigen Stichen zugenäht worden. Über alledem lag ein Ausdruck von Bosheit, Verbitterung und Trostlosigkeit. Während der Alte widerwillig den Zweitschlüssel aus einem Schuhkarton hervorkramte, ertappte sich Rudolph dabei, wie er ihn anstarrte, fasziniert von seiner Häßlichkeit, die an einen Zyklopen erinnerte. Nur mit Mühe wandte er seinen Blick vom Hausmeister ab, der jetzt, ohne eine Miene zu verziehen, die Tür zu Paula Martinez' Wohnung öffnete.

Es dauerte nicht lange, bis die Polizisten gefunden hatten, was Danny Jorcic so schockiert hatte. Paula Martinez' monströser Körper kauerte in widernatürlicher Haltung auf dem Boden des Badezimmers. Sie trug eine Art Hauskleid, dessen Saum über die üppigen Waden und Schenkel gerutscht war und braune schwammige Haut freigab. An ihrem Hinterkopf klaffte eine handtellergroße Wunde, aus der das Blut herausgeströmt sein mußte und schließlich in ihren Haaren geronnen war.

Während seine Kollegin sich fassungslos abwandte, dachte Rudolph, wie entwürdigend es doch war, wie die Frau dort kauerte – besudelt von den eigenen Exkrementen. Am entwürdigendsten aber war, daß sie kopfüber in der Toilettenschüssel steckte.

Obwohl es gegen die Dienstvorschrift verstieß und er Ärger mit der Spurensicherung bekommen würde, streckte Rudolph, einem plötzlichen Impuls folgend, die Hand aus und zog ihren Schädel aus dem Wasser.

Ihre braunen Augen waren weit geöffnet und quollen aus ihren Höhlen. Das Gesicht hatte, vom Wasser aufgeschwemmt, groteske Züge angenommen. Die geschwollene Zunge hing aus dem Mund, in dessen Winkel er eine leichte Spur von verschmiertem Lippenstift wahrnahm. Verstört ließ er die tote Frau zurückfallen. Das Wasser, das halbhoch in der Toilette stand, spritzte auf und traf ihn im Gesicht. Mechanisch wischte er sich über die Wange und rief anschließend per Handy die Kollegen von der Kripo und der Spurensicherung.

~

Es war, als blicke ihr jemand Fremdes aus dem Spiegel entgegen. Ob es nur an den Haaren lag? An ihren Schultern hatte sie ein seltsames Gefühl von Kälte. Beinahe so, als wäre sie nackt.

Dorothee wandte sich vom Spiegel ab, um gleich darauf verunsichert wieder hineinzusehen. Dann zupfte sie eine dunkle Strähne in die Stirn, schob eine zweite prüfend hinters Ohr und schüttelte den Kopf. Ein merkwürdiges Gefühl, so leicht – etwas fehlte.

Es war Freitagabend, und Dorothee hatte den Nachmittag beim Friseur verbracht. Obwohl Philip, der ihr seit Jahren die Haare schnitt, sie schon seit geraumer Zeit dazu drängte, etwas Neues auszuprobieren, hatte sie sich lange geweigert, ihre dunklen Haare kürzen zu lassen. Heute hatte sie ihm erlaubt, sie abzuschneiden, aus einer Laune heraus. Mit sanftem Schwung fiel ihr nun das kinnlange Haar bei jeder Bewegung ins Gesicht.

Mit der langen Mähne war auch ihre mädchenhafte Aura verschwunden. Der Spiegel offenbarte ihr plötzlich eine Frau mit einem Gesicht, in dem etwas Erwartungsvolles lag.

Der plötzliche Mut kam nicht von ungefähr. Mit einem Lächeln mußte Dorothee an ihre temperamentvolle Tante denken, die immer zu sagen pflegte: »Wenn sich das Leben einer Frau ändert, dann ändert sich auch die Frisur.«

Die Frau mußte wissen, wovon sie sprach: Ihr Leben und damit auch ihre Haare hatten sich alle paar Monate verändert, und im Gegensatz zu Dorothees Mutter hatte sie ein abwechslungsreiches Leben geführt. Sie war Soubrette an einer mittelgroßen Provinzbühne und insgesamt dreimal verheiratet gewesen. Ihr letzter Mann, ein Italiener mit schönem und ernsthaftem Antlitz, hatte für sie sein Priesteramt niedergelegt und war mit nach Deutschland gekommen. Ihre Ehe war harmonisch gewesen, doch nach seinem Tod hatte sie nicht nur auf der Bühne die lustige Witwe gegeben. Ihre darauffolgenden Liebhaber – oft weitaus jüngere Männer mit exotischer Färbung – hatte sie immer dann gegen einen neuen ausgewechselt, wenn sie die Ahnung überfiel, der alte könnte sich ohnehin bald aus dem Staub machen. Und daß ein Mann ihr den Abschied gab, hätte Charlotte Brabanzoni nie geduldet. Wahrscheinlich hätte sie es auch nicht verwunden.

Dorothees Leben war im Begriff, sich zu ändern. Auch wenn sie sich noch immer gegen diesen Gedanken sträubte. Am Mittwoch vor einer Woche hatte sie sich zum ersten Mal mit Alexander de Vries getroffen. Zuvor hatte sie schon von Malina erfahren, wer er war, und sich gewundert, daß sie es nicht selbst erraten hatte. Sein Bild war schließlich schon öfter in den Klatschspalten der Boulevardpresse erschienen. Er entstammte einer der angesehensten Familien Münchens. Das Bankhaus De Vries & Söhne am Maximiliansplatz war schon seit zwei Jahrhunderten in ihrem Besitz und verfügte über Filialen in ganz Westeuropa.

Die de Vries spendeten jährlich große Summen für Obdachlose. Eine Stiftung, die den Namen der Familie trug, vergab seit vielen Jahrzehnten Stipendien an junge Künstler. Ihr Engagement für Kinder der Dritten Welt war beispiellos, ebenso wie der Ruf ihres Unternehmens. Das Gesicht, das die Familie de Vries der Öffentlichkeit präsentierte, war von vornehmer Zurückhaltung und über jeden Zweifel erhaben.

Alexanders gesellschaftliche Stellung erschien Dorothee eher beängstigend. Wieso interessierte sich dieser Mann ausgerechnet für sie? Weder war sie eine der bekannten Society-Schönheiten – dazu mangelte es ihr erheblich an Zentimetern und an blondem Haar – noch gehörte ihr ein Vermögen. Trotzdem fühlte sie sich geschmeichelt. Er war sehr attraktiv und verfügte über jenen selbstverständlichen Charme, der seiner privilegierten Herkunft entsprang und dem nur schwer zu widerstehen war. Ihrer Mutter würden er und vor allem seine gesellschaftliche Position bestimmt gefallen, dachte sie und ärgerte sich über so viel Sehnsucht nach deren Anerkennung.

De Vries hatte sie am Morgen in ihrer Praxis angerufen und zum Essen eingeladen. Sie hatte zugesagt und ihn noch am selben Abend in einem kleinen französischen Restaurant in Haidhausen getroffen. Es war perfekt ausgewählt. In der Atmosphäre von gedämpftem Licht und leiser Klaviermusik war es ihr nicht schwergefallen, ihrer Nervosität Herr zu werden und sich seinem leichten Ton anzupassen.

Sie hatten gut gegessen, Rotwein getrunken, und sogar seine Art, genußvoll mit Messer und Gabel zu hantieren, war ihr verlockend erschienen. Er gehörte zu den Menschen, die den Eindruck zu erwecken vermochten, man kenne sich seit Jahren. So waren keine Gesprächspausen entstanden, und sein Humor, der viel Phantasie offenbarte, hatte sie mehr als einmal zum Lachen gebracht.

Seine Augen waren sanft und dunkel gewesen, obgleich ein Ausdruck in ihnen lag, der sie irritierte. Wiederholt hatte Dorothee sich gefragt, woran es lag, und schließlich hatte sie die Antwort gefunden: es war der Blick eines viel älteren Menschen.

Während sie von sich sprach, hatte er sie nicht eine Sekunde aus den Augen gelassen, so als wolle er den Grund ihrer Seele erforschen. Sie hatte sich fast unbehaglich dabei gefühlt, aber ihre Faszination war weitaus stärker gewesen. Wie schmeichelnd war dieses Gefühl gewesen: in jenen Minuten diejenige zu sein, die für ihn zählte.

Die Zeit war wie im Flug vergangen, und plötzlich war es weit nach Mitternacht gewesen. Alexander hatte sie zu ihrem Wagen begleitet, und wieder spürte Dorothee so etwas wie Unsicherheit in sich aufsteigen. Als sie noch darüber nachdachte, was sie tun sollte, war er ihr ganz nah gekommen. So nah, daß sie den Duft seiner Haut wahrnehmen konnte und seinen Atem auf ihrer Wange.

»Und wie soll es jetzt weitergehen?« hatte er leise gefragt und eigenartig distanziert gewirkt.

»Sag du es mir«, hatte sie geantwortet, doch er war gegangen, und sie war nach Hause gefahren – ruhelos und bezaubert.

Nach dieser Begegnung war ihr Geist rege wie noch nie, aber soviel sich auch tagsüber in ihren Gedanken abspielte – abends sank sie ins Bett und schlief sofort ein. Ihre Träume waren lichte, lebendige Gebilde, die sie mit einem erfrischenden Gefühl in den nächsten Tag schickten.

Am Samstag blieb sie bis halb elf im Bett liegen. Draußen klirrte der Februar und malte bizarre Eisblumen ans Schlafzimmerfenster. Eigentlich hatte sie früh aufstehen wollen – in der Praxis war viel Arbeit liegengeblieben, und sie mußte dringend einige Gutachten diktieren –, doch jedes Mal, wenn sie die Augen einen Spalt öffnete, dachte sie wohlig und faul: Nur noch fünf Minuten.

Als sie eine halbe Stunde später mit einer Tasse dampfendem Lindenblütentee und noch im Schlafanzug den Kindern zusah, die auf dem zugefrorenen Kanal des Nymphenburger Schlosses Schlittschuh liefen und sich johlend mit Schnee bewarfen, sank ihre Disziplin noch um ein paar Grade mehr. Sie wollte nicht arbeiten, sie wollte nicht immer perfekt sein. Einmal nachlässig sein, einmal sich selbst nachgeben und endlich, endlich den Gedanken an *ihn* freien Lauf lassen.

Ein wenig neiderfüllt blickte Dorothee zu den spielenden Pudelmützen hinaus und wünschte, auch sie könnte sich draußen ins ausgelassene Treiben stürzen.

Ihre Kindheit unter den Fittichen einer überängstlichen Mutter war streng behütet gewesen. Es war nicht allzu oft vorgekommen, daß Dorothee mit ihren Spielkameraden auf der Straße herumtollen durfte. Selbst wenn sie mit den anderen Kindern Ball spielte, hatte ihre Mutter sie schon nach ein paar Minuten zu sich ins Haus gewinkt, in der Angst, die Tochter könne sich womöglich aufgeschlagene Knie holen. Sie hatte sich weder schmutzig machen noch Freunde mit nach

Hause bringen dürfen. Der Gedanke, der kostbare Berber im Wohnzimmer könnte Flecken bekommen, war für ihre Mutter schon ein Grund gewesen, in hysterisches Gezeter auszubrechen. Später war es dann nicht mehr der Teppich gewesen, der Ingrid Kupitz aus der Fassung brachte, sondern übersteigertes Mißtrauen gegenüber allem. Hauptsächlich gegen alles, was Lebensfreude erzeugte.

Dorothee konnte sich daran erinnern, daß ihre Mutter in jungen Jahren eine hübsche und anmutige Frau gewesen war, mit dunklen, glänzenden Haaren und lebhaft blitzenden Augen. Die Veränderung war schleichend vor sich gegangen: Die Freude war allmählich einer starken Resignation gewichen, ihre Mundwinkel sahen hinab, ihr Haar verlor an Kraft und Farbe. Gleichzeitig hatte sie sich in eine Kleinmädchenwelt zurückgezogen und das Haus mit Dutzenden von lächelnden Käthe-Kruse-Puppen dekoriert. Sie selbst dagegen lächelte nie.

Kein einziges Mal hatte sich die Mutter ihr anvertraut. Trotzdem vermutete Dorothee, daß ihre strikte Selbstverneinung auf die Affären ihres Vaters zurückzuführen war.

Klaus-Werner Kupitz war ein lebenslustiger Mann. Er erzählte viel und gern, liebte Wein und aß, was ihm schmeckte. Er nahm das Leben, wie es kam, und machte sich nicht viele Gedanken. Er wollte niemandem weh tun und tat es doch. Für seine Tochter empfand er zärtliche Liebe, wirbelte sie hoch in die Luft und wandte sich nur einen Augenblick später auf dieselbe hingebungsvolle Art seinem Laden zu, in dem er italienisches Geschirr und Feinkost verkaufte.

Dorothee hatte ihren Vater stets geliebt und ihm seine Amouren verziehen. Was ihre Mutter betraf, so war sie sich nicht sicher, was sie für sie empfand. Sie tat ihr leid, und sie wünschte sich ein besseres Leben für sie. Es war ihr immer so vorgekommen, als sei das asketische Dasein ihrer Mutter ein trotziges Aufbäumen gegen die Sinnenfreude ihres Vaters gewesen.

Ingrid Kupitz' Entsagungsdrang berührte schließlich jeden Lebensbereich. Sie trank keinen Alkohol, aß kein Fleisch mehr. Sie ertrug es kaum, umarmt zu werden, nicht einmal von ihrer kleinen Tochter. Eheleben gab es ausschließlich für die Öffentlichkeit. Allerdings wäre es ihr nie in den Sinn gekommen, sich scheiden zu lassen. Dazu war sie zu ängstlich und zu pflichtbewußt.

Dorothees wenig fleischliches Leben war also nicht das Ergebnis ihres eigenen Charakters. Ohne es zu erkennen, hatte sie die Ängste ihrer Mutter übernommen.

Sie wußte genau, daß es eine andere Dorothee gab.

Sie wußte nur nicht, wo der Schlüssel zu ihr lag.

»Du fürchtest dich davor zu leben«, hatte Alexander de Vries an jenem Abend zu ihr gesagt. Und er hatte recht. Sie hatte sich tatsächlich immer vor allem gefürchtet. Früher hatte sie es nicht einmal gewagt zu widersprechen. »Man muß sich dem fügen, was da kommt«, hatte ihre Mutter stets gesagt. Und Dorothee fügte sich.

Später hätte sie am liebsten ihr Medizinstudium hingeworfen, aber die Furcht vor der Mißbilligung ihrer Eltern war größer gewesen, und so hatte sie Semester für Semester weitergemacht und war unglücklich gewesen.

Dorothee wollte nicht reisen, »weil man ja nicht weiß, was einen im Ausland erwartet«, und die wenigen Männer, mit denen sie zusammen gewesen war, hatte sie voller Mißtrauen beäugt, immer die Stimme der Mutter im Ohr: »Männer wollen bloß das eine. Sie nutzen Frauen nur aus. Denk an deinen Stolz.«

Sie hatte immer daran gedacht und jahrelang in einem inneren Gefängnis gelebt, das die Mutter mit fanatischer Penetranz für sie gezimmert hatte.

Jetzt wollte sie endlich ausbrechen.

Sie dachte wieder an Tante Charlotte und an Alexanders Worte, die dies um so deutlicher gemacht hatten.

Ein schrilles Geräusch ließ Dorothee zusammenfahren. Das Telefon. Sie blickte auf und sah auf ihre Armbanduhr. Noch immer stand sie am Fenster. Es waren zwei Stunden vergangen.

3

Der Liebling der Frauen
Nahm, sich zu beschauen,
In Züchten sein silbernes Spieglein hervor,
Besah in der Wildnis
Sein schreckliches Bildnis.
Conrad Ferdinand Meyer

Als Dorothee sich meldete, starrte Alexander de Vries für einige Sekunden aufs Display seines Handys. Dann unterbrach er die Verbindung. Zögernd. Seit jenem Abend im Restaurant hatte er nicht oft an sie gedacht. Und wenn, dann in zwiespältiger Weise. Sie gefiel ihm, aber sie war anders als die Frauen, die er bisher gehabt hatte. Er wußte nicht, woran er bei ihr war. Das verwirrte ihn. Er wollte bei ihr sein, ohne zu wissen, wohin es führen würde. Ob es überhaupt zu etwas führen würde und ob er das letztendlich wollte. Eines wußte er jedoch genau: Wenn er es geschehen ließ, dann mußte alles anders werden, denn sonst würde sie zerbrechen.

Mit einem Mal war ihm klar, warum er sich eben nicht gemeldet hatte. Es gab zu vieles, was er vorher in Ordnung bringen mußte.

Wieder griff er zum Telefon und wählte eine vertraute Nummer. Diesmal, zum erstenmal, wollte er fair sein. Am anderen Ende wurde abgehoben.

»Hast du Zeit? Ich bin in zwanzig Minuten bei dir.«

In der Leitung ertönte ein Knacken. Alexander ließ sein Handy in die Tasche seines dicken Mantels gleiten. Ein letztes Mal blickte er hoch zu dem verschneiten Fenster, die Kinder auf dem zugefrorenen Kanal lärmten noch immer. Aber Dorothee war nicht mehr da.

~

Zur selben Zeit, als Dorothee das Telefon umkreiste wie eine Gazelle den schlafenden Löwen und sich zum wiederholten Male fragte, ob sie ihn anrufen sollte, sich aber schließlich dagegen entschied, schnitt Malina gutgelaunt Zucchini und Auberginen in dünne Scheiben. Sie erwartete Simon Graf und ihren alten Freund Christoph Kempf zum Essen. In einer Lache aus goldgelbem Olivenöl schmorten bereits gewürfelte Tomaten. Auf dem Teller daneben lag ein Stück Scamorza, den es später gegrillt zum Salat geben würde. »O soave fanciulla« klang es sehnsüchtig aus der Stereoanlage im Wohnzimmer.

»Ist diese Musik nicht zum Weinen schön?« fragte Malina Edward, der mit Victor auf dem Arm in die Küche kam. Malina stellte diese Frage jedes Mal, sobald auch nur die ersten Töne von Puccinis »La Bohème« erklangen.

»Doch, ja. Vor allem zum Weinen.« Für Edward war Malinas Faible für Opern schon immer Anlaß zum Spott gewesen. Was daran *so* schön sein sollte, würde ein Geheimnis bleiben, hinter das er nicht kam.

Dem distinguierten Image eines Rechtsanwalts zum Trotz – unter Edwards Maßanzügen und Ralph-Lauren-Hemden schlug insgeheim das Herz eines Rockers.

Ry Cooder, Tom Waits und die Stones. Alles echte Kerle. Anarchie und Suff garantiert.

Malina schenkte ihm ein engelsgleiches Lächeln und dachte boshaft, daß die leidenschaftliche Musik des alten Italieners sich für grandiosen Sex hundertmal besser eignete als Mick Jaggers »I can't get no satisfaction«. Ungerührt summte sie weiter, bis sich Edward plötzlich zu ihr hinunterbeugte, ihr die langen Haare aus dem Nacken hob und einen federleichten Kuß in die Mulde zwischen Hals und Schulter hauchte. Bevor sich die verheißungsvolle Stimmung des Augenblicks weiter ausdehnen konnte, schaltete sich Victor ein. Er zog kräftig an der Mähne seiner Mutter, und im selben Moment begann es in seiner Windel gewaltig zu rumoren. Ein paar Sekunden später war das Aroma des schmorenden Gemüses von Victors persönlicher Duftnote überlagert.

»Es stinkt zum Himmel, aber ich fürchte, unser Sohn braucht eine neue Windel.« Edward warf Malina einen hilflosen Blick zu, bevor er mit dem Baby im Badezimmer verschwand.

Der gegrillte Scamorza war wunderbar zart gewesen, und bei dem Lammschmortopf, dessen provenzalische Würze noch immer das ganze Haus erfüllte, war die Konversation am Tisch fast völlig verstummt. Jetzt saßen alle am offenen Kaminfeuer bei Espresso und Crème brûlée und ächzten wohlig. Auch Luciano Pavarotti und Mirella Freni schwiegen taktvoll.

»Noch mehr Puccini?« Edward, mit den Pflichten eines guten Gastgebers vertraut und Tom Waits feige verleugnend, erhob sich und tauschte »La Bohème« gegen »Turandot« aus. Voller Süße erklangen die ersten Töne.

Während Simon Graf, seiner handfesten Natur zum Trotz, selbstvergessen die Ouvertüre mitdirigierte, blickte Christoph sich um. Sein Blick schweifte durchs Wohnzimmer, das mit seinen marmorierten Wänden, dem dunklen viktorianischen Büffet und dem offenen Kamin an ein englisches Cottage erinnerte, bis er auf Malina fiel, deren Gesichtsausdruck er nur mit einem Wort beschreiben konnte: Erfüllung. Er fragte sich, warum Edward und sie nicht endlich heirateten. Christoph erinnerte sich genau daran, wie Malina immer behauptet hatte, ein Heiratsantrag sei *das* Bekenntnis des Mannes zur Frau. Nun, da Edward sich zu ihr bekennen wollte, zuckte sie immer wieder davor zurück. Frauen, dachte Christoph und schüttelte den Kopf.

Männer, dachte Malina, während sie Simon Graf beobachtete, der inzwischen mehrere Arien dirigiert hatte und allmählich wieder ins Diesseits zurückkehrte. Mit einem Seufzen öffnete er die Augen und blickte ein wenig verwundert in die Runde. Dann räusperte er sich.

»Weißt du, Pralinchen, mit dem Essen und der Musik hättest du sogar Torsten Bergson beeindruckt. Den hättest du mal zu dir einladen sollen.«

»Ja«, antwortete sie gedehnt, »eine Gegeneinladung hätte es von ihm allerdings nicht gegeben. Torsten hat immer sehr gerne gut gegessen, wenn es nicht sein eigenes Geld gekostet hat. Das hat er nämlich nur in sich selbst investiert, der Herr Doktor.«

»Na, du wirst ja immer noch bissig bei dem Thema«, feixte Edward.

»Dazu habe ich wohl allen Grund. Ich hasse Geiz, und Gefühlsgeiz ganz besonders. Was mich allerdings noch wütender macht, ist die Tatsache, daß er nicht zu seiner Homosexualität steht.«

»Kann man das wirklich jemandem verdenken?« warf Simon Graf ein. »Was glaubst du, wie oft die Polizei eingreifen muß, wenn im Glockenbachviertel Schwule von Rechtsradikalen verdroschen werden.«

»Ich sage ja nicht, daß er es jedem auf die Nase binden sollte. Aber er hatte zum Beispiel eine Kollegin, mit der er sehr gut befreundet war. Sie war damals neu in der Stadt und kannte außer ihm nur wenig Leute. Sie und Torsten haben gemeinsam einen sechswöchigen Amerika-Urlaub verbracht. Der Aspekt, daß sie die einzige in seinem Bekanntenkreis war, die sich diesen Urlaub überhaupt leisten konnte, hat seine Wahl sicherlich nicht unwesentlich beeinflußt. Ein paar Monate später, als es darum ging, wer mit wem Silvester feiert, und diese Kollegin Torsten fragte, sagte er ihr eiskalt ab. Mit einer fadenscheinigen Ausrede. Mir gestand er dann, er habe sie nur deshalb nicht eingeladen, weil er Angst hatte, sie könne erfahren, daß er schwul sei. Dabei war es höchste Zeit, daß er ihr endlich reinen Wein einschenkte, denn die Frau war auch noch ernsthaft in ihn verliebt. Ich fand das alles ziemlich fies und dachte mir gleichzeitig, wenn es ihm in den Kram paßt, dann würde er mich genauso schnell flußabwärts verkaufen.«

»Ich versteh nicht ganz«, mischte Edward sich ein, »warum sie nichts davon erfahren sollte.«

»Er ist ein Feigling und dementsprechend berechnend. Er hatte Angst, sie könnte ihn irgendwann beim Chef verraten, und fürchtete natürlich die sofortige Kündigung. Und das in der heutigen Zeit, in der sogar der Regierende Bürgermeister von Berlin öffentlich zu seinem Lebensgefährten steht.«

»Na ja«, gab Simon Graf zu bedenken, »nicht alle

Menschen haben diesen Mut, und man kann ihn auch nicht von allen fordern.«

»Was heißt denn da ›kann‹«, ereiferte sich Malina, deren rotes Haar sie wie ein Flammenschwert umgab. »Man muß! Wenn alle sich dazu bekennen würden, dann bliebe der Gesellschaft nichts anderes übrig, als sie zu akzeptieren. Irgendwann wären wir dann soweit, daß Homosexualität überhaupt kein Thema mehr wäre. Die Sexualität eines Menschen sollte nicht mehr und nicht weniger bedeuten als die Farbe seiner Haare. Homosexualität darf kein Kriterium mehr sein. Solange es allerdings Menschen wie Torsten Bergson gibt, wird der Weg dorthin noch ein langer sein.«

»Hört, hört, Jeanne d'Arc reitet wieder.« Edward klopfte ihr ironisch auf die Schulter. »Du verlangst doch nicht ernsthaft von jedem Schwulen, daß er sich outet? Es muß immer noch das Recht jedes einzelnen bleiben, sich dazu zu bekennen oder nicht. Ich sage ja auch nicht zur Begrüßung: Guten Abend, Edward von Habelsberg, hetero und in wilder Ehe lebend.«

»Nein«, fiel Malina ihm ins Wort, »du sagst es deshalb nicht, weil jeder Heterosexualität voraussetzt, Homosexualität aber nicht. Und genau darin liegt das Dilemma.«

Christoph Kempf hatte der Diskussion bislang schweigend gelauscht. Jetzt mischte er sich ein: »Ich gebe Malina Recht. Die Menschen müssen noch sehr viel toleranter werden. Vor ein paar Tagen, ich glaube, es war letzten Mittwoch, haben sie die Leiche von Paula Martinez zu uns in die Gerichtsmedizin gebracht. Über ihren Tod wurde in den Zeitungen ja groß berichtet.«

»War das nicht die Frau, die sie so schrecklich zugerichtet in der Toilette gefunden haben?« fragte Malina. »Sie galt doch als Original der Münchner Kleinkunst-Szene. Gehörte ihr nicht das Pantalone in der Hans-Sachs-Straße?«

»Ja genau«, warf Simon Graf ein, »Paula Martinez. Erst gestern habe ich in der Zeitung von ihr gelesen. Ein Verlag wollte ihre Autobiographie herausbringen. Ich bin sicher, ihre Geschichte wäre interessant gewesen.«

»Darauf kannst du Gift nehmen.« Christoph machte eine wirkungsvolle Pause. »Diese Frau war keine Frau. Diese Frau«, er dehnte die Worte und nahm zum Unmut aller einen tiefen Schluck von seinem Rotwein, »diese Frau war ein Mann.«

»Ein Mann?« entfuhr es Edward.

»Sagen wir mal so«, begann Christoph, »ursprünglich war sie ein Mann, der dann durch eine Operation zur Frau wurde. Eine Transsexuelle. Bei der Obduktion haben wir es gemerkt.«

»Hatte sie denn eine ... du weißt schon?« Malina machte eine entsprechende Handbewegung.

»Ja, die hatte sie. Und bevor du weiterfragst, man macht sie aus den vorhandenen Weichteilen, verlagert einen Teil davon nach innen und stellt mit einem Silikonröhrchen einen künstlichen Eingang her.« Christoph ratterte die Fakten herunter, als lese er ein Kuchenrezept vor.

»Irgendwie ist das merkwürdig. Man hört immer nur von solchen Menschen, würde aber niemals damit rechnen, daß man so jemanden schon mal getroffen hat«, sagte Simon Graf nachdenklich.

»In ihrem Fall ist das gar nicht so merkwürdig. Sie stammte nämlich aus Brasilien, und von dort kommen viele Transsexuelle. Die hübschen braunen Mädel mit den knackigen Hintern und strammen Brüsten, die beim Karneval von Rio über die Straßen wackeln, sind nicht immer hübsche braune Mädel. Der Schein trügt oft.« Er räusperte sich, wie immer, wenn er mit einem Kalenderspruch den Gehalt seiner Worte noch bekräftigt hatte. »Aber eigentlich wollte ich etwas ganz anderes sagen. Ihr könnt euch nicht vorstellen, wie widerlich die Witzchen waren, die meine Kollegen über Paula Martinez gerissen haben. Hinzu kommt noch, daß sie ungewöhnlich dick war. Ich fand das ganze Gerede ziemlich abstoßend. Da lag diese arme Seele, deren Leben wahrscheinlich kein Zuckerschlecken gewesen war, nackt und wehrlos vor mir auf dem Tisch und war diesen Idioten ausgesetzt. Ich hätte ihnen am liebsten eins in die Schnauze gehauen.«

»Hat man schon einen Verdacht, wie sie ums Leben gekommen ist?« fragte Malina.

»Nein. Die Polizei vermutet allerdings, daß sie umgebracht wurde. Eine eindeutige Spur gibt es aber noch nicht.«

Während die anderen sich weiter über den dubiosen Fall unterhielten, geisterten alte Schatten durch Simon Grafs Gedanken. Christophs Geschichte hatte seinen alten Jagdtrieb wieder geweckt. Gleichzeitig sträubte er sich dagegen. Die Gründe, warum er den Polizeidienst vor einem Jahr quittiert hatte, waren noch immer gegenwärtig. Das Recherchieren, das Entwickeln von Ideen, um einem Täter auf die Spur zu kommen, hatte ihn immer herausgefordert. Doch all die Verzweiflung und das damit verbundene Elend hatte er irgendwann nicht mehr ertragen können. Als er dann den Mord an einem elfjährigen Mädchen aufklären mußte, hatte er schließlich kapituliert.

Er kippte seinen Rotwein in einem Zug und starrte

in sein Glas. Die Musik in seinem Inneren war verstummt.

Simon Graf dachte an Valerie.

~

DIE STIEFMUTTER ABER LACHTE UND SAGTE: »DU? SO EIN HÄSSLICHES DING? DER PRINZ NIMMT DICH JA DOCH NICHT!«

Es war falsch gewesen. Ich hatte es schon in dem Augenblick gewußt, als ich ihn geküßt hatte. Ein einziges Mal noch, hatte ich gesagt, und er hatte dem Drängen meiner Zunge nachgegeben.

Er hatte mir erklärt, daß unsere Beziehung – oder was immer es gewesen war – vorbei sein mußte. Und er hatte jedes Wort so gemeint. Warum also hatte er meinem Drängen nachgegeben? Warum war er so schwach, so haltlos? Warum nur?

Dann saß er nackt auf der Kante des zerwühlten Bettes und fuhr sich hilflos durch die kurzen verschwitzten Locken.

Ich lag hinter ihm. Schweigend. Quälende Gedanken im halbdämmerigen Raum. Eine Zigarette verglühte im Aschenbecher, der Wein war bitter. Er würde gehen. Endgültig. Die Reue über das, was zum letzten Mal zwischen uns geschehen war, stand ihm deutlich im Gesicht. Liebe hatte dabei keine Rolle gespielt.

Doch für mich war es Liebe gewesen. Schon damals, als wir noch gemeinsam auf Bäume geklettert waren und uns heimlich geküßt und gestreichelt hatten. In unserem Versteck, unten am Wasser. Für ihn war das Leben immer Spielerei, ein Abenteuer gewesen. Es hatte keine Grenzen für ihn gegeben, das war mir schon damals bewußt geworden, als ich ihn mit einer meiner Stiefschwestern in ihrem Zimmer erwischt hatte. Die Situation war eindeutig gewesen. Damals hatte ich ihn noch in Schutz genommen, habe ihn entschuldigt, um meine Gefühle für ihn weiter zu rechtfertigen. Sie mußte ihm wie ein reifer Apfel in den Schoß gefallen sein. Anders hätte es doch gar nicht sein können.

Er war immer im Licht gewesen, während ich sein Schatten, sein Anhängsel war. Schüchtern, bescheiden. Niemals laut, niemals fordernd. Einfach da.

Und plötzlich sollte alles vorbei sein. In einem einzigen Augenblick eine falsche Hoffnung zerstört. Eine Illusion zerbröckelt. Ich hatte immer gewußt, daß es so kommen würde. Und dennoch ... Die Zukunft schien auf einmal leer. Ich drückte meinen Kopf in die Kissen und schloß die Augen. Nur keine Tränen zeigen, ›nur nicht aus Liebe weinen ...‹

Ich kenne ihn gut, ich wußte, daß für ihn die Situation allmählich unerträglich sein mußte. Immer wenn es für ihn schwierig wurde, ging er. Jetzt hätte er wahrscheinlich am liebsten geduscht, um zumindest die Spuren an seinem Körper zu tilgen.

Manchmal war er so gewöhnlich.

So gewöhnlich männlich.

Wäre er jetzt ins Badezimmer gegangen, hätte das seinen Aufenthalt nur unnötig verzögert. Ich ahnte, er wollte nichts lieber, als endlich zu gehen.

Sein teilnahmsloser Blick fiel auf mich, während er sich langsam anzog. Vielleicht hätte es ihm besser gefallen, wenn ich geschrieen, ihm eine Szene gemacht hätte. Dann hätte er kühl antworten und einfach gehen können. Das kannte er, das hatte er schon hundert Mal erlebt. Mit anderen. Aber ich tat ihm diesen Gefallen nicht. Ich war anders, und dieses Schweigen, diese Resignation zerrte an seinen Nerven.

Nie war ihm bewußt gewesen, wieviel Zerstörung er zurück ließ. Auch diesmal nicht. Er zog seinen Mantel über und ging. Die Tür fiel ins Schloß.

Ich setzte mich im Bett auf und lauschte reglos dem Geräusch.

Es war Eiszeit geworden.

Zum zweiten Mal in meinem Leben.

~

Als Alexander de Vries gegen zwei Uhr nachts auf die Straße trat, wehte ihm ein eisiger Wind entgegen, und Schneeflocken schmolzen auf seinem Gesicht. Es war bitterkalt. Trotzdem entschloß er sich, zu Fuß weiterzugehen. Sein Weg führte ihn zur Leopoldstraße, von dort ging er weiter in Richtung Odeonsplatz. Mit jedem Schritt entfernte er sich auch innerlich von der vorangegangenen Szene, und als er die Taxischilder vor der Feldherrenhalle leuchten sah, atmete er unwillkürlich auf. Er stieg ein und ließ sich auf die warmen Lederpolster sinken. »Müllerstraße«, sagte er zu dem bärtigen Taxifahrer. Als sie über die Sonnenstraße fuhren und der Wagen an einer Ampel hielt, dachte er, daß seine Entscheidung richtig gewesen war. Es war doch niemals Liebe, niemals etwas für die Ewigkeit gewesen. Ein Stück Jugend höchstens.

Das Taxi hielt vor einer Bar, Alexander zahlte, gab ein großzügiges Trinkgeld und stieg aus. Das Lokal war schon ziemlich leer. Nur ein paar ältere Männer, die noch niemanden gefunden hatten, lungerten im schummrigen Licht an der Theke. Marianne Rosenberg sang von »Marleen«, während sich zwei Männer auf der winzigen Tanzfläche eng umschlungen hielten.

Alexander hatte ihn schnell entdeckt: Danny Jorcic stand in einer Ecke und hielt mit hungrigen Augen Ausschau nach jemandem, der ihm für diese Nacht Obdach gewähren würde. Als er de Vries erblickte, weiteten sich seine Pupillen für einen Augenblick. Er wußte sofort, warum er gekommen war. Danny Jorcic verschwand in der Toilette, auch wenn er seit einer Woche eine Aversion gegen gekachelte Räume hegte. Ein paar Minuten später folgte der andere.

»Hast du was bei dir?« Er war wie immer kurz angebunden und blickte zu Boden.

»Klar. Wieviel brauchen Sie? Zwei Gramm?« Danny Jorcic machte nicht viele Worte. Er war viel zu müde. Außerdem hatte er diesen Typen in seinem teuren Mantel immer arrogant gefunden.

»Ja.« Alexander zückte zwei Scheine und schob sie dem Jungen zu. Im gleichen Augenblick fand er in seiner Hand ein kleines Papiertütchen. Er prüfte kurz den Inhalt und ging wortlos hinaus.

Draußen ekelte er sich vor sich selbst. Er hatte dieses Zeug zum letzten Mal gekauft und war zum letzten Mal in dieser Spelunke gewesen. Sein Leben mußte sich ändern. Er mußte es ändern.

Er durfte seiner Eitelkeit nicht mehr nachgeben.

Und der Angst.

Nie war er sich dessen bewußter gewesen.

Noch war er frei von jedem Verdacht. Niemand durchschaute ihn. Wie lange noch?

Trotz seiner exponierten Stellung war ihm München immer verlogen erschienen. Diese synthetische Reinheit sogar in den U-Bahnhöfen. Diese scheinheilige Biergarten-Gemütlichkeit. Das falsche Botox-Lächeln sogenannter Society-Damen. Und dann diese eiserne Selbstzufriedenheit, diese Bürgerlichkeit selbst im Vergnügen.

Er hatte versucht, dagegen zu rebellieren – aber die Zeit war zu kurz gewesen, die Ausdauer hatte gefehlt.

Statt dessen war er den Feiglings-Weg gegangen. War schnell zurückgekrochen unter diese schützende Glocke aus Reichtum, Prestige und Anstand.

Er war nicht mehr als ein Trugbild. Ein verlockender Pfirsich, in dessen faulendem Fleisch die Würmer fraßen. Jeden Tag gruben sie sich ein wenig mehr an die Oberfläche. Wie lange würde es noch dauern, bis sie für jeden sichtbar wären?

Er wollte Frieden. Konnte diese Frau ihm dabei helfen?

Er schwitzte, als er die Tür zu seiner Wohnung aufschloß, die ihm jetzt wie eine Zuflucht erschien. Er zog seinen Mantel aus, ließ Wasser in die Badewanne laufen und legte den Schlüsselbund auf dem alten Schreibtisch ab. Dabei fiel sein Blick auf die Post vom Vormittag. Er hatte sie noch nicht durchgesehen, doch die großzügige Schrift erkannte er sofort. Der Brief kam aus Paris, und er wußte, was darin stand, ohne ihn gelesen zu haben. Die Kehle schnürte sich ihm zu. Da war es wieder, dieses Gefühl von Schuld. Dunkelrot und erstickend.

4

Es reizt, es quält, es schlüpft, es schmiegt
Sich zwischen Edelknecht und Maid,
Bis sich das Paar in Armen liegt
Zu früher Lust, zu Tod und Leid.
Conrad Ferdinand Meyer

Detlev Strick fluchte. Es war sieben Uhr morgens. Seit vier Uhr war er auf den Beinen. Trotz der Eiseskälte schwitzte er in seinem orangefarbenen Overall, und unter seiner geröteten Nase sammelten sich kleine Eiskristalle. Es wäre klüger gewesen, sagte er sich, während er nieste, daheim im Bett zu bleiben. Aber drei Kollegen waren schon wegen Grippe ausgefallen, und einer mußte die Stellung halten.

Seit drei Jahren arbeitete er bei der Münchner Stadtverwaltung. In dieser Zeit war er nur zweimal krank gewesen, und das auch nur für jeweils drei Tage. Seine Leistung war unentbehrlich, aber wenig anerkannt. Detlev Strick war Müllfahrer.

Er riß die dritte Packung Tempo-Tücher auf und schnaubte kräftig hinein. Sein Kopf dröhnte, und es fiel ihm schwer zu entscheiden, ob es an seiner Erkältung lag oder an dem riesigen Müllwagen. Sie hatten erst fünf Straßenzüge geschafft, mehr als doppelt so viele lagen noch vor ihm. Wieder kribbelte es heftig in der Nase, und er mußte sich ein weiteres Mal schneuzen. Seine Hosentasche quoll über vor Papiertüchern. Er sprang von der Rampe des Siebentonners, kramte den Zellstoff-Klumpen hervor und lief zur Mülltonne eines typischen Schwabinger Mehrfamilienhauses aus der Jahrhundertwende.

Detlev Strick warf die Taschentücher hinein und schloß sorgfältig den Deckel.

Warum er ihn ein zweites Mal öffnete, konnte er später nicht mehr sagen. Irgend etwas war merkwürdig gewesen. Zwischen Abfalltüten, Plastikflaschen und den verwelkten Überresten eines Blumenstraußes kräuselten sich braune Locken, durch die ein kleines Ohr weiß hervorschimmerte.

Detlev Strick schlug das Herz bis zum Hals. Er hatte nicht einmal mehr den Atem, einen Kollegen zu rufen. Etwas Unerklärliches in ihm zwang ihn, den Müll um den Haarschopf immer weiter wegzuräumen. Die anderen wurden langsam ungeduldig und riefen nach ihm. Doch blind und taub für das, was um ihn herum geschah, wühlte er mit zitternden Händen weiter.

Mehr als einmal hatte er darüber nachgedacht, wie er reagieren würde, wenn ihm so etwas passierte. Und nun schien sein Alptraum Wirklichkeit zu werden. Doch dann stutzte er: Das zarte Gesicht, in das er blickte, lächelte. Die blauen Augen mit den langen schwarzen Wimpern waren weit geöffnet und strahlten.

Eine Puppe.

Ungefähr fünfzig Zentimeter groß, mit der Gestalt eines kleinen Jungen. Im selben Moment dachte er, daß er sie am Abend seiner Tochter mitbringen könnte. Erlöst lachte er bei dem Gedanken, daß Sabrina nicht viel größer war als die Puppe, die sauber und so gut wie neu war. Detlev Strick wunderte sich, warum jemand sie überhaupt weggeworfen hatte. Er zog das Spielzeug aus der Mülltonne und zeigte es seinen Kollegen.

»Schaut mal, was die Leute so alles wegschmeißen. Sabrina wird sich heute abend freuen.« Die Erleichterung ließ ihn fast überschwenglich reagieren. Im selben Augenblick klappte das braungelockte Köpfchen nach hinten weg.

Jemand hatte der Puppe die Kehle durchschnitten.

~

Dorothee legte Charlotte Brontës »Jane Eyre« nachdenklich zur Seite. Jemand hatte ihr den Roman vor Jahren geschenkt. Sie hatte ihn ins Regal gestellt, und dort war er geblieben. Unberührt. Bis vor ein paar Tagen. Jetzt schien es ihr, als hätte die Verfasserin die Geschichte direkt an sie gerichtet.

Nach außen lebte Dorothee wie eine erfolgreiche und moderne junge Frau. Sie führte eine gutgehende Praxis und konnte sich teure Kleider leisten, einen französischen Wagen fahren und in einer Wohnung am Nymphenburger Kanal leben. Im Grunde ähnelte ihr Leben dem Drehbuch einer amerikanischen Yuppie-Serie.

Innerlich gehörte sie mehr in die Zeit Charlotte Brontës, und beim Lesen war ihr aufgefallen, daß es nicht nur die Zeit war, die sie fesselte, sondern auch die Sprache der Menschen von damals. Heutzutage, überlegte Dorothee, sprach man von »cool«, von »trendy«, von »stylish«. Sie aber liebte altmodische Wörter wie Schönheit, Grazie, Anmut, Glückseligkeit.

Offenbar bin ich, dachte sie, ein Mädchen, das sich nach den Zeiten sehnt, als es »trendy« war, altmodisch zu sein.

Und sie war nicht nur altmodisch. Sie war auch eine scheue und unsichere Frau, die sich nach selbstauferlegten Regeln richtete, um sich nicht im Dickicht ihrer Gefühle zu verlieren. Jahrelang konnte sie nur glücklich sein, wenn sie das sogenannte Glück vergaß. Bisher hatte sie alles getan, damit es so bliebe. Sie klammerte alles aus, was in ihr Wünsche auslöste, Sehnsucht …

Aber jetzt war Alexander gekommen, und manchmal war es ihr, als hätte er sie aus einem tiefen Schlaf gerissen.

Seit sie ihn im Januar zum erstenmal getroffen hatte, waren fast anderthalb Monate vergangen. Manchmal lag jetzt schon der leise Duft nach Frühling in der Luft. Dorothee konnte sich nicht daran erinnern, sich jemals so wohl und gleichzeitig so unruhig gefühlt zu haben, und wenn sie ehrlich war, so war sie begierig nach dem neuen Gefühl, das dieser Mann in ihr auslöste.

Er gefiel ihr.

Sie wollte ihn. Und das irritierte sie.

Obwohl sie mit einigen Männern Beziehungen gehabt hatte, war ihr die eigene Sinnlichkeit fremd und sie selbst eigenartig unberührt geblieben. Im Grunde genommen wußte sie nichts von Sex, wußte nicht, was sie dabei empfinden sollte. Es gab nur eine verschwommene Vorstellung davon.

Ich bin so jung, dachte sie plötzlich, und liebe niemanden. Und niemand liebt mich. Ich will das nicht mehr. Ich will endlich lieben und geliebt werden.

Es ist doch alles da in mir, warum kriege ich es nur so schwer zu fassen?

~

Ein paar Stunden später betrachtete Alexander Dorothee aufmerksam. Sie hatten sich das Ballett »Shannon Rose« im Nationaltheater angesehen. Seit sie nach der Vorstellung in dem italienischen Restaurant hinter den Kammerspielen saßen, hatte Dorothee nicht viel gesagt.

Die Geschichte jener »Shannon Rose« bewegte sie zutiefst, einer jungen Frau, die gefangen in einer Ehe in Irland lebte und die sich aller drohenden Schande zum Trotz in einen alliierten Offizier verliebte. In einem Wäldchen außerhalb des Dorfes, in dem sie lebte, trafen sie sich heimlich. Dorothee sah eine der Szenen deutlich vor sich: den Offizier, der auf die Frau wartete, bis sie endlich kam, und ihm entgegenzufliegen schien. Mit ausgebreiteten Armen, das Gesicht leuchtend vor Erwartung. Schon im Laufen streifte sie ihr Jäckchen ab. Und als sie schließlich vor ihm stand, war es, als wäre sie nackt. Und wenn Shannon Rose am Ende auch unglücklich wurde, dachte Dorothee, wieviel unglücklicher wäre sie erst gewesen, hätte sie diese Liebe nicht erlebt.

All dies ging ihr durch den Kopf, während Alexander sich ein weiteres Mal fragte, wie diese Frau wohl wirklich war. Gab es hinter all dieser Distanz ein Lodern, etwas Abgründiges, oder war sie ausschließlich von dieser hübschen Mädchenhaftigkeit durchdrungen? Sie berührte ihn auf dieselbe Art wie das Porträt der zerbrechlichen Mademoiselle Rivière. Er hatte Ingres' berühmtes Gemälde der fünfzehnjährigen Tochter eines französischen Staatsmannes als junger Mann im Pariser Louvre gesehen. Die feine Zeichnung des Gesichtes mit den hochgewölbten Augenbrauen, das dunkle glänzende Haar und die zierliche Gestalt waren für ihn der Inbegriff von Jugend, Reinheit, Anmut und Schönheit gewesen.

Als er Dorothee zum ersten Mal sah, war ihm dieses Bild wieder eingefallen und die ambivalenten Empfindungen, die es in ihm geweckt hatte. Da war etwas an dieser Reinheit, das ihn aufforderte, sie zu hüten und zu beschützen, und gleichzeitig spürte er die Lust, alle Verdorbenheit, die er dahinter erhoffte, ans Licht zu bringen.

Immer wieder waren ihm diese Fragen in den letzten Wochen durch den Kopf gegangen. Das, was Dorothee als Gelassenheit interpretiert hatte, war nichts als Unsicherheit gewesen. Er hatte auf ein Signal von ihr gehofft, doch es war ausgeblieben. Sie war gleichbleibend freundlich gewesen, hatte gelacht und erzählt, aber nie hatte sie erkennen lassen, ob ihre Gefühle für ihn über das rein Freundschaftliche hinausgingen. Er fragte sich, wohin das Ganze führen sollte. Er war noch nie der beste Freund einer Frau gewesen.

Während Dorothee und Alexander ihren jeweiligen Gedanken nachhingen, betrat eine Gruppe junger Männer das Restaurant. Sie waren alle im Anzug und sahen sehr gepflegt aus. Geräuschvoll nahmen sie an einem der Tische Platz. Durch den Trubel aufmerksam geworden, sah Alexander zu ihnen hinüber und begegnete dem Blick eines hochgewachsenen Mannes. Für einen Moment verengten sich seine Augen, doch dann lächelte er und erwiderte seinen Gruß mit einem leichten Kopfnicken.

»Wer ist das?« fragte Dorothee.

»Ein Freund. Wir kennen uns schon lange. Wenn du ihn fragen würdest, dann wüßtest du, daß ich nicht der einäugige Pirat bin, für den du mich manchmal hältst.«

»Stimmt«, erklang plötzlich eine sanfte Stimme hinter Dorothee. »Darf ich mich vorstellen? Mein Name ist Stefan Hansen.«

»Dorothee Kupitz«, antwortete Dorothee und reichte ihm lächelnd die Hand. »Wollen Sie sich nicht einen Augenblick zu uns setzen? Alexander hat gerade erwähnt, daß Sie sich schon lange kennen.«

»Wenn ich nicht störe, gern.« Beim Lachen zeigte er eine Reihe ebenmäßiger Zähne.

»Nein, Stefan, du störst doch nie. Ich hätte dich ohnehin die nächsten Tage angerufen.« Alexander zog einen Stuhl heran und winkte dem Kellner.

Die nächsten Stunden vergingen wie im Flug. Sie tranken zwei Flaschen Rotwein, und am Ende des Abends wußte Dorothee nicht nur viel über Ballett und Oper – Stefan Hansens Wissen auf diesem Gebiet war enorm –, sie hatte auch einen handfesten Schwips. Als sie gegen ein Uhr das Lokal verließen, hätte nicht viel gefehlt, und sie hätte selbst gesungen.

»Das war ein schöner Abend«, säuselte sie und hakte sich bei Alexander unter. »Und dieser Freund von dir – ausgesprochen nett. Aber weißt du, was komisch war? Er spricht genau wie du.«

Die Nacht war klar und kalt. Eine typische Nacht Ende Februar, in der der hervorbrechende Frühling mit den letzten Wutausbrüchen des Winters kämpfte. Alexander stoppte den Wagen vor Dorothees Haus und folgte ihr unaufgefordert. Gemeinsam traten sie in die dunkle Wohnung.

»Willst du kein Licht machen?« fragte er schließlich. Dorothee schüttelte stumm den Kopf und sah ihn an. Sie wußte nicht, ob es vom Alkohol kam, aber vor ihrem inneren Auge sah sie sich selbst wie in einem Film, und allmählich verflossen diese Bilder mit der

Wirklichkeit. Sie ließ ihren Kopf gegen die Wand sinken, die Augen geschlossen.

Für einen Augenblick zögerte Alexander. Als er sich zu ihr beugte, um sie zu küssen, wandte sie sich ab. Doch jetzt ließ er sich nicht mehr beirren. Er öffnete ihren Mantel und streifte ihn über ihre Schultern.

Schweigend blickten sie sich in die Augen, dann griff er in ihr Haar und ließ seinen warmen Mund über ihren Hals gleiten. Er fühlte, wie sie zitterte, aber sie ließ es geschehen und gab seinen geöffneten Lippen schließlich nach.

Die Bilder in ihrem Kopf begannen zu rasen, ihre Empfindungen, als er langsam den Rock ihres dünnen Kleides nach oben schob, waren verwirrend. Und dann sein Atem an ihrem Ohr, seine Finger, die langsam über den Spitzenrand ihrer Strümpfe glitten, bis sie sie schließlich auf ihrer Haut fühlte. Sie erinnerte sich, daß er schöne Hände hatte, und wollte nicht, daß er aufhörte.

Die Tatsache, daß sie unter dem Kleid nackt war, steigerte seine Erregung noch mehr, ebenso die Verblüffung darüber, daß ausgerechnet eine Frau wie sie sich so darbot. Ein rauhes Stöhnen drang aus seiner Kehle, als er spürte, wie feucht sie war.

»Was tust du da?« flüsterte sie, obwohl sie es genau wußte.

Endlich.

All die Jahre hatte sie sich gewehrt, jemandem zu gehören.

Doch nun wollte sie es. Jemandem gehören. Kapitulieren. Da war sie, die alte Sehnsucht, ausgewählt, begehrt, umkämpft, besiegt zu werden.

Im selben Moment hörte sie das Geräusch einer Gürtelschnalle, eines Reißverschlusses, der heruntergezogen wurde. Sie spürte, wie ihr Rücken gegen die Wand gedrückt wurde, seinen feuchten Mund auf ihrem.

»Laß dich gehen«, sagte er und drang mit einem leisen Stöhnen in sie ein. Sein Atem war zu hören, während er sich langsam bewegte. Und schließlich, als er kam, ein tieferer, gutturaler Laut, den sie noch nie zuvor gehört hatte.

»Komm mit«, sagte er zu ihr und zog sie hinüber ins Schlafzimmer, und auf seiner Stirn sah sie kleine Schweißtropfen glitzern. Langsam zog er sich aus, mit jenen sicheren Gesten eines Mannes, der es gewohnt war, sich vor einer Frau auszuziehen, und dabei wußte, daß er gut aussah. Mit einer einzigen Bewegung hob er ihr das Kleid über den Kopf, drückte sie aufs Bett und öffnete ihre Schenkel.

Sie stöhnte nicht einmal auf, als er sie heiß berührte. Nur das heftige Pulsieren ihrer Halsschlagader, die sich unter der hellen Haut abzeichnete, und die Anspannung ihrer Schenkel verrieten ihm, daß sie es genoß. Dann legte sie ihm beide Hände auf den Kopf, führte ihn, zügelte ihn und erreichte den Höhepunkt mit einem kleinen Schaudern.

~

Eine knappe Woche später klingelte es um zehn Uhr morgens an Malinas Tür. Sie fluchte, hielt Mephisto, der schon zum Bellen ansetzte, die Schnauze zu und schlich auf Zehenspitzen – als ob jemand durch die dicken Wände ihre Schritte hören könnte – ins Wohnzimmer, um die Musik leiser zu drehen. Sie hatte Victor schon am Abend zuvor zu ihrer Mutter gebracht, um endlich die Kommode, die schon seit Monaten im Keller stand, abzubeizen und zu restaurieren.

Malina hatte gleich nach dem Aufstehen damit anfangen wollen, und so hatte sie nicht geduscht, und die Lust, jetzt mit den Zeugen Jehovas – wer sonst würde um diese Zeit an Haustüren klingeln – über den Untergang der Welt zu diskutieren, hielt sich in Grenzen. Die Haare schludrig hochgesteckt und im vergammelten Jogginganzug fühlte sie sich ganz und gar nicht vorzeigbar.

Doch die Klingel blieb hartnäckig. Großer Gott, war der Untergang der Welt denn schon so nah? Wieder setzte sie ihre Füße vorsichtig auf die Holzdielen und spähte durch das kleine Flurfenster hinaus, während der Pudel aufgeregt um sie herumwuselte.

Draußen stand eine attraktive Frau, die sie nicht kannte. Allerdings kam ihr der Mantel bekannt vor. Ein caramelfarbener Kashmir-Klassiker. Und der Wagen, der schief vor dem Gartenzaun parkte, sah aus wie der von Dorothee. In diesem Moment wandte die Frau ihr Gesicht Malina zu. Es war Dorothee. Verändert zwar, aber eindeutig Dorothee.

Sie und Malina hatten in den vergangenen Wochen nur hin und wieder miteinander telefoniert. Insgeheim vermißte Malina die Zeiten mit Dorothee, in denen sie sich bei einer Flasche Rotwein – oder auch zwei – über Männer und deren Macken den Kopf zerbrochen hatten. Nächtelang. Genauer gesagt, hatte Malina sich damals ständig den Kopf zerbrochen, während Dorothee die Rolle der Zuhörerin übernommen hatte.

Malina rannte zur Tür, um ihre Freundin hereinzulassen.

»Na, endlich. Ich dachte schon, ich müßte hier draußen erfrieren. Meine Finger sind ganz klamm. Mephisto, jetzt beruhige dich doch.« Dorothee streichelte dem ausgelassenen Hund über den flauschigen Kopf und fiel Malina um den Hals, was diese mit hochgezogenen Brauen registrierte. Allzuviel Sehnsucht nach körperlicher Nähe gehörte sonst nicht zu Dorothees Gepflogenheiten.

»Ich bin gerade am Renovieren. Warum hast du denn nicht vorher angerufen, dann hätte ich uns Frühstück gemacht.«

»Keine Sorge, habe alles mitgebracht. Das sieht ja schon ganz wohnlich hier aus.« Mit einem anerkennenden Blick sah sie sich in der großzügigen Diele um. Edward hatte vor ein paar Tagen den alten braunen Teppich herausgerissen. Darunter waren Holzdielen zum Vorschein gekommen, die Malina inzwischen abgeschliffen und honigfarben lasiert hatte. Es war eine Heidenarbeit gewesen, aber das Ergebnis konnte sich sehen lassen. Die alte Kommode würde sich prächtig darin machen.

»Ich decke den Tisch, und du gehst mal schleunigst unter die Dusche«, fuhr Dorothee munter fort.

Malina betrachtete ihre Freundin, die wie immer kühl und frisch wirkte, als hätte sie gerade die zehnte Thalasso-Therapie hinter sich. Trotzdem war heute irgend etwas anders. Malina hatte es sofort bemerkt, und es waren nicht nur die kürzeren Haare. Da war etwas Neues hinter all der Kühle und Frische, eine Art Schimmern. Malina zuckte mit den Schultern und verschwand im Badezimmer.

Zwanzig Minuten später zog frischer Kaffeeduft durch das Haus, und als Malina das Bad verließ, hörte sie ihre Freundin schon auf der Treppe singen: »Tonight, Tonight« aus der »West Side Story«. Sonderbar, Dorothee sang sonst nie. Und dann auch noch ein Musical.

Dorothee hatte an alles gedacht, sogar an Parmaschinken. Malina hatte das dringende Gefühl, der Sache auf den Grund gehen zu müssen.

»Deine Haare gefallen mir sehr. Ich habe dir ja schon immer gesagt, du solltest sie kürzer tragen. Du wirkst jetzt viel femininer als vorher.«

»Findest du?« Dorothee gab sich unbeteiligt.

Malina grinste und griff nach einer Butterbreze. »Allerdings. Und es sind nicht nur deine Haare, die sich so verändert haben …«

»Ach ja?«

»Ach ja. Du schneist unangemeldet bei mir rein.« Sie zupfte ein Salzkörnchen von der Breze. »Du läßt dir die Haare schneiden.« Ein weiteres Salzkörnchen folgte. »Du singst und bringst mir Parmaschinken … Liebchen, du hattest Sex. Und er war gut.« Hochzufrieden mit ihrer Analyse biß Malina endlich in ihre Breze.

Dorothee dachte nicht daran, zu kapitulieren, und versenkte ihren Blick in ihre Tasse Tee, als läge darin die Antwort.

»Ziemlich heiß …«, sagte sie, »der Tee. Und süß … der Tee.«

»Ja, und er hat einen Namen. Der Tee. Alexander de Vries. Stimmt's?«

Dorothee lächelte geheimnisvoll.

»Und? Bist du verliebt?« Malina entschied sich für den Frontalangriff.

Dorothee zerkrümelte den Rest ihres Croissants. Die Brösel fielen auf den Teller, während sie den Blick gesenkt hielt und den Mund auf jene Art verzog, die jeder andere als reserviert-süffisant empfunden hätte, ihrer Freundin allerdings verriet, was in ihr vorging.

»Jetzt sag nicht, daß er dir nicht gefällt. Er spricht und ist nicht langweilig. Und du *bist* in ihn verliebt.«

»Habe ich was gesagt?« Das kam schroff.

»Ich kann dich auch hören, wenn du nichts sagst.« Malina legte die angebissene Breze energisch beiseite und blickte Dorothee geradewegs in die Augen.

»Und, was hast du gehört?« Dorothee war es offensichtlich lieber, daß ihre Freundin das aussprach, was sie sich noch nicht eingestehen wollte.

»Ich habe dein Ja nicht nur gehört, ich sehe es auch. Es quillt dir förmlich aus jeder Pore. Und ich frage mich, warum du solche Probleme damit hast, es zuzugeben.«

»Ich habe kein Problem damit«, gab Dorothee zurück. »Ich schaffe es nur nicht, meine Vorbehalte gegen Liebesgeschichten jeglicher Art so ohne weiteres in den Wind zu schreiben. Vor ein paar Tagen war ich in einem Restaurant. Am Nebentisch saßen zwei Ehepaare. Plötzlich sah ich, wie eine der beiden Frauen in Tränen ausbrach. Sie hatte offensichtlich Streit mit ihrem Mann. Während sie sich immer weiter hineinsteigerte, blieb er vollkommen ungerührt, machte keine Anstalten, sie zu trösten. Nein, im Gegenteil, *er* tröstete *sich*, indem er einer anderen Frau unverhohlene Blicke zuwarf. Und dann sah ich mit einem Mal das ganze Leid seiner Frau. Ich stellte mir vor, wie sie nach Hause gingen und er ihr unterwegs Vorwürfe machte: Wie sehr sie ihn und sich blamiert habe, wie sehr die anderen heimlich über sie gelacht hätten. Ich sah es vor meinem inneren Auge, wie er gelangweilt zur Fernbedienung griff, den Fernseher einschaltete, während sie Geschirr abspülte und seine dreckige Unterwäsche wusch. Und so wird es Tag für Tag für sie weitergehen, habe ich mir gedacht, ohne ein Wort der Zuneigung, ohne ein Wort der Anerkennung. Dabei waren sie auch mal irgendwann verliebt, hatten auch mal große Wünsche und Illusionen. Und was ist daraus geworden? Ein Desaster. Und dann habe ich mich zwanzig Jahre später in derselben Situation gesehen. Wer sagt mir denn, daß es bei mir anders sein wird?«

»Mein Gott, Dorothee. Du siehst deine ganze Zukunft schon vor dir und hast nicht mal angefangen, zu leben. Wer sagt dir denn, daß es nicht klappen könnte? Und überleg dir doch mal die Alternative. Du gehst auf Nummer Sicher, vertust aus lauter Angst jede Chance und weinst in zwanzig Jahren in der Einsamkeit deiner schicken Dreizimmer-Eigentumswohnung. Es gibt für nichts eine Garantie. Ist es nicht vielmehr unsere Aufgabe, aus dem, was wir bekommen, das Beste zu machen?«

»Aha, Jeanne d'Arc kämpft wieder für ihre Ideale«, warf Dorothee ein.

Merkwürdig, etwas Ähnliches hatte Edward vor ein paar Tagen auch gesagt, dachte Malina. War sie wirklich zu idealistisch? Sie wollte glücklich sein. Zufrieden. Mit dem, was sie tat. Mit dem, was sie hatte. Darum war es ihr schon immer gegangen. Und dahinter sollte nicht mehr als eine rosa Wolke stecken, eine kleine Illusion? Trotzdem hatte sie das Gefühl, als würde ihr der Wind aus den Segeln genommen.

Dorothee, die ihre Unsicherheit spürte, hakte gleich nach: »Warum heiratest du Edward eigentlich nicht endlich? Früher drehten sich all deine Gedanken darum, und jetzt, wo du ihn endlich soweit hast, zickst du herum.«

Statt eine Antwort zu geben, stand Malina schweigend auf und machte sich an einer der Küchenschubladen zu schaffen. Mit einer Schachtel Zigaretten kam sie zurück.

Tja, dachte Dorothee und blickte auf ihre Armbanduhr, eine ganze Schachtel Philip Morris? Wie gut, daß mittwochs keine Sprechstunde ist.

»Diese Frage«, begann Malina und inhalierte tief, »habe ich mir in den letzten Monaten schon mehr als einmal gestellt. Und ich bin inzwischen hinter die Antwort gekommen. Glaube ich zumindest.«

»Na, da bin ich aber gespannt.«

»Früher habe ich nie richtig gewußt, woran ich mit Edward bin. Du kannst dich ja sicherlich noch daran erinnern, da war sein ewiges Zaudern und Zögern, dieser typisch männliche Ruf nach Freiheit.« Malina rollte mit den Augen. »Und deshalb war mir nichts wichtiger, als ihm ein Zugeständnis abzuringen. Zugeständnis in Form von Heirat, Heim und Kindern. Ich wollte einen sichtbaren Beweis, daß er mich wirklich liebt. Und ich wollte verheiratet sein, bevor ich ins Klimakterium komme. Und jetzt, wo Edward mir das alles freiwillig gibt, brauche ich keine offizielle Bestätigung mehr. Vielleicht klingt das alles paradox, aber ich empfinde es so. Ich weiß, daß Edward mich liebt, auch ohne Fangeisen am Finger.«

»Na, das sind ja ganz neue Töne. Fangeisen! Ich erinnere mich an eine Frau, die sich noch vor wenigen Jahren an den Schaufenstern sämtlicher Juweliere die Nase plattdrückte und sehnsuchtsvoll nach jedem noch so schlichten Ring schielte.«

»Ach, gegen einen hübschen Ring hätte ich gar nichts einzuwenden. Mit einem Brillanten obenauf, aber eben ohne Pfarrer«, entgegnete Malina grinsend über den Rand ihrer Kaffeetasse hinweg. »Du hast mich ja noch nicht ausreden lassen. Es gibt nämlich einen zweiten Grund: Ich fürchte mich vor diesem Ehefrauen-Ausdruck im Gesicht. Diesem Blick aus stumpfen, glanzlosen Augen, die seit Jahr und Tag keine Wimperntusche mehr gesehen haben. Diesem Blick aus Gesichtern, der selbstzufrieden signalisiert: *Ich* sitze rundum versorgt auf der Couch und stille mein Kind, um die Details kümmern sich die Bank und mein Mann.«

Dorothee prustete los. »Du willst doch nicht ernsthaft behaupten, daß du wirklich dahin ›muttieren‹ könntest?« Sie setzte das Wort gestisch in Anführungszeichen. »Außerdem sehen nicht alle verheirateten Frauen so aus.«

»Nein, nicht alle. Nur die, die mir beim Einkaufen begegnen. Und Hera Lind. Die sah sogar schon vor ihrer Ehe so aus.«

Dorothee blickte Malina an und amüsierte sich königlich. Nicht nur über das, was sie sagte, sondern auch darüber, *wie* sie es sagte. Ihre Hände flogen durch die Luft, als wolle sie jedes Wort unterstreichen, und die veilchenblauen Augen unter den hochgezogenen Brauen tanzten vor boshafter Freude.

Dorothee fühlte sich an frühere Zeiten erinnert, in denen es solche Unterhaltungen mindestens zwei Mal die Woche gegeben hatte. Gerade als sie Malina sagen wollte, wie sehr sie diese Gespräche vermißt hatte, wurden sie vom Läuten des Telefons unterbrochen.

»Das war Edward«, sagte Malina, als sie zehn Minuten später zurückkam. »Er wollte mit seinem Sohn schäkern. Er hatte wohl vergessen, daß er heute bei meiner Mutter ist. Ach übrigens, wir wollen an einem der nächsten Wochenenden nach Kochel fahren. Abschalten. Hast du Lust mitzukommen? Du könntest ja auch Alexander mitbringen. Das wäre doch eine Gelegenheit, ihn einmal genauer unter die Lupe zu nehmen«, fügte sie unschuldig lächelnd hinzu.

»Spar dir die Lupe. Er ist auf jedem Gebiet eine Kapazität.« Dorothee sprach's und biß genüßlich in eine Banane.

~

Hiltrud Waldvogt hatte einen anstrengenden Arbeitstag hinter sich. Zuerst war sie in die Frühschicht gefahren und danach zum Einwohnermeldeamt geeilt. Nein, hatte sie beschlossen, sie konnte ihn nicht anrufen, bevor sie nicht wieder Kirchenmitglied war. Vor drei Jahren war sie ausgetreten, um Steuern zu sparen, doch mittlerweile sah sie in deren Entrichtung einen durchaus konstruktiven Sinn.

Hiltrud war durch und durch Pragmatikerin. Seit der Begegnung mit Pfarrer Wolf-Hinrich Willnet war die Kirche für sie so etwas wie ein exklusiver Club geworden und er Teil der Vorstandsriege. Wenn sie ihn sich angeln wollte, konnte es ja nicht schaden, zum Kreis der Erleuchteten zu gehören.

Sie zog Mantel und Schuhe aus, goß sich einen Klaren ein, kippte ihn mit einem Schluck und griff nach dem Telefon. Sie wählte die Nummer, die sie inzwischen auswendig kannte. Unzählige Male hatte sie sie gewählt, aber immer wieder entmutigt aufgelegt, noch ehe es auf der anderen Seite geklingelt hatte. Doch nun war sie reinen Herzens, und sie wurde belohnt. Am anderen Ende meldete sich eine sonore Stimme: »Willnet.«

Trotz ihrer Aufregung gelang es Hiltrud, ihr Anliegen schnell auf den Punkt zu bringen. Schließlich war sie als U-Bahnfahrerin eine Meisterin kurzer Sätze. Ob Herr Willnet nicht Lust habe, am Samstag zum Kloster Andechs zu wandern, wo man doch anschließend schön zu Abend essen könnte, Schweinsbraten mit

Knödeln zum Beispiel. Sie schmatzte ein wenig und lachte.

Das klinge gar nicht übel, meinte der Herr Pfarrer, aber er müsse erst noch ein paar Termine klären. Ob sie ihn nicht am nächsten Tag noch einmal anrufen könnte, dann wisse er ganz bestimmt Genaueres. Hiltrud, von so viel unerwartetem Entgegenkommen beflügelt, versprach es ihm.

Pünktlich um sechs am nächsten Abend rief sie an. Niemand meldete sich, nur der Anrufbeantworter, der ein wohltönendes »Gott zum Gruße« verkündete.

Dabei sollte es bleiben, und Hiltrud gelangte zur Einsicht, daß sich Geistliche nicht allzusehr von den Weltlichen unterschieden, wenn es darum ging, plötzlich unerreichbar zu sein. Egal, zu welcher Tages- oder Nachtzeit sie den offensichtlich Vielbeschäftigten anrief, niemals war er selbst am Apparat. Und sogar wenn die Leitung vorher noch besetzt war – rief sie kurz danach wieder an, nahm niemand mehr ab.

Nachdem sie es eine Woche lang immer wieder versucht hatte, mußte Hiltrud es sich eingestehen: ihr Draht zum lieben Gott war offenbar nicht wirklich gut. Aber Aufgeben war nicht ihre Sache, und Geduld brachte schließlich Rosen.

Und ihr, so Gott wollte, den Herrn Pfarrer.

~

Er mußte noch einmal zurückkommen, ehe die Wohnung geräumt wurde. Sechs Wochen war es her, daß Paula Martinez gestorben war. Jeden Tag hatte er den Fall in der Zeitung verfolgt, aber die Polizei schien bisher auf keine konkrete Spur gestoßen zu sein, was ihn erleichterte. Sie wußten nicht, was *er* wußte.

Mit einem Klicken fiel die Tür ins Schloß. Still lag die Wohnung vor ihm, ganz anders als beim letzten Mal. Da hatte im Hintergrund ein Sopran gesungen, und Paula war ihm mit schweren Schritten entgegengetreten. An das, was danach passiert war, verbot er sich zu denken. Er hatte es nicht gewollt – sie war immer so nett gewesen, und er hatte sie gemocht.

Warum dieser Verrat nach all den Jahren?

Hätte sie nur nicht … Er hätte es nicht getan. Hätte sie nicht sterben lassen.

Das Blut, all das Blut … Es würde immer an seinen Händen kleben. Die Tür zum Badezimmer hatte inzwischen jemand gesäubert. Nie mehr würde er dort hineingehen, wo Paulas Duft den unzähligen Parfum-Flakons entstieg. Der puderige Geruch ihrer Cremedöschen – er erinnerte ihn an Zeiten, in denen er sie noch häufig besucht hatte und sie bei Wurstbroten und billigem Vin de Pays nächtelang über die Bedeutung des Theaters diskutiert hatten.

Schon als Kind hatte er sich durch den Geruch ein Bild von Wohnungen und Häusern gemacht. Mit Paulas Welt hatte er Vanille verbunden. Sinnlich und süß wie strahlendes Gelb, betörend fast.

Aber er war nicht gekommen, um alte Zeiten wieder aufleben zu lassen. Paula war tot.

An jenem Abend hatte er das Kapitel gefunden. Dieses Kapitel, das sein Leben zerstören würde, hatte er zerstört. Doch es gab eine Kopie. Paula hatte es ihm selbst gesagt.

Er mußte sie finden, diese Diskette. Er mußte den anderen zuvorkommen, erst dann konnte er weiterleben wie bisher.

Als er zwei Stunden später die Wohnung verließ, ging er mit leeren Händen. Er hatte alles durchwühlt und nichts gefunden. Paulas perfekte Wohnung war zum Chaos geworden, sie war umsonst gestorben. Wenn er nicht bald die Lösung fand, wäre er das nächste Opfer. Und es wäre nicht nur die Angst, die ihn langsam, aber konsequent hinrichten würde.

Sein Tod wäre eine von allen beschlossene Sache.

Für gefallene Götter gab es keine Gnade.

~

Ganz im Gegensatz zu Dorothee und Alexander fanden Malina und Edward nur wenig Zeit füreinander, von Liebesleben ganz zu schweigen. Wenn sie nicht beide mit ihrer Arbeit oder ihrem Sohn beschäftigt waren, setzten sie die Renovierung ihres Hauses fort, und Malina, die immer von einem alten Gemäuer geträumt hatte, das sie nach ihren Vorstellungen umbauen und einrichten konnte, machte jetzt die Erfahrung, daß dieses Unterfangen wenig mit den romantischen Beschreibungen in Bestseller-Romanen à la Peter Mayle zu tun hatte. Die Arbeiten zogen sich endlos hin, nicht zuletzt, weil die Handwerker nur ungern zu den vereinbarten Terminen erschienen. So hatten sie seit Wochen ein Baugerüst im Treppenhaus aufgestellt, die alte Kalktünche war von den Wänden geklopft worden, und obwohl Malina schon an die hundert Mal dort gekehrt hatte, fand sich jeden Tag neuer Staub auf den Stufen – er kroch sogar in Victors Windeln.

Im Badezimmer, einem wahren Alptraum, fehlte mittlerweile ein Teil der dreckigbraunen Kacheln, doch die Badewanne, ein kalkgesprenkeltes Monstrum, war noch immer da, obwohl sie schon vor Wochen durch ein rundes türkisfarbenes Modell hätte ersetzt werden sollen. Einige Male schon war Malina beinahe in einen

Anfall von Irrsinn ausgebrochen, als einer der Handwerker wieder einmal lax erklärte: »Schaun mer mal, dann sehn ma schon.« Die Frage nach dem Wann wagte sie schon gar nicht mehr zu stellen.

Das einzige Wesen, das in dem ganzen Chaos seine gute Laune behielt, war Victor. Während er sich auf schwankenden Beinchen und girrend vor Freude durch seinen Laufstall hangelte, hingen seine Eltern erschöpft in ihren Sesseln. Mephisto irrte mit vorwurfsvollem Blick durch die Räume – sein Lieblingsplatz unter der Treppe war zum Abstellplatz für die Handwerker geworden. Nicht nur Edward und Malina lechzten nach Erholung in einer staubfreien Zone, doch aus dem geplanten Wochenende in den Bergen war noch immer nichts geworden.

Am ersten Mai fuhren sie endlich los. Das Wochenendhaus lag in der Nähe von Kochel am See, weit entfernt vom Bernsteinhof, dem alten Gut im Hinterland von Berchtesgaden, das Edward vermietet hatte, seitdem das Schreckliche dort geschehen und Malina nicht mehr fähig war, auch nur einen Schritt über die Schwelle zu setzen. Sie war nur noch einmal nach jenem Abend vor zwei Jahren dort gewesen, und die Todesangst, der sie damals ausgeliefert war, hatte sie wieder eingeholt. Manchmal kehrte diese Nacht in ihren Träumen wieder, und Edward tat alles, um die Erinnerung daran auszulöschen.

Das Natursteinhaus bei Kochel war wesentlich kleiner und nicht so majestätisch wie der Bernsteinhof, dafür lag es inmitten eines alten Gartens, in dem unzählige Blumen blühten und knorrige Apfel- und Birnbäume im Sommer kühlen Schatten spendeten. Jetzt standen sie in voller Pracht, und die rosa-weißen Blüten wogten in der Luft wie duftender Schaum. Vor der

Terrasse hatte Edward einen kleinen Swimmingpool einbauen lassen, dessen Wasser jetzt allerdings noch zu kalt war und den er nur »die Pfütze« nannte. Ringsherum säumte eine Mauer aus alten Steinen das Bekken. Malina hatte das mediterrane Flair des Hauses von Anfang an geliebt.

Schon am frühen Morgen des ersten Mai waren sie dort angekommen. Es war ein strahlender Tag, hochsommerlich fast, und am Himmel bauschten sich weiße Kumuluswolken, die weiter ein herrliches Wetter versprachen.

Nachdem ihr Gepäck im Haus verstaut war, hatte Malina sofort damit begonnen, die mitgebrachten Oleanderbäumchen und Hortensienstauden auszuladen, in Terracotta-Kübel einzupflanzen und auf die Mauer am Pool zu stellen. Jetzt endlich kam sie dazu, ein Kräuterbeet mit Basilikum, Bärlauch, Salbei, Rosmarin, Thymian, Zitronenmelisse und Pfefferminze anzulegen. Das Ganze sollte von einem winzigen Olivenbäumchen gekrönt werden, dessen Blätter wie silbrige kleine Spiegel in der Sonne glitzerten. Dorothee und Alexander würden erst am nächsten Abend eintreffen, und Malina freute sich schon darauf, ihrer Freundin zu zeigen, wie schön alles geworden war.

Alles hat sich zum Guten gewendet, dachte sie, während sie sich daran erinnerte, daß sie nicht immer so privilegiert gewesen war. Sie kannte durchaus nicht enden wollende Nächte, in denen Zukunftsängste ihr den Schlaf geraubt hatten. Konten, bis zum Anschlag in den roten Zahlen und bedrohliche Mahnbriefe der Bank, die sie irgendwann schon gar nicht mehr geöffnet hatte, waren ihr durchaus ein Begriff gewesen.

Obwohl sie mit ihrer Detektei inzwischen gut verdiente, hätte sie sich diesen Luxus niemals leisten können. Es hat doch etwas für sich, mit einem reichen Mann zusammenzusein, setzte sie ihren Gedankengang mit einem Lächeln fort und empfand so etwas wie Dankbarkeit. Vielleicht sollte ich Edward doch heiraten, überlegte sie nicht ganz frei von Eigennutz, während sie das letzte Rosmarinstöckchen in die Erde pflanzte.

Dorothee, die bislang von einem Häuschen auf dem Land nur träumen konnte und weit davon entfernt war, Rosmarin neben Salbei in die Erde zu graben, saß am Abend darauf neben Alexander im Auto und erwartete gespannt den Anblick des neuen Landhäuschens. Malina hatte ihr so häufig davon vorgeschwärmt, daß Dorothee das Gefühl hatte, es schon gesehen zu haben. Ihre Erinnerungen an den Bernsteinhof waren beängstigend. In jener Nacht vor zwei Jahren war auch sie in dem Haus gewesen. Mit Erleichterung hatte sie registriert, daß es jetzt anderweitig vermietet war.

Zwei Stunden später teilte sie Malinas Begeisterung uneingeschränkt. Vom Garten hatte sie nicht mehr viel sehen können, denn es dämmerte bereits, als sie ankamen, aber innen verkörperte das Haus genau das, was sie schon immer unter Idylle verstanden hatte: Es war mit wenigen zusammengewürfelten, teilweise antiken Stücken möbliert, auf den Terracottaböden lagen dicke Teppiche, auf denen Victor quietschend mit dem Pudel herumtollte, und in der großen Wohnküche spendete ein Kanonenofen Wärme. Natürlich hatte Malina auch hier ihrer Liebe zu Blumen und Grünpflanzen nicht widerstehen können, und so leuchtete und duftete es aus jedem Winkel.

Später, als alle beim Essen saßen – es gab Polenta-

Taler mit frisch geriebenem Pecorino, geschwenkt in Salbei-Knoblauchbutter, dazu eine feuerrote würzige Tomatensoße –, drehte sich das Gespräch der beiden Frauen um nichts anderes als das Haus.

»Muß man für euer Disneyland Eintritt zahlen, oder ist er frei? Es ist fast zu schön, um wahr zu sein. Eigentlich fehlt nur noch ein zahmes Reh.« Alexander legte sich die Hände auf den Bauch und schickte ein herausforderndes Grinsen in die Runde.

»Du wirst lachen«, entgegnete Malina ungerührt, »letzten Sommer hatten wir eins.«

»Das gibt's ja nicht. Und wo ist es jetzt?«

»Futsch. Gegessen. Zu Victors Taufe haben wir es gebraten.« Für einen Augenblick sah Alexander sie sprachlos an, dann lachte er schallend los. »Ich sehe schon, du bist ganz die Schwester deines Bruders, der schwarze Humor liegt also in der Familie. Aber jetzt mal im Ernst«, wandte er sich an Dorothee. »So könnte ich mir unser Leben eigentlich auch vorstellen.«

»Du willst also ein Reh? Ein zahmes Reh? Im Schlafzimmer oder auf dem Tisch?«

»Ich würde sagen: beides.«

»Dann haben wir ein Problem, mein Lieber. Du vergißt, daß ich nicht kochen kann.«

»Ja«, schmunzelte Alexander, »an dieser Tatsache knabbere ich schon seit geraumer Zeit. Was hältst du davon, einen Kochkurs zu besuchen?« Er schenkte ihr ein unverschämtes Lächeln, das die Zähne in seinem braunen Gesicht weiß aufblitzen ließ.

»Was hältst du davon, wenn *ich dir* einen Kochkurs schenke? Einen makrobiotischen.«

»Dann, mein Liebling, muß ich die Sache mit dem Reh noch mal überdenken. Auch wenn man es mir nicht ansieht, ich bin streng konservativ erzogen. Die

Frau am Herd, und der Mann kümmert sich um die wirklich wichtigen Dinge des Lebens.«

»Welche denn, außer stundenlang auf der Toilette die Zeitung zu lesen?« fragte sie, ihre Nase hochmütig in die Luft erhoben.

»Söhne zeugen, Bäume pflanzen, Häuser bauen. Na, ich denke, du hast deinen Hemingway gelesen.«

»Du vergißt, daß er sich ein wenig übernommen hat.« Dorothee drückte ihm einen Kuß auf die Wange. »Am Schluß wurde ihm alles zu viel, und er hat sich umgebracht.«

»Das ist mal wieder typisch Frau. An allem erst mal das Negative sehen. Ich beschwöre die guten alten Zeiten herauf, in denen Männer und Frauen noch ihre angestammten Plätze hatten, und du bist schon in Kranz und Schleier auf meiner Beerdigung.«

»Zu jeder Zeit haben die Menschen die Vergangenheit idealisiert«, fiel Malina in das Geplänkel ein. »Was mich viel mehr interessiert, ist die Gegenwart. Dorothee, hast du mir denn nichts zu sagen, hm?«

»Wieso? Was ist das hier? Ein Tribunal? Die Inquisition?«

Malina dachte nicht daran, sich einschüchtern zu lassen. Sie warf einen vielsagenden Blick auf Alexander. Doch Dorothee schwieg. Mit einem Anflug von Hilflosigkeit sah sie Alexander an.

»Dorothee und ich haben beschlossen, zusammenzuziehen, aber wir haben noch keine geeignete Wohnung gefunden. Meine wäre ja groß genug, aber wir dachten, wenn wir schon ein neues Leben beginnen, dann sollte das auch in einer neuen Wohnung sein.«

»Viel Spaß dabei. Ich weiß, was es heißt, eine Wohnung zu renovieren«, warf Edward ein, der bislang schweigend zugehört hatte und damit beschäftigt war, den Rest der Salbeibutter mit einem Stück Brot aufzutunken. »Malina und ich hatten monatelang die Handwerker im Haus. Morgen früh geht's erst mal in die Berge, die Staublunge auslüften. Ich habe ein schwieriges Plädoyer vor mir«, er grinste, »ein Bankdirektor hat Gelder seiner Kunden veruntreut. Du könntest mir dabei eigentlich ein paar Tips geben«, wandte er sich an Alexander. »Wie wär's? Kommst du mit?«

Malina, die sich im Augenblick weder für Bergwanderungen noch für betrügerische Bankdirektoren interessierte, schnitt ihm das Wort ab. »Hab ich richtig gehört, ihr wollt wirklich zusammenziehen? So schnell? Wie hast du es geschafft, Alexander, daß Dorothee ihre vornehme Zurückhaltung in so kurzer Zeit aufgibt?«

Edward sah, wie Dorothees Wangen sich mit einem leichten Rot überzogen, und versuchte, Malina zu bremsen. »Jetzt laß die beiden doch mal. Sie sind erwachsen und werden schon wissen, was sie tun.«

»Eben«, sagte Dorothee und warf Edward einen dankbaren Blick zu. Malina war manchmal zu ungestüm. Konnte sie denn nicht warten, bis sie Zeit hatten, sich unter vier Augen zu unterhalten? Dann würde sie ihr ohnehin alles erzählen.

Alexander fühlte, was in Dorothee vorging, blickte sie zärtlich an und zog ihren Kopf an die kleine Mulde seiner Schulter.

Na, der weiß aber, wie es geht, konstatierte Malina innerlich. Und obendrein sieht er noch verdammt gut aus.

~

Da hatte es die schönen Kleider abgezogen und aufs Grab gelegt, und der Vogel hatte sie wieder weggenommen, und dann hatte es sich in seinem grauen Kittelchen in die Küche zur Asche gesetzt.

Er hatte nicht bemerkt, daß ich vor seinem Haus gestanden und ihn dabei beobachtet hatte, wie er mit einer kleinen Reisetasche in seinen Wagen eingestiegen und fortgefahren war.

Nachdem sein Auto hinter der Kreuzung verschwunden war, zog ich den Schlüssel zu seiner Wohnung aus meiner Manteltasche.

Offenbar hatte er vergessen, daß ich diesen Schlüssel noch immer besaß. So wie er alles vergessen hatte. Er war einfach gegangen und hatte mich so achtlos abgelegt wie einen alten Pullover, der über Jahre gewärmt hatte und jetzt aus der Mode gekommen war.

Ich spürte Haß und zugleich eine so verzweifelte Sehnsucht, daß ich glaubte, mein Körper könne den Schmerz nicht mehr ertragen und müsse jeden Moment bersten. Manchmal klammerte ich mich an den Gedanken, daß alles nicht wahr sei und ich gleich erwachen würde. Daß alles nur ein qualvoller Traum wäre.

Meine Hände zitterten, als ich den Schlüssel im Schloß herumdrehte, und dann roch ich ihn, diesen vertrauten Geruch nach einem Hauch von »Fahrenheit« und frisch gewaschener Kleidung – er fuhr mir in die Nase, und mit ihm strömte die Erinnerung in jeden Nerv meines Körpers. Die Erinnerung an die unzähligen Male, die ich hier auf ihn gewartet hatte. Die Erinnerung daran, wie begierig ich nach jedem seiner Worte gewesen war, nach jeder Berührung, nach jedem Augenblick der Nähe.

Ich fühlte, wie mir etwas Feuchtes die Wange hinunterlief, und gereizt wischte ich die Tränen fort. Immer hatte ich mich seinen Launen gefügt, nie hatte ich etwas von ihm gefordert, und meine Dankbarkeit für jede seiner Freundlichkeiten war fast hündisch gewesen.

Zornig über mich selbst griff ich nach der grünen Schale, die mit Haselnüssen gefüllt war. Vor ein paar Jahren hatte ich sie ihm aus Bali mitgebracht. Ich schleuderte sie zu Boden, und sie zersprang in tausend Stücke, während die Nüsse über den Boden rollten.

Für einen Moment überlegte ich, ob ich sie nicht einfach liegenlassen sollte, doch dann bückte ich mich und sammelte alles wieder auf. Fast zwanghaft trennte ich die Haselnüsse von den Porzellansplittern und füllte sie in ein Holzschälchen. Die Scherben warf ich in den Müll.

Danach sank ich erschöpft auf einen Stuhl, und mein Blick fiel auf einige Blatt Papier, die unordentlich verstreut auf dem Küchentisch lagen. Plötzlich stockte ich. Ein Schreiben mit einem auffälligen Briefkopf ließ mich aufmerksam werden. Als ich es gelesen hatte, war mir schlagartig klar, daß er nun zu jenem Schritt bereit war, auf den ich vergeblich gehofft hatte.

Ich weiß nicht, wie lange ich dasaß, gefangen von dieser demütigenden Leere, die sich in jede Verästelung meines Körpers auszubreiten schien. Gott weiß es, ich habe versucht, gegen das Andere in mir anzukämpfen, aber es ist mir nicht gelungen.

Von den herumliegenden Zetteln riß ich ein Stück ab und notierte mir den Absender des verräterischen Briefes. Mit einem Gefühl der Befreiung ging ich schließlich hinüber ins Schlafzimmer. Ich zog mich aus, legte mich zwischen die weißen Laken und befriedigte mich selbst. Danach schlief ich ein, und als ich die Wohnung ein paar Stunden später verließ, wußte ich, daß ich zurückkehren würde. Ein einziges Mal noch.

~

»Ist er eigentlich auch mal schlecht gelaunt?« fragte Dorothee und deutete auf Victor. Während Edward und Alexander schon am Morgen zu ihrer Bergwanderung aufgebrochen waren, saßen Dorothee und Malina auf der Terrasse des Wochenendhäuschens. Quietschvergnügt wippte der Kleine auf seinem neuen Schaukelpferd auf und ab.

»Eigentlich selten, er hat die gleiche umgängliche Art wie seine Mutter«, antwortete Malina und drückte ihrem Sohn einen Kuß auf das dunkle lockige Köpfchen. »Und wenn seine Patin ihm so schöne Geschenke macht, freut er sich gleich noch mehr.« Sie wurde vom Klingeln des Telefons unterbrochen und eilte ins Haus. Als sie zwanzig Minuten später zurückkam, saß Victor auf Dorothees Schoß und zog sie hingebungsvoll an den Haaren.

»Das war Hiltrud, meine Cousine. Du hast sie bei Victors Taufe kennengelernt«, erklärte Malina die Unterbrechung.

»Du meinst die Große, Robuste, die so aussieht, als könnte sie Mähdrescher reparieren?« Dorothee glaubte sich zu erinnern. »War das nicht die, deren Blick die ganze Zeit an diesem bärtigen Pfarrer klebte?«

»Genau die«, kicherte Malina, »und stell dir vor, deshalb hat sie auch angerufen.«

»Wegen des Pfarrers?«

»Ja. Sie will ihn unbedingt wiedertreffen. Es ist Frühling, Dorothee, da sehnen sich eben alle nach ein wenig Liebesglück. Du solltest das ja am besten verstehen«, meinte Malina und hielt Victor gerade noch rechtzeitig davon ab, herzhaft in eine Weinbergschnecke – weiß der Himmel, wie sie in seine Hand geraten war – zu beißen. »Apropos, dein Alexander sieht ja wirklich umwerfend aus. Ich hatte ihn gar nicht mehr so in Erinnerung. Und deinem Blick nach zu urteilen, sieht er nicht nur so aus, sondern er ist es auch.«

Dorothee wurde plötzlich ernst. »Ich glaube, ich liebe ihn«, sagte sie schlicht. Und Malina verkniff es sich, weiter zu bohren.

Für ein paar Minuten saßen die beiden Frauen schweigend nebeneinander und betrachteten Victor, der ganz in sich versunken mit einem Steinchen spielte.

Kurz darauf durchbrach ein »Wir sind wieder da!« die träge Stille. Alexander und Edward waren von ihrer Tour zurück, und für einen Augenblick wünschte sich Malina, sie hätten sich ein bißchen länger Zeit gelassen, anstatt den Einklang des Moments so jäh zu unterbrechen.

Als sie wenig später Kaffee in der Küche vorbereitete, kam Edward ihr nach.

»Na, wird es dir ein bißchen zuviel mit den Turteltäubchen da draußen?« fragte Malina.

Edward vergrub sein Gesicht in ihren roten Locken und sog ihren Duft tief in die Nase: »Wer sieht anderen schon gern beim Schmusen zu, wenn er selbst niemanden hat. Du hast mir gefehlt.«

Statt einer Antwort legte Malina ihm beide Arme um den Hals und küßte ihn lange. Als sie ihn wieder losließ, konnte sie durchs Fenster beobachten, wie Alexander sich Victor auf die Schultern setzte und mit ihm durch den Garten galoppierte.

»Was hältst du von ihm?« fragte sie unvermittelt

und deutete mit dem Kopf nach draußen. »Ich glaube, ihm liegt wirklich etwas an Dorothee. Ich würde es mir für sie wünschen.«

»Er scheint ein netter Kerl zu sein«, gab Edward verhalten zurück.

»Ein netter Kerl?« erwiderte Malina. »Geht es noch herablassender?«

»Ich bin nicht herablassend. Aber Männer betrachten Männer anders. Eben weniger verklärt. Nüchterner. Ich weiß nicht, was es ist, ich kann es auch nicht begründen, aber irgend etwas stimmt nicht mit ihm. In meinen Augen ist er zu glatt, zu perfekt. Außerdem ist mir aufgefallen, daß Mephisto ihn nicht mag. Jedesmal wenn Alexander sich ihm nähert, schreckt er zurück und zieht die Lefzen hoch. Und das hat er noch bei niemandem getan.«

»Du spinnst«, erwiderte Malina. Sie drückte Edward das Tablett in die Hand und ging auf die Terrasse zurück. Inzwischen hatte Dorothee die Gartenmöbel näher an den Pool gerückt, wo die Sonne hell und wärmend schien.

Nach dem Kaffee lehnte sich die ganze Gesellschaft wohlig in die bequemen Stühle zurück. Es war, als strömten alle die Wärme aus, die sie den Tag über eingefangen hatten. Während Edward mit seinem Sohn die neu entstandenen Sommersprossen auf Malinas Nase zählte, ruhte Alexanders Blick auf Dorothee. Sie hatte sich ein karmesinrotes Kissen hinter den Kopf geschoben und war so in Gedanken versunken, daß sie Alexanders Blick gar nicht bemerkte. Ihre Augen folgten dem Pudel, der anmutig über die kleine Mauer am Swimmingpool tänzelte. Dann sprang er herunter und verschwand im hohen Gras, wo er mit wehenden Ohren einem Schmetterling hinterherjagte.

Dorothee sah ihm hinterher, dann fiel ihr Blick auf die kleine Mauer am Swimmingpool. Aus einer Ritze rieselten unzählige Ameisen hervor und verdichteten sich in Sekundenschnelle zu einer schwarzen rastlosen Traube. Dorothee schauderte, und ihr Blick wurde starr. Die Insekten schienen immer mehr zu werden, es waren mit einem Mal Hunderte, und vor ihrem inneren Auge entstand ein grausiges Bild: Die Tiere drängten sich auf dem Gesicht eines toten Mannes, krochen aus seinen Nasenlöchern, aus seinem geöffneten Mund, hingen an seinen Ohren, quollen aus seinen hohlen Augen. Voller Panik fühlte Dorothee ihr Herz jagen, doch als sie die Augen aufschlug, schien noch immer die Sonne. Alles war wie vorher.

~

Zwei Wochen später machte die fünfjährige Anna-Lena Bergerhoff mit ihrem Vater und dessen neuer Freundin ein Picknick in den Isarauen. Ihr Vater hatte gesagt, sie solle nett zu Claudia sein, aber so sehr sie sich auch bemühte, sie konnte die Frau nicht leiden. Vielleicht lag es daran, daß Claudia immer eine Nuance zu süß war. Anna-Lena hatte das Gefühl, als wolle sie sich bei ihr einschmeicheln, um ihren Vater noch mehr für sich einzunehmen.

Nachdem die Kleine höflich ein Fleischpflanzerl mit etwas Kartoffelsalat gegessen hatte, entschuldigte sie sich – denn sie war ein gut erzogenes Mädchen – und zog sich zum Spielen auf eine Wiese zurück. Außerdem hatte sie ohnehin das Gefühl zu stören. Ständig wollte diese Claudia jemanden küssen: entweder sie selbst, oder, was ihr noch lieber zu sein schien, ihren Vater.

Während Anna-Lena durchs hohe Gras stapfte, entdeckte sie einen kleinen wolligen Mischlingshund, der aufgeregt an einer Hecke wühlte, und lief ihm hinterher. Gerade als sie zu ihm trat, hielt ihr der Hund triumphierend einen vergammelten Knochen entgegen.

Anna-Lena lachte fröhlich und bückte sich, um das Tier zu streicheln, doch ihr Blick wurde plötzlich von etwas anderem magisch angezogen. Es sah aus, als läge versteckt in der dichten Hecke ein schlafendes Kind. Anna-Lena zwängte sich durch das Gestrüpp, und ihr Herz machte einen weiteren Freudensatz: Da lag eine nagelneue Puppe mit braunen Locken und einer niedlichen Latzhose. Sie griff danach, und erst, als sie sie schon im Arm hielt, erkannte sie, daß mit dem Kopf etwas nicht stimmte. Er baumelte auf merkwürdige Art hin und her. Dann entdeckte Anna-Lena den tiefen klaffenden Schnitt im Puppenhals. Erschrocken ließ sie das Spielzeug fallen. Die dornigen Zweige der Hecke verkratzten ihr Gesicht, als sie verstört zurück zu ihrem Vater rannte.

5

Doch schaff ich den Gesellen erst ins Grab …
Komm, holde Sonn, als Spiegel mir zustatten,
Und zeige, wenn ich geh, mir meinen Schatten.
William Shakespeare, Richard III.

Während der Juni wie so oft in München überwiegend verregnet gewesen war, zeigte der herannahende Sommer in der zweiten Julihälfte sein strahlendstes Gesicht. In Malinas Garten blühten inzwischen rote Rosen und duftender Lavendel. Die Schwalben zogen ihre Kreise über den Bäumen und fütterten ihre Jungen, die unter der Dachrinne des Hauses nisteten.

Alles ging seinen gewohnten Gang. Auch Victor unternahm seine ersten Gehversuche, wobei er sich entweder an die Hand seiner Mutter klammerte oder sich an den Möbeln abstützte. Etwas sicherer geworden, tapste er schließlich allein, mit ausgestreckten Ärmchen, durchs Wohnzimmer.

Die Handwerker waren inzwischen abgezogen. Der Ärger, den ihre Anwesenheit oder vielmehr ihre Abwesenheit verursacht hatte, war beinahe vergessen. Wie von Geisterhand hatten sie ein neues Bad zurückgelassen, das an ein Aquarium erinnerte. Es war in glänzendem Türkis gekachelt, während der Boden im Schachbrettmuster gefliest war. Auch das Treppenhaus und die Diele erstrahlten in neuem Glanz – Mephisto hatte seinen Stammplatz zurückerobert –, und die Wände, die in einem hauchzarten Mandarinton marmoriert waren, harmonierten mit dem honigfarbenen Holzboden. Jetzt mußten nur noch Küche und Schlafzimmer renoviert werden, aber damit wollte Malina bis zum Winter warten.

Die schönen Tage tropften einer nach dem anderen von der zweiten Monatshälfte ab, die ebenso schön war wie die erste. In der Detektei war viel zu tun, aber nichts Spektakuläres passierte, so daß Malina Simon Graf nur einmal pro Woche unter die Arme greifen mußte.

Dann rief Dorothee an. Malina las gerade die Abendzeitung, in der wieder einmal eine kleine Notiz über den Fall von Paula Martinez erschienen war. Ihr Tod war schon fast in Vergessenheit geraten, was wohl größtenteils daran lag, daß die Polizei in ihren Ermittlungen keinen entscheidenden Schritt vorangekommen war. Zwar hatten sie vor einigen Tagen einen jungen Stricher als Tatverdächtigen festgenommen, aber wie Malina dem Artikel entnehmen konnte, mußten sie ihn nach ein paar Stunden wieder laufen lassen, da er für die Tatzeit ein Alibi nachweisen konnte.

Während Malina noch über den zwielichtigen Fall von Paula Martinez nachdachte, brannte Dorothee darauf, ihrer Freundin über den Fortschritt im »Fall Alexander« zu berichten. Er war auf Geschäftsreise in Paris und hatte ihr am Abend vorher mitgeteilt, daß er am Freitag mittag wieder zurück sein würde und eine Überraschung für sie habe. Er nannte ihr eine Adresse am St. Anna-Platz, wo Dorothee sich gegen sechzehn Uhr einfinden sollte. Seine Stimme hatte aufgeregt wie die eines kleinen Jungen geklungen, und Dorothee fragte sich unwillkürlich, wie lange so viel Glück noch währen könnte.

Am Freitag um fünfzehn Uhr dreißig verabschiedete sich Dr. Dorothee Kupitz mit einem äußerst gutgelaunten »Also dann, bis Montag« von ihren beiden Sprechstundenhilfen. Die jungen Frauen sahen sich angesichts dieser ungewöhnlichen Fröhlichkeit verblüfft an. Schließlich war Frau Doktor Kupitz sonst eher distanziert, und man wußte nie so genau, woran man bei ihr war.

Sie wären noch erstaunter gewesen, hätten sie Dorothee dabei sehen können, wie sie im Auto saß und verklärt eine Melodie vor sich hinsummte. Sie mußte selbst lachen, als sie erkannte, daß es sich um einen Song aus Andrew Lloyd Webbers »Evita« handelte: »You must love me«. Schon wieder ein Musical, dachte sie und hatte nicht die geringste Ahnung, woher sie dieses Lied überhaupt kannte. Sie war so gut gelaunt, daß sie keinen Gedanken an das leidige Parkplatzproblem verschwendete. Und das Wunder geschah: Nur hundert Meter von der verabredeten Adresse fand sie ein Plätzchen für ihren Wagen, mitten im Lehel, wo es vor Parkverbotsschildern, Anwohner-Parkzonen und Einfahrten nur so wimmelte.

Dorothee blickte auf ihre Uhr. Sie war fünf Minuten zu früh. Langsam schlenderte sie im Sonnenschein zum St. Anna-Platz und betrachtete die Auslage vom Restaurant und Feinkostladen »Maria Gandl«, bis sie schließlich vor einem für dieses Stadtviertel typischen Haus stand, das aus der Jahrhundertwende stammen mußte. Die Fassade war in hellem Grau gehalten, während Ecken und Kanten weiß abgesetzt waren. Opulente Ornamente und ausladender Stuck umrahmten die Fenster und zierten die Abstände zwischen den einzelnen Etagen. Es war eines jener Prachthäuser, bei deren Anblick man besonders abends, wenn Licht in den

Fenstern schien, sofort in ein begeistertes »Da möchte ich auch gern wohnen« ausbrach, den Gedanken im selben Moment aber schon wieder verwarf, weil man es sich ohnehin nicht leisten konnte. Mit Alexander wäre das möglich, dachte Dorothee, und ihr Herz machte einen Hüpfer bei dem Gedanken, daß sie bald hier leben könnte. Sie ließ ihre Augen über den Platz schweifen, ob sie ihn irgendwo zwischen den Passanten entdecken konnte. Doch er war nirgends zu sehen.

Mittlerweile war es zehn nach vier. Eine Viertelstunde später war er immer noch nicht da, und Dorothee wurde allmählich ungeduldig.

Sie holte ihr Handy aus der Tasche – keine Nachricht von ihm. Nichts. Dann wählte sie seine Nummer. Der Anruf ging durch, aber Alexander meldete sich nicht.

Plötzlich fiel ihr etwas ein. Sie kramte in ihrer Handtasche und fand schließlich den kleinen zerknitterten Zettel, auf dem sie sich die Telefonnummer des »Meurice«, des Pariser Hotels, in dem Alexander immer wohnte, notiert hatte. Die Rezeptionistin bestätigte ihr, daß Monsieur de Vries planmäßig um elf Uhr fünfzehn abgeflogen sei. Sie wisse das deshalb so genau, weil Monsieur sich nach seiner Landung in München noch einmal gemeldet hatte, da er ein kleines Päckchen in seinem Zimmer vergessen hatte. Zu diesem Zeitpunkt verwandelte sich Dorothees Ungeduld in Unruhe, und entschlossen ging sie zurück zu ihrem Auto.

Fünfzehn Minuten später, genau um siebzehn Uhr, parkte sie vor Alexanders Wohnung in Haidhausen am Pariser Platz. Als auf ihr Klingeln niemand öffnete, schloß sie mit dem Zweitschlüssel die Tür auf und trat in das jugendstilgekachelte Foyer des Mietshauses. Während sie die drei Stockwerke nach oben ging, überfiel sie mit einem Mal ein ungutes Gefühl, von dem sie nicht wußte, woher es kam.

Still war es in der Wohnung, und obwohl gleißender Sonnenschein durch die Fenster fiel, meinte sie, im verdunkelten Wohnzimmer Kerzenlicht flackern zu sehen. Für einen Augenblick überlegte Dorothee, ob sie wieder gehen sollte. Doch sie entschied sich dagegen und zwang einen Fuß vor den anderen. Dann atmete sie tief durch und betrat den Raum.

Zwischen unzähligen Kerzen sah sie am Ende des riesigen Raums etwas in dem großen Ledersessel sitzen. Sie konnte auf den ersten Blick nicht erkennen, ob es ein Mensch war. Dann, als sie näherkam, war ihr klar, daß dieses grausig zugerichtete Wesen der Mann war, den sie liebte.

Sie wußte nicht, wie lange sie dagestanden hatte. Nichts war zu hören – bis auf diese halberstickten Töne, die aus ihrer Lunge rasselten.

Bevor sie in Ohnmacht fiel, sah sie neben Alexanders Leiche etwas Goldenes aufblitzen, doch so sehr sie sich auch anstrengte, ihr fiel die Bezeichnung dafür nicht mehr ein. Dann dachte sie noch, daß sie nie mehr in ihrem Leben singen würde.

~

Da war, als es herabsprang, der linke Pantoffel des Mädchens hängengeblieben. Der Königssohn hob ihn auf, und er war klein und zierlich und ganz golden. Am nächsten Morgen ging er damit zu dem Mann und sagte zu ihm: »Keine andere soll meine Gemahlin werden als die, an deren Fuss dieser goldene Schuh passt.«

Als es draußen an der Tür klingelte, war ich gerade dabei, mein Werk zu vollenden. Ich war schon zweieinhalb Stunden früher dagewesen, noch bevor er etwas von meiner Anwesenheit wissen konnte.

Per U-Bahn war ich gekommen, unauffällig und unspektakulär. In meinem grauen Mantel und meinen schwarzen Hosen. Nur meine Schuhe glänzten mehr als die der anderen. Da war ich penibel. An Müttern mit Kindern war ich vorbeigegangen, an schönen jungen Frauen, die geschäftig in ihre Handys sprachen, an Pennern, auf deren Köpfe die Läuse krabbelten. Ich hatte alten Leuten mit schweren Einkaufstüten ins Gesicht geblickt – und niemand, nicht einmal sie, hatte es geahnt: Ich war der Tod.

Mein Handwerkszeug hatte ich in einem Rucksack mitgebracht. Ich hatte alles ganz genau geplant, so wie ich es immer tat. Und alles war so eingetreten, wie ich es vorausgesehen hatte.

Alexander war erbost gewesen, ärgerlich, als er nach Hause gekommen war und bemerkt hatte, wer ihn dort erwartete. Und er hatte nichts getan, um seinen Unwillen zu verbergen. Doch ich hatte mich nicht beirren lassen.

Genau wie ich es mir vorgestellt hatte, wandte er mir schließlich den Rücken zu. Eine Geste der Arroganz. Dann sagte er, und die Verachtung war deutlich in seiner Stimme zu hören:

»Schämst du dich eigentlich nicht, mir so hinterherzulaufen? Kapierst du nicht, daß da nichts mehr zwischen uns läuft?«

Wenn er kein Publikum hatte, war seine Sprache eher trivial. Mich hatte das nie gestört. »Aber du hast ja nie irgend etwas kapiert, und deshalb stehst du in deinem Leben genau da, wo du jetzt stehst.«

Manchmal verfolgt mich der Hohn in seiner Stimme bis in den Schlaf.

»Jetzt fahr zurück nach Hause und laß mich endlich in Ruhe. Ich habe Wichtigeres vor, als mit dir zu diskutieren. Die Dinge sind so, wie sie sind, und nichts wird sich mehr daran ändern.«

Es sollte das letzte Mal sein, daß er dieses Gefühl der Erniedrigung in mir hervorrief, diese Ohnmacht, diese Scham den eigenen Gefühlen gegenüber.

Ich zog das kleine Holzbeil aus meinem Rucksack und schlug Alexander, der noch immer mit dem Rükken zu mir stand, mit der stumpfen Seite auf den Hinterkopf. Ich wußte, daß ich nicht zu stark zuschlagen durfte, sonst wäre er auf der Stelle tot gewesen. Er sollte aber nur bewußtlos sein und noch an allem teilhaben können, was geschehen würde.

Mit einem Ächzen war Alexander zu Boden gesunken, und für einen Moment wartete ich ab, ob er noch einmal zu sich kommen würde. Doch er blieb reglos liegen.

Ich holte die Wäscheleine aus dem Rucksack, schnitt zwei gleich große Teile davon ab und fesselte ihm zuerst die Handgelenke mit einem Knoten, der sich noch fester zuzieht, sobald die Leine bewegt wird. Mit einem dritten Stück band ich die Handfessel an die Heizung, so daß Alexanders Arme über seinen Kopf hinweg gestreckt wurden. Die Füße fesselte ich an die Beine eines massiven Schrankes. Dann träufelte ich ihm einige Tropfen Sekundenkleber zwischen die Lippen und preßte seine Ober- und Unterkiefer fest zusammen.

Ich stand da und betrachtete die am Boden liegende Gestalt, die allmählich schon ihr Menschsein verlor. Es war, als zögen meine Erinnerungen wie im Zeitraffer an mir vorüber. Vor allem dachte ich an unsere gemein-

samen Segelausflüge, und merkwürdigerweise fühlte ich plötzlich den Geschmack von Aquavit auf der Zunge, den wir immer getrunken hatten, wenn wir wieder im Hafen waren.

Alexander gab ein leises Stöhnen von sich, seine Lider zuckten, aber noch immer war er bewußtlos. Ich wollte abwarten, bis er wieder zu sich kam. Er sollte keinen Augenblick unserer Hochzeit versäumen.

Mit Bedacht packte ich die Utensilien aus, die ich benötigte, um der Zeremonie den passenden Rahmen zu geben.

Jetzt fühlte ich Verachtung, als ich diesen Menschen betrachtete, wie er vor mir lag. Keine Spur von Stolz mehr. Er hatte sich auch optisch in das verwandelt, was er eigentlich war: ein Versager ohne Würde.

Alexander erwachte aus seiner Bewußtlosigkeit. Seine schönen Augen starrten angsterfüllt. Sein Kopf ruckte hin und her, er zerrte an seinen Fesseln, und wie ich es geplant hatte, zogen sich die Knoten noch fester zu und schnitten tief in seine Haut. Er versuchte den Mund aufzureißen, um zu schreien, das Fleisch seiner zusammenklebenden Lippen begann zu reißen. Aus seiner Kehle drang ein gurgelnder Laut, der in ein ersticktes Husten überging. Die Angst riß seine Augen weit auf, und sein Brustkorb bewegte sich panisch auf und ab.

Die Älteste ging mit dem Schuh in die Kammer und wollte ihn anprobieren, und die Mutter stand dabei. Aber sie konnte mit der grossen Zehe nicht hineinkommen, und der Schuh war ihr zu klein, da sprach die Mutter: »Hau die Zehe ab, wenn du Königin bist, so brauchst du nicht mehr zu Fuss zu gehen.«

Ich bekämpfte mein aufkommendes Mitgefühl und ergriff rasch das Beil. Dann kniete ich neben Alexander nieder, schob seine Hose sorgsam nach oben, um sie nicht zu beschmutzen, und zog ihm die dünnen schwarzen Socken und die teuren Schuhe aus.

Zuerst hackte ich ihm den großen Zeh, dann die Ferse ab. Es blutete stark. Durch den verklebten Mund hindurch begann er zu brüllen wie ein Tier. Verzweifelt riß er an den Fesseln, die sich noch mehr in sein Fleisch schnitten. Seine Augen starrten mich flehend an, aber ich fühlte nur Kälte. Die Macht hatte die Seiten gewechselt.

Die zierlichen goldenen Tanzschuhe standen bereit. Einen davon schob ich ihm über den blutüberströmten Fuß. Er paßte haargenau. Den zweiten hatte ich für etwas anderes bestimmt. Mit zwei Fingern spannte ich Alexanders rechtes Auge auf und bohrte ihm den spitzen Absatz tief hinein.

»Ruckedigu, ruckedigu, Blut ist im Schuh«, sang ich leise vor mich hin.

Die Idee mit dem Sekundenkleber war gut gewesen, denn Alexanders Schreie waren selbst in ihrer gedämpften Unmenschlichkeit kaum auszuhalten, und sie erschöpften mich.

Ich ging hinaus in die Küche und holte ein Glas Wasser, das ich in einem Zug leertrank. Als ich zurückkam, betrachtete ich das zuckende, winselnde Geschöpf am Boden, das mich kaum mehr an den attraktiven Mann erinnerte, der er noch vor anderthalb Stunden gewesen war.

Nach einigen Minuten, in denen der Schmerz seinen geschundenen Körper immer wieder überflutet haben mußte, beugte ich mein Gesicht tief über seines. Dieses Bild sollte er vor Augen haben, wenn er starb. Dann holte ich das Rasiermesser hervor, und mit einem einzigen Schnitt führte ich es durch seine Kehle.

Dann ging alles sehr rasch. Der Blutstrom versiegte innerhalb von Sekunden, und ich konnte mein Werk vollenden. Ich säuberte Alexanders Gesicht und begann seine Augenlider blau zu bemalen, dem zusammengeklebten Mund gab ich durch ein grelles Rot wieder Konturen. Anschließend lackierte ich ihm die Fingernägel und die Zehen des unversehrten Fußes in derselben Farbe.

Dann schnitt ich die Leiche von ihren Fesseln los und hievte sie in den großen Sessel, wo sie wie ein grotesk geschminkter Clown in sich zusammensank. Ich richtete seinen Kopf auf und zündete anschließend die Kerzen an.

Es war vorüber.

Gerade als ich die Blutspuren von meinen Händen und meinem Werkzeug entfernt hatte – meine Kleidung hatte ich mit einem alten Kittel geschützt – klingelte es. Zweimal kurz, einmal lang. Es klang wie ein verabredetes Zeichen. Danach Stille. Wenig später hörte ich das Drehen eines Schlüssels, und durch den Türspalt erspähte ich die aparte dunkelhaarige Frau, die offenbar die Ursache für den Wandel in Alexanders Leben war.

Lautlos und mit jagendem Herzen schlüpfte ich ins Badezimmer und verbarg mich hinter der dunkel getönten Scheibe der Dusche. Merkwürdigerweise schrie die Frau nicht. Einige Minuten später hörte ich ein Geräusch, das an das Umfallen eines Sackes erinnerte. Ich wartete noch einen Moment ab, und als sich immer noch nichts regte, schlich ich ins Wohnzimmer zurück. Die dunkelhaarige Frau lag neben Alexander auf dem Boden. Sie mußte ohnmächtig geworden sein. Ich hoffte so sehr – mehr für sie als für mich selbst –, daß sie den kleinen goldenen Gegenstand neben der Leiche nicht gesehen hatte. Rasch hob ich ihn auf und packte meine restlichen Sachen.

Es war mir nicht gelungen, alles Blut zu beseitigen. Vielleicht war das auch gut so. Ich hob die ohnmächtige Frau ein wenig an und drückte ihre Hände in das Blut, das auf Alexanders Hemd geströmt war. Dann beschmierte ich einen Teil ihres Kleides und ihr Gesicht damit. Als ich die Frau wieder auf den Boden legte, stöhnte sie leicht. Schließlich verließ ich die Wohnung. So unauffällig, wie ich gekommen war.

Ich nahm die U-Bahn, begegnete wieder Müttern mit Kindern, Pennern, Geschäftsleuten und alten Frauen mit Einkaufstüten. Ich fuhr dorthin zurück, von wo ich gekommen war, legte mich ins Bett und fiel in einen tiefen traumlosen Schlaf.

~

Edward saß mit Victor im Garten unter einem Walnußbaum und genoß seinen frühen Feierabend. Er hatte anstrengende Wochen hinter sich und kurzerhand sein Bedürfnis nach Erholung und Familie über die Pflicht gestellt. Die Kanzlei hatte er an diesem Freitag schon um sechzehn Uhr verlassen.

Es war jetzt kurz vor sechs, und neben ihm auf dem kleinen Tisch stand eine eisgekühlte Flasche Chardonnay Frizzante, von dem ihm ein Klient gleich eine ganze Kiste aus Italien mitgebracht hatte. Er goß sich ein wenig davon ins Glas und trank einen Schluck, wobei er aussah, als wolle er jedes Tröpfchen einzeln die Kehle hinuntergleiten lassen. Normalerweise liebte Edward schwere kostbare Rotweine, aber Malina hatte ihn im Lauf der Jahre davon überzeugt, daß an einem so heißen Sommertag die fruchtige Frische eines leichten Weißweins wesentlich bekömmlicher war.

Absätze klapperten auf den Steinplatten, die durch die Wiese verlegt waren, und Edward drehte sich um.

»Na, endlich fertig?« rief er Malina zu, die mit einem Glas in der Hand auf ihn zukam. Statt einer Antwort ließ sie sich mit einem tiefen Seufzer auf den Stuhl neben ihm fallen.

»Ach, ich bin fix und fertig. Es hat mich Stunden gekostet, mich durch die ganzen Belege und Abrechnungen für den Steuerberater zu wühlen. Davon abgesehen, ich hasse diese Arbeit. Sie macht mich jedes Mal ganz aggressiv. Stunde um Stunde sitzt du da, und anstatt hinterher dafür entlohnt zu werden, serviert dir der Staat noch eine saftige Rechnung.«

»Wenn du dich dazu herablassen könntest, Frau von Habelsberg zu werden, würdest du eine Menge Steuern sparen«, warf Edward leichthin ein.

»Wenn ich heirate, dann nur aus Liebe.«

»Und warum haben wir dann das Aufgebot noch nicht bestellt?« fragte Edward hinter seinem Weinglas hervor.

Jetzt saß sie in der Falle. Doch bevor sich wieder eine Diskussion über dieses Thema entspinnen konnte, klingelte es an der Haustür. »Oh, das muß Simon sein.« Erleichtert eilte Malina davon.

Sie begrüßte ihren Gast viel überschwenglicher als sonst und bugsierte ihn zu Edward in den Garten. Jetzt fehlten nur noch Hiltrud und Wolf-Hinrich Willnet. Malina hatte sich erbarmt und dieses Essen ihrer Cousine zuliebe arrangiert. Sie würden sicher in ein paar Minuten eintreffen, und noch immer schmurgelte nichts auf dem Herd.

Kurzentschlossen orderte sie bei einem asiatischen Feinkost-Service gebackene Hummerkrabben, Tom Gah Ghai, jene feine Suppe aus Hühnerfleisch, Kokosmilch und Zitronengras, und Kanton-Ente in einer scharfen Soße mit Gemüse und Reis. Den Nachtisch, ein Orangen-Tiramisù, hatte sie schon selbst vorbereitet. Es stand in der Speisekammer und mußte inzwischen gut durchgezogen sein.

Eine halbe Stunde später stand das Essen auf dem Tisch, um den die Gäste gut gelaunt saßen. Hiltrud, patent wie immer, goß dem Pfarrer, der ein wenig kränklich aussah, etwas Suppe ins Schälchen, wobei sie ihn selig lächelnd anblickte.

Simon Graf, der das Manöver schnell durchschaut hatte, warf Malina einen amüsierten Blick zu, den sie auf die gleiche Weise erwiderte. Das Gespräch floß munter dahin, und in dem Moment, als Malina ihre Cousine an den Pfarrer gewandt sagen hörte: »Oh, Sie möchten auch die Gauguin-Ausstellung im Haus der Kunst ansehen? Wenn Sie wollen, können wir nächsten Freitag gemeinsam gehen«, klingelte das Telefon.

Malina, die die Antwort des Geistlichen nur zu gern gehört hätte, blickte Edward auffordernd an. Aber auch sein Blick hing wie gebannt an dem kuriosen Duo. Außerdem fütterte er Victor. Mit einem kaum verhohlenen Seufzen erhob sich Malina und ging hinaus in die Diele.

Als sie den Hörer abnahm, glaubte sie im ersten Moment, der Anrufer habe es sich anders überlegt. Nichts war zu hören. Doch dann vernahm sie ein schweres Atmen, das sie sofort an einen obszönen Anruf denken ließ. Genervt wollte sie auflegen, als aus dem Atmen ein Schluchzen wurde. Das Schluchzen einer Frau.

~

In dieser Nacht schlief Malina mit Edward.

Verzweifelt und stumm.

Was sie gesehen hatte, war so irreal grausam, daß sie sich immerfort dieselbe Frage stellte: Was war die Wirklichkeit – die kleine lichte Welt, die Edward und sie sich geschaffen hatten, oder die Brutalität, mit der sie an diesem Abend konfrontiert worden war? Es schien ihr unbegreiflich, daß das eine neben dem anderen existieren konnte.

Sie klammerte sich an Edward, als habe er die Macht, sie vor all dem zu retten, als könne seine Umarmung den Tod vergessen machen. Aber nichts, kein Kuß, keine Liebe, würde in dieser Nacht die Bilder in ihrem Kopf verlöschen lassen.

Später lagen sie schweigend nebeneinander in dem großen Bett, jeder den anderen im Glauben lassend, er schliefe. Edward hörte Malina neben sich atmen, und noch nie war ihm dieser Ton so beruhigend erschienen.

Nein, einmal schon hatte es einen solchen Moment gegeben. Damals vor zwei Jahren, als sie vor seinen Augen fast gestorben wäre, durch seine Schuld, durch seine Feigheit. Nach außen wirkte Edward in sich ruhend, ein erfolgreicher Mann, der mit den Realitäten des Lebens umzugehen verstand. Aber es gab auch die Augenblicke, in denen ihn die Ereignisse von damals quälten. Im Lauf der Zeit kamen sie ihm vor wie jener Clown, der seit Jahren am Marienplatz wie aus dem Nichts auftauchte und Passanten verfolgte. Erst nachdem er ihnen eine Weile unbemerkt hinterhergegangen war, tippte er ihnen auf die Schulter und präsentierte den Leuten sein groteskes Gesicht.

Für Edward symbolisierte das unerwartete Auftauchen dieses Gesichtes all das Furchtbare, was damals geschehen war. Die Augenblicke, in denen er meinte, es stünde plötzlich hinter ihm, wurden immer häufiger. Und stets überfielen ihn diese Gedanken in den Momenten, in denen er glaubte, alles sei vorbei.

Auch Malina schlief nicht. Sie hörte, wie Edward sich herumwälzte. Sie wußte, woran er dachte. Immer wieder hatte sich auch in ihrem Kopf der grausige Mord an Alexander mit dem Entsetzen von damals vermischt, bis sie es fast nicht mehr voneinander trennen konnte. Doch dann drängte sich der Gedanke an Dorothee und das, was sie gerade durchlitt, in den Vordergrund, und das Gefühl der Hilflosigkeit überwog am Ende das des Grauens, als sie Dorothee vor Alexanders Wohnung gefunden hatten. Wie ein Film liefen die Ereignisse vor ihrem inneren Auge ab. Immer wieder. Denn wenn er zu Ende war, schien es, als drücke irgend jemand die Rewind-Taste, und alles begann von neuem.

Dorothee saß auf dem unteren Treppenabsatz in dem Haus, wo Alexander gelebt hatte. Sie sah mitgenommen aus. Nichts an ihr erinnerte mehr an ihre sonstige elegante Erscheinung. Ihr Haar war in Unordnung, ihre Kleider und Hände waren voller Blut, und eine Wunde klaffte an ihrer Stirn. Sie hielt beide Arme um sich geschlungen und wiegte sich hilflos hin und her.

Sie wirkte entsetzlich verloren.

Als Malina sie sah, wußte sie, daß etwas Grauenvolles passiert sein mußte, und im selben Augenblick überlegte sie, welchen Anteil Dorothee selbst daran hatte. Sie war erschrocken darüber, daß sie sich diese Frage stellte, aber mußte sie das nicht, so wie ihre

Freundin aussah? Dorothee aber sprach kein Wort, bis Malina sich neben sie auf die Treppe setzte und sie an sich zog.

»Dorothee«, sagte sie leise, »Wir sind jetzt hier. Hörst du mich? Was ist passiert? Wo ist Alexander?«

Statt einer Antwort gab Dorothee nur ein qualvolles Heulen von sich. Erst nach und nach konnte Malina ihren spärlichen Wortfetzen entnehmen, daß sie Alexander tot in seiner Wohnung gefunden haben mußte. Danach war sie irgendwo auf der Straße herumgeirrt und gestürzt, was die Wunde an ihrer Stirn erklärte. Niemand hatte ihr geholfen, und schließlich hatte sie einer Eingebung folgend Malina angerufen.

Als Simon Graf behutsam nach dem Schlüssel zu Alexanders Wohnung fragte, brach Dorothee in wildes Schreien aus, bis ein Nachbar aus einem der unteren Stockwerke sich ungehalten über den Lärm beschwerte. Schließlich hielten Edward und Malina sie fest und versprachen ihr immer wieder wie einem Kind, daß sie nicht mehr hineinzugehen brauche.

Simon gelang es schließlich, ihr den Schlüssel abzunehmen, den sie noch immer mit der Faust umschloß. Hätte er geahnt, welcher Wahnsinn ihn erwartete, er wäre nicht allein in die Wohnung gegangen. Ein paar Minuten später kam er zurück, und sein Gesicht war aschfahl.

»Mein Gott. Da muß ein krankes Hirn am Werk gewesen sein. Ein gesunder Mensch würde so etwas nicht fertig bringen.« Sein Gesicht zeigte einen Ausdruck, der nicht zu ihm paßte, eine Mischung aus Abscheu, Entsetzen und furchtbarer Angst. Dann verstummte er plötzlich, und als sein Blick auf Dorothee fiel, wurden seine Augen leer.

Er wußte, was sie jetzt empfand. Dieses Vakuum,

dieses Nicht-Begreifen-Können, dieser alles zerfressende Schmerz. Und dann das Wissen, daß der geliebte Mensch nie wiederkommen würde. Nie mehr. So hatte auch er empfunden, damals, bei Valerie. Und er spürte, wie die Vergangenheit wieder an ihm zerrte, und die Schuld …

»Wir müssen die Polizei holen«, preßte er schließlich hervor. Doch als Malina ihn fragte, was er in der Wohnung gesehen habe, schüttelte er nur wortlos den Kopf.

»Ich muß es wissen. Ich gehe jetzt hinein«, brach es aus Malina heraus, und sie wehrte Edward ab, der versuchte, sie zurückzuhalten.

»Ich komme mit.« Simon legte ihr die Hand auf die Schulter, und Edward, der die Augenblicke kannte, in denen Malina sich durch nichts zurückhalten ließ, blieb bei Dorothee und hielt sie fest im Arm. Ihr Schreien war inzwischen zu einem Wimmern geworden. Ihr Körper war starr und der Blick ihrer großen braunen Augen so ausdruckslos, daß Edward glaubte, sie könnte jeden Augenblick den Verstand verlieren.

Als Malina Alexanders Leiche sah, die in dem riesigen Sessel wie zur Schau gestellt wirkte, wußte sie auf der Stelle, daß Dorothee nichts mit diesem Irrsinn zu tun hatte. Ja, dachte sie, Simon hat recht. Das muß ein Verrückter gewesen sein, und im selben Moment wurde ihr übel. Sie spürte, wie die halbverdauten Reste ihres Abendessens beißend die Speiseröhre emporstiegen, aber sie beherrschte sich und drängte sie mit einem heftigen Schlucken zurück. Dann setzte ihr Denken für Sekunden aus, und ihr Herz pochte dumpf gegen ihren Brustkorb.

Wie durch einen Schleier sah sie den tiefen Schnitt in

Alexanders Kehle. Der Schuhabsatz in seinem Auge, die absurde Schminke in seinem Gesicht und an seinen Händen, und dann dieser goldene Frauenschuh, der an seinem rechten Fuß steckte. Und obwohl ihr Gehirn wie von Nebel umhüllt war, registrierte sie, daß sein Mörder versucht hatte, das Blut zu beseitigen. An den Wänden und den Möbeln gab es nur verwischte Spuren.

Später würde sie sich nicht mehr daran erinnern, wie lange sie so dagestanden hatte, noch würde sie eine Erklärung dafür finden, wie Alexanders Handy und sein Terminkalender in ihre Handtasche geraten waren. Sie hatten auf der Kommode im Wohnzimmer gelegen, und vielleicht war es eine Art von Eingebung gewesen, die sie veranlaßt hatte, sie einzustecken.

Hinter ihr wurden plötzlich Stimmen laut, und sie drehte sich wie in Zeitlupe um. Sie hatte nicht bemerkt, daß Simon inzwischen die Polizei angerufen hatte. Jetzt trat er zu ihr, und wieder legte er ihr beruhigend die Hand auf die Schulter.

»Die Kripo ist jetzt hier«, sagte er, und seinem Gesichtsausdruck konnte Malina entnehmen, daß etwas nicht stimmte.

Simon kannte die Kollegen von der Haidhauser Polizeiinspektion. Er hatte schon früher mit ihnen zu tun gehabt und gehofft, daß Christian Roggenkamp die Ermittlungen führen würde. Er war ein sensibler Mann mit einem guten Instinkt und ausgeprägter Menschenkenntnis. Ihm ging es um den Fall, um das Bekämpfen von Verbrechen und nicht um sein Ansehen in der Presse und bei den Vorgesetzten. Profilierungsgedanken waren ihm fremd.

Aber Roggenkamp war mit seiner Familie in Urlaub gefahren, und an seiner Stelle war Hans Scharnagl gekommen. Nicht umsonst wurde er intern »Sargnagel« genannt. Scharnagl stand politisch rechts, war selbstgerecht und voller Geltungssucht – und er war ein Idiot.

»Sie haben also die Leiche gefunden?« erkundigte sich Scharnagl, und Simon haßte schon jetzt seinen abfälligen Tonfall. »Wenn ich mir den so anschau«, fuhr er fort, und sein wulstiger Mund zeigte nicht nur ein abschätziges Lächeln, sondern auch Zahnfleisch mit einer ungesunden weißlich-rosa Färbung, »dann hat's den Anschein, als wär der einer von diesen Brüdern ...«

»Von welchen Brüdern sprechen Sie?« fragte Simon Graf scharf.

»Warme Brüder, Schwule.«

»Der Mann war nicht homosexuell«, fuhr Malina ihm ins Wort. »Ich kannte ihn.«

»Ja, da schau her, die Dame kannte ihn. Und woher, wenn ich fragen darf?«

»Er war der Lebensgefährte meiner Freundin. Sie hat ihn hier gefunden.«

»Ach, ist das die Magere draußen auf dem Flur, die sich so aufführt?«

Malina öffnete den Mund, doch ehe sie etwas sagen konnte, griff Simon Graf beruhigend nach ihrer Hand. Er wußte, was in ihr vorging und was sie jetzt sagen würde, und er wußte auch, daß sie Scharnagl damit nur gegen sich aufbringen würde. Niemandem wäre damit geholfen.

»Die Frau hat einen Schock«, wandte er sich statt dessen an Scharnagl. »Das verstehen Sie doch sicher, nach dem, was sie erlebt hat.«

»Ich verstehe bisher nur, daß hier jemand umgebracht wurde. Bestialisch«, sagte der Beamte mit seiner monotonen Stimme, und seine Augen zeigten die

Reglosigkeit eines Reptils. »Welche Rolle die Dame da draußen spielt, werden wir schon noch sehen.«

In diesem Augenblick haßte Malina seine Selbstgefälligkeit abgrundtief. Wieder wollte sie etwas sagen, doch ein merkwürdiger Laut ließ sie zusammenfahren. Sie fuhr herum und blickte in das Gesicht eines Mannes von der Spurensicherung, das ebenso weiß geworden war wie sein Schutzanzug. Er hielt einen der goldenen Pumps in der Hand. Blut tropfte aus ihm heraus. Aber das war es nicht, was den Mann so aus der Fassung gebracht hatte. Malina starrte ihm erst ins Gesicht, und dann sah sie es: An Alexanders rechtem Fuß fehlten ein Zeh und die Ferse.

Sie starrte darauf, unfähig, ihren Blick wieder abzuwenden, bis sich in ihrem Kopf alles zu drehen begann und sie schließlich das Gefühl hatte, als schwebe sie auf Watte. Sie spürte noch, wie ihr Körper in sich zusammensackte, doch bevor er den Boden berühren konnte, fing jemand ihn auf.

Als sie die Augen wieder öffnete, bemerkte sie, daß es Christoph Kempf gewesen war. Verwirrt sah sie ihn an und fragte sich, was er hier zu suchen hatte. Erst dann fiel ihr ein, daß er Gerichtsmediziner war und an diesem Abend im Dienst sein mußte. Sie war so erleichtert darüber, sein freundliches Bernhardiner-Gesicht zu sehen, daß ihr jetzt doch die Tränen kamen. Unter all diesen Leuten, die ihr routiniert und ohne Anteilnahme schienen, war er jemand, mit dessen Verständnis sie und vor allem Dorothee rechnen konnten. Sie schlang die Arme um seinen Hals und lehnte ihr Gesicht an seine Schulter.

»Mein Gott, Christoph, ich bin so froh, daß du da bist. Hast du Dorothee schon gesehen?«

Mit seiner großen warmen Hand tätschelte Christoph ihren Rücken. »Sie ist immer noch draußen auf der Treppe, und Edward ist bei ihr. Soweit ich es mitbekommen habe, will Scharnagl sie jetzt noch vernehmen.«

»Sieht er denn nicht, in welcher Verfassung sie ist? Christoph, du mußt etwas dagegen unternehmen. Sie ist doch überhaupt nicht fähig, einen klaren Satz zu sagen. Ich habe Angst, daß sie völlig überschnappt. Bitte, hilf ihr.«

»Ich fürchte, ich kann da wenig tun. Vorerst«, antwortete Christoph, aber sein Blick war besorgt. »Ich bitte dich nur um eines. Sei diesem Scharnagl gegenüber vorsichtig und versuche, deine Zunge in Zaum zu halten. Der Mann ist gefährlich. Und wenn du ihn jetzt provozierst, dann könnte es schlimme Folgen für Dorothee haben.«

»Wieso denn?« fragte sie irritiert.

»Malina, sie ist überall voller Blut. Sie hat de Vries gefunden. Für ihn ist sie schon jetzt die Hauptverdächtige. Und an erster Stelle steht bei ihm die Karriere, das heißt: Je schneller ein Fall abgeschlossen ist, desto besser für ihn. Und es wurde immer wieder gemunkelt, daß er so seine ganz speziellen Methoden hat, die angebliche Wahrheit aus Leuten herauszubringen. Und sieh dir Dorothee an. Ich weiß nicht, wie lange sie in dieser Verfassung seinen Fragen standhalten wird.«

»Christoph, sie ist unschuldig ...«

Bevor Malina weiter ausholen konnte, kam einer der Beamten auf sie zu und forderte sie auf, zusammen mit Simon die Wohnung zu verlassen.

»Was geschieht denn jetzt mit meiner Freundin?« wagte sie zu fragen. »Sollen wir hier warten, oder können wir sie mit nach Hause nehmen?« Sie hoffte, daß er ihre Angst nicht bemerken würde.

»Warten Sie draußen. Alles andere erfahren Sie dann schon.« Der Beamte öffnete die Wohnungstür und schob sie hinaus. Über die Schulter hinweg warf sie einen Blick zurück. Zwei Männer hoben die Leiche aus dem Sessel, wobei Alexanders Kopf wie bei einer Marionette, der man die Fäden durchtrennt hatte, nach hinten fiel. Dann legten sie ihn in einen dieser anonymen Zinksärge. Erst als sie ihn schlossen, begriff Malina, daß dies alles wirklich passiert war und daß es kein Zurück mehr gab.

Inzwischen hatten sich die übrigen Hausbewohner im Treppenhaus versammelt und beobachteten mit unverhohlener Neugier den Schauplatz. In einigen Gesichtern erkannte Malina Entsetzen und Furcht, in anderen nichts als Sensationsgier. Edward hielt noch immer Dorothee im Arm. Sie war jetzt ganz stumm und wirkte unendlich einsam. Malina ging zu ihr und drückte sie fest an sich.

»Du brauchst keine Angst zu haben«, flüsterte sie. »Ich bin bei dir, und ich gehe auch nicht weg, bis das hier vorüber ist. Alles wird wieder gut, ich verspreche es dir«, sagte sie und fragte sich gleichzeitig, wie sie dieses Versprechen halten sollte. Dann schwieg sie und blickte hilflos zu Edward hinüber. Er sah sie lange an und schüttelte nur wortlos den Kopf.

Auch Simon wußte nichts mehr zu sagen. Schweigend zog er seine Jacke aus und legte sie Dorothee um die zitternden Schultern. Am liebsten hätte er sie genommen und weit fort gebracht. Weg von all dem Grauen. Er hätte viel darum gegeben, ihre spöttische Stimme zu hören, wie sie ihn hochmütig »Herr Graf« nannte. Doch er war sich nicht einmal sicher, ob sie ihn erkannte.

Er hatte Alexander de Vries nicht gemocht und die

Beziehung zwischen ihm und Dorothee voller Mißtrauen betrachtet. Ähnlich wie Edward war ihm der Mann zu glatt erschienen, doch er hatte nie ein Wort darüber verloren. Im stillen hatte er sich allerdings gewünscht, daß die Geschichte zwischen den beiden schnell zu Ende sein würde. Aber so ein Ende …

Von Scharnagl, der mit einer Zigarette im Mundwinkel auf sie zutrat, wurde er aus seinen Gedanken gerissen. »So, da haben wir ja die Dame, die den Toten gefunden hat«, wandte der Beamte sich an Dorothee und stieß den Zigarettenrauch aus. »Mein Name ist Scharnagl, Kripo Haidhausen. Ich führe die Ermittlungen und würde Ihnen gern einige Fragen stellen, Frau … ähh.«

Dorothee starrte durch ihn hindurch.

»Kupitz. Ihr Name ist Kupitz«, mischte sich Malina ein. »Aber sehen Sie denn nicht, daß Sie gar nicht imstande ist, Ihnen zu antworten? Sie braucht einen Arzt.«

»Immer hübsch der Reihe nach«, wies Scharnagl sie zurecht. »Und wenn wir schon mal dabei sind, dann möchte ich Sie jetzt bitten zu gehen. Ich möchte Frau Kupitz alleine sprechen.«

»Ich werde bleiben«, unterbrach Edward den Polizisten. »Mein Name ist von Habelsberg, ich bin der Anwalt von Frau Kupitz und bestehe darauf zu bleiben.«

»So, der Herr Anwalt ist auch schon da. Wird schon seinen Grund haben, daß Sie so eilig hergekommen sind.« Edward verzichtete darauf, dem Mann die Umstände seiner Anwesenheit zu erklären. Er hatte den Eindruck, Scharnagl würde alles so hinbiegen, wie es ihm gelegen käme. Statt dessen fuhr er unbeirrt fort: »Der Name meiner Mandantin ist Dr. Dorothee Kupitz, wohnhaft Nördliche Auffahrtsallee 19, München. Sie ist Ärztin von Beruf.«

In dem Moment trugen zwei Männer den Sarg aus der Wohnung. Dorothee richtete sich mit einem Ruck auf. Ihr Gesicht verzerrte sich auf erschreckende Weise, und sie begann unbeherrscht zu zittern.

»Ihr könnt ihn doch nicht einfach wegbringen!« schrie sie und schlug nach Edward. »Es ist alles so dunkel. Er braucht mich doch. Er braucht mich doch.«

»Sehen Sie es jetzt endlich ein«, wandte Edward sich scharf an Scharnagl, während Malina Dorothee zurückriß. »Sie rufen sofort einen Arzt! Wenn nicht, können Sie damit rechnen, daß ich mich morgen noch mit Ihrem Vorgesetzten in Verbindung setzen werde. Und glauben Sie mir, ich kriege Sie dran, Scharnagl.«

Zu seiner Verblüffung ließ sich der Beamte einschüchtern und gab nach. Nur wenige Minuten später traf der Notarzt ein, der Dorothee sofort Valium spritzte. Dorothees Zustand war so besorgniserregend, daß er darauf bestand, sie in eine Klinik einzuweisen.

Malina protestierte zuerst. Sie wollte nicht, daß Dorothee fremden Menschen ausgeliefert war, sondern hätte sie am liebsten mit zu sich nach Hause genommen. Doch schließlich gab sie sich geschlagen. Zusammen mit Simon begleitete sie Dorothee ins Krankenhaus, während Edward nach Hause fuhr, um nach Victor zu sehen, um den sich Hiltrud gekümmert hatte.

Inzwischen war es halb fünf Uhr morgens, die Dämmerung schlich langsam ins Zimmer, und draußen zwitscherten die Vögel.

Ein gewöhnlicher Morgen. In einer gewöhnlichen Stadt. Als wäre nichts passiert.

Malina hatte keine Sekunde Schlaf gefunden. Immer

wieder sah sie Dorothees Gesicht vor sich, wie es bleich in den Kissen lag. So still und so weit weg.

Im Krankenhaus hatte man ihr eine weitere Beruhigungsspritze gegeben, worauf sie schnell in einen tiefen Schlaf geglitten war. Malina fragte sich, wie Dorothee die Wahrheit verkraften sollte, wenn sie am Morgen erwachte. Was würde geschehen, wenn Dorothee nicht stark genug wäre?

Die Uhr auf dem Nachttisch tickte unaufhaltsam. Malina faßte einen Entschluß, den ersten Schritt hatte sie schon getan. Dann stand sie auf, ging hinüber in Victors Zimmer und betrachtete sein kleines unschuldiges Gesicht. Vorsichtig hob sie ihn hoch und trug ihn hinüber in ihr Bett. Als sie seine winzige warme Hand tröstend in ihrer spürte, schlief sie endlich ein.

6

Und ob verstohlen auf ein Blatt
Auch eine Träne fiel,
Getrocknet ist die Träne längst,
Und alles war ein Spiel.
CONRAD FERDINAND MEYER

Das Wetter war an diesem Samstag im ganzen westlichen Europa schön. Die Sonne tauchte den mittelalterlichen Markt des feinen Pariser Vorortes Vaucresson in ein irisierendes, fast gläsernes Licht. Die Luft war klar. Ein buntes Wirrwarr aus Stimmen, Farben und Menschen erfüllte den Platz und erinnerte an das emsige Treiben in einem Bienenstock. Arabische Zuckerbäkker boten neben heißen, schokoladencremegefüllten Crêpes honigtriefende Kuchen und weißen Nougat an. Daneben pries ein Händler mit wettergegerbtem Gesicht lautstark frische Austern und Tintenfische, ganze Lachse und lebende Hummer an. Gegenüber lockte der Duft von knusprigen Baguettes und goldgelben Brioches. Kinder tobten zwischen den einzelnen Ständen umher, während ihre Mütter große Einkaufskörbe mit den verschiedensten Köstlichkeiten fürs Wochenende füllten.

Ihr Patenkind Anne-Cécile fest an der Hand, feilschte Madame Beauvillier mit einem dunkelhäutigen Blumenverkäufer um den Preis eines großen Straußes blauen Rittersporns und weißer Lilien. Schließlich gab der Mann nach und überließ ihr das Gebinde zu einem fairen Preis. Zufrieden mit sich und ihrem Verhandlungsgeschick kaufte sie eine weiß-rosa Zuckerstange für Anne-Cécile, wogegen ihre Nichte Cathérine sicher aufgebracht protestieren würde, und machte sich auf den Heimweg.

Sie hörte das Telefon klingeln, als sie gerade das schmiedeeiserne Gartentor öffnete. Das ist bestimmt Cathérine, hoffte sie. Seit zwei Tagen hatte sie sich nicht mehr gemeldet, und Madame Beauvillier machte sich inzwischen ernsthaft Sorgen. Sie ließ Körbe und Einkaufstaschen stehen und eilte ins Haus. Ihre Vermutung war richtig gewesen, und während sie mit ihrer Nichte sprach, schrie Anne-Cécile aufgeregt im Hintergrund: »Maman, maman, wann kommst du nach Hause?«

»Ich weiß noch nicht, wann ich zurückkomme«, sagte Cathérine, »ich habe ihn noch nicht getroffen. Aber ich denke, bis spätestens Mitte nächster Woche bin ich wieder bei euch. Gib meiner Kleinen einen Kuß und sag ihr, daß sie mir sehr fehlt.«

»Das mache ich«, erwiderte Madame Beauvillier, »und Kopf hoch, ma petite. Du wirst es schon schaffen.«

»Bien sûr.« Im Hintergrund hörte Cathérine noch einmal die Stimme ihrer Tochter, doch da klickte es schon in der Leitung. Madame Beauvillier hatte aufgelegt.

»A bientôt«, murmelte Cathérine in ihrem Münchner Hotelzimmer und starrte wieder auf die aufgeschlagene Seite der Boulevardzeitung auf ihrem Bett. Man hatte sie ihr zusammen mit dem Frühstück aufs Zimmer gebracht. Auf der zweiten Seite prangte das

Foto eines dunkelhaarigen Mannes. Doch so oft Cathérine es auch ansah, er war ihr mit einem Mal fremd, und sein Schicksal ließ sie merkwürdig kalt.

Von unten drang das Bimmeln der Straßenbahn herauf.

Sie hatte es auch nachts mehrere Male vernommen, als sie sich in wirren Träumen im Bett gewälzt hatte. Und plötzlich war das Bimmeln zum Splitter einer Traumsequenz geworden.

Eine Glocke, hoch oben im Giebel eines einsamen fensterlosen Hauses. Schwarze Würmer, die auf aufgeworfener Erde wimmelten. Sie konnte nicht anders, als hinzustarren, doch je näher sie kam, desto mehr erinnerten sie an dunkel gekleidete Menschen auf einem weiten Platz, dahinter gemeißelte Buchstaben auf poliertem Marmor. Und die Glocke schlug und schlug.

Dann war Cathérine aufgewacht, mit rasendem Herzen, und als sie auf die Uhr sah, bemerkte sie, daß mehr als dreizehn Stunden vergangen waren. Sie stand auf, und obwohl es warm war, fröstelte es sie. Am Fenster schob sie die schwere Brokatgardine zurück und blickte hinaus auf die Maximilianstraße. Das berühmte Maxmonument glänzte in der Sonne. Am Eingang eines Theaters stand eine kleine Gruppe von Menschen nach Karten an. Cathérine starrte sie an, ohne sie wirklich zu sehen. In diesem Moment quietschten die Bremsen der Straßenbahn, wieder erklang das Bimmeln der Glocke und riß sie aus ihren Gedanken.

Sie mußte hinaus unter Menschen.

Dieser Gedanke beflügelte sie. Eilig holte Cathérine ihre Schuhe und begann sie mit einem weichen Bürstchen zu putzen. Währenddessen dachte sie nach und fragte sich, warum alles so geschehen war. Sie hatte es nicht gewollt. Nicht so.

Der erste Schuh war fertig, und als sie den zweiten vom Boden aufhob, stieg vor ihrem inneren Auge eine Erinnerung auf.

Eine Frau, die sich an einen Mann schmiegte. Sie standen am Rande eines Felsens. Am Horizont schimmerten die Konturen zweier Inseln im leuchtenden Azurblau des Atlantiks, während sich mannshohe Wellen tosend an der Klippe brachen. Die Luft war rauh gewesen am Cap Fréhel, und fast war es ihr, als fühle sie wieder die Böen über ihre Wange jagen, ja, als höre sie den Klang ihrer beider Stimmen, der schließlich vom Wind entführt wurde.

Fast vier Jahre war es her, daß sie in jenes kleine Fischerhaus in der Bretagne gefahren waren. Der Gedanke, wie rasch und mit welchem Eifer sie damals die arrogante Rüstung der Großstädterin abgelegt hatte, weckte in ihr nur noch Bitterkeit. Wie biegsam und sanft war sie gewesen. Wie unerwartet weich. Sie hatte nur noch gut sein wollen, freundlich und liebevoll. Zu jener Zeit wäre es ihr unfaßbar erschienen, daß sie eines Tages nur noch Haß für ihn empfinden und sein Tod nichts als Genugtuung in ihr hervorrufen würde.

Ihr Blick fiel wieder auf die Zeitung. Sie faltete sie ordentlich zusammen und steckte sie zusammen mit dem U-Bahn-Fahrplan in ihre teure schwarze Tasche. Sie erinnerte sich noch genau daran, wie er sie ihr damals geschenkt hatte.

~

Am darauffolgenden Montag erwachte Malina aus einem schweren Schlaf. Obwohl sie fast zwölf Stunden geruht hatte, fühlte sie sich restlos erschöpft. Der Platz neben ihr war leer. Edward mußte längst aufgestanden sein. Nicht einmal Victors morgendliches Gebrabbel hatte sie gehört. Dann fiel ihr ein, daß Edward sich den Tag freigenommen hatte und der Kleine bestens versorgt sein mußte. Für einen Moment erleichtert ließ sie den Kopf wieder ins Kissen zurücksinken. Doch dann war der beklemmende Druck um ihren Brustkorb wieder da. Seit Freitagnacht hatte er sie nicht mehr verlassen. Ebenso wie die Angst, die sie seitdem verspürte. Am liebsten hätte sie ihr Bett nicht mehr verlassen, um sich vor all dem zu verkriechen. Aber hatte sie eine Wahl?

Noch drängender wurde die Frage, als sie bei einer Tasse Kaffee das Morgenblatt las.

**Sie war de Vries' Geliebte –
verbirgt die schöne Ärztin ein Geheimnis?**

In dem Bericht ging es um Dorothees Beziehung zu dem toten Bankier. Die Absicht, Dorothee zwischen den Zeilen als Hauptverdächtige erscheinen zu lassen, gipfelte in einem Zitat von Hans Scharnagl: »Dieser Mord ist das Werk eines Psychopathen. Welche Verbindung es zwischen Frau Kupitz und der Tat gibt, die zu den bestialischsten zählt, die mir in meiner Laufbahn begegnet sind, steht noch nicht fest. Fest steht allerdings, daß sie an jenem Abend in der Wohnung des Opfers war. Als die Polizei eintraf, war die Frau völlig außer sich und nicht mehr ansprechbar. Zur Zeit steht sie unter ärztlicher Aufsicht. Sobald wir die Erlaubnis haben, werden wir sie vernehmen. Wir gehen davon aus, daß Dorothee Kupitz der Schlüssel zum Geschehen ist.«

Neben dem Artikel war Dorothee abgebildet. Es mußte ein altes Foto sein, denn im Hintergrund erkannte Malina die Umrisse des Wohnzimmers von Dorothees Eltern. Zornig fragte sie sich, wie es in die

Hände der Zeitungsleute geraten war. Und sie fragte sich, wer diese Menschen waren, die nicht davor zurückschreckten, einem anderen so etwas anzutun.

Ihre Kopfschmerzen wurden bohrender. Hastig suchte sie nach dem Aspirin. Alles, was sie fand, war eine leere Packung. Dann fiel ihr ein, daß sie stets eine Notration in ihrer Handtasche aufbewahrte. Dort waren auch die Tabletten – neben einem verchromten Handy und einem Terminkalender.

Damit kehrte die Erinnerung wie ein Stromstoß zurück. Der Anblick der beiden Gegenstände verursachte ihr ein schlechtes Gewissen. Es war ihr, als beginge sie etwas Verbotenes, wenn sie das Buch aufschlug, und sich in das Telefonverzeichnis seines Handys einklinkte. Doch im selben Moment wußte sie, daß sie nicht anders konnte.

Alexanders Leben war randvoll gewesen mit Geschäftsterminen, Verabredungen zum Mittag- oder Abendessen, Flugzeiten und Namen, die er in vollem Wortlaut vermerkt hatte. Keiner davon sagte ihr etwas. Bis auf den von Dorothee. Er mußte jedes Treffen mit ihr eingetragen haben, so oft fand sie ihren Namen. Am Tag seines Todes, dem ersten August, hatte er notiert: »Dorothee, 16 Uhr, St.-Anna-Platz. Bin gespannt, was sie sagen wird.«

Er würde es nie mehr erfahren.

Mit gerunzelter Stirn blätterte Malina durch die vergangenen Monate. Manchmal tauchten dieselben Namen auf, manchmal neue. Als sie zum fünfundzwanzigsten Januar kam, stutzte sie. Es war der Tag vor Victors Taufe gewesen, und nur ein einziger Termin war eingetragen:

19.30 Uhr, P. M.

Sonst nichts.

Was bedeutete P. M.?

Warum hatte Alexander an dieser Stelle nur Initialen eingetragen? Und warum war seine ausladende Schrift auf eine winzige Größe geschrumpft? Der Eintrag hatte etwas Verstohlenes. Als hätte er ihn am liebsten verdrängt.

Einer plötzlichen Eingebung folgend griff Malina nach dem Handy und öffnete das Namenverzeichnis. Einen Namen mit diesen Initialen fand sie weder dort, noch im Terminkalender. Im öffentlichen Telefonbuch hingegen wimmelte es von Einträgen, auf die sie paßten – eine Spur ins Uferlose. Und wie konnte sie überhaupt sicher sein, daß es sich bei P. M. um den Namen einer Person handelte?

Vielleicht standen die Buchstaben für ein Restaurant, ein Hotel, vielleicht für eine Straße oder einen Platz. Im Inhaltsverzeichnis des Münchner Stadtplans fand sie fünf Straßen und Plätze, die dafür in Frage kamen. Außerdem eine Pension in der Rathochstraße und vier Firmen. P. M. konnte alles mögliche bedeuten. Wo sollte sie ansetzen? Sie wußte es nicht.

Und da begriff sie, daß ihre Entscheidung längst gefallen war. Sie konnte nicht sagen, was sie dazu trieb. Es war weder Neugier noch Abenteuerlust, es war etwas anderes, für das sie keinen Namen hatte. Etwas, das sie zwang, herauszufinden, wer Alexanders Mörder war. Ihr Herz begann zu jagen, und ein lähmendes Gefühl stieg in ihr hoch.

Es war ihr vertraut. Sie hatte es schon einmal erlebt: Todesangst.

Sie schloß die Augen für ein paar Minuten, und als sie sich beruhigt hatte, blätterte sie noch einmal den Terminkalender durch. Außer den merkwürdigen Initialen, die nur am fünfundzwanzigsten Januar auftauchten, fiel ihr nichts auf. Höchstens, wie ordentlich er das Buch geführt hatte. Es gab keine Visitenkarten, die lose herumflatterten, ebensowenig Postkarten oder Notizzettel. Sie fand nichts von alledem, was Menschen gewöhnlich in ihren Terminkalendern aufbewahrten – bis auf einen gefalteten Briefumschlag, der im Ledereinband steckte. Er war an Alexander adressiert, die Schrift war klein und krakelig. Im Kuvert befand sich ein Brief in französischer Sprache, datiert vom fünften Februar. Eine Frau mußte ihn verfaßt haben, dachte Malina, während sie die Zeilen überflog.

Das wenige, was sie lesen konnte, klang fast flehend: »Ich weiß nicht, wie viele Briefe ich Dir schon geschrieben habe. Wütende, traurige, versöhnliche ...« Und ein paar Zeilen tiefer: »Ich finde keine Erklärung für alles, hilf mir doch ... Bitte.«

Dann wurde die Schrift immer unleserlicher, bis Malina schließlich nur noch Satzfetzen entziffern konnte: »... ist viel Zeit vergangen ... aufgeben kannst ... warum nicht ich ... unser gemeinsames ... auch Deine Verantwortung ...« Ganz am Ende stand: »... a besoin de sa poupée! S'il te plaît!«

Malina stutzte. Der Satz irritierte sie.

Was bedeutete »a besoin de sa poupée«?

Wer brauchte seine Puppe?

Es klang so verworren.

Der Brief war mit »Cathérine« unterschrieben. Sie lebte in einer Stadt namens Vaucresson, in der Rue Gustave Goublier, soviel entnahm Malina der Absenderadresse auf dem Umschlag. Doch sie fand ihren Namen weder in Alexanders Adreßverzeichnis noch in dem seines Mobiltelefons.

~

Schwarz. Das Kleid saß wie angegossen.

Wie der Zweiteiler davor, wie das Jersey-Ensemble, wie …

Schwarz, schwarz, schwarz.

Sie alle waren wie für sie gemacht, für ihren eleganten Körper, der sich in den Stoff schmiegte wie zarte Finger in einen weichen Handschuh. Doch Cathérine Beauvillier wollte die Kleider nicht. Nicht mehr. Sie starrte auf das Durcheinander, das sich auf dem Hokker in ihrer Umkleidekabine stapelte, und begann zu zittern. Mit fliegenden Fingern öffnete sie die winzigen Knöpfe der Chiffonbluse und riß sie sich fast vom Leib. Der Schweiß rann unter ihren Achselhöhlen hervor.

In der drückenden Enge der Kabine glaubte sie ersticken zu müssen. Vor ihr begannen sich die Wände zu drehen, die Konturen ihres Spiegelbildes schienen sich aufzulösen. Schwer atmend zog sie sich ihre eigenen Kleider über und stürzte an der Verkäuferin vorbei ins Freie und rang nach Luft.

Im gleißenden Licht der Sonne fragte sie sich verstört, ob sie plötzlich verrückt geworden war. Warum quälte sie sich selbst? Was wollte sie eigentlich noch in dieser Stadt? Es gab nichts mehr zu tun, alles war getan.

Sie wollte nach Hause, zu ihrem Kind, zu den Menschen, die sie liebte.

Vielleicht würden dann ihre Alpträume enden.

~

Während Cathérine Beauvillier im Reisebüro ihr Flugticket umbuchen ließ, stand Malina unter der Dusche und beschloß, mit Simon zu sprechen. Er mußte ihr helfen. Ohne ihn und seine Kontakte würde sie nicht weiterkommen. Anschließend würde sie Dorothee im Krankenhaus besuchen. Das Schwierigste aber stand ihr am Abend bevor: das Gespräch mit Edward. Sie wußte schon jetzt, daß ihr Entschluß zu einer Auseinandersetzung mit ihm führen würde, und ihr graute davor.

Sie trocknete sich ab, fönte ihre Haare und zog sich an. Sonst liebte sie dieses morgendliche Ritual, heute tat sie es lustlos, fast schwerfällig. Es kostete sie viel Überwindung, nicht wieder ins Bett zu kriechen.

Sie packte Alexanders Handy und Terminkalender in ihre Handtasche und suchte im Garten nach Edward und Victor. Sie lagen beide schlafend in einem der Liegestühle. Sanft rüttelte sie Edward wach, und als er sich von ihr mit einem arglosen Kuß auf die Wange verabschiedete, spürte sie ihr schlechtes Gewissen. Sie kam sich vor wie eine Betrügerin.

~

Im Büro traf Malina nur Anke Zwinkmann an. Sie war Psychologiestudentin und kam jeden Montag ins Büro, um die Ablage und sonstige Schreibarbeiten zu erledigen.

»Simon ist essen gegangen«, sagte sie fröhlich. »Ich glaube, er wollte ins ›Fön‹. Er ist seit ungefähr einer Dreiviertelstunde weg. Wenn du dich beeilst, teilt er sicher seinen Nachtisch mit dir.«

»Klingt verlockend. Gibt's irgendwas Neues?« Insgeheim fragte Malina sich, ob Simon Anke etwas von der Tragödie am Wochenende erzählt hatte.

»Nee, nichts.« Ankes blonder Kopf verschwand wieder hinter dem Bildschirm, und eifrig tippte sie weiter, während Malina aufatmete. Im Grunde war sie froh, daß Simon nicht im Büro war. Sie konnte Alexanders Terminkalender und die Daten aus seinem Handy kopieren, ohne daß er es bemerkte. Die Originale mußten der Polizei übergeben werden, darüber war sie sich im klaren.

Simon würde das sicher für sie erledigen, auch wenn er noch nichts davon wußte.

Seine Reaktion wenig später war so, wie sie es sich vorgestellt hatte: Er tobte.

»Du bist dir hoffentlich bewußt, daß du Beweismaterial unterschlagen hast! Wie konntest du so etwas tun?« Er umkreiste seinen Schreibtisch wie ein wildgewordener Büffel. »Du hast diesen Hans Scharnagl doch erlebt. Glaubst du, mit dieser Aktion verbesserst du die Lage? Vor allem für Dorothee? Und wenn Madame Detektivin nicht mehr weiter weiß, dann soll der gute alte Simon herhalten! Menschenskind, wie stellst du dir das vor? Daß ich da einfach reinspaziere und die Sachen mit den Worten ›Ich hab hier was für euch‹ fröhlich auf den Schreibtisch lege?« Aufgebracht fuhr er sich über den Nacken.

»Weißt du, Simon«, sagte Malina überraschend ruhig, »ich unterschreibe jedes deiner Worte. Aber an wen hätte ich mich denn sonst wenden sollen? Du bist doch der einzige, der das für mich tun könnte. Und du hast doch sicher noch gute Kontakte zur Polizei, oder? Das hast du zumindest erwähnt. Bitte, tu es für mich. Ich koche auch wieder etwas für dich.«

»Jetzt komm mir bloß nicht mit dieser Zuckerguß-und-Rehlein-Nummer.« Er hielt plötzlich inne. Seine Augen, in denen noch immer ein Funke von Wut und Mißmut glomm, taxierten sie prüfend. Dann wich sein Gesichtsausdruck der reinsten Verblüffung.

»Du raffiniertes Miststück«, zischte er. »Ich faß es nicht. Du hast von Anfang an gewußt, wie du mich herumkriegst. Deshalb sitzt du da, seelenruhig wie ein Engel, und läßt mich herumbrüllen wie einen Idioten. Ich habe mich schon gewundert, warum du nicht zurückschreist. Dir war von vornherein klar, daß ich die Sache wieder ins Lot bringe.« Er strich sich die Haare aus dem Gesicht und schnaubte. »Also los, gib das Zeug schon her.«

Malina kramte schuldbewußt die Beweisstücke aus ihrer Handtasche. Sie reichte sie Simon und drückte ihm einen Kuß auf die Wange. »Danke«, schnurrte sie, »du bist eben doch mein Allerbester.«

Was Simon antwortete, verstand sie nicht. Es klang wie ein Knurren.

Stillschweigend arbeiteten sie eine Weile nebeneinander her, wobei Malina im Grunde nur so tat. Sie wußte, daß sie Simon für diesen Tag genug strapaziert hatte, und fragte sich, wie sie ihm ihren Entschluß, Alexanders Mörder zu suchen, beibringen sollte, ohne daß er einen weiteren Tobsuchtsanfall bekam. Doch bevor sie etwas sagen konnte, hob er den Kopf und blickte sie musternd an:

»Da gibt es doch noch etwas, was du mir sagen willst, Prinzessin.«

»Woher weißt du das?« entfuhr es Malina.

»Ich kenne dich eben auch sehr gut. Also, raus mit der Sprache, was ist es? Keine Bange, mich überrascht heute nichts mehr.«

»Ich muß Alexanders Mörder finden. Wegen Dorothee ... Ich kann nicht anders.« Sie blickte ihm fest in die Augen. »Hilfst du mir dabei?«

Simon sah sie eine Weile nachdenklich an. »Ich habe es mir schon gedacht ...«

»Und?«

»In Ordnung. Ich helfe dir.« Über seine Gründe ließ er sie im unklaren. Dann sah er sie an, und in seinem Lächeln entdeckte sie eine Spur von Traurigkeit. »Ich hoffe, du hast seinen Kalender und seine Handy-Daten schon kopiert?«

»Hab ich.« Sie warf ihm einen kurzen Seitenblick zu. Diesmal überraschte er sie. Mit dieser schnellen Zustimmung hatte sie nicht gerechnet. Offenbar kannte sie ihn doch nicht so gut.

Dann ergriff sie den Telefonhörer und rief Hiltrud an. Das Gespräch dauerte nicht lange, doch am Ende war klar, daß Victor in den nächsten Wochen gut versorgt sein würde. Hiltrud würde ihren Jahresurlaub nehmen und sich um Malinas Haushalt kümmern. Ein Problem war zumindest gelöst.

Als sie wenige Minuten darauf das Büro verlassen wollte, legte Simon ihr den Arm um die Schultern. »Sag Dorothee liebe Grüße. Und dir viel Glück mit Edward heute abend.« Zwischen ihnen war alles wieder in Ordnung, das erkannte sie an seinem Blick. Doch wie er es anstellte, daß Alexanders Sachen zwei Tage später, ohne weiteres Aufsehen zu erregen, bei der Polizei landeten, verriet er ihr nie.

~

Nachdem Malina Dorothee im Krankenhaus besucht hatte, quälte sie sich in der hochsommerlichen Abendhitze durch die Rush-hour am Mittleren Ring. Bevor sie nach Hause fuhr, wollte sie in Dorothees Wohnung nach dem Rechten sehen. Außerdem brauchte ihre Freundin frische Wäsche. Malina war froh, ihr zumindest mit kleinen Aufmerksamkeiten helfen zu können.

Vielleicht würde sie das von dem Bild ablenken, das sich seit ihrem Besuch im Krankenhaus in ihren Kopf gebrannt hatte: dem wächsernen Gesicht in den weißen Kissen, dem leeren Ausdruck ihrer Augen, die sie nicht mehr schließen wollte.

Aus Angst, hatte die Krankenschwester gesagt.

Aus Angst, all das Grauen wieder vor sich sehen zu müssen. Und so starrte Dorothee die meiste Zeit auf einen Punkt irgendwo an der Wand, während ihre kleinen Hände wie von selbst über die Bettdecke fuhren.

Sie hatte keinen Ton mit Malina gesprochen. Nur ein paar Tränen waren aus ihren Augenwinkeln geronnen. »Reaktive Psychose« nannten die Ärzte ihren Zustand, der in ein paar Tagen vorüber sein, der aber auch über Wochen andauern könnte.

Auf dem Flur war Malina Dorothees Eltern begegnet. Wie immer war ihr Vater sehr herzlich gewesen, jedes seiner Worte hatte erkennen lassen, daß er alles tun würde, um seiner Tochter zu helfen. Das Gesicht von Dorothees Mutter hingegen war das einer Märtyrerin gewesen. Mehr denn je war es Malina auf die Nerven gefallen, und mehr denn je hatte sie das Gefühl, die Frau suhle sich förmlich in dieser Rolle. Sie fragte sich, warum Klaus-Werner Kupitz sie nicht schon längst verlassen hatte.

Dorothees Wohnung war ein Abziehbild ihrer Persönlichkeit. Sie spiegelte all die Eigenschaften, die Malina in ihr sah: Eleganz, Reinheit und Klarheit. Nur die muffige, abgestandene Luft raubte ihr die Frische, und die welken Blätter der Pflanzen kündeten von der Tragödie. Obwohl Malina unzählige Abende mit Dorothee hier verplaudert und ebenso viele Flaschen Rotwein mit ihr getrunken hatte, fühlte sie sich mit einem Mal unbehaglich.

An der Garderobe hing eine Jacke von Alexander gleich neben dem Mantel von Dorothee, und es war ihr, als müsse sie das Paar jeden Moment zusammen lachen hören. Sie schauderte, und trotz der Hitze zog sie fröstelnd die Schultern hoch.

Sie hastete durch die Zimmer, packte Dorothees Sachen zusammen, goß die Blumen und lüftete, während sie die Post aus dem Briefkasten holte. Dann schloß sie die Wohnung sorgfältig ab und atmete auf. Sie war froh, nach Hause fahren zu können.

Zehn Minuten nachdem Malina weggefahren war, schloß sich die Tür von Dorothees Appartement ein zweites Mal. Malina war nicht allein dort gewesen.

~

Als sie nach Hause kam, empfing Edward sie schon in der Diele, umgeben von einer Wolke aus Bratfett.

»Ich habe für uns gekocht, Kartoffelpuffer, die magst du doch so gern. Na ja, außerdem sind sie das einzige, was ich in der Küche zustande bringe. Victor schläft schon, du kannst dich also ausruhen.« Er wollte sie an sich ziehen, aber ihr müder, trauriger Blick hielt ihn davon ab.

Im Wohnzimmer war der Tisch schon gedeckt, sogar an eine Kerze hatte Edward gedacht. Schweigend setzten sie sich und begannen zu essen. Edwards Kartoffelpuffer schmeckten gut, sie waren knusprig und goldbraun. Aber Malina kamen sie vor wie zäher Brei, der noch zäher wurde, je länger sie kaute. Nach dem fünften Bissen ließ sie resigniert die Gabel sinken.

»Was ist? Schmecken sie dir nicht?« fragte Edward und sah sie mit so viel liebevoller Anteilnahme an, daß sie sich wie eine Verräterin fühlte.

»Edward, ich habe beschlossen, Alexanders Mörder zu finden.« Es war das zweite Mal an diesem Tag, daß sie diesen Satz aussprach. Beim ersten Mal war es ihr leichter gefallen. »Ich habe schon alles arrangiert. Simon wird mich unterstützen, und Hiltrud wird sich um Victor und den Haushalt kümmern. Du brauchst keine Angst zu haben, es wird sich hier nichts verändern.«

Klirrend fiel Edwards Gabel auf den Teller. »Es wird sich hier nichts verändern? Das glaubst du doch wohl selbst nicht! Meine Frau läßt Mann und Kind im Stich, um auf Mörderjagd zu gehen. Das ist doch hier kein Kinofilm, und du bist nicht Jodie Foster im ›Schweigen der Lämmer‹. Dieser Mörder ist ein Wahnsinniger! Willst du uns alle unglücklich machen?« Vor Wut sprang er auf und stieß sein Glas um. In einer riesigen Lache floß der Wein über den Tisch.

Ohne etwas zu erwidern, ging Malina hinaus, um einen Lappen zu holen. Als sie zurückkam, sagte sie mit leiser und entschlossener Stimme: »Ich habe gewußt, daß du so reagieren wirst, und ich verstehe dich. Ich will dich und Victor nicht im Stich lassen. Ihr bedeutet mir alles, und das weißt du auch. Bitte versuch, auch mich zu verstehen. Ich kann nicht anders.«

»Was heißt da, du kannst nicht anders? Ich weiß, du denkst, du hilfst Dorothee damit. Aber glaubst du, sie würde das im Ernst von dir erwarten? Das würde sie nicht. Und in Wahrheit geht es dir auch gar nicht darum. In Wahrheit geht es dir darum, deinen Ehrgeiz zu befriedigen. Großer Gott, manchmal wünschte ich wirklich, ich hätte eine Frau, die nicht glaubt, ihre Prinzipien seien das Maß aller Dinge. Warum meinst du eigentlich, daß dein Wille so viel mehr Berechtigung hat als jeder andere?«

»Weil es meiner ist, Edward. Das ist die einzige Antwort, die ich dir geben kann.« Malinas Augen füllten sich mit Tränen, und fast flehend sah sie ihn an. »Bitte versuch mich doch zu verstehen.«

»Ich verstehe nur, daß du in Zukunft nicht mehr hiersein wirst, daß ich vor Angst um dich vergehen werde und auch noch mit deiner Cousine Schälrippchen zu Abend essen muß.«

»Du und dein beschissenes Abendessen, das ist alles, woran du denkst.«

»Du verstehst überhaupt nichts.« Sein Blick gefror, und ihr wurde eiskalt. Ohne ein weiteres Wort schlug Edward die Tür mit einem Knall hinter sich zu, daß die Glasscheibe bedenklich schepperte.

Zutiefst getroffen blickte Malina ihm hinterher. Am liebsten wäre sie ihm nachgegangen, aber sie wußte nicht, was sie ihm noch hätte sagen sollen. Der Vorwurf, sie würde ihn und Victor im Stich lassen, schmerzte sie am meisten. Vielleicht auch, weil er ein Körnchen Wahrheit enthielt. War sie wirklich keine gute Mutter? Sie fühlte sich hin und her gerissen zwischen den Menschen, die sie liebte, und ihrer Entscheidung. Immerhin wären Victor und Edward gut versorgt, und es wäre ja auch nur für kurze Zeit, während für Dorothee alles auf dem Spiel stand.

Und dann keimte ein Gedanke in ihr auf: Vielleicht hatte Edward wirklich nur Angst um sie. Vielleicht liebte er sie so, wie sie es sich immer gewünscht hatte. Sie sah keinen Ausweg aus ihrem Dilemma. Die Tränen ließen sich nicht länger zurückhalten, und aus dem leisen Schniefen wurde ein wildes Schluchzen. Erst als die Kissen auf dem Sofa naßgeweint waren, kam sie wieder zu sich, und mit pochendem Schädel tappte sie in den Keller, wo Edward seine Weine lagerte. Tränenblind griff sie in eines der Regale und wankte zurück ins Wohnzimmer.

Sie betrank sich mit einem 96er Château Lafitte, die Flasche zu fünfundachtzig Euro. Edward hatte sie schließlich zu einem besonderen Anlaß gekauft.

Während Malina sich erneut nachschenkte – es war das dritte Mal in zwanzig Minuten –, malträtierte Edward in seinem Arbeitszimmer die Rudermaschine. Was er Malina gesagt hatte, war die Wahrheit gewesen. Er liebte ihr kämpferisches, aufrechtes Wesen, ihr Strahlen, das jeden Raum erhellte, ihren Mut. Aber mußte sie denn immer gleich an Grenzen stoßen?

Manchmal wünschte er sich, sie wäre eines dieser zahmen Frauchen, das ihm nicht ständig widersprach, das nicht immer für Aufregung sorgte und sein Leben durcheinanderwürfelte. Es war anstrengend, sich ständig auf einer Achterbahn der Emotionen zu befinden. Und es war anstrengend, mit einer Frau zu leben, die einem anderen Mann ihre Entscheidungen früher mitteilte als dem eigenen. Edward erkannte, daß es das war, was ihn am meisten traf: ihre Verbindung zu Simon Graf.

Er wußte, daß dieser Mann ihr etwas gab, was sie bei ihm nicht fand. Er und Malina hatten nie darüber gesprochen, aber er wußte, daß es so war.

Und er wünschte, er wüßte, was es war.

Ausgelaugt stieg Edward von der Ruderbank und duschte. Ohne Malina Bescheid zu geben, setzte er sich in sein Auto und fuhr in Schumann's Bar, wo er mehrere Whiskeys kippte.

7

Du hast heute bei Tisch gesagt, Martinus,
wenn du noch mal freien würdest,
dann wolltest du dir ein Weib aus Stein hauen,
sonst müßtest du am Gehorsam aller Weiber verzweifeln.
Christine Brückner

Dann setzte es sich auf einen Schemel, zog den Fuss aus dem schweren Holzschuh und steckte ihn in den Pantoffel, der war wie angegossen. Und als es sich in die Höhe richtete und der Königssohn ihm ins Gesicht sah, so erkannte er das schöne Mädchen, das mit ihm getanzt hatte, und rief: »Das ist die rechte Braut!«

Der Prinz aber war tot. Seit drei Tagen.

Und bald würde er auch begraben sein.

Tot und begraben.

Die Zeitungen waren voll von seiner Geschichte, überall schlug mir sein Gesicht entgegen. Ja, Alexander de Vries war kein Unbekannter gewesen. Und ich bin sicher, es hätte seine Eitelkeit zutiefst befriedigt, auch post mortem im Mittelpunkt des allgemeinen Interesses zu stehen.

Während die Männer in Restaurants und Kneipen großspurig von einem Milieumord sprachen, befürchteten die Frauen den Anfang einer Ritualmordserie.

Und überheblich, wie sie waren, sah sich jede schon als nächstes Opfer.

Diese dummen Gänse.

Ich verhielt mich diplomatisch und nickte in diese und jene Richtung. Was ich wirklich dachte oder empfand, interessierte niemanden. Ich war pünktlich, fleißig und zuverlässig. Ich fiel nie auf und hatte niemals Streit. Ich wurde in Ruhe gelassen.

Fast hätte ich laut aufgelacht bei dem Gedanken, daß sie nicht die geringste Ahnung hatten, mit wem sie den Tisch teilten.

Es war erstaunlich, wie sicher ich mich fühlte. Gerade aus meiner Unsichtbarkeit, die mir mein Leben so erschwert hatte, zog ich nun meine Macht. Es war ein köstlich belebendes Gefühl. So, als flösse mein Blut plötzlich schneller und wärmer durch die Adern.

Manchmal blicke ich auf meine Hände und freue mich darüber, wie schlank und weiß sie sind. Ganz unbefleckt. Sie werden sich ihm nie mehr entgegenstrekken, nie mehr nach ihm greifen wollen. Sie sind so frei wie ich. Ich habe aufgehört zu warten.

Wenn ich über mein Leben nachdenke, zeichnen sich manche meiner Gedanken immer schärfer ab. Es war nicht der Tod meiner Mutter, es waren nicht die »Heulsuse, Heulsuse«-Rufe meiner Stiefschwestern, nicht das Gefühl der Minderwertigkeit in den dunklen schlaflosen Nächten, die mich zerstört hatten.

Es war das Warten in all den Jahren.

Das Warten auf die Verwandlung.

Ich wollte die goldene Prinzessin sein, ich wollte auf dem Ball tanzen und allen zurufen: »Seht ihr mich?« Ich wollte, daß alle sahen, wer ich wirklich war. Und das wäre nur mit seiner Hilfe möglich gewesen. Hätte der Prinz mich geliebt, hätten mich alle geliebt.

Jetzt schrieben sie über mich in ihren Zeitungen. Bald werde ich wie Phönix aus der Asche steigen. Ich, der Schatten, der Alexander de Vries den Tod gebracht hat.

Das Warten hat sich nie gelohnt. Im Grunde nahm er mich genauso wenig wahr wie die anderen. Ich war eine bequeme Institution in seinem Leben. Ein Ort, wo er sein Haupt bettete, wenn die Versuchungen dort draußen ihn ermüdet hatten.

Und so wartete ich weiter. Bis zum nächsten Mal, bis zum übernächsten Mal …

Doch jetzt ist es vorbei. Endlich werde ich ich sein. Wo ich doch seit Jahren er gewesen bin. Vorbei die Nächte, in denen ich wieder und wieder »Solveigs Lied« spielte, die Arie aus »Peer Gynt«:

Mag auch der Winter hingehn,
der nächste Sommer und das ganze Jahr,
doch einmal wirst du kommen, das weiß ich ganz gewiß,
dann werde ich noch warten, das hab ich fest gelobt.

Solveig. Dumme Solveig. Ich bin keine dumme Solveig mehr, die auf ihren Weltreisenden wartet. Alle Schallplatten, alle CDs, all die Aufnahmen von Griegs Oper, die ich besitze, werde ich vernichten. Sie zerschlagen, sie zerbrechen und die Scherben an Alexanders Grab bringen. Ich brauche Solveigs Gefühle nicht mehr, um die meinen zu rechtfertigen.

Jetzt wird es eine Kleinigkeit sein, das zu tun, was es noch zu erledigen gilt. Ich habe gelernt, mich auf mich selbst zu verlassen.

Natürlich ist mir bewußt, daß es nicht die Schuld dieser dunkelhaarigen Frau ist, sondern meine eigene

Nachlässigkeit, die mich verraten könnte. Warum nur ist Dorothee Kupitz an jenem Nachmittag in Alexanders Wohnung aufgetaucht?

Es hätte nicht passieren dürfen, daß sie den goldenen Vogel sah. Aber es ist geschehen und läßt sich nicht mehr rückgängig machen. Ich muß dafür sorgen, daß sie nie darüber spricht. Sie muß sich nun verwandeln. Sie muß Solveig sein. Alexanders Braut. Für alle Ewigkeit …

~

Am Dienstagmorgen hatte die Sonne aufgehört zu scheinen. Es gewitterte und goß in Strömen. Dorothee hatte einmal mit ihrer gewohnten Ironie bemerkt, daß Malina immer glaubte, ihre Stimmung richte sich nach dem Wetter. In Wahrheit verhalte es sich aber so, daß sich das Wetter nach ihrer Stimmung richtete.

Malina hatte Edward am Morgen kaum angesehen – einerseits, weil sie nicht wollte, daß er ihre verquollenen Augen sah, andererseits, weil sie es ihm übelnahm, daß er in der Nacht ohne ein Wort zu sagen weggefahren war und dann auch noch auf der Couch übernachtet hatte. Selbst Victor blickte verloren umher, als sie ihn mit einem Butterbrot fütterte. Später, während sie ihn anzog, begann er zu quengeln, bis ihm schließlich dicke Tränen über die Bäckchen rollten.

Edwards Blick sprach Bände. Als er sich zu Victor hinabbeugte und ihn mit den Worten »Wein doch nicht, mein Kleiner. Dein *Papa* bleibt ja bei dir« zu trösten versuchte, verwandelte sich Malinas schlechtes Gewissen augenblicklich in Wut. Sie nahm Victor an der Hand und verließ das Haus grußlos.

Im Büro hatte sich ihr Zorn noch immer nicht gelegt. Simon bemerkte es sofort.

»Na, immer noch dicke Luft zu Hause?«

»Wie kommst du darauf?«

Er zögerte einen Augenblick. »Na ja, dein Edward hat heute Nacht um halb vier bei mir angerufen.«

»Er hat *was* getan? Was hat er denn gesagt?«

»Nicht viel.«

»Was denn?«

»Graf, du bist ein Arschloch. Dann hat er aufgelegt.«

»Ja, ist er jetzt ganz verrückt geworden? Oh Mann, wie peinlich ...« Malina explodierte fast. Bevor sie sich noch mehr ereifern konnte, drückte Simon ihr eine Tasse Kaffee in die Hand.

»Jetzt setz dich erst mal hin und beruhige dich.« Dann wandte er sich an Victor, der sich an Malinas Bein festhielt. »Und du kommst jetzt zu Onkel Simon. Deine Mama muß sich erst mal erholen.« Er hob Victor auf seinen Schoß. »Du mußt Edward auch verstehen. Welcher Mann wäre schon begeistert, wenn seine Frau sich plötzlich entschließt, nach einem Wahnsinnigen zu fahnden.«

»Warum denn? Du verstehst mich doch auch.«

»Wir beide sind ja auch kein Paar. Ehrlich gesagt, wärst du meine Frau, dann hätte ich heute nacht nicht nur bei mir angerufen, sondern ich wäre vorbeigekommen und hätte mir eine in die Schnauze gehauen. Und dich hätte ich im Schlafzimmer eingesperrt.«

Über ihre Kaffeetasse hinweg blickte sie ihn an. Mit gemischten Gefühlen. Einerseits steigerten seine Worte ihre Wut, andererseits wirkte diese Art von archaischer Männlichkeit anziehend auf sie. Doch wie sie es auch betrachtete, sie fühlte sich wenig getröstet. Wieso war alle Welt so versessen darauf, ihr ein schlechtes Gewissen einzureden?

»Ich möchte jetzt nicht mehr darüber sprechen«, sagte sie knapp. Dann nahm sie Victor von Simons Schoß und setzte ihn in die Spielecke, die sie im Büro für ihn eingerichtet hatte.

»Er wird auch noch morgen hiersein. Hiltrud hat erst ab übermorgen Urlaub. Wir können aber schon mal anfangen, die Fakten zu besprechen.«

Simon musterte sie nachdenklich und überlegte, ob es sinnvoll wäre, noch einmal auf Edwards Verhalten zurückzukommen. Dann entschied er sich dagegen und paßte sich ihrem sachlichen Ton an.

»Ich habe heute morgen mit Christoph Kempf telefoniert. Er hat de Vries obduziert und am Hinterkopf ein Hämatom entdeckt. Wahrscheinlich rührt es von einem Schlag mit einem stumpfen Gegenstand her, der jedoch nicht tödlich war. Christoph geht davon aus, daß de Vries damit nur außer Gefecht gesetzt wurde.«

»Weißt du«, warf Malina ein, »nach all dem, was wir in Alexanders Wohnung gesehen haben, klingt Christophs Bericht so unspektakulär, so erschreckend banal.«

»Immer langsam. Du hast mich ja noch nicht ausreden lassen. De Vries' Todeskampf muß sich über mindestens zwei Stunden hingezogen haben und wurde mit einem professionellen Schnitt durch die Kehle beendet.«

»Was heißt das, ein professioneller Schnitt?«

»Beide Halsschlagadern sind auf Anhieb getroffen worden. Was natürlich nicht heißt, daß wir es hier tatsächlich mit einem Profi zu tun haben, aber mit jemandem, der genau wußte, was zu tun war. Ich glaube nicht, daß der Mörder irgend etwas dem Zufall überlassen hat. Außerdem hatte de Vries Fesselmale an Händen und Füßen, die ungefähr einen halben Zentimeter tief waren.«

»Alexanders Fuß – da fehlten doch die Ferse und der Zeh, erinnerst du dich? Ich frage mich die ganze Zeit, was damit geschehen ist.«

Gedankenvoll klopfte Simon mit dem Bleistift auf den Schreibtisch. Bevor er antwortete, sah er Malina lange an und räusperte sich schließlich: »Sie waren im Badezimmer. Sie schwammen in der Toilette.«

»O mein Gott«, entfuhr es Malina. Plötzlich fiel ihr etwas ein. »Diese ermordete Frau vor ein paar Monaten, ich erinnere mich nicht mehr an ihren Namen, steckte sie nicht …?«

»… mit dem Kopf im Klo«, ergänzte Simon trocken. »Ihr Name war übrigens Paula Martinez.«

»Stimmt, jetzt weiß ich es wieder. Irgendwie ist das alles merkwürdig. Ob es einen Zusammenhang gibt?«

»Zwischen Alexander und Paula Martinez? Sie lebten in völlig verschiedenen Welten. Ich kann mir nicht vorstellen, daß es eine Verbindung zwischen ihnen gab. Wir sollten nicht allzu frühe Schlüsse ziehen. Ich glaube, daß es sich im Fall von Alexander de Vries um einen separaten Mord handelt. Auf keinen Fall um den Auftakt einer Serie.«

»Was macht dich da so sicher?«

»Wir wissen nicht viel, aber eines ist klar: Es gab keinerlei Anzeichen eines Einbruchs. Weder an der Wohnungs- noch an der Balkontür oder den Fenstern. Das bedeutet, daß der Mörder entweder einen Schlüssel besaß oder Alexander ihm selbst geöffnet hat. Wenn das so war, dann muß er arglos gewesen sein. Möglicherweise, weil es jemand war, den er kannte. Und noch etwas spricht gegen einen Serienmord …«

»Warum redest du nicht weiter?« Malina war aufgefallen, daß er sie die ganze Zeit über angesehen hatte, nun jedoch einen unsichtbaren Punkt an der Fußleiste des Teppichs fixierte.

»Serienkiller nehmen in der Regel ein Souvenir mit.«

»Ein Souvenir?«

»Ja. Ein Erinnerungsstück. In den meisten Fällen ist es der Körperteil eines Opfers oder ein Gegenstand, der ihm persönlich gehört hat. Der Täter bewahrt sie auf, um sich immer wieder zu erinnern – an das Gefühl der Macht. In Alexanders Fall hätten sich die Ferse und der Zeh geradezu angeboten. Aber sein Mörder hat sie zurückgelassen. Natürlich ist es schwer zu sagen, ob der Täter nicht doch etwas mitgenommen hat. Man weiß ja nicht, was vorher in der Wohnung war. Soweit es für die Spurensicherung allerdings ersichtlich war, fehlte nichts.«

Simon stand auf und ging hinüber ans Fenster. Die Hände in der Hosentasche, blickte er schweigend hinaus in den Regen. Dann kam er an den Schreibtisch zurück.

»Rache«, sagte er, während er sich wieder setzte.

»Rache?« gab Malina zurück. Der Gedanke ließ sie verstummen. Wofür sollte sich jemand an Alexander de Vries rächen? Sicher, sie hatte ihn nicht gut gekannt, doch die wenigen Male, in denen er ihr begegnet war, hatte sie ihn als liebenswürdigen, charmanten Mann erlebt. Es fiel ihr schwer, sich vorzustellen, daß jemand wie er Feinde hatte. Er stammte aus bester Familie, war gesellschaftlich und beruflich hoch angesehen. Und doch: Es mußte jemanden in Alexander de Vries' Leben geben, der ihn haßte. Eine Person, die fähig war, einen anderen auf so bestialische Weise zu töten. Aber Rache?

»Was ich nicht verstehe, ist die Grausamkeit der Tat«, fuhr sie fort. »Warum wurde er zum Beispiel nicht erschossen oder vergiftet? Warum wurde er so gequält?«

Anstelle einer Antwort riß Simon eine Tüte Gummibärchen auf und schob sie wie Teile eines Puzzles auf dem Tisch umher.

»Genau das ist der springende Punkt. Ein Mord erzählt immer eine Geschichte. Diese hier erzählt unter anderem, daß es dem Mörder nicht darum gegangen ist, jemanden einfach zu beseitigen. Ich glaube, der Tod ist in diesem Fall nur die unvermeidbare Konsequenz einer Verurteilung ...«

Malina sah Simon mit gerunzelter Stirn an. Sie konnte ihm nicht folgen.

»Kannst du mir das genauer erklären?«

»Was ist dir an de Vries' Leiche aufgefallen?«

»Mir kommt es vor, als hätte man ihn verkleidet. Die goldenen Pumps, die Schminke, die bemalten Nägel. Er saß da wie ein Clown. Es hatte etwas ... etwas Unwürdiges.«

»Genau. Und ich glaube, darum ist es seinem Mörder auch gegangen. Die Maskierung war vielleicht eine Demaskierung. Ich weiß nur nicht, was sie zu bedeuten hat.«

Malina legte die Füße auf den Schreibtisch und rekapitulierte in Gedanken noch einmal Simons Worte. Zwischen den Zeilen war etwas, das sie nicht zu fassen bekam. Wir müssen uns eine andere Frage stellen, dachte sie. Nur welche? Dann fiel ihr etwas ein. Sie kramte in ihrem Schreibtisch und förderte einen flachen Stoß Papier zutage.

»Hier sind die Kopien von Alexanders Terminkalender und die Nummern aus seinem Handy. Ich bin alles schon mal durchgegangen, aber es ist mir nichts Ungewöhnliches dabei aufgefallen. Nur eine Kleinigkeit.«

Sie deutete auf den Eintrag vom fünfundzwanzigsten Januar. Jene Stelle, an der Alexander de Vries »19.30 Uhr, P. M.« vermerkt hatte. »Ist das nicht merkwürdig? Wenn du dir die anderen Eintragungen ansiehst, dann wirst du feststellen, daß er nie Abkürzungen benutzt. Nur bei diesem einen Mal. Warum hat er das getan?«

Auch Simon wußte darauf keine Antwort. Ebenso wenig hatte er eine Erklärung für den Brief von Cathérine Beauvillier. Aus den einigermaßen leserlichen Satzfetzen schloß auch er, daß sie eine tiefere Beziehung zu de Vries gehabt haben mußte, und genau wie bei Malina grub sich jener rätselhafte Satz in sein Gedächtnis ein.

»... besoin de sa poupée.«

Welche Rolle spielte diese Puppe?

Je länger sie über den Fall nachdachten, je mehr sie versuchten, die Fragmente der Geschichte zusammenzufügen, desto irrationaler erschien ihnen alles. Das Ganze kam ihnen wie ein riesiges Knäuel vor, und noch gab es kein loses Ende. Nur diese Frau aus Vaucresson und die Frau im Krankenhaus, die ihre Augen nicht mehr schließen wollte. Was sie verband, war Alexander de Vries.

Während Malina konzentriert in ihrer Kaffeetasse rührte und Simon ebenso konzentriert ein Gummibärchen nach dem anderen aß, kroch Victor unbemerkt an den Schreibtisch, kletterte auf einen freien Stuhl und warf seinen Schnuller nach Simon.

»Na, mein Kleiner, willst du zeigen, daß du noch da bist?« Simon hob den Schnuller auf und gab ihn Victor zurück. Doch das gefiel dem Kleinen nicht. Er wollte weiterspielen und warf den Schnuller auf den Boden. Als Simon sich geduldig danach bücken wollte, schaltete Malina sich ein: »Das hat keinen Zweck. Das macht er jetzt an die hundert Mal mit dir. Ich wollte ihm schon längst eine Schnullerkette kaufen, habe es aber immer vergessen.« Sie nahm ein Stück Paketschnur aus der Schreibtisch-Schublade. »Hier. Damit kannst du ihn festbinden.«

»Den Schnuller oder Victor?« fragte Simon trocken.

Malina lachte, froh darüber, daß die beklemmende Situation für einen Moment unterbrochen war. »Am besten beide.«

»Im Ernst?«

»Nein, natürlich nur den Schnuller.« Während sie Simon amüsiert zusah, wie er den Nuckel an Victors Latzhose verknotete, durchzuckte sie plötzlich ein Gedanke.

Der Knoten, etwas war mit diesem Knoten.

Im Geiste ließ sie das Gespräch Revue passieren. Plötzlich wußte sie es. Die Fesselmale. De Vries hatte Fesselmale an seinen Händen und Füßen gehabt.

Gerade, als sie es aussprechen wollte, hob Simon ruckartig den Kopf, und als er sie ansah, wußte sie, daß er dasselbe dachte.

»Du hast gesagt, Alexanders Todeskampf hätte über mehrere Stunden gedauert, und er sei gefesselt worden …«

»Ja«, ergänzte Simon. »Er muß sich dagegen gewehrt haben. Dabei haben sich die Fesseln immer weiter zugezogen. Doch dafür braucht man eine Schlinge, die sich bei Zug immer fester schließt.«

»Und es muß jemanden geben, der weiß, wie man ihn macht.« Malina blickte ihn fragend an.

Weiter kamen sie an diesem Nachmittag nicht. Victors Geduld war erschöpft. Quengelnd saß er auf seiner Decke. Alle Beruhigungstaktiken versagten, nicht einmal Schokoladenpudding half. Victor war drei Stunden lang brav gewesen – jetzt hatte er die Nase voll und die Windel auch. Malina zog ihm die Jacke an und verabschiedete sich von Simon. Wäre es nach ihr gegangen, sie hätte am liebsten im Büro übernachtet. Die Stimmung zu Hause schien ihr nicht gerade verlokkend. Aber was blieb ihr übrig?

Als sie Victor zu Hause gefüttert und frisch angezogen hatte, überlegte sie es sich anders. Der Regen hatte aufgehört, und die Sonne schickte ihre Strahlen vorsichtig durch die Wolken. Ein lieblicher Duft nach Blüten, feuchter Erde und Laub drang durch die geöffnete Terrassentür, und ihr wurde mit einem Mal bewußt, daß sie sich danach sehnte, sich die Lungen mit frischer Luft vollzupumpen und die Sonne auf ihrer Haut zu spüren. Kurzerhand packte sie Victor in seinen Autositz und fuhr los in Richtung Starnberger See.

Die Fahrt dauerte länger als gewohnt. Mitten auf der Kennedybrücke war ein Laster umgekippt und behinderte den Verkehrsfluß. Eine halbe Stunde stand Malina im Stau. Genervt legte sie eine ihrer alten Doris-Day-Kassetten ein, und während sie leise zu ihrem Lieblingssong »The Deep Blue Sea« miträllerte, kehrte ihr alter Kampfgeist zurück.

Der Stau lichtete sich, und der Verkehr zog an. Malina gab Gas, und allmählich wurden auch ihre Gedanken wieder frei und gerieten ins Rollen. Sie kehrten zurück zu jenem Nachmittag, an dem Alexander de Vries ermordet worden war. Plötzlich sah sie ihn vor sich: Er war gegen eins am Münchner Flughafen gelandet. Um sechzehn Uhr wollte er sich mit Dorothee am St.-Anna-Platz treffen. Was war in der Zwischenzeit geschehen, wen hatte er getroffen? Fest stand, daß er vom Flughafen in seine Haidhauser Wohnung gefahren sein mußte. Malina nahm an, mit dem Taxi. Oder hatte ihn jemand abgeholt? Warum war er um diese Zeit überhaupt noch in seine Wohnung gefahren? Hatte er gewußt, daß dort jemand auf ihn warten würde?

Er war in Paris gewesen, dachte Malina. Cathérine Beauvillier lebte in Vaucresson, einem Vorort von Paris. Konnte er sich mit dieser Frau getroffen haben? War dies eines der losen Enden, die zum Anfang führen würden?

Müde rieb sich Malina die Nasenwurzel. Es waren zu viele Fragen in ihrem Kopf, und auf keine gab es eine Antwort. Sie hatte das Gefühl, ein riesiger Ballen wollte ihren Schädel sprengen. So sehr sie sich auch anstrengen würde, sie konnte den Gordischen Knoten nicht mit einem einzigen Schwerthieb durchschlagen. Was sie brauchte, war eine Strategie.

Drei Stunden später fuhr Malina wieder zurück nach München. Sie war mit Victor im Kinderwagen durch Starnberg gebummelt und danach hinunter an den See gegangen, um Frau Wenzel zu besuchen. Sie kannten sich seit mindestens zehn Jahren. Familie Wenzel gehörte der Bootsverleih am Steg Nummer drei.

Malina und Dorothee hatten sich als Studentinnen im Sommer oft eines der Boote geliehen. Und weil sie über die Jahre hinweg so etwas wie Stammkundinnen geworden waren, hatte Frau Wenzel bei der Abrechnung öfter mal ein Auge zugedrückt und ihnen die letzte halbe Stunde Gebühr erlassen.

In den vergangenen beiden Jahren war Malina nur selten vorbeigekommen. Entsprechend herzlich war die Begrüßung ausgefallen, als sie mit Victor aufgetaucht war. Es war ihr nichts anderes übriggeblieben, als auf eine Tasse Kaffe und selbstgebackenen Hefezopf zu bleiben.

Sie war gern geblieben. Der Blick hinaus auf den See hatte ihrer Seele gutgetan, und schließlich war Malina zu ihrem eigentlichen Anliegen vorgedrungen – dem rätselhaften Knoten.

Frau Wenzel kannte sich mit Seemannsknoten nicht aus. Ihr Mann dagegen, ein erfahrener Segler, hatte Malinas Frage fachmännisch beantwortet: Bei der fraglichen Schlinge konnte es sich eigentlich nur um den sogenannten Webleinstek handeln, der neben dem Palstek, wie er sie belehrte, ein wichtiger Universalknoten war. Er sei leicht zu erlernen, hatte er betont, und ihn ihr gleich mit sicherer Hand vorgeführt.

»Wissen'S, dieser Knoten ist oans von den ersten Dingen, die man lernt, wenn's an den Segelschein geht«, waren seine Worte gewesen.

Jeder, der auch nur einmal mit einem Boot zu tun gehabt hatte, kannte diesen Knoten, davon war Herr Wenzel überzeugt. Er selbst habe sogar auf diese Weise die Wäscheleine seiner Frau befestigt. Ihm war das Erstaunen darüber, warum eine hübsche junge Frau aus der Großstadt sich so auffallend für Seemannsknoten interessierte, ins Gesicht geschrieben.

Malina hatte ihm keine Antwort gegeben, die seine Neugier befriedigt hätte – aber als sie ihm zum Abschied zwei seiner schönsten geräucherten Lachsforellen abkaufte, war auf Herrn Wenzels Gesicht schließlich so etwas wie ein freundliches Lächeln erschienen.

8

Sein Gewissen war rein.
Er benutzte es nie.
Stanislaw Jerzy Lec

Am übernächsten Morgen war Dorothee schon um halb sieben wach. Die Krankenschwester hatte Fieber gemessen, Medikamente gebracht und sich mit professioneller Freundlichkeit nach ihrem Befinden erkundigt. Dorothee hatte ein paar höfliche Worte gemurmelt, und Schwester Gabi war zufrieden hinausgegangen. Die Patientin sprach wieder, immerhin ein oder zwei Sätze, und in der Nacht hatte sie geschlafen.

Sie ist noch jung, dachte Schwester Gabi, als sie später das unberührte Frühstückstablett hinaustrug. Jung und gescheit, sie wird es schon schaffen. Und einen Mann wird sie auch wieder finden. Das Leben geht ja weiter.

Ihre Empfindungen waren mitfühlend und schlicht. Wenn sie über die Dinge des Lebens nachdachte, so achtete sie darauf, sich nicht in allzu viele gedankliche Exkursionen zu verstricken. Sie führten ohnehin zu nichts, und Schwester Gabi hatte die Erfahrung gemacht, daß sich meist die einfachen Weisheiten bewahrheiteten.

Während sie mit ein paar munteren Worten auf den Lippen ins nächste Krankenzimmer trat, lag Dorothee in ihrem Bett und starrte auf das Telefon. Gleich war es halb neun. Dann würde es klingeln.

Sie sah erneut auf die Uhr: nur noch neununddreißig Sekunden. Achtunddreißig, siebenunddreißig ... Ihre Lider zuckten, und ihre Hände fuhren unruhig über die Bettdecke. Es klingelte.

»Hallo.« Es war erschreckend, wie ängstlich sie klang. Die Person am anderen Ende atmete leise. Dann rauschte es, als käme der Anruf von weit her. »Ruckedigu, Blut ist im Schuh ...«, raunte es monoton in ihr Ohr.

Es war Alexanders Stimme. Dorothee kannte sie genau.

Dann brach das Telefonat ab.

~

Als Schwester Gabi zurückkam, um das Zimmer zu lüften, sah sie, wie der Patientin der Schweiß auf der Stirn stand. Ihre rechte Hand umkrampfte den Telefonhörer. Die linke versuchte sie unter der Bettdecke zu verstecken, doch Schwester Gabi hatte das Zittern bemerkt.

»Alles in Ordnung?« fragte sie.

»Ja, alles in Ordnung.« Dorothee versuchte ein Lächeln.

»Ich sehe später noch einmal nach Ihnen. Vielleicht versuchen Sie noch ein bißchen zu schlafen.« Schwester Gabi warf einen prüfenden Blick auf Dorothee, bevor sie das Zimmer verließ.

Diese Anrufe, sie waren nicht real.

Alexander war tot.

Tot. Tot. Tot.

Sie hatte es selbst gesehen. Sie hatte gesehen, wie sie ihn in dem Sarg hinausgetragen hatten. Ihr eigenes Schreien klang ihr noch in den Ohren. Dann sah sie wieder ihre blutbeschmierten Hände vor sich, die Spuren auf ihrem Kleid.

Die Gedanken in ihrem Kopf rollten wie schwarze Wellen heran und wichen zurück, wenn sie versuchte, sie zu fassen.

Ich verliere den Verstand, dachte sie. Und wenn ich jemandem von diesen Anrufen erzähle, werden sie alle dasselbe denken.

Und wenn es doch die Wahrheit ist?

Dorothee begann zu weinen.

Alexander, dachte sie, Alexander. Was ist nur passiert?

Sie schloß die Augen, und plötzlich lag er neben ihr. Ihr Kopf an seiner Schulter. Der Duft seiner Haut. Die Wärme seines Körpers. Alles war noch da. Wie lange es wohl dauerte, bis man den Geruch eines geliebten Menschen vergessen hatte? Wie lange es wohl dauerte, bis man aufhörte zu lieben?

Alle hatten ihr gesagt, das Leid würde mit der Zeit nachlassen, und eines Tages wäre es ganz verschwunden. Aber noch war es da. In all seiner Aufdringlichkeit. Der Schmerz war nicht weniger geworden. Mit jedem Tag, der verging, schien er größer zu werden, als würde ihn eine unsichtbare Hand tief in ihr Herz tätowieren. Und diese Leere, dieser Sog in ihr, wuchs und wurde stärker.

Alexander, dachte sie noch einmal. Hilf mir doch.

Heute nachmittag würde die Polizei sie vernehmen. Die Vorstellung ängstigte sie mehr als alles andere.

Es würde schwer werden, sich den Fragen des Kommissars zu widersetzen, auch wenn Edward als ihr Anwalt zugegen wäre. Ihre erste Begegnung mit dem Polizisten war nur als verzerrtes Bild in ihrem Gedächtnis geblieben. Dennoch war sie sich bewußt, daß dieser Mann nichts mehr wollte, als in ihr die Schuldige zu finden.

Wie sollte sie ihn vom Gegenteil überzeugen?

Ihre Erinnerung war ausgelöscht. An ihrer Stelle gähnte ein dunkler, endloser Tunnel. Er führte ins Nichts.

~

Malina verabschiedete sich von Hiltrud und Victor. Edward war schon eine Stunde zuvor in seine Kanzlei gefahren. Die Stimmung zwischen ihnen war nicht himmelhochjauchzend gewesen, aber auch nicht mehr voller Eiseskälte wie am vergangenen Montag. Sie sprachen wieder miteinander, wenn auch zurückhaltend und vorsichtig. Als er an diesem Morgen aus dem Haus gegangen war, hatte er ihr einen Kuß auf die Wange gedrückt. Malina wußte, daß sie diese Zärtlichkeit als Entgegenkommen betrachten konnte. Vielleicht sollte sie es am Abend ein wenig vertiefen ...

Als sie Victor sah, der ihr an Hiltruds Hand hinterherwinkte, wurde ihr das Herz schwer, und am liebsten wäre sie geblieben. Sie wußte, ihr Kind würde gut versorgt sein, ihr Haushalt reibungslos funktionieren – wahrscheinlich würde alles auf Hochglanz poliert sein, wenn sie nach Hause kam – und dennoch: sie fühlte sich vor Victor wie eine Verräterin. Obendrein ihr schlechtes Gewissen Hiltrud gegenüber, die ihren Urlaub opferte, um ihr zu helfen.

Was Malina nicht ahnen konnte, war, daß Hiltrud die Situation für sich zu nutzen wußte. Inzwischen war ihr bekannt, daß Pfarrer Willnet in der Nähe des Rosenkavalierplatzes lebte. Nicht weit von Malinas Haus. Er hatte sich seit jenem Abendessen, das so tragisch geendet hatte, zwar nicht bei ihr gemeldet – auch nicht, um mit ihr gemeinsam die Gauguin-Ausstellung zu besuchen –, aber irgendwann einmal mußte der Mann ja seine Wohnung verlassen.

Hiltrud hatte sich vorgenommen, mit Victor und Mephisto viel an die frische Luft zu gehen: Eines Tages würde ihr Auserkorener ihr schon über den Weg laufen. Und so leicht würde sie ihn dann nicht mehr davonkommen lassen. Es war an der Zeit, daß auch ihre Gebete erhört wurden. Punktum.

~

»Er ist Segler, oder zumindest hat er mit Booten zu tun.« Malina ließ ihre Tasche und ein paar Tageszeitungen auf den Schreibtisch fallen.

»Zuerst einmal: Guten Morgen. Wer segelt?«

Malina erzählte Simon von ihren neuesten Erkenntnissen.

»Das war keine schlechte Idee, diesen Herrn Wenzel nach dem Knoten zu fragen«, sagte Simon zwischen zwei Schlucken Kaffee. »Ich war mir ziemlich sicher, daß es fachmännisches Können verlangt, solch eine Schlinge zu fertigen. Der Gedanke, daß der Täter mit Booten zu tun hat, liegt damit nahe. Ich warne dich nur davor, dich jetzt schon festzulegen.«

Etwas enttäuscht über seine sachlichen Worte sah Malina ihn an. Sie hatte Lob erwartet. Gleichzeitig gab sie ihm recht. Oft war sie zu impulsiv und glaubte sich viel zu früh am Ziel. Sie mußte das endlich in den Griff bekommen.

Nachdem Malina eine Tasse von Simons bitterem Gebräu getrunken hatte, begann sie mit der Planung für den Tag. Als erstes mußte sie Andreas anrufen, ihren Bruder. Er hatte Alexander de Vries viele Jahre gekannt und wußte sicherlich einiges über ihn. Dann wollte sie mit Simon zu de Vries' Haus fahren. Vielleicht hatte einer der Nachbarn etwas gesehen oder gehört.

Während sie mit Andreas sprach, rief Simon die Internetadresse www.polizeipresse.de auf, um die aktuellen Meldungen zu lesen. Meistens ließen sie ihn kalt, er war noch immer routiniert. Heute jedoch nicht. Er fühlte Wut und Trauer gleichermaßen. Wieder ein Kind, das monatelang von seinem Stiefvater mißbraucht worden war. Auch wenn man den Mann verhaftet hatte – der Leidensweg des siebenjährigen Mädchens war noch lange nicht zu Ende.

Der Abgrund tief in ihm, den er seit Jahren mit eisernem Willen geschlossen hielt, drohte aufzubrechen. Für einen Moment schwindelte es ihn. Simon holte tief Luft und richtete sich in unbewußter Abwehr auf. Sein Atem ging erst wieder regelmäßig, als er den Kopf in die Hände stützte und sich zwang weiterzulesen. Über den Fall Alexander de Vries war nichts Neues hinzugekommen.

Als er sich Malina zuwandte, erschrak sie für einen Moment. Sein Gesicht war aschgrau und zeigte einen Ausdruck, den sie nur einmal an ihm entdeckt hatte: an dem Abend, als Alexander de Vries gestorben war. Intuitiv fühlte sie, daß er ihr nicht antworten würde, wenn sie ihn jetzt nach dem Grund fragte. Daher ignorierte sie seine Verfassung, was er mit Erleichterung zu registrieren schien.

Viel hatte Andreas ihr nicht gesagt, doch seine Informationen hatten sie gründlich verwirrt: Nicht die Tatsache, daß Alexander de Vries schon einmal verheiratet gewesen war, hatte sie sprachlos gemacht. Auch nicht, daß er zwei Söhne hatte, den neunjährigen Benjamin und den elfjährigen Vincent, die mit ihrer Mutter Nadja de Vries in Herrsching am Ammersee lebten. Es war vielmehr sein Entschluß, daß er Dorothee nichts davon erzählt hatte.

Alexander de Vries hatte einen elementaren Aspekt seiner Vergangenheit einfach verschwiegen. Diese Tatsache beschäftigte Malina auf der ganzen Fahrt zu seiner Wohnung. Was ihr geradezu empörend erschien, entlockte Simon nur ein halbherziges Brummen.

Für ihn war es sonnenklar, daß es nicht immer einen tieferen Grund dafür geben mußte, wenn Männer etwas verschwiegen. Meistens verschwiegen sie es ja gar nicht – sie vergaßen es einfach. Wahrscheinlich hatte es für Alexander de Vries nicht den richtigen Moment gegeben, Dorothee von seiner Familie zu erzählen.

»Natürlich, in einem Dreivierteljahr ist es auch unmöglich, diesen Zeitpunkt zu erwischen«, schnaubte Malina.

»Frauen«, fuhr Simon ungerührt fort, »unterschätzen häufig den männlichen Hang zur Romantik, sie zerstören ihn sogar, indem sie frohgemut über ihr Leben plappern, ohne einen Gedanken daran zu verschwenden, ob es ihr Gegenüber hören will. Sie gehen selbstverständlich davon aus, daß das Mitteilungsbedürfnis eines Mannes ebenso groß ist wie ihr eigenes und daß Vergangenes für Männer ebenso bedeutungsvoll ist. In Wirklichkeit handhaben Männer die Dinge des Lebens viel simpler. Mir ist es ehrlich gesagt schleierhaft, warum Frauen ein so großes Interesse für ihre Vorgängerinnen hegen und sogar wissen wollen, ob sie im Bett besser gewesen seien als sie selbst. Männer sind da völlig anders. Eine neue Liebe ist wie ein neues Leben.«

»Und was ist mit Kindern?« fragte Malina aufgebracht über so viel emotionale Ignoranz. »Haben auch die in einem neuem Leben nichts verloren?«

An diesem Punkt verstummte Simon. Vielleicht hatte Malina recht, und es gab tatsächlich einen ganz anderen Grund als männliche Logik für de Vries' ungewöhnliches Verhalten.

~

Während Malina und Simon zum zehnten Mal um den Pariser Platz kreisten und unverdrossen nach einem Parkplatz fahndeten, kreisten die Gedanken des jungen Polizeibeamten Michael Krasinski in der Schwabinger Johann-Fichte-Straße um einen merkwürdigen Anruf, den er zehn Minuten zuvor erhalten hatte. Ulf Neubeck, ein Architekt aus der Hohenzollernstraße, hatte sich gemeldet und war ein wenig zögerlich gewesen, schien nicht recht gewußt zu haben, ob er von dem Vorfall überhaupt berichten sollte. Doch dann war er schließlich damit herausgerückt, wobei seine Bemühungen, seine Stimme sachlich klingen zu lassen, deutlich zu spüren gewesen waren.

Im Hinterhof seines Büros gab es einen kleinen Schuppen, der als Lager für ausrangierte Möbel, Zeichenbretter und dergleichen benutzt wurde. Nur selten ging jemand dort hinein.

Anders an diesem Morgen. Die Sekretärin hatte alte Aktenordner darin abstellen wollen. Weil der Raum aber schon mit allerlei Gerümpel überfüllt war, hatte sie versucht, im hinteren Teil ein wenig Ordnung zu schaffen. Der ekelerregende Geruch war ihr gleich aufgefallen, aber sie hatte sich nicht viel dabei gedacht.

Als sie schließlich eine alte Holzbank zur Seite schob, machte sie eine grausige Entdeckung: Vor ihr lag der stinkende, halb verweste Körper eines Tieres, dem die Kehle durchgeschnitten worden war.

Am Ende seiner Ausführungen hatte Ulf Neubeck doch aufgeregt geklungen. Er wollte die Angelegenheit auf jeden Fall geklärt haben. Das Ganze sei ja schließlich keine Bagatelle.

Krasinski verstand ihn sehr gut. Je länger er über den Vorfall nachdachte, desto lauter schrillte die Alarmglocke in seinem Kopf. Es hatte schon einmal einen ähnlichen Anruf gegeben. Als er in den Fächern seines Gedächtnisses nicht fündig wurde, schlug er den Ordner auf, in dem er Notizen über eingegangene Anrufe abheftete. Darin fand er, was er gesucht hatte.

Am Abend des siebenundzwanzigsten Februar hatte sich ein Mann namens Detlev Strick gemeldet. Damals war Krasinski die Geschichte, die er erzählt hatte, als reine Wichtigtuerei erschienen. Als ob die Polizei nichts Besseres zu tun hatte, als sich um Puppen mit durchgeschnittenen Hälsen zu kümmern. Nach Neubecks Anruf stand die Story des Müllmanns in einem anderen Licht da. Natürlich bestand ein Unterschied darin, ob man einem Lamm oder einem Spielzeug die Kehle durchschnitt, doch krank war beides.

Es gab eine weitere Gemeinsamkeit: beide Fälle hatten sich im letzten halben Jahr in Schwabing ereignet.

Michael Krasinski fuhr sich nachdenklich durch die blonden Locken. Er würde mit seinem Chef darüber sprechen und der Sache nachgehen.

~

Die auf Hochglanz polierte Tür wurde harsch zugeschlagen. Malina sah das Messingschild, auf dem der Name »Neumann« verschnörkelt eingraviert war, abweisend hin und her baumeln.

Herbert Neumann war der letzte Hausbewohner des Anwesens am Pariser Platz 12, dem sich Simon und Malina als Prüfer der GEZ vorgestellt hatten. Ein echter Prüfer hätte sich von so viel Unfreundlichkeit kaum abschrecken lassen, aber was blieb zwei Schnüfflern in diesem Fall übrig?

»So ein Sackgesicht«, murmelte Malina, während Simon erbost überlegte, ob er noch einmal klingeln sollte.

Just in diesem Moment wurde die Tür wieder aufgerissen, und eine Hand schnellte hervor. Sie traf Simon fast am Kinn, als sie ihm die Kopie eines ausgefüllten Anmeldeformulars unter die Nase hielt.

»Ich hoffe, das reicht Ihnen«, schnarrte eine dünne Stimme, worauf sich die Tür sofort wieder schloß.

»Lieber Himmel, die Leute sind aber auch aggressiv heutzutage. Was war das denn?« sagte Malina.

»Der schlagende Beweis, daß Herr Neumann seit 1981 ordnungsgemäß bei der GEZ angemeldet ist. Zumindest das haben wir jetzt erfahren«, antwortete Simon trocken.

Es war seine Idee gewesen, sich gewissermaßen als »Amtsperson« auszugeben, um mit Alexander de Vries' Nachbarschaft ins Gespräch zu kommen. Mit Ausnahme von Herrn Neumann war ihnen das auch gelungen.

Besonders die weißhaarige Dame im ersten Stock hatte sie freundlich empfangen und sogar zu einer Tasse Tee eingeladen. Es schien, als freue sie sich über den unerwarteten Besuch. Und so war es nicht schwer gewesen, das Gespräch von den Gebühren weg- und zu dem Mord hinzuführen, auf den die Frau dann sehr wortreich reagiert hatte. Man sei ja heutzutage nirgends mehr sicher, nicht einmal in den eigenen vier Wänden, hatte sie gesagt. Aber ihr Joschi habe kurz vor seinem Tod noch ein zweites Sicherheitsschloß angebracht, das sie in Zukunft gewiß benutzen würde. Der Herr de Vries sei ein netter, zuvorkommender Mensch gewesen. Nein, so einen Tod habe er ganz sicher nicht verdient.

Am Mordtag sei ihr allerdings nichts aufgefallen. Immerfort gingen Leute ein und aus, die sie nicht kannte. Meistens benutzten sie den Fahrstuhl, um in die oberen Stockwerke zu gelangen. Da sie selbst immer die Treppe nahm, um – wie sie betonte – so lange wie möglich beweglich zu bleiben, konnte sie nicht sehen, wer mit dem Lift fuhr.

Auch von den übrigen Bewohnern erfuhren Simon und Malina nichts Entscheidendes. Das Entsetzen über Alexander de Vries' grausamen Tod war noch immer groß. Die meisten hatten überlegt, sich nach einer neuen Bleibe umzusehen. Wer wollte schon in einem Haus wohnen, in dem eine solche Bluttat geschehen war? Aber aufgrund der momentanen Mietsituation hatten sie wieder Abstand von der Idee genommen. Und schließlich ging das Leben ja weiter.

Nur für Alexander de Vries nicht – und vielleicht auch nicht für Dorothee, dachte Malina, als sie und Simon das Haus verließen.

»Ich habe Hunger«, brummte Simon, als sie wieder auf der Straße standen. »Da drüben ist ein McDonald's. Kommst du mit?«

»Ich glaube, ich könnte auch einen Big Mäc vertragen«, erwiderte Malina, während sie überlegte, was

Hiltrud wohl abends kochen würde. Eigentlich war es ein angenehmer Gedanke, nach Hause zu kommen und sich an einen gedeckten Tisch zu setzen, während man noch ganz erfüllt von den Geschehnissen des Tages war. Nein, die geborene Hausfrau war sie selbst wohl nicht.

Malina hakte sich bei Simon unter, und gemeinsam steuerten sie den amerikanischen Fast-Food-Tempel an, wobei sie vor dem Eingang fast über Sir Harry stolperten.

Sir Harry war der Stammpenner am Pariser Platz. Er hatte sein Quartier seit Jahren hier. Im Sommer schlief er inmitten seiner Habe, die er in vier Plastiktüten untergebracht hatte, auf einer Bank. Den Winter verbrachte er lieber in einem Männerwohnheim. Jeder Anwohner kannte ihn. In seiner lila Windjacke stach er schon von weitem aus dem Getümmel heraus, wobei sein langer, spitz zulaufender Bart seine hagere Erscheinung noch unterstrich. Die Passanten sprach er mit einem höflichen »Entschuldigen Sie bitte« an, wobei er ihnen eine ausgefranste schwarze Fischermütze vors Gesicht hielt. Wer wollte, warf etwas hinein. Die anderen konnten weitergehen, ohne daß Harry auch nur ein einziges Mal unverschämt geworden wäre. Harry achtete penibel auf seine Wortwahl. Es sei denn, sie war ferngesteuert, wie er es nannte, und wirklich peinlich für ihn. Er litt am Tourette-Syndrom, verfügte aber über eine ausgeprägte Beobachtungsgabe und registrierte Menschen mit fotografischer Präzision.

»Entschuldigen Sie bitte«, sprach er Simon an und hielt ihm die Mütze hin. Simon warf ein Zwei-Euro-Stück hinein, bevor er das Schnellrestaurant betrat. Drinnen orderte er zwei Big Mäcs. Doch nachdem er herzhaft hineingebissen hatte, schoß ihm etwas durch den Kopf. »Der Penner«, entfuhr es ihm.

»Was für ein Penner?« fragte Malina.

»Draußen vor der Tür. Der Kerl in Lila, das war doch ein Penner.«

»Und?«

»Großer Gott, und so etwas nennt sich Detektivin.«

»Entschuldigen Sie mein Unvermögen, Lord Whimsey, aber ich kann Ihnen unmöglich folgen.«

»Penner haben meistens einen Stammplatz. Der vor der Tür sieht so aus, als stünde er seit Jahr und Tag an derselben Stelle ...«

»Und du meinst, er war auch am Tag des Mordes hier? Und hat vielleicht etwas beobachtet, was die anderen nicht gesehen haben?« setzte Malina Simons Gedankengang fort. Statt ihr eine Antwort zu geben, stopfte er sich den Rest der Mahlzeit in den Mund und ging hinaus.

»Warte doch«, rief Malina ihm hinterher, aber er hörte sie nicht mehr. Entnervt drückte sie das Essen, das sie gerade erst ausgepackt hatte, einem kleinen Jungen in die Hand und eilte ihm hinterher.

»Sind Sie von der Polizei?« hörte sie den Mann mit dem spitzen langen Bart schon fragen, als sie hinaus in den Sonnenschein trat.

»Ja, und hier kommt meine Kollegin.« Simon lächelte Harry freundlich an und beschloß, daß es in diesem Fall wohl effektiver wäre, sich als Polizist auszugeben.

»Das ist aber komisch«, antwortete Harry, »es waren schon zwei von Ihren Kollegen da, und denen habe ich alles gesagt, was ich weiß.«

»Ja, natürlich, Herr ...« Simon sah ihn fragend an.

»Harry, ich bin Sir Harry«, sagte Harry und reckte das Kinn.

»Wie Sie wünschen, Sir Harry. Ich verstehe, daß Sie nicht alles noch einmal erzählen wollen. In diesem Fall würden Sie mir allerdings einen großen Gefallen tun, denn meinen Kollegen ist das Protokoll über das Gespräch mit Ihnen verlorengegangen, und deshalb müssen wir alles noch einmal machen.«

Das schien Harry einzuleuchten, und mit der Polizei verdarb man es sich am besten nicht. Er schielte zu der attraktiven Rothaarigen in dem engen weißen Sommerkleid hinüber.

»Chef, haben Sie was mit ihr?«

»Wie?«

»Na ja, wenn ich Kollege von der Dame wäre, ich hätte schon längst ..., Sie wissen schon, l'amour, l'amour, toujours l'amour.« Harry grinste und zeigte dabei Lücken anstelle von Zähnen. Malina beschloß, sich einzuschalten.

»Aber Harry. Was denken Sie bloß? Ich bin doch eine Frau mit Geschmack. Glauben Sie tatsächlich, dieser Zeitgenosse könnte mir gefallen?« Sie schenkte Simons konsterniertem Gesichtsausdruck keine Beachtung und strahlte den Penner aus veilchenblauen Augen an.

»Nun erzählen Sie doch mal. Haben Sie etwas gesehen an dem Tag, als der Mann im Haus dort drüben umgebracht wurde?«

»Gesehn? Freilich hab ich was gesehn«, antwortete Harry höflich und dachte gleichzeitig, daß seine Augen noch nie sein Problem gewesen waren.

»Was denn?«

»Die Polizei ist gekommen, und sie haben den Mann in einem Sarg hinausgetragen. Das war kein schöner Anblick, kann ich Ihnen sagen.«

»Das glaube ich Ihnen gerne«, fuhr Malina geduldig

fort. »Aber haben Sie denn etwas bemerkt, bevor die Polizei gekommen ist? Sie kennen doch sicherlich jeden hier. Ist an dem Tag jemand hier vorbeigekommen, der Ihnen besonders aufgefallen ist?«

Harry überlegte angestrengt. »Ja, schon. Da waren zwei komische Männer in einem Lieferwagen. Einem grauen Lieferwagen mit blauer Schrift.«

»Wieso waren die beiden Männer komisch?«

»Das weiß ich auch nicht so recht. Die waren halt irgendwie komisch. Einer hatte was mit dem Bein. Auf jeden Fall sind Sie da reingegangen.« Er zeigte auf das McDonald's-Restaurant. »Dann sind sie wieder herausgekommen.«

»Und was ist dann geschehen?«

Harry sah Malina verwundert an. »Na, sie sind wieder weggefahren.«

Malina seufzte. Allmählich erschien es ihr hoffnungslos, aus Harry etwas Vernünftiges herauszuholen. Doch dann erhellte ein Strahlen seine kleinen Augen. »Und dann war da noch der Briefträger. Es war nicht der, der jeden Tag kommt. Es war ein anderer.«

»Wieviel Uhr war das?«

»So gegen eins, glaube ich. Ja ja, es muß eins gewesen sein, da bringt mir der Tarik von dem Imbiß immer was zu essen heraus. Ich bin mir ganz sicher, daß es ein Uhr war.«

»Und wie lange ist dieser Briefträger in dem Haus geblieben?«

Wieder blickte Harry sie verwundert an. »Na so lange, wie es dauert, die Briefe in die Kästen zu stekken. Fünf Minuten vielleicht. Dann kam er wieder heraus und ging ins nächste Haus.«

Malina war mit ihrer Weisheit am Ende. Hilflos blickte sie zu Simon.

»Hören Sie mal, Sir Harry«, schaltete er sich ein und zog einen Zehn-Euro-Schein heraus. »Den bekommen Sie von mir, wenn Sie Ihren Kopf jetzt schön anstrengen und noch einmal über alles nachdenken.«

Harry zwinkerte und schnappte sich den roten Schein. Dann passierte es. »Geiles Stück, geiles Stück«, entfuhr es ihm schrill.

»Wie bitte?« Malina blickte ihn schockiert an.

»Entschuldigung, ich hab nicht Sie gemeint. Aber manchmal kommen Wörter aus meinem Mund, die wo ich gar nicht sagen will. Es ist eine Krankheit, ein Syndrom. So nennt es der Doktor, und keiner kann etwas dagegen tun.« Er legte sein Gesicht in tausend Verlegenheitsfältchen.

Simon schmunzelte. Ihm war das Tourette-Syndrom nicht unbekannt. Während seiner Arbeit bei der Polizei war ihm einmal ein kleiner Junge begegnet, der darunter litt. »Wissen Sie, Harry, da brauchen Sie sich gar nicht zu genieren. Wenn einer aus der Reihe tanzt, dann ist die Reihe auch besser zu sehen. Haben Sie denn eben, als die Wörter aus Ihrem Mund gekommen sind, an jemand anders gedacht?«

»Na ja, da war so ’ne Frau.« Harry kräuselte die Stirn. »Ich fand, die sah echt gut aus. Lange Haare und ganz schön Holz vor der Hütt’n. Die war an dem Tag schon da, bevor die Schwarzhaarige in dem roten Kleid kam. Die war nicht so mein Typ, viel zu dünn.«

Dorothee, dachte Malina. Er meint Dorothee, aber wer war die andere Frau?

»Und was hat die Frau gemacht?« Simon blickte Harry auffordernd an.

»Die stand gegen Mittag eine ganze Weile vor dem Haus herum. Schwitzte ganz schön in ihren langen Hosen. Sah aus, als würde sie auf jemanden warten.

Dann ging sie hinein und kam nach einer Weile wieder heraus.«

»Und dann?« Simon bemühte sich nach Kräften, seinen geduldigen Tonfall beizubehalten.

»Dann ist sie in das Café da drüben gegangen, hat etwas getrunken, und nachdem sie fertig war, ist sie hier vorbeigekommen.«

»Haben Sie mit ihr gesprochen?«

Harry zögerte einen Augenblick. Die Frage war ihm peinlich. Aber der Mann war schließlich ein Bulle, und er entschied, die Wahrheit zu sagen. »Na ja, ich hab schon mit ihr gesprochen. Hab sie um Zigaretten angeschnorrt. Zuerst habe ich geglaubt, sie hat mich nicht verstanden. Sie hat mit so einem Akzent gesprochen. Und dann hat sie mir die hier gegeben.« Ehrfürchtig zog er eine Packung Gauloises Blondes aus einer seiner Plastiktüten hervor. »Und das auch noch.« Er drückte Simon eine Schachtel Streichhölzer und ein Euro-Stück in die Hand. Es war ein französischer Euro, und auf der Streichholzschachtel stand: »Café Beaubourg, 100 Rue Saint Martin, 75004 Paris«. Simon starrte sprachlos darauf und zeigte Harrys Errungenschaft schließlich Malina.

»Na, das ist doch was«, sagte sie, nachdem sie Atem geholt hatte. »Vielen Dank, hier haben Sie es wieder. Sie haben uns wirklich einen Dienst erwiesen.« Sie drückte Harry die Sachen in die Hand. »Wissen Sie denn noch, wohin die Frau anschließend gegangen ist?«

»Ja, die ist wieder in das Haus gegangen. Aber wann sie wieder herausgekommen ist, kann ich Ihnen nicht sagen. Ich bin dann nämlich auch gegangen, Verabredung mit der Sissi, meiner Liebsten.« Er zuckte heftig mit dem Kopf und zwinkerte Simon verschwörerisch zu.

»Vielen Dank für Ihre Hilfe, Sir Harry.« Simon deutete eine kleine Verbeugung an und wandte sich schließlich mit Malina zum Gehen.

»Französisch hat's geredet. Jetzt fällt's mir wieder ein«, rief Harry ihnen hinterher. »L'amour, l'amour, toujours l'amour.« Erfreut schwenkte er seinen Zehn-Euro-Schein. Heute war *wirklich* sein Tag. »Scheißglück, Scheißglück«, tönte es über den Pariser Platz.

»Denkst du auch, was ich denke? Ich bin mir ganz sicher, er meinte Cathérine Beauvillier«, sagte Malina, als sie und Simon wieder im Auto saßen.

»Das denke ich auch. Weißt du, was ich noch denke?«

»Daß wir demnächst nach Paris fliegen sollten?«

»Wird dein Edward es denn verkraften?« Simon sah sie über den Rand seiner Sonnenbrille an.

»Ich weiß nicht, ich hoffe, ich kann es ihm schonend beibringen. L'amour, l'amour, toujours l'amour.«

Simon warf ihr einen Seitenblick zu. Ihr Kleid war ein wenig nach oben gerutscht, und seine Augen streiften kurz ihren gebräunten Oberschenkel. Irritiert startete Simon den Wagen.

~

Geschäftig ordnete Sir Harry seine Habseligkeiten in den vier Plastiktüten. Das tat er jeden Tag – akribisch und konsequent. Und täglich änderte er den Ablauf. Somit sorgte er für Abwechslung in seinem Leben und gleichzeitig für Beständigkeit. Jeder Mensch brauchte das: etwas, das sich nicht änderte, eine Tradition. Es war wichtig, in einem festen Gefüge zu stecken, etwas zu haben, was unverbrüchlich zu einem gehörte, wenn es auch nur vier Plastiktüten und deren Inhalt waren.

Sir Harry war dieser Tage besonders privilegiert. Für ihn gab es vier Einkaufstüten, seine Freundin Sissi und einen funkelnagelneuen Zehn-Euro-Schein. Er beschloß, sich einen schönen Nachmittag im Englischen Garten zu machen. Sissi liebte Eis – er liebte Weinschorle. Vielleicht auch zwei oder drei an einem so heißen Tag. Harry war verdammt guter Laune.

Vorsorglich schob er sich ein Fisherman's Friend in den Mund. Der Bulle hatte die Bonbons in der Jackentasche getragen. Frauen schätzten frischen Atem. L'amour, l'amour, toujours l'amour ...

Er machte sich auf den Weg zur U-Bahn, wobei er hin und wieder ein Krächzen ausstieß und sein Arm dabei unkontrolliert in die Höhe schoß. Aber das tat seiner Freude keinen Abbruch.

9

Was der Mensch sät, wird er ernten.
GALATER 6,7

Neben Hans Scharnagl ermittelte Kommissar Uwe Veigl im Fall de Vries. Veigl stand der Besessenheit seines Chefs im Hinblick auf Dorothee Kupitz skeptisch gegenüber. Er hatte die Ärztin am Abend des Mordes erlebt und weder an ihrer Unschuld noch an ihrem Schmerz gezweifelt, ganz im Gegensatz zu Scharnagl. Uwe Veigl glaubte an etwas, was im Kreis seiner männlichen Kollegen als verpönt galt: Intuition.

Das Wenige, was die Frau an jenem Tag gesagt hatte, war überzeugend gewesen. Und so sehr Scharnagl auch weiter insistierte, er würde nichts Neues erfahren. Auch davon war Veigl überzeugt. Sein Gefühl und seine Erfahrung sagten ihm, daß es in der Wohnung des Opfers einen Hinweis geben mußte, den man bislang übersehen hatte. Sowohl den leichenspezifischen Befund des Gerichtsmediziners als auch den vorläufigen Polizeibericht hatte er genau studiert. Er kannte die Fotos vom Tatort auswendig, und er hatte die Wohnung am Abend des Mordes gesehen. Trotzdem klaffte im Bild in seinem Kopf eine Lücke. Deshalb war er noch einmal zurückgekommen. Ein Tatort erzählte nicht nur *eine* Geschichte – meistens gab es eine Fortsetzung.

Veigl durchbrach das Siegel an der Tür und ging hinein. Inzwischen roch es nach abgestandener Luft und nach Tod. Im Wohnzimmer setzte er sich in den großen Ledersessel, in dem man de Vries' gefunden hatte. Veigl sah sich um und wartete darauf, daß die Räume begannen, ihre Geschichte zu erzählen.

Alles darin war teuer und kostbar. Minimalistische Eleganz, die an die Fotografien einer Architekturzeitschrift erinnerte. Sie verriet wenig über den Menschen, der hier gelebt hatte. Doch je länger Uwe Veigl sich umsah, desto stärker wandelte sich sein erster Eindruck.

Trotz der geschmackvollen Anordnung des kostspieligen Interieurs wirkte die Wohnung anonym. Es fehlte das Kreative, das Individuelle. Die Bang-&-Olufsen-Stereoanlage, die schwarzen Fritz-Hansen-Stühle im Wohnzimmer, die Bulthaup-Küchenmöbel und diese Designer-Lampen, die Veigl stets an Ufos erinnerten – alles erschien ihm wie die keimfreie Inszenierung eines Theaterstücks. Eines wußte er jedoch genau: Im Leben eines jeden Menschen verbarg sich eine Schmuddelecke.

Veigl stand auf und ging durch die Wohnung. Seine Schritte hallten auf dem Parkettboden. Irgendwo knarzte ein Möbelstück. Auf einer hellen Lackkommode lag eine hochmoderne digitale Filmkamera. Veigl schaltete sie an und blickte auf das Display.

Zuerst sah er nichts als ein Flimmern, plötzlich wackelte das Bild, und jemand sagte etwas. Dann wurden die Konturen klar, und Veigl erkannte eine dunkelhaarige Frau. Sie saß auf einer Wiese und aß einen Apfel. Das Ganze schien irgendwo in den Alpen aufgenommen worden sein. Im Hintergrund sah man das Panorama einer Bergkette vor strahlend blauem Himmel.

»Nicht filmen, wenn ich esse, Alexander«, rief die Frau, in der Veigl Dorothee Kupitz erkannte, »ich sehe dann immer aus wie ein Frettchen. Du denkst wohl, du kannst mich später damit erpressen.« Sie lachte, und als der Mann nicht aufhörte, sie zu filmen, sprang sie auf und lief auf die Kamera zu.

Wieder wackelte das Bild, bis sich die Linse auf den Mann richtete, der gutgelaunt Grimassen schnitt. Er war sehr attraktiv gewesen, dieser Alexander de Vries, dachte Veigl, und in diesem Augenblick rief der Mann:

»Wie kommst du darauf, daß ich dich damit erpressen wollte? Da gibt es viel schärfere Aufnahmen. Nehmen wir doch die von vorgestern: Dorothee im Bade, hingebungsvoll beim Hornhautraspeln. Oder Dorothee Kupitz, die Ärztin aus Leidenschaft, die beim Anblick eines blutigen Steaks fast umkippt. Na, was hältst du davon?« Er hatte den Satz kaum ausgesprochen, als der Apfel direkt auf die Kamera zuflog.

Danach setzte der Film für einen kurzen Moment aus, und als er wieder lief, zeigte er nur unscharfe Aufnahmen von Dorothee Kupitz und Alexander de Vries, wie sie japsend im Gras miteinander rangelten. Sie schienen glücklich gewesen zu sein, schoß es Veigl durch den Kopf, während er die Kamera ausschaltete und sie wieder zurück an ihren alten Platz stellte.

Nach wie vor war er davon überzeugt, daß Dorothee Kupitz keinen Grund gehabt hatte, Alexander de Vries zu töten. Scharnagls Ermittlungen zielten in die falsche Richtung.

Ziellos ging Veigl weiter durch die Wohnung und

kam ins Schlafzimmer. Ein riesiger Raum, in dessen Mitte ein großes Bett stand, das ordentlich gemacht war. Wer immer Alexander de Vries umgebracht hatte, er hatte zuvor nicht mit ihm in diesem Bett gelegen, überlegte Veigl. Oder er hat es nachher wieder hergerichtet, korrigierte er sich. Schließlich waren auch die Blutspuren größtenteils beseitigt worden. Die Spurensicherung hatte nur verwischte Reste gefunden.

Nacheinander öffnete er die Türen des Kleiderschrankes: Anzüge nach Farben geordnet, Wollpullover neben T-Shirts, Hemden mit jeweils passenden Krawatten, Schlafanzüge neben Bettwäsche. Alles roch frisch gewaschen und gebügelt. Er hätte den Schrank schon fast wieder geschlossen, als sein Blick auf einen grauen Kleidersack fiel. Er hing ganz hinten und war dicht verschlossen. Veigl stutzte einen Augenblick. Dann zog er ihn hervor und öffnete ihn.

Seine Hände berührten dunkelroten Samt. Im ersten Augenblick glaubte er, es sei ein Kleid, doch dann sah er, daß es sich um eine altmodische Jacke handelte. Am Kragen und an den Ärmeln war sie mit goldenen Brokatlitzen verziert. Darunter hingen ein weißgerüschtes Hemd und eine beige Kniebundhose. Es sah aus wie ein Kostüm aus den Mantel-und-Degen-Filmen, die Veigl als Kind so geliebt hatte. Er zog die Kleidungsstücke vollständig heraus und hielt inne. In der rechten Jackentasche knisterte es, und als er hineingriff, zog er ein vergilbtes Theaterprogramm heraus.

Das Theater Pantalone

zeigt

TARTUFFE

VON JEAN-BAPTISTE MOLIÈRE

PREMIERE: 28. OKTOBER 1985
BEGINN: 20 UHR

Tartuffe	*Mark Seekts*
Orgon	*Günther Kurbjuhn*
Elmire, seine Frau	*Babette Steinmann*
Mme. Pernelle, seine Mutter	*Maria Siegfried*
Cléanthe, sein Schwager	*Hans Gleede*
Damis, sein Sohn	*Christian Beck*
Mariane, seine Tochter	*Vivian Seidel*
Dorine, das Kammermädchen	*Viola Breinl*

INSZENIERUNG: JÜRGEN HILDEBRANDT

Merkwürdig. Im Kleiderschrank eines toten Bankiers hing ein Theaterkostüm, in dem ein fast zwanzig Jahre altes Programmheft steckte. Weshalb hatte de Vries die Dinge über eine so lange Zeit aufgehoben?

Uwe Veigl war sicher, daß dieser Fund eine Bedeutung hatte. Er strich das Heft glatt und ließ es in seiner Jackentasche verschwinden. Das Kostüm würde er später von der Spurensicherung abholen lassen. Als er die Wohnung verließ, klopfte sein Herz noch immer laut.

Während er die Wohnungstür neu versiegelte, erklang aus dem Erdgeschoß aufgeregtes Stimmengewirr. Veigl fuhr mit dem Lift nach unten und näherte sich neugierig einer kleinen Menschentraube.

»Was ist denn los?« fragte er einen älteren hageren Mann. Dieser deutete mit miesepetriger Miene auf eine Kellertreppe. Veigl reckte sich und erspähte über den Hut einer Frau hinweg den Grund des Aufruhrs: Ein Rabe kauerte in der Ecke einer Stufe, sein rechter Flügel hing schlaff herunter.

»Wie ist der denn hier hereingekommen?« wandte sich Veigl erneut an den älteren Mann.

»Wie sind *Sie* denn überhaupt hier hereingekommen?« schnappte der zurück. »Ich kenne jeden, der hier wohnt. *Sie* haben hier nichts verloren.«

»Uwe Veigl, Kriminalpolizei«, sagte Veigl und zückte seinen Ausweis.

»Hat die Polizei nichts Besseres zu tun, als sich um verirrte Vögel zu kümmern? Schön weit ist es mit unserem Staat gekommen. Keine Zucht und Ordnung mehr, aber unsere Steuergelder verprassen. Im vierten Stock haben's einen umgebracht, aber das wundert mich gar nicht bei dem Gesindel, das sich hier so herumtreibt. Auf der Straße schreien einem die Penner hinterher, und im Supermarkt drängeln sich die Türken vor. Ich habe geglaubt, ich lebe in Deutschland, aber hier lebt man ja im Ausland!«

Ja ja, und der Führer muß auch wieder her, dachte Veigl sarkastisch und ließ Herrn Neumann und seine Ansichten stehen.

Mittlerweile kümmerte sich eine junge Frau um den Raben. Vorsichtig streckte sie die Hand nach dem Tier aus, das sie mißtrauisch beäugte. Die anderen sahen tatenlos zu. Als der Vogel sich nicht wehrte, faßte die Frau ihm von hinten um den Körper, so daß er sie mit seinem spitzen Schnabel nicht treffen konnte.

»Ich hab ihn«, rief sie den Umstehenden zu. »Lassen Sie mich bitte durch!«

»Das war aber mutig von Ihnen«, sagte Uwe Veigl und lächelte die blonde Frau an. »Kann ich Ihnen irgendwie helfen?«

»Sehr freundlich von Ihnen, aber nicht nötig.« Sie lächelte zurück. »Ich bin auf dem Land großgeworden. Als Kind war es meine große Leidenschaft, verletzte Tiere aufzupäppeln. Ich nehme den Ärmsten jetzt erst einmal mit in meine Wohnung. Sein Herz klopft ja ganz aufgeregt.«

»Ja, dann ...«, sagte Veigl etwas hilflos und dachte, daß er ihr gern geholfen hätte. Sie war ihm sympathisch. Plötzlich fiel ihm wieder ein, warum er überhaupt in diesem Haus war.

»Diese Treppe hier führt in den Keller, oder?«

Die junge Frau sah ihn erstaunt an. »Warum wollen Sie das wissen?« Der Rabe in ihren Händen schien kraftlos nach Luft zu schnappen.

»Bitte verzeihen Sie, mein Name ist Uwe Veigl, Kriminalkommissar. Ich untersuche den Mord an Alexander de Vries.«

Über das Gesicht von Marion Heinrich flog ein kleiner Schatten. »Ach so. Ihm konnte wohl keiner mehr helfen. Schreckliche Geschichte ...«

»Wissen Sie, ob Alexander de Vries ein Kellerabteil hatte?« fragte Veigl.

»Ich glaube, ich habe ihn ein paarmal gesehen, als er

einige Flaschen Wein nach oben brachte. Aber entschuldigen Sie bitte, ich muß wirklich gehen. Mein Freund hier wird langsam unruhig.« Sie wandte sich um.

»Ja, natürlich, gehen Sie ruhig«, antwortete Veigl. »Sagen Sie mir noch, wie Sie heißen, falls ich noch Fragen haben sollte?«

»Heinrich, Marion Heinrich.« Dann ging sie davon.

Die Kellerräume, dachte Uwe Veigl und starrte grübelnd auf die Treppe. Niemand hatte sich bislang die Kellerräume angesehen. Welcher davon hatte Alexander de Vries gehört? Er blickte sich um, doch die junge Frau mit dem Raben war verschwunden.

An den Klingeln vor der Haustür entdeckte er ihren Namen sofort. Sie wohnte im zweiten Stock. Er läutete, und als er seinen Namen sagte, bat sie ihn sofort herauf. Ihre Wohnung war hell und auf gemütliche Weise aufgeräumt. Den Raben hatte sie inzwischen in einem Korb untergebracht und es ihm mit einem weichen Kissen bequem gemacht. Trotzdem lugte er noch immer verängstigt über den Rand.

Auf die Frage, welcher der Kellerräume Alexander de Vries gehört hatte, wirkte sie ratlos. Doch dann blitzte es in ihren Augen.

»Wir können Herrn Marzell fragen, den Hausmeister. Er wohnt im Souterrain und hat auch bestimmt einen Schlüssel. Kommen Sie.« Sie warf einen besorgten Blick auf den Vogel, bevor sie mit leichten Schritten vor Veigl herging.

Hausmeister Marzell zeigte sich wenig erfreut, als er nach dreimaligem Klingeln endlich die Tür öffnete. Er schätzte es nicht, wenn man ihn am Nachmittag beim Fernsehen störte. Entsprechend brummig kam er Veigls Aufforderung nach und führte ihn in den Keller hinunter.

Es handelte sich um jene typischen Holzverschläge, die mit einem Vorhängeschloß gesichert waren. Der von Alexander de Vries lag am Ende des Ganges und war nur von einer schwachen Glühbirne beleuchtet. Hinter den Holzverstrebungen stapelten sich abgedeckte Gegenstände.

Nachdem Marzell ihm aufgeschlossen hatte, trat Veigl ein. Das erste, was er sah, war tatsächlich ein Weinregal. Er griff sich eine Flasche und studierte das Etikett. Ein 92er Cabernet Sauvignon aus dem kalifornischen Sonoma Valley. Erlesener Geschmack, dachte Veigl und legte die Flasche zurück ins Regal. Er sah sich weiter um und entdeckte unter den Plastikplanen das, was die meisten Menschen in ihren Kellern lagerten: eine Ski-Ausrüstung, alte Möbel und Bilder, mehrere Koffer, Christbaumschmuck, Eimer mit Wandfarbe und Pinseln, Aktenordner, die Kontoauszüge und Steuererklärungen enthielten.

Draußen stand der Hausmeister neben Marion Heinrich und sah ihm glupschäugig zu. Ein wenig entnervt klopfte sich Veigl den Staub von der Hose und setzte seinen Rundgang fort.

Ganz hinten in der Ecke stand ein Schrank, den er bei der schwachen Beleuchtung fast nicht bemerkt hätte. Er war alt und mit reichen Schnitzereien verziert. Seine Türen quietschten beim Öffnen. Alexander de Vries hatte darin ausgediente Bettwäsche, Schuhe und einen ganzen Stapel Reisedecken aufbewahrt. Alles roch muffig. Merkwürdig, dachte Veigl, warum hat er diesen Kram aufgehoben? Das will doch kein Mensch mehr haben.

Anders verhielt es sich mit den Büchern, die ordentlich in den Schrank geräumt worden waren. Aufmerksam studierte Veigl die Titel – es waren die Dramen von Shakespeare, das Gesamtwerk von Goethe und Schiller, Bücher über die Commedia dell' Arte und über das Epische Theater Brechts. Wieder schüttelte er unbewußt den Kopf: Warum hatte de Vries diese kostbaren Bände im hintersten Winkel des Kellers verstaut? Er dachte an das Theaterkostüm im Kleiderschrank, das in einer Schutzhülle vor sich hin moderte. De Vries hatte all diese Dinge aufgehoben, gleichzeitig schien es, als habe er sich davon distanziert. Warum?

Gerade als der Hausmeister einen Laut der Ungeduld von sich gab, stieß Veigl unter den Wolldecken auf etwas Hartes: eine weiße Plastiktüte ohne Aufschrift, deren schwerer Inhalt von zwei Handtüchern umwickelt war. Ohne daran zu denken, daß er seine eigenen Fingerabdrücke hinterlassen würde, wickelte Veigl hastig die Tücher ab. Es war eine marmorne Beethoven-Büste.

Die Blutstropfen, die sich darauf befanden, würden den Fall de Vries schon bald in einem anderen Licht erscheinen lassen. Wie gleißend dieses Licht brennen würde, ahnte Kriminalkommissar Uwe Veigl noch nicht, als er von seinem Handy aus die Spurensicherung rief.

~

Edward hatte auf Malinas Eröffnung, daß sie und Simon im Zuge der Ermittlungen nach Paris fliegen wollten, überwiegend mit Schweigen reagiert. Tu, was du nicht lassen kannst, hatte er gesagt, und sein Blick war eisig gewesen. »Wann fliegst du, und wie lange bleibst du?« hatte er noch gefragt und dabei in der Zeitung geblättert. Und sie – schon wieder die Last ihres Gewissens spürend – hatte verhalten geantwortet: »Am

Montag. Ich denke, wir werden drei oder vier Tage bleiben.«

Glücklicherweise war Victor dann auf ihren Schoß geklettert, um mit ihr ein Bilderbuch anzusehen. Während sie ihrem Sohn Enten, Kühe, Katzen und Hunde gezeigt und deren Stimmen geduldig nachgeäfft hatte, war die Atmosphäre im Zimmer immer drückender geworden. Edward hatte weiter die Zeitung überflogen und war dann wortlos hinausgegangen.

Mit Tränen der Wut hatte Malina ihm hinterhergesehen. Sie verstand ihn nicht. Warum machte er es ihr so schwer? Sie würde mit Simon nach Paris fliegen und nach ein paar Tagen zurückkommen, und Edward benahm sich, als sei sie ein unartiges Mädchen, das Vati jetzt bestrafen müsse. Dabei hatte sie doch wie immer alles bestens geregelt. Victor würde gut versorgt sein, ebenso wie Edward selbst. Mit Schweinerippchen und Kohlrouladen würde Hiltrud ihn schon päppeln. Wäre die Situation weniger belastend gewesen, hätte Malina bei diesem Gedanken laut aufgelacht.

Mit einem Seufzer dachte sie daran, wieviel einfacher früher alles gewesen war. So sehr sie sich damals nach einem Mann und einem Kind gesehnt hatte, so sehr gab es jetzt Augenblicke, in denen sie sich wünschte, sie wäre wieder frei, könnte tun und lassen, was sie wollte, ohne über jeden ihrer Schritte und Wünsche Rechenschaft ablegen zu müssen.

Eigentlich war dies ein Privileg, so hatte sie zumindest in einem dieser zahllosen Beziehungsratgeber gelesen, das Männer ausnahmslos für sich beanspruchten und das nur wenige aufgeben wollten. Malina allerdings war zur Erkenntnis gelangt, daß Männer und Frauen sich in diesem Punkt nicht voneinander unterschieden.

Sie hatte nicht die geringste Ahnung, woran Edward wirklich krankte. Eigentlich hätte sie es längst wissen müssen.

Nachdem das Thema zwischen ihnen ohnehin für Spannungen sorgte, hatte Malina es vermieden, Edward zu fragen, wie Dorothees Vernehmung durch Kommissar Scharnagl verlaufen war. Dorothee selbst hatte ihr am späten Abend am Telefon davon erzählt. Sie hatte sehr erschöpft dabei geklungen, und Malina konnte sich lebhaft vorstellen, wie der Polizist sie im Verhör bedrängt hatte. Allerdings habe Edward immer wieder besonnen eingegriffen und dafür gesorgt, daß es nicht zu zermürbend für sie geworden war. Sie war froh über seinen Beistand gewesen, und mit einem schwachen Aufblitzen ihres alten Humors hatte sie zu Malina gesagt: »Sei gut zu Graf Habelsberg. Er liebt dich so.«

Malina hatte zwischen Lachen und Weinen geschwankt. Für eine Sekunde war ihre alte Dorothee zum Vorschein gekommen. Die Sentenz aus »Vom Winde verweht« hatte sie sofort erkannt. Wie oft hatten sie und Dorothee sich kichernd die Dialoge aus dem berühmtesten Liebesfilm aller Zeiten zugeworfen! In Anbetracht ihres Stimmungstiefs hatte sie geantwortet: »Ich werde einen Weg zu ihm finden. Aber nicht heute. Verschieben wir's auf morgen.« Dann hatten beide gelacht. Das erste Mal seit langem.

Ein wenig konsterniert war Malina allerdings gewesen, als Dorothee ihr mitteilte, daß sie am Samstag gegen den Willen der Ärzte die Klinik verlassen wollte, um gemeinsam mit ihrer Tante Charlotte am Sonntag in deren Haus nach Bad Kissingen und anschließend in die Toskana zu fahren. Doch als Malina merkte, daß ihr Entschluß feststand, schwieg sie und dachte, was sie schon so oft über ihre Freundin gedacht hatte: klein, aber zäh wie Schuhleder.

Und dann hatte sie gesagt: »Na gut, dann komme ich aber wenigstens vorbei, um mich von dir zu verabschieden. Ich kann dich ja nicht fahren lassen, ohne dir über die Schulter zu spucken.«

»Tu, was du nicht lassen kannst«, hatte auch Dorothee erwidert und danach aufgelegt.

~

Lieber Gott, laß es endlich mal regnen, dachte Uwe Veigl, als er sich am nächsten Morgen gegen neun Uhr durch die Rosenheimer Straße quälte. Die Temperaturanzeige auf dem Display seines Autoradios zeigte schon jetzt neunundzwanzig Grad, und auf seinem Hemd bildete sich ein unappetitlicher Schweißfleck. Er haßte das. Die Klimaanlage tat ihr Bestes, und Veigl fächelte sich zusätzlich mit einer Zeitung Kühlung zu.

Als er zwanzig Minuten später das Polizeirevier erreichte, war er völlig verschwitzt und seine Laune auf dem Tiefpunkt. Alles, was er jetzt brauchte, waren ein Becher Kaffee und ein frisches Hemd. Glücklicherweise lag für einen solchen Fall in seinem Spind eines parat. Er legte eine Tüte mit frischen Croissants auf seinem Schreibtisch ab und war fast schon auf dem Weg zur Kaffeemaschine, als sein Blick auf eine Aktennotiz fiel, die ihm sein Kollege Robert Hammerl hinterlassen hatte. Als Veigl darauf den Namen de Vries erkannte, stutzte er und zog mechanisch seinen Stuhl heran.

Die Notiz war nicht lang, dafür aber um so bemerkenswerter. Gegen Alexander de Vries hatte es vor einigen Jahren zwei Verfahren bei der Staatsanwaltschaft gegeben. Der Vorwurf, der ihm darin gemacht worden war, war ziemlich alltäglich. Aber Uwe Veigl fragte sich, warum ein Mann in de Vries' Position es überhaupt so weit hatte kommen lassen.

~

Am Samstagmorgen um zehn Uhr saß Dorothee im Foyer der Klinik. Sie war sehr blaß und überschlank. Neben ihr stand eine kleine Reisetasche. Sie hatte nicht viel mitgebracht und hätte am liebsten *alles* zurückgelassen. Nicht nur ihre Kleider, an denen die Erinnerungen klebten wie Sand auf nasser Haut. Auch die Gespräche mit den Ärzten, die ihr im Grunde nicht geholfen hatten, wollte sie vergessen. Und erst recht den Gedanken an das kleine kahle Zimmer, in dem sie die schlimmsten Stunden ihres Lebens verbracht hatte, und Alexanders Stimme, die jeden Morgen aus dem Telefonhörer geklungen hatte. Bis auf heute: Der Anruf war ausgeblieben.

Am Nachmittag sollte Alexander beerdigt werden. Sie würde nicht dabeisein. Sie konnte es nicht. Und sie wollte es nicht. Sie wollte nicht sehen, wie der Sarg in der Erde verschwand. Sie wollte nicht hören, wie die Rosensträuße und die Erde darauf klatschten. Und sie wollte keine mitleidsvollen Blicke, die sich mit verstohlener Neugier auf sie richten würden. Sie wollte allein sein mit den *schönen* Erinnerungen an ihn, und nur noch fort von hier. Wieder fühlte sie, wie ihre Lider brannten und ein Schluchzen in ihrer Kehle lauerte.

Um sich abzulenken, ließ sie ihren Blick durch die Halle schweifen und betrachtete die Menschen in den schwarzen Lederstühlen. Es war ein tristes Bild, grau und dumpf. Es war ein erstaunlich großer Unterschied, ob man als Ärztin durch die Gänge eines Krankenhauses eilte, oder ob man mit einem Mal selbst zu jenen gehörte, die Hilfe brauchten. Dorothee zog unbewußt den Kopf zwischen die Schultern.

Plötzlich bemerkte sie den Blick eines Mannes. Er hatte klare blaue Augen, während sein übriges Gesicht hinter einem wildwuchernden Bart verborgen war. Welche Geschichte er wohl zu erzählen hätte, wenn man ihn danach fragte? Er lächelte ihr freundlich zu, und sie meinte, einen Hauch von Solidarität zu entdekken. Sie gab sein Lächeln schwach zurück.

»Sie werden wohl bald abgeholt?« wagte er sich vor und deutete mit dem Kopf auf ihre Reisetasche.

»Ja, sie müßten jeden Augenblick hiersein.«

»Ihre Eltern?« fragte er und fegte dabei ein paar imaginäre Krümel von dem Glastisch, der zwischen ihnen stand.

Irritiert sah Dorothee ihn an. Dieser Bart – irgend etwas war merkwürdig daran.

»Entschuldigen Sie bitte«, fuhr er fort, als hätte er ihr Zurückweichen gespürt. »Ich wollte nicht aufdringlich sein. Aber Sie sahen so nett aus ...« Er wirkte fast verlegen.

»Vielen Dank ...« Dorothee wußte nicht, was sie sagen sollte. Sie wollte mit niemandem sprechen. Trotzdem riß sie sich zusammen.

»Warten Sie auch auf jemanden?«

»Ja, auf meinen Bruder, er wird heute entlassen und sollte schon seit zwanzig Minuten hiersein. Wahrscheinlich muß er noch auf seine Papiere warten. Damit lassen die sich hier ja gerne Zeit.« Er lächelte wieder.

»Bei mir ist es Gott sei Dank ganz schnell gegangen. Ich bin sicher, Ihr Bruder wird bald kommen.«

»Hoffentlich haben Sie recht. Unsere Mutter wartet nämlich mit dem Essen. Und wir müssen noch eine schöne Strecke fahren. Es gibt frischen Matjes mit Dillsoße. Eine Spezialität meiner Mutter, sie stammt aus dem Norden«, erzählte er und zupfte sich Fusseln vom Hemd.

»Oh, das ist aber wirklich nett von ihr.« Dorothee hatte den Satz kaum ausgesprochen, als die Eingangstür aufflog und Malina hereinstürmte. Dorothee stand auf und ging ihr entgegen.

»Hallo, meine Kleine.« Malina nahm sie in den Arm und drückte sie an sich. »Entschuldige, daß ich zu spät bin. Ist deine Tante schon hier?«

»Nein, sie hat sich auch verspätet. Ich denke, sie wird jeden Augenblick kommen.«

»Oh, tut mir leid, daß du hier die ganze Zeit allein herumsitzen mußtest.«

»Ach, das macht nichts. Der Mann dort hinten hat mir die Zeit vertrieben. Er wartet auf seinen Bruder.«

»Welcher Mann?« fragte Malina und sah über Dorothees Schulter hinweg in die Halle.

»Der Bärtige mit dem blauen Hemd.«

»Wer? Ich sehe niemanden.«

Dorothee blickte sich um. In dem Sessel, wo eben der Mann gesessen hatte, lehnte nun eine ältere Frau und strickte. Dorothee meinte, sie vorher schon in einem der Gänge gesehen zu haben. Sie kniff die Augen zusammen. Merkwürdig.

~

Gleich nachdem Malina sich von Dorothee verabschiedet und die Klinik verlassen hatte, zog ein Gewitter auf, und als sie um drei Uhr nachmittags neben Simon auf dem Waldfriedhof stand, regnete es in Strömen. Sie fragte sich, ob es der Herrgott aus Pietätsgründen verbot, die Sonne an solchen Tagen scheinen zu lassen.

Als eine Sopranistin das »Ombra mai fu« aus Händels »Xerxes« anstimmte, war sie froh, daß Dorothee nicht dabei war. Obwohl sie selbst Alexander de Vries nur ein paarmal getroffen und ihm nicht besonders nahe gestanden hatte, liefen ihr ein paar Tränen über die Wange.

Malina war es am Morgen beinahe unwirklich erschienen, daß Dorothee plötzlich wieder ganze Sätze gesprochen, daß sie auf beiden Beinen gestanden hatte und ihr entgegengekommen war.

Das Leben ist eben stärker als wir, dachte Malina. Eltern verlieren ihre Kinder bei Unfällen und unterhalten sich eines Tages wieder über das Wetter. Menschen, die tagelang in der Hand von Terroristen gewesen sind und Todesängste ausgestanden haben, planen wieder einen Urlaub. Das Leben ist stärker, und deshalb geht es auch immer weiter. Und das wird es auch für Dorothee.

Sie ließ ihren Blick über die Trauergäste schweifen und blieb an Alexander de Vries' Vater hängen, einem kleinen bulligen Mann. Sein Schädel war quadratisch, und sein derbes Gesicht blickte reglos auf den Sarg, während seine Frau leise unter ihrem schwarzen Schleier weinte. Neben ihnen stand eine sehr blonde, sehr elegante Frau Mitte Dreißig, die zwei kleine Jungen an der Hand hielt. Auch ihr Gesicht war unbewegt, die Mienen der Kinder spiegelten Verwirrung wider, als wüßten sie nicht, was sie hier überhaupt sollten. Malina vermutete, daß es Nadja de Vries', Alexanders geschiedene Frau, und die beiden Söhne Vincent und Benjamin waren.

In der riesigen Trauerschar entdeckte sie auch das

gesenkte Haupt des Ministerpräsidenten mit seiner Frau. Neben Familie und Freunden waren sie nicht die einzigen prominenten Gäste. Malina wurde noch einmal bewußt, welch hohe gesellschaftliche Rolle Alexander de Vries innegehabt hatte.

Als der Sarg in die Erde hinabgelassen wurde, war es ganz still. Nur ein paar Vögel sangen. Alexanders Mutter griff apathisch nach der Hand ihres Mannes. Ihr kleines Gesicht war eine Maske der Trauer. Unbeholfen legte Gregor de Vries den Arm um sie, als sie an das Grab trat und einen Strauß mit Wiesenblumen in die klaffende Erde warf. Für einen Moment blieb sie stehen und starrte hinunter, als fände sie dort eine Antwort, die ihr den Schmerz nehmen könnte, dann schwankte sie. Als sie sich abwandte, weinte sie heftig.

Die Vorstellung, sie müßte ihren Sohn zu Grabe tragen, ließ Malina wieder die Tränen in die Augen treten. Victor war ihr kleiner Prinz, ebenso wie Alexander de Vries es für seine Mutter gewesen war. Malina ahnte, wie unerträglich ihr Schmerz sein mußte. Plötzlich wollte sie nichts lieber, als diesen Friedhof endlich zu verlassen.

Eine Viertelstunde später war alles vorbei. Malina und Simon waren bis zuletzt geblieben, doch als sie in ihrem Wagen saßen, sagte Simon plötzlich: »Laß uns noch einmal zurückgehen.«

»Wieso?«

»Ich will wissen, welche Namen auf den Kränzen stehen. Mörder neigen oft dazu, zur Beerdigung ihrer Opfer zu erscheinen und etwas zu hinterlassen.«

Sie stiegen aus dem Auto, und plötzlich hörte der Regen auf. Auf dem Friedhof roch es nach warmer, feuchter Erde, und in einem der Baumwipfel klopfte ein Specht. Als sie sich dem Grab näherten, bemerkten sie schon von weitem eine große Frau mit einem blonden akkuraten Pagenkopf. Das schwarze Kostüm unterstrich ihren hageren Körper. Als Malina und Simon hinter einem Baum in ihrer Nähe stehenblieben, bückte sie sich plötzlich und hob etwas auf. Es war ein großer Stein. Für ein paar Sekunden hielt sie ihn in der Hand, dann warf sie ihn mit aller Kraft hinunter auf den Sarg. Der dumpfe Aufprall war weit zu hören. »Du Hund!« sagte sie klar und deutlich. Dann machte sie auf dem Absatz kehrt und ging davon.

»Hast du das gehört?« flüsterte Malina Simon zu, um sich zu vergewissern.

»Ja«, raunte er zurück. »Sie hat ›du Hund‹ gesagt. Bleib hier, ich gehe ihr nach.«

Nach ein paar Minuten kam er wieder zurück.

»Hast du sie noch erwischt?«

»Nein, aber ich habe ihre Autonummer notiert. M-DM 1958.« Simon zückte sein Handy, und ein paar Sekunden später sprach er mit einem alten Kollegen.

»Die Frau heißt Ulla Bergmann«, wandte er sich an Malina, nachdem er aufgelegt hatte. »Sie wohnt Am Herrgottseck 3. Sehr hübsche Gegend. Und sie ist zweiundvierzig Jahre alt. Ich finde, wir sollten unbedingt mit ihr sprechen.«

10

Und schein ein Heil'ger, wo ich Teufel bin.
William Shakespeare, König Richard III.

Der Vater dachte: »Sollte es Aschenputtel sein?«, liess sich die Axt holen und hieb den Baum um, aber es war niemand darauf. Und als sie in die Küche kamen, lag Aschenputtel da in der Asche, wie gewöhnlich, hatte dem Vogel auf dem Haselbäumchen die schönen Kleider wiedergebracht und sein grau Kittelchen angezogen.

Ich war mitten unter ihnen, und sie haben mich nicht gesehen. Sogar Alexanders Tod wurde pompös begangen. Eindrucksvoll sein Sarg auf der Stafette, voll süßer Schwere die Stimme der Sängerin. All das Wehklagen durch ein Meer von Blumen ... Was für ein Aufwand. Lächerlich.

Manche Menschen werden nicht einmal im Leben bemerkt. Sind nur Staffage für die anderen. Wer wüßte das besser als ich?

Doch ich habe mich damit abgefunden: Ich werde nie die goldene Prinzessin sein, prächtige Kleider gehören mir nicht. Nur einen Blick durfte ich darauf werfen, getragen habe ich sie nie. Der Tod des Prinzen ist kein Triumph für mich. Seine Macht, sein Schatten reichen noch aus dem Grab heraus.

Ich sehe meine Augen im Spiegel und weiß es: Die Krankheit ist in einem selbst.

Andere fördern sie sie nur zutage, machen sie durch ihr eigenes Strahlen um so deutlicher. Alexander hat das getan. Er ist fort – doch sie ist geblieben: die Krankheit mit dem Namen Verlorenheit ...

Ich bin nicht Aschenputtel. Mir wird das grau Kittelchen immer bleiben. Keine gute Fee, kein Ball, der über Nacht mein Leben verändert, kein Haselnußzweig auf dem Grab meiner Mutter ...

Was bleibt mir noch zu tun? Außer mich zu schützen? Vor der Entdeckung und der Demütigung?

Ich habe die Prinzessin gesehen. Sie ist wahrhaft schön und ihre Augen ein dunkles Meer ... Doch die Zeit wird kommen, wo sie erlöst sein wird, ihre Gedanken frei, ihre Tränen versiegt ...

~

Malina betrat Pariser Boden in einem aufsehenerregenden Neckholder-Kleid. Über den schwarzen Nadelstreifen trug sie nichts als ihre offenen, roten Haare. Im Gegensatz zu ihren früheren Locken fielen sie jetzt lang und glatt hinunter. Sie sah umwerfend aus und fühlte sich auch so. Leichten Schrittes ging sie auf neuen Riemchensandaletten neben Simon her. Nach all den düsteren Tagen und der Krise mit Edward war es ein erhebendes Gefühl, einfach wieder schön zu sein.

Nirgendwo sonst war eine Frau so sichtbar wie in Paris, und die Blicke, denen Malina unverhohlen begegnete, waren allesamt bewundernd. »I love Paris«, summte sie leise vor sich hin, während sie weiter durch die Flughafenhalle in Richtung Ausgang gingen.

»Vous êtes très ravissante«, entfuhr es einem dieser

gut gekleideten Geschäftsmänner, als er an ihr vorübereilte. Sie lächelte zurück, während Simon abrupt stehenblieb und sie mit hochgezogener Augenbraue musterte.

»Sag mal, hast du in Pheromonen gebadet? Ich hab schon befürchtet, du stündest bald nackt da, so wie die dich mit ihren Blicken ausziehen.«

»Eifersüchtig? Oder blind?«

»Weder noch, Pralinchen.«

»Oder mittlerweile asexuell?«

»Was soll denn diese Anspielung?«

»Keine Anspielung, nur eine Frage. Solange ich dich kenne, habe ich weder ein weibliches Wesen in deiner Nähe bemerkt, noch hast du je von einem gesprochen. Glaubst du etwa, mir wäre das entgangen?«

Simon sah sie mit einem Blick an, den sie nicht zu deuten vermochte, und ging zum Gepäckband.

Nachdem ein arabischer Taxifahrer sie eine halbe Stunde lang durch eine öde Landschaft gefahren hatte, die nur hin und wieder von ein paar Pappelreihen durchzogen war, tauchte am Horizont der Eiffelturm auf.

»Parris, Parris«, sagte der Fahrer und deutete auf die »Île de France«, die immer näher kam.

Malina vergaß den abgewetzten Ledersitz, auf dem sie saß, und den tollkühnen Fahrstil des Arabers und fühlte, wie ihr Herz vor Freude schneller schlug. Paris, dachte sie, und wie immer stieg dieses sentimentale Durcheinander aus Glück, Aufregung und einer ungeheuren Sehnsucht in ihr auf.

Und der Gedanke an Gilles.

Sie war damals dreiundzwanzig gewesen und hatte drei Monate in Paris verbracht. Die leidenschaftliche

Affäre mit ihm, die mit einer nächtlichen Fahrt an der Seine entlang begonnen hatte, war eine jener Geschichten, die sie ihr Leben lang nicht vergessen würde. Die Ledersitze in dem Taxi damals waren genauso verschlissen gewesen wie jetzt. Und auch damals hatte sie es nicht gekümmert. Viel zu groß war diese erregende Unruhe in ihr gewesen. Und der Gedanke an das, was bald folgen würde.

Rückblickend hatte sie die Affäre mit Gilles immer als das Erwachen ihrer Sexualität betrachtet. Er war der erste Mann gewesen, den sie gesehen und im selben Moment begehrt hatte. Ganz ohne romantische Verklärtheit und ohne den Gedanken, er könnte der Richtige fürs Leben sein. Sie erinnerte sich noch genau, wie erschrocken sie über sich selbst und ihre Lust gewesen war und wie verrucht sie sich gleichzeitig gefühlt hatte.

Sie hatten sich in einem Café kennengelernt – was in Paris nicht weiter ungewöhnlich war. Gilles hatte am Nebentisch gesessen und sie aus seinen schwarzen Augen beobachtet. Als er begann, etwas auf seine Zigarettenschachtel zu kritzeln, hatte sie nur gedacht: »O nein, nicht schon wieder einer, der mich malen will.« Dann hatte er die Schachtel hochgehalten. »Je m'appelle Gilles, et toi?« hatte darauf gestanden. »Malina«, hatte sie lächelnd geantwortet, und er hatte sich zu ihr gesetzt.

Das erste, was ihr an ihm aufgefallen war, waren seine Hände. Sie waren riesig gewesen, aber dennoch fein geformt, und auf den Fingern wuchsen vereinzelt schwarze Härchen. Sie hatte fortwährend hingesehen und sich vorgestellt, wie es wohl wäre, von diesen Händen berührt zu werden.

Es war wunderbar gewesen – in seiner Wohnung am Montmartre. Wild. Leidenschaftlich. Unvergeßlich.

Wie sein erster Kuß, für den er sich so viel Zeit gelassen hatte, daß es sie ganz verrückt gemacht hatte. Allein die Erinnerung daran ließ dieses Ziehen zwischen ihren Schenkeln entstehen.

An all dies mußte sie jetzt denken, als das Taxi die Seine überquerte und ihr Blick auf den prächtigen Bau von Nôtre Dame fiel. Sie erinnerte sich an die Treffen in den kleinen Salons du Thé, an die Spaziergänge über die malerischen Brücken, durch die Gäßchen auf der Île de Paris – und wurde plötzlich in die Wirklichkeit zurückgerissen.

Sie waren soeben in die Unterführung der Pont d'Alma gefahren, als der Fahrer unvermittelt bremste und rief: »Di-a-na, Di-a-na!«. Dabei deutete er auf jene Säule, an der die englische Prinzessin tödlich verunglückt war. Er begann, eine wüste Verschwörungsgeschichte zu erzählen, die sich um Dianas Tod rankte. Sie gipfelte direkt vor der klassizistischen Fassade des Hotel Meurice darin, daß man Diana kurz vor der Scheidung von Charles gegen ihren Willen unter Narkose gesetzt und ihr zwei Eizellen entnommen habe, um den Fortbestand der britischen Monarchie zu sichern. Wie sonst, dachte Malina, freiwillig hätte sie es bestimmt nicht getan.

»Ce n'est pas vrai«, fauchte sie wenig später in ihrem Hotelzimmer. Der Umstand, daß dem Hotel ein Buchungsfehler unterlaufen war und sie mit Simon das Zimmer teilen mußte, ließ sie nicht nur mit Empörung reagieren, sondern machte sie auch blind für die Schönheit, die sie umgab. In jedem anderen Augenblick wäre Malina angesichts der weißgetäfelten Wände, die perfekt mit den hellgelben Seidenstoffen harmonierten, angesichts des Louis-Quinze-Mobiliars entzückt gewesen.

»Geh bloß nicht ans Telefon!« zischte sie statt dessen.

Simon, der sich stets darum bemühte, weibliche Logik zu verstehen, fragte verdutzt: »Und warum nicht?«

»Glaubst du vielleicht, ich will noch mehr Ärger mit Edward? Du warst schließlich für die Reservierung der Hotelzimmer verantwortlich. Offenbar ist dein Französisch miserabler, als ich dachte. Ich frage mich, ob nicht Absicht dahintersteckt. Eines kann ich dir jetzt schon verraten: Du schläfst auf dem Canapé!«

»Mein Gott, sind wir auf einer Klassenfahrt? Spinn dich aus, ich gehe inzwischen einen Kaffee trinken.« Simon schlug wütend die Tür hinter sich zu.

Verblüfft starrte Malina ihm hinterher. Sie war immer noch ärgerlich und fragte sich gleichzeitig, warum. Sie war in Paris, in einem der schönsten Hotels der Stadt, und noch vor einer Viertelstunde hatte sie sich fast selbst darum beneidet. Was war nur mit ihr los? Im Grunde war es nicht wirklich schlimm, sich mit Simon ein Zimmer zu teilen. Er würde schon nicht die ganze Nacht schnarchen.

Wenn sie ehrlich zu sich selbst war, dann war nicht er es, der sie so aggressiv reagieren ließ. Es war ihr gegenwärtiges Leben überhaupt: ihre Gewissensbisse Edward und Victor gegenüber, die Sorge um Dorothee und die Tatsache, daß sie es allen recht machen wollte, aber nicht konnte. Der einzige, der sie die ganze Zeit unterstützt hatte, war Simon. Und ausgerechnet ihn machte sie jetzt zum Sündenbock.

Er hatte aber nicht so reagiert, wie sie es sich gewünscht hätte, mit seiner heiteren Ironie, die sie immer wieder auf den Boden zurückholte. Statt dessen war er selbst wütend geworden und hatte sie allein gelassen. Dabei hätte sie sich am liebsten bei ihm ausgeweint und sich sagen lassen, daß alles, was sie tat, gut und richtig war.

Nachdem sie eine Weile auf den teuren Brokatüberwurf des riesigen Bettes geweint hatte, kam ihr der Gedanke, daß es eine egoistische Nummer war, die sie da gerade abzog. Hatte sie eigentlich ein einziges Mal danach gefragt, was Simon wollte? Was er fühlte, wenn sie ihn alles ausbaden ließ? Im Grunde bin ich ein Biest, dachte sie. Und das Schlimmste ist, ich weiß es sehr gut zu tarnen – unter dem Deckmäntelchen von Charme, Hilfsbereitschaft und Großzügigkeit.

Malina stand auf und blickte in einen der drei silbergerahmten Spiegel über dem Toilettentisch. Nachdem sie sich eine Weile darin betrachtet hatte, sagte sie laut: »Du Miststück.«

Am liebsten hätte sie sich auf der Stelle bei Simon entschuldigt und ihre Sachen gepackt, um nach Hause zu fliegen, wo sie Edward endlich in die Arme nehmen würde.

Statt dessen ging sie zum Telefon und rief ihn an. Frau Altmann, seine Sekretärin, meldete sich. Als Malina nach ihm fragte, stellte sie das Gespräch durch, meldete sich jedoch nach wenigen Sekunden wieder.

»Tut mir leid, Frau Maltzan«, sagte sie mit ihrer distanzierten Sekretärinnen-Stimme, »aber Herr von Habelsberg hat im Augenblick leider keine Zeit für Sie. Vielleicht versuchen Sie es später noch einmal.«

Jetzt traten Malina erneut die Tränen in die Augen. »Herr von Habelsberg hat im Augenblick leider keine Zeit für Sie«, hallte es in ihren Ohren, und im selben Augenblick klingelte das Telefon. Sie fuhr zusammen und riß den Hörer hoch.

»Ja?«

»Alles ins Ordnung?« erkundigte sich Simon. »Hier

spricht dein Kollege, der gerne wissen möchte, ob die Chefin wieder ansprechbar ist und ob wir uns nicht an die Arbeit machen sollen. Vielleicht interessiert es dich ja, was ich inzwischen erfahren habe?«

»Simon«, schluchzte Malina in den Hörer, »es tut mir schrecklich leid. Bitte sei wenigstens du wieder gut, ja? Ich weiß, ich bin manchmal ein Biest, aber ich meine es doch gar nicht so.«

»Natürlich meinst du es so. Aber das macht nichts.« Seine Stimme klang überraschend weich. »Jetzt putzt du dir die Nase, ziehst den Lidstrich neu und kommst runter in den Wintergarten. Du wirst sehen, nach zwei Minuten hier unten geht's dir wieder besser.«

»Ist gut.« Sie schniefte noch einmal und legte auf.

Es war kein Zufall gewesen, daß sie als Unterkunft ausgerechnet das Meurice gewählt hatten. In dem alteingesessenen Luxushotel an der Rue de Rivoli, das seit jeher die Privilegierten der Welt beherbergte, war Alexander de Vries bevorzugt abgestiegen. Auch die letzte Nacht vor seinem Tod hatte er hier verbracht.

In einem kurzen Gespräch hatte Dorothee Malina von ihrem Telefonat mit einer der Rezeptionistinnen erzählt und sich dabei an das kleine Päckchen erinnert, das Alexander dort vergessen hatte. Als Malina jetzt in den Wintergarten des Hotels kam, hielt Simon es ihr schon entgegen. Sie wußte nicht, worüber sie mehr staunen sollte: über seine Schnelligkeit oder über den ausladenden Jugendstil ringsumher. Ihr Blick wanderte hoch zur großen gläsernen Kuppel des Daches, und ein paar Sekunden lang fühlte sie sich wie eine Passagierin der Ersten Klasse auf der Titanic. Das gedämpfte Gemurmel der übrigen Gäste klang an ihren Tisch herüber, und der feine Duft von Kaffee lag in der Luft.

Kellner gingen lautlos umher, und sie wünschte sich, daß Edward ihr gegenübersäße und der Grund ihres Aufenthalts nicht ein Mord, sondern ... vielleicht Flitterwochen wären ...

Verblüfft über diesen unvermittelten Wunsch riß sie sich von ihren Gedanken los und wandte sich, den Blick auf das Päckchen gerichtet, an Simon.

»Sag mal, wie hast du das denn geschafft, so schnell daran zu kommen?«

Statt einer Antwort zückte Simon seinen alten abgelaufenen Polizeiausweis. »Damit.« Seine dunklen Augen funkelten.

»Und das haben sie dir einfach so abgekauft?«

»Das schon. Worüber sie sich wirklich wunderten, war die Großzügigkeit, mit der die deutsche Polizei ihre Beamten offenbar ermitteln läßt.« Simon grinste, und die Fältchen um seine Augen vertieften sich.

»Darf ich es aufmachen, oder willst du?« Malina war so gespannt, was sich unter dem feinen Geschenkpapier verbarg, daß sie schon an der Schleife nestelte.

»Mach du es.«

In dem roten lederüberzogenen Kästchen schimmerte ein Ring, wie sie ihn noch nie gesehen hatte. Es war ein Platinreif mit einem runden Diamanten, der die Größe einer Perle hatte und so fein geschliffen war, daß sich das Licht in seinen Facetten tausendfach brach. Sprachlos starrte Malina darauf und konnte nicht widerstehen, den Ring überzustreifen.

»Mein Gott, ist der schön«, murmelte sie und betrachtete andächtig ihre Hand, »und er paßt wie angegossen.«

»Und er gehört dir nicht«, sagte Simon trocken und ärgerte sich insgeheim darüber, daß Malina sich von so viel Geglitzer beeindrucken ließ.

»Ich weiß.« Langsam nahm sie das Schmuckstück wieder ab. »Er gehört Dorothee. Hier steht's.« Sie deutete auf die Gravur in der Innenseite des Rings, »Für Dorothee, Juli 2003.« Erstaunt blickte sie Simon an. »Er wollte sich mit ihr verloben ...«

»Du sagst das in einem Ton, als sei dir diese Ehre für immer verwehrt. Wenn ich mich nicht täusche, hat dein Edward schon mehr als einmal sein Glück versucht.« Simon sah sie prüfend an.

»Ich weiß ...«

»Und?«

»Nichts und.« Ihr Ton verriet deutlich, daß sie nicht weiter auf dieses Thema eingehen wollte. Sie steckte den Ring wieder in das Kästchen und packte es in ihre Handtasche. »Ich werde ihn Dorothee geben, sobald sie wieder zurück ist. Zumindest wird sie dann wissen, daß Alexander sie wirklich geliebt hat.« Dann schwieg sie und sah versonnen durch die Fenster des Wintergartens, die an die eine Seite der Hotelbar grenzten.

Simon dachte verwundert darüber nach, daß ein Mann für eine Frau alles, wirklich alles, tun konnte – doch nichts würde sie mehr von seiner Liebe überzeugen als ein kostbares Schmuckstück, selbst wenn es für ihn den Ruin bedeutete. Wie merkwürdig, daß sich sogar Malina davon beeindrucken ließ. Er hatte sie anders eingeschätzt.

Malina hingegen hatte den Ring schon wieder vergessen. Noch immer blickte sie hinüber in die Bar, wo der Barkeeper einem eleganten Paar Champagner servierte. Wieder dachte sie an Edward. Sie war in Paris und fühlte sich allein.

»Tja, ich glaube, wir sollten uns allmählich um Cathérine Beauvillier kümmern«, zwang sie sich in die Wirklichkeit zurück.

»Schon geschehen, Prinzessin«, sagte Simon. »Ich habe sie bereits angerufen. Sie erwartet uns morgen nachmittag um siebzehn Uhr in ihrem Haus in Vaucresson.«

»Hast du bei ihr auch diese Polizeinummer abgezogen?«

»Was sonst? Die Nummer mit der GEZ wäre mir bei ihr wohl nicht geglückt. Ich weiß ja nicht einmal, ob es hier in Frankreich überhaupt Fernsehgebühren gibt.«

»Und wie war sie?«

»Französisch«, sagte Simon und ließ offen, was er damit meinte.

~

Am selben Tag schlug Michael Krasinski in München die Glastür der Polizeiinspektion hinter sich zu. Genervt pustete er sich eine Haarsträhne aus dem Gesicht und kramte in seinen Hosentaschen nach Kleingeld. Er hatte beschlossen, den Weg zum Architekturbüro von Ulf Neubeck in der Hohenzollernstraße zu Fuß zu gehen und sich unterwegs ein Eis zu kaufen.

»Also, dann viel Spaß auf der Jagd nach Hannibal Lector. Sieh zu, daß er dich nicht beißt«, hatte ihm ein Kollege hinterhergerufen und feixend hinzugefügt: »Heute abend gibt's bei uns daheim Lammkeule. Ich heb dir ein Stück davon auf.«

Krasinski wußte, daß seine Kollegen ihn belächelten. Auch sein Vorgesetzter Jürgen Schwan war skeptisch gewesen, als er darauf bestanden hatte, die Spurensicherung in den Schuppen zu schicken und das tote Tier in der Gerichtsmedizin untersuchen zu lassen. Es handelte sich um ein Lamm, das schon mindestens zehn Tage tot war, als es am siebten August gefunden wurde.

Krasinski hatte inzwischen auch herausgefunden, daß ein türkischer Metzger am neunundzwanzigsten Juli den Diebstahl eines Lammes gemeldet hatte. Natürlich hatte ihn niemand ernst genommen – die Kollegen hatten die Angelegenheit als Versicherungsfall abgetan. Im Gegensatz zu ihnen sah Michael Krasinski jedoch einen Zusammenhang zwischen dem Diebstahl und dem getöteten Tier. Und auf irgendeine Art spielte auch diese aufgeschlitzte Puppe eine Rolle.

Seine Schritte wurden schneller, als könnte er damit auch die Ermittlungen beschleunigen. Das Eis hatte er inzwischen vergessen, erst als er völlig verschwitzt in die Hohenzollernstraße einbog, dachte er wieder daran. Er hatte Glück: Direkt im Vorderhaus des Architekturbüros gab es eine Eisdiele. Er ließ sich zwei Kugeln Zitroneneis geben und schlenderte in den Hinterhof. Während er es im Schatten einer alten Kastanie aß, ging ein Mann an ihm vorbei, der zwei schwere Einkaufstüten schleppte. Krasinski beobachtete, wie er sich bemühte, die Haustür aufzuschließen, und ihm prompt der Schüssel herunterfiel.

»Warten Sie, ich helfe Ihnen«, sagte der Polizist, während er sich bückte und sein Blick die glänzenden Schuhe des Mannes streifte.

»Danke. Das passiert mir immer wieder. Vielleicht sollte ich in Zukunft die Tüten erst abstellen und dann aufschließen. Nicht jeder ist so freundlich wie Sie«, sagte der Mann mit einem sanften Lächeln. Krasinski lächelte zurück und reichte ihm den Schlüsselbund, der ihm ungewöhnlich schwer vorkam. Merkwürdig, was die Leute so mit sich herumschleppten.

~

Gerade hatte er die beiden Einkaufstüten im Abstellraum verstaut und sich die Hände gewaschen, als er von der Küche aus hörte, wie die Sekretärin nach Ulf Neubeck rief: »Chef, kommen Sie bitte mal? Ein Herr Krasinski von der Kripo ist da und möchte Sie gern sprechen. Sie wissen schon, wegen des toten Tieres.«

Er horchte auf, drehte behutsam den Wasserhahn zu und stellte den Kaffee zurück in den Schrank. Keiner von den Kollegen hatte bemerkt, daß er schon zurückgekommen war. Vorsichtig spähte er hinaus auf den Gang – es war niemand zu sehen. Dann schlich er hinüber in den kleinen Archivraum. Von dort konnte er in Neubecks Büro sehen, ohne selbst bemerkt zu werden.

»Ah, Grüß Gott, Herr Krasinski, ich habe schon auf Sie gewartet. Kommen Sie rein«, hörte er Ulf Neubeck sagen.

»Vielen Dank, gern«, antwortete der Besucher. Er erkannte die Stimme des Mannes, der ihm im Hof mit dem Schlüssel geholfen hatte. Dann rückten Stühle und die Sekretärin hantierte mit Gläsern und Flaschen. Er öffnete die Tür des Archivs einen Spaltbreit und lauschte weiter.

»Sie haben also den Kadaver entdeckt?« wandte sich der Polizist an die Sekretärin. »Wir haben inzwischen herausgefunden, daß es ein Lamm war.«

»Ach du lieber Gott. Wer tötet denn ein unschuldiges Lamm? Das ist ja grauenvoll.« Dann riß sie sich offensichtlich zusammen. »Ich wollte Akten im Schuppen verstauen. Dabei habe ich die Bank zur Seite gerückt – und da lag es, das arme Ding.«

»Wer hat denn überhaupt Zutritt zu dem Raum?« wandte Krasinski sich wieder an Neubeck.

»Wir alle.«

»Und wie viele Schlüssel gibt es?«

»Das läßt sich mit Bestimmtheit nicht sagen. Früher gab es mal zwei oder drei, aber die sind uns im Laufe der Jahre abhanden gekommen. Am Schluß hatten wir nur noch einen, und der hing immer an einem Brettchen neben der Eingangstür. Allerdings war auch der in den letzten beiden Wochen, bevor wir das Tier gefunden haben, nicht mehr da. Dafür gibt es allerdings eine Erklärung. Meine Mitarbeiterin Frau Amthor ist am dreißigsten Juli in Urlaub gefahren. Am Tag davor war sie noch mal unten im Schuppen, um alte Bauzeichnungen wegzuräumen, und hat den Schlüssel dann versehentlich eingesteckt. Das heißt, er ist erst wieder bei uns aufgetaucht, als sie am siebten August aus dem Urlaub zurückkam.«

»Und das heißt«, warf Krasinski ein, »daß in der Zwischenzeit niemand von Ihnen in dem Lagerraum gewesen sein kann – es sei denn, jemand besitzt noch einen zweiten Schlüssel, von dem Sie aber nichts wissen. Das würde auch erklären, warum es keine Einbruchsspuren gab.«

»Oder«, sagte Ulf Neubeck nachdenklich, »jemand hat das Lamm schon zuvor getötet und es dort versteckt.«

»Das stimmt, es war zu dem Zeitpunkt, als es gefunden wurde, ungefähr zehn Tage tot«, sagte Krasinski. »Ganz genau läßt sich das bei dieser Hitze nicht feststellen.« Er stockte einen Moment. »Wo sind denn Ihre anderen Mitarbeiter? Ich würde gern mit ihnen sprechen. Vielleicht hat jemand etwas bemerkt.«

Seine Herzfrequenz beschleunigte sich. Unwillkürlich schob er die Tür wieder ein Stück zu, während er nervös über die Ärmel seiner Jacke strich.

Inzwischen versammelten sich die Kollegen am Konferenztisch. Martina Amthor bestätigte, daß sie den Schlüssel versehentlich eingesteckt habe und gleich darauf in Urlaub gefahren sei. Die anderen sprachen aufgeregt durcheinander, doch letztlich war niemandem etwas aufgefallen.

»Wo steckt eigentlich Hänschen?« fragte Ulf Neubeck plötzlich.

»Der ist zum Arzt und wollte dann noch einiges besorgen«, antwortete die Sekretärin. »Keine Ahnung, wann er wiederkommt. Ich kann ja mal versuchen, ihn über Handy zu erreichen. Vielleicht ist er ja schon unterwegs.«

»Ja, probieren Sie das doch mal, Sabine«, sagte Ulf Neubeck, und an Krasinski gewandt, fügte er hinzu: »Hänschen spricht zwar nicht viel, dafür sieht und hört er alles. Wie stille Wasser eben so sind.«

Plötzlich war er wie gelähmt. Starr stand er da, gegen die Tür gelehnt, und hörte das Blut in seinen Ohren rauschen. Wovor hatte er eigentlich Angst? Er riß sich zusammen und lugte wieder durch den Türspalt.

Sabine ging gerade zu ihrem Schreibtisch und durchsuchte die Rollkartei nach seiner Nummer. Dann fiel ihm ein, daß er seine Jacke noch nicht ausgezogen hatte. Schnell riß er sein Handy aus der Tasche und schaltete es aus. Zehn Sekunden später hörte er, wie Sabine rief: »Tut mir leid, Chef, nur die Mailbox.«

Er war den anderen eben immer ein Stück voraus. Eine Viertelstunde später ging er mit den beiden Einkaufstüten noch einmal durch den Flur der Büroräume.

»Hänschen«, rief Sabine, die ihn von ihrem Schreibtisch aus sah, »die Polizei war da, wegen des toten Tieres. Stell dir vor, es war ein kleines Lamm. Grauenvoll, oder? Der Beamte wollte auch mit dir sprechen, aber wir haben nur deine Mailbox erwischt. Jetzt ist er schon fort.«

»Wie schade«, sagte er mit seinem sanften Lächeln. »Ich hätte ihn gerne getroffen.«

~

»Je peux vous aider?« Die Rezeptionistin mit dem dunkelbraunen Pagenkopf lächelte Simon freundlich an. Ich liebe französische Frauen, dachte er, während er in ihre dunklen Rehaugen blickte. Sie sehen alle aus wie Audrey Hepburn.

»Ja, das können Sie, Mademoiselle ...« Er blickte auf das kleine Schildchen an ihrem Revers. »Mademoiselle Lasalle.«

»Und womit, Monsieur?« Sie lächelte wieder und zeigte dabei kleine weiße Zähne.

Simon zückte seinen abgelaufenen Polizeiausweis. »Vielleicht haben Sie schon gehört, daß ein Stammgast aus Deutschland ermordet wurde. Ich ermittle in diesem Fall, und eine der Spuren führt nun auch zu Ihnen.«

»Zu mir, Monsieur?«

»Nicht zu Ihnen persönlich, aber in dieses Hotel. Wir wissen, daß er die Nacht vor seinem Tod hier verbracht hat.«

»Sie sprechen von Monsieur de Vries.« Jetzt war ihr Lächeln verschwunden.

»Sie wissen also schon Bescheid?«

»Ja. In einem Hotel bleibt so etwas nicht lange geheim. Wir Angestellten haben gewissermaßen unsere eigenen Nachrichtenkanäle ...«

»Sehen Sie, und deswegen wende ich mich auch an Sie.«

»Weil Sie in mir eine undichte Stelle vermuten?«

Simon lachte. Sie hatte wirklich Charme, und das Gespräch erinnerte ihn mit einem Mal an die früheren Rededuelle mit Dorothee. »Ja, vielleicht ... Nein, ganz im Ernst: Natürlich bin ich mir sicher, daß Sie Dinge über Gäste wissen, die im Normalfall nicht die Zimmer verlassen würden.«

»Stimmt. Und da gehören sie auch hin. Diskretion ist eines unserer obersten Gebote.« Sie neigte den Kopf und begann geschäftig, Zahlen in den Computer einzugeben.

»Sehr lobenswert, Mademoiselle. Ich denke, das ist bei Ihren illustren Gästen hier auch sehr erwünscht. Aber nehmen wir an, Sie könnten zur Aufklärung eines Mordes beitragen, glauben Sie nicht, daß es dann angebracht wäre, dieses oberste Prinzip einmal zu umgehen?«

»Ihr Französisch ist ausgezeichnet. Sie drücken sich sehr gewandt aus.« Plötzlich lächelte sie wieder.

»Und? Hat es geholfen?« fragte Simon, und ein Funkeln stahl sich in seine Augen.

»Monsieur, Sie sind nicht nur sehr gewandt, sondern auch etwas umständlich. Aber vielleicht würde es mehr helfen, wenn Sie etwas direkter wären.«

»Kann es sein, daß Sie mir ein paar Dinge über Monsieur de Vries verraten könnten, die mir, sagen wir mal, etwas mehr Aufschluß über seine Aufenthalte hier geben könnten?«

»Warum fragen Sie ausgerechnet mich danach? Ich bin schließlich nicht die einzige, die hier arbeitet.« Sie musterte ihn prüfend.

»Das stimmt. Aber Sie sind die einzige, von der ich

bislang den Eindruck hatte, daß sie das, was um sie herum geschieht, wirklich wahrnimmt und sich ihre eigenen Gedanken dazu macht. Erinnern Sie sich an heute morgen, als mir Ihre Kollegin das Päckchen überreichte, das Monsieur de Vries hier vergessen hatte? Sie standen in der Nähe, und irgend etwas an der Art, wie Sie mich beobachteten, sagte mir, daß Sie etwas wissen. Also, wie sieht es aus? Können wir miteinander sprechen oder nicht?«

Plötzlich blickte sie ihn entschlossen an. »Also gut, Monsieur Graf. Reden wir.« Sie sah sich kurz um. »Aber nicht hier im Hotel. In einer Stunde habe ich frei. Kommen Sie um halb vier ins ›Café Au Père Tranquille‹, Metro-Station Les Halles. Nehmen Sie den Ausgang Rue Rambuteau, dann können Sie es nicht verfehlen. Ich erwarte Sie dort. D'accord?« Sie wandte sich wieder dem Computer zu. Das Gespräch war beendet.

»D'accord.« Simon warf noch einen kurzen Blick auf sie und ging dann zu einer der Telefonkabinen im Foyer.

»Fertig mit Frischmachen …? Gut. Dann komm runter. Wir müssen einen Stadtplan kaufen. Oder weißt du auswendig, wie man zu Les Halles kommt?«

Als Malina und Simon eine Viertelstunde später das Hotel verließen, sah ihnen Mademoiselle Lasalle nachdenklich hinterher. Sie zögerte einen Moment, dann griff sie zum Telefonhörer.

Gegen drei Uhr erreichten Malina und Simon die Metro-Station Les Halles. Sie stiegen aus und fanden sich in einem riesigen Gewusel verschiedenster Menschen wieder.

»Sie hat gesagt, Ausgang Rue Rambuteau.« Simon versuchte sich im Gedränge zurechtzufinden.

»Hier geht's lang«, rief Malina, die den Weg und das »Au Père Tranquille« ohnehin kannte. Es war jenes Café, in dem sie Gilles damals kennengelernt hatte. Merkwürdig, dachte sie, die Vergangenheit ist nie ganz vergangen. Alles kehrt irgendwann zurück. Sie zog Simon am Ärmel, während ihr Herz ein kleines bißchen schneller schlug.

Sie fuhren mit der Rolltreppe nach oben, und alles war so, wie sie es in Erinnerung hatte. Die vielen kleinen Geschäfte mit den Verkaufsständen davor. Genau wie damals ein buntes Durcheinander von Schreibwaren, Ansichtskarten, Zeitschriften, Schuhen und schrillen Klamotten – nur die Mode hatte sich geändert.

Vor dem Café hingegen standen noch immer die gleichen Korbstühle, die runden kleinen Tische, und die rote Markise war heruntergelassen. Als sie eintraten, hielt Malina unwillkürlich nach dem Kellner Ausschau, der sie damals immer schon an der Tür begrüßt hatte. Aber Monsieur René war nicht mehr da. Ebensowenig wie seine früheren Kollegen. Wie sollten sie auch, es war so lange her, dachte sie in einem Anflug von Wehmut. Und trotzdem wanderte ihr Blick zu dem Tisch, an dem Gilles damals gesessen hatte. Ein älterer Mann saß neben einem bildschönen Schwarzen. Sie tranken Weißwein.

Sie setzten sich und bestellten Café au lait und zweimal Baguette Camembert. Während Simon nach Mademoiselle Lasalle Ausschau hielt, hoffte Malina, daß durch eine Laune des Schicksals Gilles durch die Tür kommen würde. In seiner schwarzen Fliegerjacke, mit dem Motorradhelm in der Hand. Genau wie damals. Ob er sie erkennen würde?

Plötzlich stand Simon auf und winkte einer zierlichen Brünetten zu. *Seine* Verabredung war gekommen.

»Darf ich vorstellen? Das ist meine Kollegin Madame Maltzan.« Er machte eine galante Handbewegung.

»Enchanté, Madame.« Françoise Lasalle zeigte wieder ihr reizendes Lächeln. Sollte sie darüber erstaunt sein, daß Simon Graf nicht allein erschienen war, so verbarg sie es gut hinter jener Fassade aus Höflichkeit und Raffinement, die einer echten Französin angeboren war.

Diese Fassade behielt sie bei, als sie erzählte, was sie wußte. Sie legte Namen und Fakten auf den Tisch, ohne dabei eine Regung zu zeigen oder das Gesagte zu kommentieren. Nach einer Stunde zahlte sie ihre Rechnung so selbstverständlich, als habe sie nie mit einer Einladung gerechnet, und verabschiedete sich mit derselben souveränen Höflichkeit, die sie schon bei der Begrüßung gezeigt hatte.

»Das ist mehr, als wir erwartet haben«, sagte Simon und deutete auf seinen Notizblock.

Alexander de Vries' Aufenthalte in Paris hatten sich keinesfalls nur auf geschäftliche Kontakte beschränkt. Nach den Angaben von Françoise Lasalle hatte er den Fahrer des Hotels mehrfach damit beauftragt, ihn ins »Le Prince« im Quartier Latin zu bringen. Das Lokal galt als eine der schicksten und angesagtesten Gay-Bars der Stadt. Einige Male hatte de Vries über die Rezeption des Meurice auch Plätze im »Les Bains«, *der* Discothek des Jet Sets, reservieren lassen, meistens mittwochs oder sonntags, wenn dort hauptsächlich homosexuelles Publikum verkehrte. Und Jacques, ein Kellner des Meurice, hatte ihn des öfteren auch im »Le Queen« in den Champs-Élysées gesehen.

»Soll das heißen, daß Alexander schwul gewesen ist?« fragte Malina mit großen Augen.

»Das wissen wir noch nicht genau. Daß er sich in der Szene aufgehalten hat, muß ja nichts heißen. Ganz zweifellos hatte er auch Beziehungen zu Frauen. Demnach könnte er bisexuell gewesen sein«, entgegnete Simon nüchtern.

»Könnte? Ist das nicht ein bißchen vorsichtig ausgedrückt? Das sieht doch ein Blinder, daß er es gewesen sein muß.«

Simon schwieg. Seine Gedanken kreisten um etwas anderes. Um einen Namen, den er notiert hatte.

Paul Maurier. Er hatte häufig für Alexander de Vries im »Meurice« angerufen oder Nachrichten für ihn hinterlassen. Und de Vries hatte mehrmals auswärts übernachtet, obwohl im »Meurice« für ihn gebucht war.

Paul Maurier, dachte Simon. Was sagt mir dieser Name? Er starrte auf das Blatt. Plötzlich schlug er sich gegen die Stirn. »Hast du die Kopien von Alexanders Terminkalender dabei?«

»Ja, in meiner Handtasche.« Malina sah ihn verwundert an.

»Gib sie mal her.«

Malina zog ein Papierbündel aus ihrer Tasche und reichte es Simon.

»Hier, siehst du«, sagte er und deutete auf den Eintrag vom fünfundzwanzigsten Januar. »Keine Straße, kein Platz, keine Firma. P. M. bedeutet Paul Maurier.«

Bevor sie sich am späten Abend auf den Weg ins »Le Prince« machten, nahmen Malina und Simon noch einen Drink in der Hotelbar.

»Was ich dich die ganze Zeit schon fragen wollte«, begann Malina, während Simon ihr in den Mantel half. »Woher kannst du eigentlich so gut Französisch?«

Simon grinste und ging voran zur Drehtür.

»Isch 'atte eine französische Nanny. Ihr Name war Hortense, und ihre 'aut duftete nach 'onig. Und erst ihre hmmm ... Oh là là.«

»Simon!«

»... ihre 'interbacken«, Simon ließ sich nicht beirren, »weisch und gemütlisch wie Sofakissen.«

»Und sie fütterte dich mit Crêpe Suzette und stickte deinen Namen in sämtliche Taschentücher. Kommst du, Simon?« Malina hatte inzwischen ein Taxi herangewunken und war schon eingestiegen.

»Nein, im Ernst«, meinte ihr Kollege, nachdem er seine langen Beine endlich in den Wagen gefädelt hatte. »Ich war mal mit einer französischen Ballettänzerin zusammen. Ihr Name war Julie und ihre Achselhöhlen unrasiert. Sie tanzte in der Kompanie der Münchner Staatsoper, und ich fragte mich stets, warum sie ihr das durchgehen ließen. Selbstverständlich beherrschte sie Französisch in allen Mundarten. Nur aus der Karriere wurde dann nicht viel.«

»So so, sämtliche französische Mundarten, aber unrasierte Achselhöhlen. Simon, du überraschst mich immer wieder. Erzähl mir die Geschichte nachher ausführlich, ja?«

Ein paar Minuten später bog das Taxi in die Rue de la Harpe ein und hielt vor einem Haus, über dessen schlichter Eingangstür eine winzige Markise gespannt war. Das »Le Prince« war eines jener Etablissements, das erst Zutritt gewährte, nachdem ein strenger Türsteher sich davon überzeugt hatte, daß der um Einlaß Bittende nicht den erlesenen Geschmack der übrigen Gesellschaft beleidigen würde.

Wie armselig, dachte Malina, als sie eintraten, daß es einem tatsächlich auch noch schmeichelt, vor den Augen irgendeines Halbaffen in Gucci Gnade zu finden.

Die Bar war nicht sehr groß, dafür um so erlesener eingerichtet. Dunkelrote Clubsessel, zierliche Mahagoni-Tische und cremefarbene, zum Teil mit Spiegeln verkleidete Wände perfektionierten jene Gesamtwirkung, die entsteht, wenn Geld und Geschmack sich miteinander verbinden. Musikalisch wurde das Bild von Sarah Vaughan untermalt, die auf unnachahmliche Art »Days of Wine and Roses« sang. Die Schwermut des Songs setzte sich in den langbewimperten Augen der jungen Männer fort, die die Theke bevölkerten und die Leere ihres von Jugendwahn und Konkurrenz beherrschten Daseins mit künstlicher Fröhlichkeit überspielten.

Die Frauen, die in dem Raum wie Sternschnuppen in einer Sommernacht hervorblitzten, teilten sich in zwei Kategorien. Die einen waren dick und in die Jahre gekommen. Was sie mit den jungen Männern verband, war unschwer zu erkennen: Sie spendeten einander Trost und Verständnis in einer Welt, die Außenseitern wenig Chancen gab.

Die anderen waren jung und ungewöhnlich schön. Sie fanden hier, was sie oft vergeblich suchten: Anerkennung für Schönheit und Intellekt.

Malina setzte sich mit Simon an einen freigewordenen Tisch.

»Das hier war also Alexanders Lieblingsbar. Unschwer zu erkennen, was er hier wollte«, sagte sie, während sie die Karte studierte. »Und er hat es sich wohl auch etwas kosten lassen, ist ja nicht gerade ein billiger Laden. Ein Glas Champagner: zwanzig Euro.«

»Ich glaube nicht, daß ein Monsieur de Vries sich darüber Sorgen gemacht hat«, entgegnete Simon und bestellte ein Glas Mineralwasser. »Was ich viel interessanter finde – sein ganzes Geld hat ihn nicht frei gemacht. Ich glaube nicht, daß jemand glücklich sein kann, wenn er immer Gefahr läuft, entdeckt zu werden.«

»Ich frage mich«, setzte Malina den Gedanken fort, »warum er sich nicht einfach zu sich selbst bekannt hat.«

»Er wird seine Gründe gehabt haben. Wir dürfen nicht vergessen: Es gibt immer noch keinerlei Beweis für unsere Vermutung. Alles, was wir wissen, ist, daß er öfter hierher gekommen ist und daß es einen Mann namens Paul Maurier in seinem Leben gab. Wer sagt uns denn, daß dieser Maurier nicht einfach ein Geschäftsfreund war?«

»Das werden wir heute abend herausfinden«, sagte Malina und schenkte dem Kellner, der ihnen ihre Getränke servierte, ihr charmantestes Lächeln.

»Entschuldigen Sie bitte.« Sie warf ihr langes Haar in den Nacken, während sie den jungen dunkelhaarigen Mann leicht am Handgelenk berührte. »Haben Sie eine Sekunde Zeit für mich?«

»Naturellement, Mademoiselle«, antwortete er und warf einen anerkennenden Blick auf ihren schneeweißen Kathleen-Madden-Hosenanzug.

»Setzen Sie sich doch einen Moment und trinken Sie etwas mit uns«, lud Malina ihn ein. »Wie heißen Sie denn?«

»Yves«, antwortete er zögernd und warf einen irritierten Blick auf Simon.

»Keine Angst, Yves. Sie können sich ruhig setzen. Ich bin nicht auf der Suche nach einem Gefährten für meinen Begleiter, sondern ich möchte Sie etwas fragen.« Sie öffnete ihre Handtasche und zog ein Foto von Alexander de Vries hervor.

»Kennen Sie diesen Mann?«

»Warum wollen Sie das wissen?«

»Sehen Sie, Yves, mein Partner und ich sind Anwälte aus Deutschland und suchen diesen Mann, weil er sehr viel Geld geerbt hat. Allerdings weiß niemand, wo er sich gerade aufhält. Er scheint verschwunden zu sein. Alles, was wir bislang in Erfahrung gebracht haben, ist, daß er häufig in Paris ist und Ihre Bar besucht.«

»Oui«, sagte Yves und blickte sie plötzlich zutraulicher an. Die Aussicht auf Geld, auch wenn es nicht das eigene war, machte ihn gesprächiger. »L'allemand. Natürlich kenne ich ihn. Er ist zwar nicht sehr häufig hier, aber er ist einer von denen, die auffallen.«

»Warum ist er Ihnen aufgefallen, Yves?«

»Na ja, zum einen ist er immer sehr großzügig, und zum anderen sieht er sehr gut aus.«

»Kommt er allein, oder trifft er sich hier mit jemandem?«

»Oh, er kennt sehr viele Leute hier. Was wohl auch daran liegt, daß er gern einlädt. Wissen Sie, die meisten hier geben ihr ganzes Geld für schicke Klamotten und Fitneß-Studios aus. Alles, was Sie hier sehen, ist nichts als schöner Schein. Die jungen Männer kommen aus der Provinz nach Paris, leben zu dritt oder zu viert in engen Appartements und arbeiten in irgendwelchen Friseursalons oder Boutiquen. In solchen Bars reicht es meistens zu nichts mehr als zu einem Drink. Ihre Gläser füllen sie dann in der Toilette mit Wasser auf. Verstehen Sie? Um Ihre Frage vollständig zu beantworten: Alexandre, so heißt der Mann doch, n'est-ce pas, hat auch einen, ich will es mal höflich ausdrücken, festen Begleiter. Einen Studenten.«

»Wissen Sie denn auch, wie er heißt?« Malina beugte sich gespannt nach vorn.

»Warten Sie ... so ein Großer mit sehr blonden Haaren. Attraktiv. Pascal? Oder Pierre? Jetzt hab ich's. Paul. Genau. Ziemlich arrogant übrigens.«

Malina wechselte einen raschen Blick mit Simon.

»Haben die beiden ein Verhältnis?«

Yves lachte laut. »Ob die ein Verhältnis haben, mon dieu! Wir dachten schon manchmal, wir müßten ihnen das Hinterzimmer zur Verfügung stellen.«

Also ist es doch wahr, dachte Malina und fühlte, wie es ihr in den Magen schnitt.

»Yves, eine Frage noch. Wissen Sie, wo dieser Paul wohnt?«

»Nicht genau. Aber ich habe ihn einige Male in der Rue Caulaincourt am Montmartre getroffen. Könnte sein, daß er dort wohnt. Mein Gesanglehrer hat dort seine Räume. Wissen Sie, ich bin ja nicht wirklich Kellner. Eigentlich bin ich Musical-Sänger.«

»Ich bin überzeugt davon, daß Sie sehr schön singen, Yves. Aber ich will Sie jetzt nicht länger von Ihrer Arbeit abhalten. Vielen Dank, daß Sie so freundlich waren. Und vergessen Sie Ihren Drink nicht.« Malina reichte ihm ein großzügiges Trinkgeld und richtete ihren Blick auf Simon.

»Und? War ich genauso gut wie dein französisches Kindermädchen?«

»Pas mal, Pralinchen.«

~

Die Gewißheit war erdrückend.

Malinas triumphierendes Gefühl über den erfolgreichen Verlauf des Abends war schon verschwunden, sobald Yves den Tisch verlassen hatte. Sie sah ihm nach und war sich plötzlich bewußt, daß sie in ein Wespennest gestochen hatte.

Sie trank ihr Glas aus, ohne sich daran zu erinnern, daß es sündteurer Champagner war.

Der Geschmack auf ihrer Zunge war schal.

Die Wahrheit über Alexander de Vries, die sich nach und nach herauskristallisierte, machte sie wütend und ängstigte sie zugleich.

Sie war kein Mensch, der sich über die sexuellen Neigungen eines anderen moralisch entrüstete. Jeder sollte mit dem ins Bett steigen, mit dem er wollte. Aber Alexanders Verlogenheit, seine offensichtliche Doppelexistenz und der dahinter verborgene Egoismus brachten sie aus der Fassung und ließen sie an ihrer Wahrnehmungsfähigkeit zweifeln.

Wie hatte sie sich so täuschen können? In einem schönen Gesicht und guten Manieren. Hätte sie nicht hinter die Fassade blicken müssen?

Die Frage beschäftigte sie die ganze Nacht. Auch mit Simon hatte sie darüber gesprochen. Aber er hatte ihr nicht helfen können.

Was hätte er ihr sagen sollen? Daß er als Polizist Dinge gesehen und gehört hatte, die das Faßbare weit überstiegen? Geschehnisse, die seinen Glauben an Menschlichkeit und Anstand fast vernichtet hatten?

Simon hatte sie lange nachdenklich angeblickt und schließlich nur die Schultern gezuckt. Ihre Naivität und ihr unerschütterlicher Wille, die Dinge wieder an ihren Platz zu rücken, für Gerechtigkeit zu sorgen, rührten ihn. Gleichzeitig fragte er sich, ob sie damit eine Chance hatte. In ihrer eigenen kleinen Welt – vielleicht. Doch er hatte gelernt, einen Schritt zurückzutreten, um das ganze Bild zu betrachten – ein Abgrund.

Vielleicht aber hatte sie recht. Vielleicht mußte man in der eigenen kleinen Welt anfangen, die Dunkelheit zu vertreiben, damit es draußen wieder heller würde.

Spät in der Nacht, als er schließlich schlief, war Malina noch immer rastlos. Sie hatte zwei Gläser schweren Rotwein getrunken, doch die beruhigende Wirkung war ausgeblieben. Gejagt von ihren Gedanken stand sie auf dem Balkon und blickte hinaus aufs nächtliche Paris.

Schwarze Wolkenfetzen legten sich über den Mond wie die Spitzen eines Witwenschleiers. Sie sehnte sich schmerzhaft nach der Geborgenheit ihres Hauses und wünschte sich, Edward hielte sie ganz fest.

Sie sehnte sich nach Victors kleiner Hand in ihrer großen Mama-Hand. Sie sehnte sich nach alledem, was einem Menschen Kraft gab, trotz der Eiseskälte dort draußen weiterzuleben.

Was war Dorothee geblieben? Eine Lüge? Sie wußte es nicht.

Und plötzlich durchriß ein Gedanke die Schwärze in ihrem Kopf: Was hatte Simon ein paar Tage nach Alexanders Tod gesagt? Mit der Maskierung wollte der Täter die Demaskierung.

Sie wußte, sie waren ihm jetzt auf der Spur. Fast hörte sie ihn atmen.

~

Auch Kommissar Uwe Veigl in München wälzte sich ruhelos in seinem Bett. Erst gegen halb vier morgens schlief er schließlich ein. Der Fall Alexander de Vries verfolgte ihn bis in seine eigenen vier Wände, und die Tatsache, daß sie noch keine sichere Spur hatten, raubte ihm seine sonstige Gelassenheit. Die kriminaltechnische Untersuchung der Beethoven-Büste hatte noch keine Ergebnisse gebracht, und er hatte keine Ahnung, in welche Richtung er weiter ermitteln sollte.

Gegen halb acht wachte er zerschlagen auf, duschte und tigerte dann wie besessen durch seine Wohnung.

Gegen elf saß Veigl allein in seinem Zimmer. Sein Kopf schmerzte. Durch die geschlossene Tür drangen die Stimmen der Kollegen, die sich über das Fußballspiel vom Vorabend stritten.

Vor Veigl lag ein Stück Papier, auf dem er den bisherigen Verlauf der Untersuchungen notiert hatte. Während er sich die pochenden Schläfen rieb, ging er alles noch einmal durch und suchte nach einem neuen Ansatz. Vielleicht hatte er etwas übersehen – aber er fand nichts. In einem plötzlichen Anfall von Wut ergriff er den Locher und schleuderte ihn gegen die Tür. Im selben Moment ging sie auf, und der Locher prallte an der Holzfläche wie an einem Schutzschild ab.

»Alles in Ordnung bei dir?« Ahrens, der Kriminaltechniker, kam herein, bückte sich und hob Veigls mißhandeltes Schreibtischutensil vom Boden auf.

»Entschuldige bitte, das galt natürlich nicht dir. Ich sehe einfach kein Weiterkommen im Fall de Vries – als würde ich in einer Sackgasse stecken.«

»Vielleicht bessert das hier deine Laune.« Ahrens legte eine Mappe mit Papieren auf Veigls Tisch. »Es sind die Untersuchungsergebnisse von der Büste, die du in de Vries' Keller sichergestellt hast.«

Veigl griff nach der Mappe, doch noch ehe er sie aufschlagen konnte, sagte Ahrens: »Sieh dir das später in Ruhe an. Die Details interessieren im Moment nicht. Es hat sich etwas ergeben, womit kein Mensch gerechnet hätte.«

Als Ahrens mit seinen Ausführungen zu Ende war, lag die Wahrheit wie eine Tretmine vor ihnen.

Alexander de Vries war nicht nur ein Opfer.

Alexander de Vries war auch ein Mörder.

~

Beim Frühstück war Malina ungewöhnlich schweigsam. Ihr Appetit war nicht sehr groß, und sie holte sich von dem opulenten Frühstücksbüfett nur ein paar Scheibchen Ananas, die sie mit viel Mühe hinunterwürgte. Auf Kaffee verzichtete sie ganz und gar. Ihr Herz schlug auch ohne Koffeinzufuhr so heftig, als hätte sie einen Tausend-Meter-Lauf hinter sich. Sie fühlte sich wie gerädert und fragte sich, wie sie den Tag überstehen sollte. Gegen acht Uhr hatte sie zu Hause angerufen, aber niemand meldete sich.

Im Telefonbuch hatten sie drei Männer mit dem Namen Paul Maurier gefunden. Zwei von ihnen lebten im Stadtteil St. Germain: einer in der Rue Lacépede am Place Monge, der andere in der Rue Chomel. Der dritte wohnte in der Rue d'Orsel unterhalb von Montmartre. Malina und Simon beschlossen, zuerst in die Rue d'Orsel zu fahren, da Yves Paul Maurier mehrmals in dieser Gegend gesehen hatte.

Am Barbes Rochechouart stiegen sie aus und gingen das letzte Stück zu Fuß. Unvermittelt wurden in Malina wieder Erinnerungen wach. Gilles hatte nicht weit von hier gewohnt, in der Rue Muller. Sie wußte nicht mehr, wie oft sie den Weg durch das malerische Viertel gegangen war, über das man früher noch abfällig die Nase gerümpft hatte. In den letzten Jahren waren Künstler und Modemacher hierher gezogen und hatten es von seinem Schmuddel-Image befreit. Viele kleine Läden, in denen es Obst, Käse, Wein und Paté Fois Gras zu kaufen gab, säumten die engen Gassen, und als sie in die gewundene Rue de Trois Frères einbogen, türmte sich hinter einer Biegung hoch erhoben die schneeweiße Pracht von Sacré Cœur.

Mein Gott, dachte Malina, ist das schön. Und auch Simon starrte hingerissen auf die Kathedrale, zu der unzählige kleine Stufen hinaufführten. Überall an den Seiten saßen Touristen, die sich unterhielten und ihre mitgebrachten Brote aus den Rucksäcken holten. Es war, als pulsierte das Leben in einem mächtigen Strom durch sie hindurch.

Das Haus, in dem Paul Maurier wohnte, hatten sie schnell gefunden. Schwieriger war es hingegen, in den Flur zu gelangen, wo die Klingeln untergebracht waren, denn um die Eingangstür zu öffnen, brauchte man einen eigenen Sicherheitscode. So standen sie da und warteten, bis eine Frau herauskam und sie hineingehen konnten.

Es war ein prächtiges altes Foyer im Jugendstil, und man konnte sehen, daß alles frisch renoviert war. Hinter einer Glastür, die mit Schmiedeeisen vergittert war, zeichneten sich die Konturen einer geschwungenen Treppe ab. Auf ihr mehrfaches Läuten öffnete jedoch niemand. Paul Maurier war nicht zu Hause.

Um sicherzugehen, daß er auch der Gesuchte war, fuhren Malina und Simon an den Place Monge, um den einen der beiden anderen Mauriers zu überprüfen. Sie fanden einen alten Mann mit einem asthmatischen Dackel vor. Von Alexander der Vries hatte er nie gehört.

Eine weitere halbe Stunde später waren sie sich sicher, daß die Adresse am Montmartre die richtige war: Monsieur Maurier in der Rue Chomel hatte sich als gestreßter Arzt in den Enddreißigern entpuppt, der an seinem freien Tag seine drei Rabauken hütete. Die Kleinen waren gerade dabei, das Kinderzimmer in seine Einzelteile zu zerlegen. Malina und Simon hatten sich schnell wieder verabschiedet, was der Mann zu begrüßen schien.

Den Rest des Nachmittags verbrachten Simon und Malina getreu der französischen Maxime »laisser aller, wofür Malina dankbar war. Je weiter der Tag voranschritt, desto mehr spürte sie das Schlafdefizit der vergangenen Nacht. Sie fühlte sich erschöpft und dachte mit Widerwillen an das bevorstehende Gespräch mit Cathérine Beauvillier. Am liebsten hätte sie sich ins Bett verkrochen. Gleichzeitig fragte sie sich, warum Edward sich nicht meldete, obwohl sie nach dem Frühstück noch einmal in der Kanzlei angerufen und wieder nur die Sekretärin erreicht hatte.

All das ging ihr durch den Kopf, während sie und Simon in einem der Cafés an der Seine eisgekühlten Weißwein tranken und ein Croque Monsieur aßen. Zuletzt fuhren sie in die Galerie Lafayette, und Malina tat, was sie immer tat, wenn ihre Stimmung bei null lag: Sie ging einkaufen.

Schon als sie den weichen cremefarbenen Pullover für Edward und eine hellblaue Winterjacke für Victor bezahlte, ging es ihr viel besser.

Nachdem auch Simon ein Paar Schuhe aus feinstem Leder erstanden hatte, verließen beide hochbefriedigt das Kaufhaus. Es war halb vier, als sie in ein Taxi stiegen, das sie in den Pariser Vorort Vaucresson brachte. Sie wollten Cathérine Beauvillier nicht warten lassen.

~

Seit Viertel vor fünf strich Cathérine Beauvillier ruhelos durchs Haus. Zwischendurch spähte sie immer wieder durch eines der Fenster zur Straße und wartete auf die Ankunft der beiden Deutschen. Hundertmal hatte sie sich gefragt, wie sie sie gefunden hatten. War sie nicht vorsichtig genug gewesen?

Von ihrem Aufenthalt in München hatte nur ihre Tante gewußt, aber der Mann, der sie angerufen hatte, wollte nichts darüber verlauten lassen, wie er sie aufgespürt hatte. Er sei ein deutscher Kommissar, hatte er gesagt, der an der Aufklärung des Mordes an Alexander de Vries arbeite. Sie hatte sich gewundert, wie gut sein Französisch war.

Anne-Cécile saß in der Ecke des Wohnzimmers und spielte mit ihren Puppen. Geistesabwesend ging Cathérine an ihr vorüber und strich über ihre dunklen Lokken. Sie würde nicht zulassen, daß irgendwer zur Bedrohung für sie oder ihr Kind werden würde. Nicht nach alledem, was sie schon durchgemacht hatte. Das flaue Gefühl in ihrem Magen verstärkte sich. Ich muß mich entspannen, dachte sie, ich darf meine Angst nicht zeigen.

Wer Angst zeigt, ist verloren.

Als es um kurz nach fünf klingelte, fuhr sie sich noch einmal durch die dunklen langen Haare, überprüfte ihr Aussehen im Flurspiegel und atmete tief durch. Trotzdem schlug ihr das Herz bis zum Hals, als sie die Tür öffnete.

Im Laufe der Jahre hatte sie gelernt, Menschen mit wenigen Blicken einzuschätzen. Der große dunkelhaarige Mann mit den dichten Augenbrauen und der scharf geschnittenen Nase machte einen vertrauenerweckenden Eindruck. Bei der Frau war sich Cathérine Beauvillier nicht sicher. Sie war sehr attraktiv, aber etwas in ihren tiefblauen Augen verriet Cathérine, daß es schwer sein würde, ihr etwas vorzumachen.

Nachdem sie an der Haustür die üblichen Begrüßungsfloskeln ausgetauscht hatten, bat Cathérine die beiden ins Wohnzimmer. Auch das Französisch der

Frau war fast fließend und akzentfrei, worüber sie sich noch einmal wunderte. Sie arbeitete als Simultanübersetzerin und war häufig bei internationalen Geschäftsverhandlungen zugegen. Oft genug schmerzten ihr die Ohren, wenn einer der Teilnehmer versuchte, ihr mit seinem Schulfranzösisch zu imponieren.

Alexanders Französisch war perfekt gewesen, dachte sie, während sie ihren Gästen einen Platz anbot und sich dann selbst in einen der tiefen Sessel setzte. Auf dem Tisch stand bereits eine Kanne Tee und verschiedene Petits fours.

»Bitte bedienen Sie sich«, sagte sie und versuchte, so souverän wie möglich zu sein. Sie lehnte sich in den Sessel zurück, schlug ihre schlanken Beine übereinander und schenkte dem Mann ein vertrauenvolles Lächeln. »Bon, lassen Sie uns anfangen. Womit kann ich Ihnen helfen?«

Sie ignoriert mich, stellte Malina in Gedanken fest, sie ignoriert mich ganz bewußt. Und sie ist eine Frau, die weiß, wie man Männer um den kleinen Finger wikkelt.

Simon, der gerade an seinem Tee genippt hatte, erwiderte Cathérines Lächeln. Teufel noch mal, die sieht auch aus wie Audrey Hepburn, dachte er und registrierte ihre langen Wimpern.

»Ich habe Ihnen ja schon am Telefon gesagt, worüber wir sprechen wollen«, ergriff er das Wort. »Es geht um Alexander de Vries.«

»Sie meinen, es geht um den Tod von Alexander de Vries.«

»Ja«, sagte er, »und darum, in welcher Verbindung Sie zu ihm standen, als er noch lebte.«

»Bevor ich Ihnen darauf antworte, beantworten Sie mir eine Frage: Wie haben Sie von mir erfahren?«

Simon griff in die Brusttasche seines Jacketts und zog den Brief hervor. »Den haben wir bei seinen Sachen gefunden. Und wir fragen uns, was er zu bedeuten hat. Zumindest geht schon mal daraus hervor, daß Sie ihn nicht nur flüchtig kannten.«

»Das stimmt«, antwortete Cathérine und warf einen prüfenden Blick auf die rothaarige Frau, die ihr freundlich entgegenblickte und durch keine Regung preisgab, was sie dachte.

»Um es kurz zu machen, Alexander und ich waren vor vier Jahren ein Paar. Wir haben uns bei einem Geschäftsessen getroffen. Ich dolmetschte für die Firma, mit der Alexander zu tun hatte, und als der Abend vorüber war, lud er mich noch zu einem Drink ein. Chérie, was ist denn?« unterbrach sie sich. Anne-Cécile war zu ihr auf den Schoß geklettert und versteckte den Kopf an ihrer Schulter. »Du brauchst doch keine Angst zu haben. Niemand tut dir etwas. Möchtest du ein Stück Kuchen?« Das kleine Mädchen nickte verhalten und äugte jetzt vorsichtig zu Malina und Simon hinüber. Cathérine gab ihr ein Stück und strich ihr liebevoll über die Wange. »Entschuldigen Sie bitte, normalerweise ist sie nicht so schüchtern. Aber wenn Fremde da sind, dann dauert es immer ein bißchen, bis sie auftaut.«

»Keine Sorge, ich kenne das«, sagte Malina, »ich habe selbst einen kleinen Sohn.« Sie lächelte Anne-Cécile zu. Was für ein hübsches Mädchen, dachte sie, und erstarrte im selben Moment. Sie sah Anne-Cécile noch einmal an. Nein, sie täuschte sich nicht.

Ich wußte, sie ist schlau, durchfuhr es Cathérine, die Malinas Blick bemerkt hatte, und legte in einer unbewußten Geste schützend den Arm um ihre Tochter. »Wo waren wir stehengeblieben?«

»Sie erzählten gerade, wie Sie Alexander de Vries kennengelernt haben«, fuhr Simon fort.

»Alors, wir haben uns kennengelernt, uns ineinander verliebt, und nach einer Weile war es wieder vorbei. C'est normal, n'est-ce pas?«

»Die Art, wie Sie darüber sprechen, erscheint mir etwas distanziert.«

»Mon dieu, es ist jetzt über vier Jahre her. Was soll ich dazu noch sagen?« Sie trank einen Schluck Tee und blickte Simon unter gesenkten Wimpern an.

»Das würde ich Ihnen glauben, wenn Sie ihm nicht diesen Brief geschrieben hätten. Ich möchte nicht unhöflich sein, aber Sie klangen darin sehr verzweifelt und wütend. Bitte sagen Sie mir, was vorgefallen ist.«

Cathérines Miene wurde hochmütig. »Ich glaube nicht, daß Sie das etwas angeht.«

»Das würde es auch nicht, wenn Sie nicht am Tag des Mordes in München gesehen worden wären. Vor dem Haus, in dem de Vries lebte.« Simon sah sie eindringlich an.

»Woher wissen Sie das?« Ihr Ton war plötzlich rauh.

»Madame, die Fragen stelle ich. Sie wurden gesehen.«

Cathérine schwieg für ein paar Minuten. Dann sagte sie langsam: »Ja, es stimmt. Ich war in München, aber ich habe Alexander nicht getroffen. Er war nicht da. Sie verdächtigen mich doch nicht etwa, ihm die Kehle durchgeschnitten und den Zeh abgehackt zu haben?«

»Sie wissen sehr gut Bescheid.«

»Es stand in jeder Zeitung«, antwortete sie kühl. Simon blickte sie nachdenklich an. Er wußte noch nicht genau, was er von ihr halten sollte. Sie rang mit ihrer Selbstbeherrschung. Dahinter lag etwas Gehetztes.

»Ich glaube Ihnen, daß es Ihnen schwerfällt, über

das Geschehene zu sprechen«, setzte er behutsam noch einmal an. »Aber ich muß Sie noch einmal fragen. Was wollten Sie nach so langer Zeit von ihm? Weshalb schrieben Sie so verzweifelte Briefe?«

Cathérines Blick wurde leer. Mechanisch rührte sie in ihrem Tee und schwieg. Malina, die sie die ganze Zeit über nicht aus den Augen gelassen hatte, blickte noch einmal zu Anne-Cécile. Das Kind saß noch immer auf dem Schoß seiner Mutter und sah die beiden Fremden mit großen hellen Augen an. Malina hatte diesen Blick schon einmal gesehen.

... a besoin de sa poupée.

Die unleserliche Zeile aus Cathérines Brief fiel Malina wieder ein. Auch, daß sie sich damals gefragt hatte, *wer* seine Puppe brauchte.

Anne-Cécile.

Aber es war niemals um eine Puppe gegangen. Es mußte heißen: Anne-Cécile a besoin de son papa.

»Madame Beauvillier«, wandte sie sich mit leiser Stimme an Cathérine, »Alexander de Vries ist der Vater Ihrer Tochter, nicht wahr? Deshalb haben Sie ihm geschrieben.«

»Oui.« Cathérine flüsterte fast.

»Wollen Sie uns nicht doch alles erzählen?«

»Anne-Cécile«, sagte Cathérine, anstatt Malina eine Antwort zu geben. »Willst du nicht deiner Puppe ein Stück Kuchen geben? Sie hat bestimmt Hunger.« Sie schnitt ein Stückchen ab und legte es auf einen kleinen Teller.

»Lassen Sie uns deutsch sprechen«, wandte sie sich schließlich an Malina, »ich möchte nicht, daß Anne-Cécile etwas davon mitbekommt.«

Malina sah sie erstaunt an. »Sie sprechen Deutsch? Warum haben Sie das nicht früher gesagt? Sie haben ja keine Ahnung, wie anstrengend es ist, immer nur französisch zu sprechen.«

»Ich kann es mir denken, Madame. Aber seien Sie beruhigt, Ihres ist sehr gut.« Cathérine schenkte sich und ihren Gästen noch einmal Tee nach.

Als sie ihre Geschichte erzählt hatte, senkte sich Schweigen über den Raum. Simon starrte auf einen unsichtbaren Punkt an der Wand, während Malina immer wieder ihren Kugelschreiber klicken ließ. In der Stille hatte dieses Geräusch etwas Nervtötendes, und als sie die Blicke der anderen bemerkte, hielt sie betreten inne.

»Entschuldigen Sie«, wandte sie sich an Cathérine, »ich muß das erst einmal verdauen. Damit habe ich nicht gerechnet.«

Cathérine warf ihr einen langen Blick zu und blieb stumm. Etwas Unergründliches lag in ihren Augen.

Cathérine Beauvillier war fünfzehn Jahre alt gewesen, als sie Alexander de Vries zum erstenmal getroffen hatte. Es war in den Sommerferien gewesen, und wie jedes Jahr war sie mit ihren Eltern an die bretonische Küste zum Segeln gefahren. Ihrem Großvater gehörte dort ein winziges Häuschen. Auf dem Nachbargrundstück stand das Ferienhaus der Familie de Vries. Sie und Alexander hatten schnell Freundschaft geschlossen und zwei weitere Sommer dort verbracht. Dann hatten die de Vries ihr Haus wieder verkauft, und der weitere Kontakt war über ein paar wenige Briefe nicht hinausgegangen.

Als sie sich bei jenem Geschäftstermin vor vier Jahren begegnet waren, hatten sie einander sofort wiedererkannt. Und um die Erinnerung an alte Zeiten wieder aufleben zu lassen, waren sie abends zusammen essen gewesen. Wie Cathérine schon zuvor gesagt hatte: Dann war alles sehr schnell gegangen. Sie hatten sich ineinander verliebt – wenn er überhaupt jemals zu einem solchen Gefühl fähig gewesen war, hatte sie mit einem bitteren Lächeln hinzugefügt –, und bald darauf waren sie zusammen in die Bretagne gefahren. In das Haus ihres Großvaters am Cap Fréhel.

»Ich habe ihn wirklich geliebt. Er war der Mann, mit dem ich glaubte, mein Leben verbringen zu können. Er liebte es zu lachen. Er war einfühlsam und sanft. Es war, als würde er mich zutiefst verstehen.«

Malina dachte daran, wie Dorothee ihre Beziehung zu Alexander de Vries mit ähnlichen Worten beschrieben hatte.

Nach ein paar Monaten war Cathérine schwanger geworden. Sie hatte keinen Augenblick daran gezweifelt, daß er sich freuen würde, wenn sie es ihm sagte. Aber so war es nicht gewesen.

»Er blieb merkwürdig distanziert am Telefon. Es war, als habe jemand diesen sanften Ton aus seiner Stimme radiert. Trotzdem sagte er, daß er mich sobald wie möglich besuchen wolle.«

Ein paar Tage später hatten sie sich dann getroffen. Cathérine war aufgeregt und voller Hoffnung. Sie hatte sich schön gemacht und eine Kleinigkeit gekocht.

»Er war hungrig und aß seine Portion mit gutem Appetit. Als er das letzte Artischocken-Blättchen abgezupft hatte, erklärte er unbewegt, daß er eigentlich nicht zum Essen gekommen sei. Er habe mir nur sagen wollen, daß er mich nicht wiedersehen wolle.«

Und tatsächlich ging Alexander de Vries nach jenem Essen, um nie wieder zurückzukehren. Weder Cathérine noch das Kind interessierten ihn. Er fragte nicht, ob sie etwas brauchte, er fragte kein einziges Mal, wie es ihr ging. Er meldete sich nie wieder.

Nach Anne-Céciles Geburt hatte Cathérine ihn in seinem Münchner Büro angerufen. Alles, was er gesagt hatte, war: »Ich nehme an, du rufst an, weil das Kind jetzt auf der Welt ist. Ja, dann herzlichen Glückwunsch.« Auch danach hatte er sie nicht besucht und auch keinen Unterhalt für das Kind angeboten. In einem Telefongespräch, das danach folgte, hatte Cathérine ihn wütend angeschrien und gefragt, ob er nicht einmal dieser Verpflichtung nachkommen wolle. Er hatte nur geantwortet: »Ich wollte kein Kind. Es war allein deine Entscheidung. Ich habe mit der Sache nichts zu tun.«

Cathérine hatte noch einige Male versucht, sich mit ihm in Verbindung zu setzen, aber er war aus seiner alten Wohnung ausgezogen und hatte seine Telefonnummer geändert. Wenn sie ihn in der Firma anrief, ließ er sie durch seine Sekretärin abwimmeln. Die Briefe, die sie ihm schrieb, ließ er unbeantwortet. Die Fotos von Anne-Cécile schickte er kommentarlos zurück. Es war, als hätte er sie vollkommen aus seinem Leben gestrichen, als hätte sie ihm nie irgend etwas bedeutet.

»Ich könnte es Ihnen nicht einmal verdenken, wenn Sie ihm etwas angetan hätten«, sagte Malina jetzt. »Er war ein Blender.«

»Glauben Sie mir, ich hatte diesen Gedanken oft. Am Anfang dachte ich immer noch, er würde sich wieder fangen und sich zusammen mit mir freuen. Aber nach einer Weile merkte ich, daß es niemals so sein würde. Dann begann ich ihn zu hassen. Ich wünschte mir, ihm niemals begegnet zu sein. Noch schlimmer als dieses Gefühl waren die Selbstzweifel, die mich überfielen. Können Sie sich vorstellen, was es bedeutet, von einem Mann, den Sie geliebt haben, schwanger und dann so mißachtet zu werden? Es ist, als würde man mit Füßen getreten, als wäre man eine Bagatelle, die es nicht wert ist, daß man sich an sie erinnert.

Ich fragte mich nicht, welch niederer Charakter er war. Ich fragte mich, was um Gottes willen an mir so mißraten war, daß dieser Mensch mich in dieser Situation einfach im Stich ließ. Ich schwor mir, nie wieder jemanden an mich herankommen zu lassen. Keiner sollte mir mehr so weh tun können. Dann begann ich ihn dafür zu hassen, daß er es fertiggebracht hatte, solche Gefühle in mir zu wecken. Und irgendwann dachte ich schließlich, wenn ich je wieder auf die Beine kommen wollte, dann mußte ich ein für alle Mal reinen Tisch mit ihm machen. Ich wollte noch einmal von vorn anfangen. Ich wollte auch, daß meine Tochter weiß, wer ihr Vater ist. Deshalb schrieb ich ihm jenen Brief. Aber wie alle anderen ließ er auch diesen unbeantwortet.«

»Und dann sind Sie nach München gekommen, um ihn zu treffen«, ergänzte Malina.

»Ja. Aber als ich an seiner Wohnung klingelte, war niemand da. Ich ging wieder, und am nächsten Tag war er tot.«

»Und was empfinden Sie bei diesem Gedanken?«

»Trotz allem, was er mir und meinem Kind angetan hat, war ich zutiefst erschüttert. Egal, was jemand verbrochen hat, so ein Ende hat niemand verdient.« Cathérine rieb sich erschöpft die Schläfen. Ihr Gesicht war grau geworden.

»Trotzdem muß ich Sie jetzt fragen«, warf Simon ein, »wo waren Sie am Nachmittag des 1. Augusts?«

»Oh, Sie wollen wissen, ob ich ein Alibi habe. Alors,

nachdem ich an seinem Haus war, bin ich in der Nähe in ein Café gegangen. Das war so gegen ein Uhr. War er zu diesem Zeitpunkt denn schon tot?«

»Nein, er starb zwischen fünfzehn und siebzehn Uhr.«

»Was habe ich um diese Zeit gemacht? Nachdem ich im Café gewesen war, fuhr ich in die Innenstadt und bin ein bißchen herumgebummelt. Ich wollte über alles noch einmal nachdenken. Dann habe ich für Anne-Cécile eine Puppe gekauft und bin gegen fünf zurück ins Hotel gefahren.«

»Haben Sie die Quittung noch?«

»Nein, natürlich nicht. Ich hätte sie allerdings aufgehoben, wenn ich gewußt hätte, daß sie ein Alibi darstellen könnte.«

»Madame Beauvillier«, unterbrach Malina das Gespräch unvermittelt, »wußten Sie eigentlich, daß Alexander de Vries homosexuelle Kontakte pflegte? Vornehmlich hier in Paris?«

Die Tasse in Cathérine Beauvilliers Hand klirrte. Mit aufgerissenen Augen starrte die Frau Malina an.

»Nein, das glaube ich nicht. Er war ein ausgesprochener Homme à femmes, wenn Sie wissen, was ich meine. Alexander ... im Bett mit einem Mann, niemals!« Sie lachte schrill auf, und die Tasse fiel auf den Boden. »Bitte entschuldigen Sie, ich muß das jetzt wegmachen.« Sie kniete auf dem Boden und sammelte die Scherben ein. Malina sah, wie sich ihre Hände dabei verkrampften. Es war Zeit zu gehen. Sie erhob sich.

»Lassen Sie mich noch rasch mit helfen, dann werden wir uns verabschieden.«

»Nein, nicht nötig. Ich mache das allein.« Dunkelrotes Blut rann in dünnen Fäden zwischen ihren Fingern hervor.

»Verzeihen Sie, wenn ich Ihnen jetzt nicht die Hand zum Abschied gebe.« Ohne ein weiteres Wort sah sie ihren Besuchern hinterher und hörte nach ein paar Sekunden die Tür ins Schloß fallen.

Wie lange sie noch auf dem Boden kniete, hätte Cathérine Beauvillier hinterher nicht mehr sagen können. Ihr Herzschlag dröhnte in ihren Ohren, und das Blut quoll inzwischen aus ihrer Faust. Langsam öffnete sie ihre Hand und starrte mit Entsetzen darauf. Sie hatte eine der Scherben zerdrückt. Die scharfen Kanten steckten tief in ihrer Haut. Sie mußte sich beherrschen, nicht loszuschreien, und die Tränen traten ihr in die Augen.

»Maman, qu'est-ce qui se passe?« Plötzlich stand Anne-Cécile neben ihr und sah sie verängstigt an.

»Chérie, chérie.« Sie riß das Kind verzweifelt an sich und hielt seinen Kopf fest an ihre Schulter gedrückt. Dann stemmte sie sich vom Boden hoch, hob das Mädchen auf den Arm und drückte gleichzeitig ein Geschirrtuch gegen die Wunde. Sie wollte sich nur noch verkriechen, vor allem, was sie gehört hatte, vor allem, was geschehen war.

Wie ein verletztes Tier schleppte sie sich und Anne-Cécile hinauf in ihr verdunkeltes Schlafzimmer und zog die Bettdecke über sie beide. Dann brach sie in wildes Schluchzen aus. Was sie den beiden Deutschen gesagt hatte, war nur zum Teil die Wahrheit gewesen. Alexanders Tod hatte sie nicht erschüttert. Er hatte sie befreit. Niemals hätte sie gedacht, daß der Tod eines Menschen so viel Genugtuung in ihr hervorrufen könnte.

Und diese Lügen.

Von Anfang an hatte er sie immer wieder belogen. Sie erinnerte sich noch genau, wie sie hochschwanger gewesen war und die beiden Herren aus der Vorstandsetage der Banque Edmonde & Cie, für die sie damals arbeitete, darüber gewitzelt hatten, daß Monsieur de Vries es mit den Geschlechtern nicht allzu genau nahm. Sie hörte noch ihr dreckiges Lachen und erinnerte sich an ihr Entsetzen, an die Scham, die sie empfunden hatte, und an die Demütigung. Ihr Schluchzen wurde lauter, als sie hörte, wie Anne-Cécile zu weinen begann.

Warum war sie von all dem nicht verschont geblieben?

Was um Himmels willen hatte sie getan?

~

»Wie bist du eigentlich darauf gekommen, daß de Vries der Vater der Kleinen ist?« fragte Simon auf der Fahrt zurück nach Paris.

»Zuerst glaubte ich eine gewisse Ähnlichkeit zwischen ihm und dem Mädchen zu entdecken. Und dann fiel mir Cathérines Brief ein. Die Zeile, mit der wir damals nichts anfangen konnten. Erinnerst du dich: ... a besoin de sa poupée. Wir haben uns damals gefragt, wer eine Puppe brauchte und was das überhaupt bedeuten sollte. Und plötzlich dämmerte es mir. Da stand nicht ›poupée‹, sondern ›papa‹.«

»Toll, Prinzeßchen. Ich wäre nicht darauf gekommen.«

»Das liegt daran, daß Männer das Wesentliche meistens übersehen.«

Dann schwiegen sie eine Weile, und jeder hing seinen Gedanken nach. Erst kurz vor Paris ergriff Malina wieder das Wort. »Ich weiß, ich sollte so etwas nicht sagen, aber hätte jemand mir das angetan, was dieser

Mann Cathérine Beauvillier angetan hat, ich hätte ihn wahrscheinlich umgebracht.«

Simon warf ihr einen Seitenblick zu. »Ich glaube dir aufs Wort. Du hättest es nur nicht so eiskalt geplant. Du hättest ihm wahrscheinlich in deiner ersten Wut eines über Schädel gegeben und ihm den Garaus gemacht.«

»Soll das heißen, du glaubst, Cathérine Beauvillier wäre fähig, so etwas eiskalt zu planen?«

Simon überlegte eine Weile, bevor er antwortete. »Ich wurde nicht schlau aus ihr. Sie kann es gewesen sein und auch nicht. Außerdem hat sie ein gutes Motiv und kein Alibi. Mein Gefühl sagt mir allerdings, daß sie es nicht war.«

»Simon, der Ritter auf dem weißen Roß. Gekommen, um das Herz der Prinzessin zu befreien.«

»Mit Verlaub, meine Liebe, was soll dieser Quatsch?«

Malina sah ihn giftig an. »Na, es ist doch so. Rehaugen mit Zuckerguß, dunkle Haare, ein bißchen Geschniefe, und schon zeigst du Herz.«

»Von dir hätte ich am allerwenigsten geglaubt, daß du so kalt sein kannst. War dein Mitleid vorhin geheuchelt?«

»War es nicht. Aber es ist unprofessionell und bringt uns nicht weiter. Und wie du schon sagtest, sie hat ein Motiv und kein Alibi. Und außerdem übersiehst du einen wichtigen Punkt.«

»So? Welchen denn?«

»Sie segelt. Und der Mörder wußte, wie man diesen Seemannsknoten macht, mit dem Alexander gefesselt wurde. Erinnerst du dich noch, was Herr Wenzel, der Bootsverleiher, gesagt hat? Jeder, der in seinem Leben mit Booten zu tun hatte, kennt diesen Knoten.«

Statt einer Antwort schnaubte Simon nur. Dann verstummte er. Die Wahrheit ihrer Worte konnte er nicht leugnen.

~

Simon atmete die reine Luft der Morgendämmerung ein. Die Gärten der Tuilerien um ihn herum waren in einen leichten Purpurschimmer gehüllt. Die Luft war mild, von Tau benetzt. In ein paar Stunden würde die Stadt unter einer Glocke aus brütender Hitze liegen. Malina hatte noch geschlafen, als er das Hotelzimmer verließ. Seit vier Uhr morgens hatte er kein Auge mehr zugetan, und die aufgehende Sonne hatte ihn schließlich hinausgelockt.

Er ging die heckenumsäumten Wege entlang, bis er zu einem künstlichen Teich kam, der von Blumenbeeten umgeben war. Simon setzte sich auf eine der Bänke und betrachtete das Bild, das sich ihm bot. Er dachte an Mädchen in rosa Kleidchen, die hier mit ihren Puppen gespielt, und an Jungen, die ihre kleinen Holzboote auf dem See zu Wasser gelassen hatten. Es war eine künstlich geschaffene Idylle, die ihm eine Stelle aus Somerset Maughams Roman »Der Magier« ins Gedächtnis rief: »Der steife Garten erinnerte an eine leichtlebige, nicht mehr junge Frau, die sich bemüht, mit vergilbtem Putz, mit Puder und Schminke in ihrer Verzweiflung tapfer dreinzublicken.«

Die Fähigkeit des englischen Romanciers, kraftvolle sprachliche Bilder zu schaffen, hatte Simon von jeher bewundert. Er ließ seinen Blick noch einmal über den Teich schweifen, auf dessen gekräuselter Oberfläche sich die Sonnenstrahlen brachen.

Puder und Schminke, dachte Simon. Bilder schaffen.

Das war es. Das hatte er schon gedacht, als er den toten Alexander de Vries in dem riesigen Sessel gesehen hatte. Damals war es ein Bild gewesen, dessen Sprache er nicht verstanden hatte. Allmählich gelang es ihm, es zu entschlüsseln.

Jemand hatte Alexander de Vries maskiert.

Mit goldenen Tanzschuhen, Lidschatten, grellrot bemalten Nägeln und Lippen. Jemand wollte Alexander de Vries' Doppelleben der Öffentlichkeit preisgeben. Jemand wollte ihn entwürdigen. Jemand, der sich vielleicht von ihm verraten fühlte. Jemand, der *einmal* der Überlegene sein wollte.

Mann oder Frau – jeder kam dafür in Frage.

Gegen elf Uhr fuhren Malina und Simon noch einmal zum Montmartre und gingen durch die Gäßchen der »Fabelhaften Welt der Amélie«, bis sie vor dem Haus in der Rue d'Orsel standen. Die Tür ging auf, und ein Mann in mittleren Jahren trat ihnen entgegen. Als er sie sah, wich er zurück und ließ sie vorbei. Auf Malinas freundliches »Bonjour« gab er keine Antwort, sondern hastete einfach weiter.

Paul Mauriers Wohnung lag im zweiten Stock. Als sie klingelten, wurde im selben Moment geöffnet.

»Hier, das hast du vergessen ...« Ein blonder Mann mit engelhaftem Gesicht öffnete ihnen die Tür. Er trug nichts weiter als ein goldenes Zigarettenetui, das er ihnen entgegenhielt.

»Danke nein, ich rauche nicht«, sagte Malina und lächelte.

»Oh, verzeihen Sie, ich hatte jemand anders erwartet.« Sein Blick war sanft, und trotz seiner Nacktheit blieb er lässig vor ihnen stehen.

»Wollen Sie sich nicht etwas überziehen?« fragte Simon, nachdem er sich und Malina vorgestellt hatte. Paul Maurier griff nach einem Bademantel, der hinter ihm über einem Stuhl lag.

»Ich kenne jetzt zwar Ihre Namen, aber ich weiß immer noch nicht, was Sie von mir wollen.«

»Entschuldigen Sie«, erwiderte Simon. »Wir sind von der Kriminalpolizei in München und würden uns gerne mit Ihnen über Alexander de Vries unterhalten.«

»Über Alexander? Wieso, was ist mit ihm?«

Simon warf Malina einen irritierten Blick zu.

»Sie kennen ihn also?« wandte sie sich an Maurier.

»Natürlich, Madame. Wären Sie sonst hier?« Ein kleines Funkeln stahl sich in seine Augen und entschärfte seine Worte.

»Stimmt. Aber Sie haben wirklich keine Ahnung, warum wir hier sind?«

»Mais non. Hat er vielleicht eine rote Ampel überfahren?« Wieder glomm dieser Funke in seinem Gesicht.

»Monsieur Maurier, vielleicht wäre es doch besser, uns hineinzubitten. Was wir Ihnen zu sagen haben, läßt sich im Sitzen besser besprechen.«

Als sie durch den langen Flur ins Wohnzimmer gingen, hatte Malina Gelegenheit, einen Blick in die übrigen Zimmer zu werfen. Die Wohnung war frisch renoviert und überall mit Zedernholz-Parkett ausgestattet. Es standen nur wenige Möbel darin, aber sie schienen alle aus Designerläden zu stammen. Vom Wohnzimmer ging man auf einen Balkon, der den Blick auf einen kastanienbewachsenen Hinterhof freigab. Neben einer Teakholzliege lagen eine Flasche Sonnenöl, ein Walkman und ein paar Hanteln. Das macht Monsieur also, wenn er nicht arbeitet, dachte Malina. Er salbt, stählt und sonnt sich.

Sie setzte sich neben Simon auf die Couch und musterte Paul Maurier, der elegant wie ein junger Souverän in einem Sessel Platz genommen hatte.

»Sie sagen, Sie wissen nicht, was passiert ist. Ich frage mich, ob ich Ihnen glauben soll. Vielleicht sind Sie auch nur ein glänzender Schauspieler.«

»Eine Bitte, Madame. Keine Spielchen.«

»Spielchen – kein schlechtes Stichwort. Sie sind ja sozusagen der Gespiele von Monsieur de Vries, oder? Er bezahlt den Luxus hier?«

»Ich wüßte nicht, was Sie das angeht.« Seine Augen blickten zum ersten Mal mißtrauisch. Er sieht aus wie Michelangelos David in Florenz, ging es Malina durch den Kopf. Perfekt und kalt.

»Sie haben recht, es geht mich nichts an. Aber darin unterscheide ich mich nicht wesentlich von Ihnen. Es sei denn, Monsieur de Vries hat Ihnen die Wohnung gekauft. Er ist tot. Ermordet. Und Sie, Monsieur Maurier, gehören für uns zum Kreis der Verdächtigen.« Für einen Augenblick war es so still, daß nur das leise Rauschen der Blätter durch die offene Balkontür hereinfiel. Mauriers Gesicht zeigte keine Regung.

»Nun, ich denke, das war irgendwann zu befürchten«, sagte er mit einer Gelassenheit, die Malina verblüffte. »Er war ein Schwein«, fuhr er fort. »Er hat sich gekauft, was er haben wollte. Manchmal nicht einmal das. Dann hat er es sich einfach genommen. Und wenn er dessen überdrüssig war, warf er es fort wie eine billige Armbanduhr. Es war nur eine Frage der Zeit, bis jemand dem ein Ende machte.«

»Und Sie haben sich kaufen lassen, Monsieur Maurier?«

»Ich habe meinen Preis. Und verzeihen Sie, wenn ich das sage: Wenn zwei Dreckskerle aufeinandertreffen, dann weiß einer, was er vom anderen zu erwarten hat. Quid pro quo, Madame.«

»Und Sie wußten das also?«

»Von Anfang an. Alexander wollte mich. Er hat mich bekommen und ich sein Geld.« Sein Gesicht blieb dabei so teilnahmslos, als spräche er vom Kauf eines neuen Sofas.

»Wie schön, daß Sie so offen miteinander umgingen. Dann wußten Sie sicher auch, daß Monsieur de Vries beabsichtigte, dies alles aufzugeben. Sie inklusive«, bluffte Malina. »Wir wissen das aus zuverlässiger Quelle. Monsieur de Vries wollte heiraten. In München. Und ein neues Leben beginnen. Dann hat ihm jemand einen Strich durch die Rechnung gemacht.« Malina lachte. »Oder Ihnen. Wie man's nimmt.«

Paul Maurier erhob sich, zündete sich eine Zigarette an und begann im Zimmer umherzulaufen.

»Wann haben Sie Alexander de Vries zum letzten Mal gesehen?« schaltete sich Simon ein.

»Ich weiß nicht mehr genau. Vor ungefähr drei Wochen. Da war er hier. Er war so wie immer. Von alledem, was Sie erwähnten, hat er nichts gesagt.«

»Und Sie haben sich nicht gewundert, daß er sich in der Zwischenzeit nicht mehr gemeldet hat?«

»Nein. Er rief immer nur an, wenn er in Paris war. Wir hatten ja keine Liebesbeziehung.«

»Wo waren Sie denn am ersten August?«

»War das der Tag, an dem er gestorben ist? Ich war in Zürich und habe dort einen Freund besucht.« Paul Maurier kramte in der Schublade einer Kommode. »Hier. Mein Flugticket. Und womit kann ich Ihnen sonst noch helfen?«

»Erzählen Sie uns doch ein bißchen mehr über Ihre Beziehung zu Monsieur de Vries. Und was Sie so machen, wenn Sie ihn nicht treffen.« Simon zückte seinen Block.

Das wenige, was Paul Maurier zu erzählen hatte, faßte er in knappen Sätzen zusammen. Sein Gesicht war eine Maske, die nichts verriet.

Irgendwo hat auch er eine verwundbare Stelle, dachte Malina.

Er war in einem südfranzösischen Dorf in der Nähe von Toulon aufgewachsen und mit zwanzig Jahren nach Paris gekommen, wo er Politikwissenschaft und Philosophie studierte. Schnell hatte er herausgefunden, daß nicht nur sein heller Kopf, sondern auch sein makelloser Körper Kapital bedeuteten. Was er als Malermodell für die Kunststudenten an der Sorbonne verdiente, befriedigte seine hohen Ansprüche kaum. Die Angebote wohlhabender Männer schienen ihm verlokkender, und so machte er ein Geschäft daraus.

»Es ist ein einfacher Deal: Ich besorge es ihnen, und sie fühlen sich begehrt. Und dafür zahlen sie Cash«, hatte er freundlich lächelnd gesagt.

Alexander de Vries hatte er durch einen Freund kennengelernt. Nachdem sie sich ein paarmal getroffen hatten, war ihm schnell klar geworden, daß dieser Mann seine größte Beute war. De Vries wollte ihn exklusiv und war bereit, dafür zu bezahlen. Er kaufte ihn inklusive der Wohnung in der Rue d'Orsel, die er teuer einrichtete. Sobald er in Paris war, verlangte er als Gegenleistung uneingeschränkte Aufmerksamkeit und ein immer größeres Angebot sexueller Extreme.

»Irgendwann kannte er kein Maß mehr, und es machte ihm Spaß, mich zu demütigen. Das brauchte er, um sich zu vergewissern, daß er der Mächtige war. Ich ließ ihn in dem Glauben, doch in Wahrheit bestimmte ich die Regeln. Ich habe mein Leben weder seinen Launen noch dem Schicksal überlassen. Ich habe bestens vorgesorgt. In jeglicher Hinsicht.«

Damit war er am Ende seiner Geschichte angelangt, und sein Ton war genauso liebenswürdig wie vorher.

»Sonst noch etwas, das ich für Sie tun kann?« fragte er, nachdem alle schwiegen.

»Da wäre in der Tat etwas«, entgegnete Simon, »dürfte ich Ihre Toilette benutzen?«

Erstaunt über die Frage, die so völlig aus dem Kontext fiel, nickte Paul Maurier nur. »Im Gang, die zweite Tür rechts.« Als Simon verschwunden war, wandte er sich Malina zu.

»Sie verdächtigen mich doch nicht im Ernst, Alexander de Vries ermordet zu haben, oder?« Zum erstenmal schien er nervös. »Weshalb hätte ich das tun sollen? Kein Mensch tötet die Gans, die ihm die goldenen Eier legt.«

»Auf den ersten Blick sicherlich nicht, Monsieur Maurier. Aber nennen Sie mir bitte einen Grund, warum ich Ihnen und Ihrer Geschichte Glauben schenken sollte.« Sie schüttelte ihr Haar und setzte die Sonnenbrille auf. »Wissen Sie, Sie haben kein einziges Mal gefragt, wie de Vries gestorben ist. Finden Sie das nicht merkwürdig? Oh, Simon, da bist du ja wieder«, unterbrach sie sich. »Monsieur Maurier möchte sich von uns verabschieden und sich vielleicht auch etwas anziehen. Danke, Sie brauchen uns nicht hinauszubegleiten. Wir finden den Weg allein.«

»Sag mal, was hat es denn mit deiner Sextanerblase auf sich?« fragte sie Simon auf dem Weg zurück zur Metro.

»Weib, hüte deine Zunge. Während du Monsieur

unter den Bademantel geschielt hast, bin ich ganz anderen Dingen auf den Grund gegangen.«

Simon grinste. Dann wurde er ernst. Er zog ein Buch unter seiner Jacke hervor. Die Bibel.

Zwei Stellen waren mit Papierschnipseln markiert, die offenbar als Lesezeichen dienten. Simon schlug sie auf und deutete auf einige mit gelbem Leuchtstift angestrichene Zeilen:

> Weh euch, ihr Schriftgelehrten und Pharisäer, ihr Heuchler!
> Ihr seid wie die Gräber, die außen weiß angestrichen sind
> und schön aussehen;
> innen aber sind sie voll Knochen, Schmutz und Verwesung.
> Mt 23,27

Als Malina den Bibelvers gelesen hatte, suchte Simon nach der zweiten Stelle. Wieder war ein Textabschnitt markiert.

> Der Menschensohn muß zwar den Weg gehen,
> der ihm bestimmt ist. Aber weh dem Menschen,
> durch den er verraten wird.
> Lk 22,22

Malina blickte Simon mit gerunzelter Stirn an. »Er liest die Bibel? Und zwar in deutscher Übersetzung? Verstehst du das?«

»Nein. Ich habe sie in Mauriers Badezimmer zwischen seinen Handtüchern gefunden. Es kommt mir auch merkwürdig vor, ausgerechnet bei ihm die Bibel zu finden.«

»Bei jemandem wie ihm hätte ich alles mögliche im Badezimmer erwartet: Drogen, Sexspielzeuge, Pornos, aber am allerwenigsten die Bibel«, dachte Malina laut nach. »Wenn ich das richtig interpretiere, geht es in diesen Passagen um die drei Themen, die das Leben von de Vries bestimmten: um die Verdorbenheit hinter einer schönen Fassade, um Verrat und um Rache.«

Es mußte eine Wunde im Leben von Paul Maurier geben.

Und jemanden, der sie ihm geschlagen hatte.

~

Dorothee saß in einem weißen hohen Raum inmitten von Spiegeln, die ihr Bild hundertfach zurückwarfen. Sie hatte der Friseurin gesagt, was sie tun sollte, und seitdem die Augen nicht mehr geöffnet. Jetzt verstummte der Föhn, ein letztes Mal wurden einzelne Strähnen zurechtgezupft. Dorothee hob die Lider und sah sich an. Die Verwandlung hatte begonnen.

Während Dorothee wenig später durch kopfsteingepflasterte Gäßchen ging und in den Schaufenstern das Fortschreiten ihrer Metamorphose beobachtete, dachte Hiltrud Waldvogt in München über die plötzliche Wandlung ihres Daseins nach. Ihr Leben kam ihr so vor, als hätte sie im Vorübergehen ein Lotterielos gekauft und dann festgestellt, daß sie nicht nur das Kochtopf-Set aus Edelstahl gewonnen hatte, sondern das Fertighaus und die Traumreise gleich dazu.

Bald würde Edward nach Hause kommen, und bis dahin wollte sie alle Zimmer blitzblank haben. Victor hatte sie zum Spielen in seinen Laufstall gesetzt, und so konnte sie ungehindert ihrer Lieblingsbeschäftigung nachgehen. Männer schätzten ein ordentliches Heim, dessen war sich Hiltrud schon seit frühester Jugend bewußt, und so stob sie mit Kopftuch und Staubsauger lustvoll durchs Wohnzimmer und schob die Saugdüse selbst in die unzugänglichsten Ecken.

Während sich das Brummen des Elektrogeräts in ihrem Kopf zu einer hübschen Melodie verdichtete, dachte sie darüber nach, wie sie Edward mitteilen sollte, was sie auf dem Herzen hatte. Es war noch nicht lange her, daß sie von diesem Hochgefühl erfaßt worden war wie eine Biene vom Honigduft – genau genommen erst seit gestern –, doch es hatte bewirkt, daß sie alle Menschen in ihrer Umgebung glücklich sehen wollte.

Im Supermarkt vor den Regalen mit den Dosensuppen und Fünf-Minuten-Terrinen war es passiert: Sie war endlich Wolf-Hinrich Willnet begegnet. Er hatte ausgesehen wie ein Gespenst. Als sie mit einem herzlichen Lächeln nachgefragt hatte, war er damit herausgerückt, daß es mit seiner Gesundheit nicht zum allerbesten stand und seine Asthma-Anfälle schlimmer geworden waren.

Sie wußte nicht, was ihn für ihren Vorschlag so empfänglich gemacht hatte – und bei Licht besehen war ihr das auch egal. Entscheidend war, daß er dieses Mal einem Stelldichein nicht aus dem Weg gegangen war. Er hatte sie für den nächsten Abend in seine Wohnung eingeladen, und auch wenn er nicht direkt danach gefragt hatte, so würde sie ihn selbstverständlich mit einem kräftigen Abendessen überraschen – der Streuselkuchen buk bereits im Ofen.

Bevor sie sich allerdings mit norddeutscher Gründlichkeit auch der Pflege ihres Körpers widmen konnte – sie war eine Frau mit starkem Haarwuchs –, mußte sie mit Edward sprechen. Es war nicht mehr mit anzusehen, wie der Mann seit Tagen durchs Haus schlich –

selbst Mephisto ließ bei seinem Anblick die Ohren hängen.

Natürlich hatte niemand sie eingeweiht. Doch Malinas häufige Anrufe, auf die Edward nie reagierte, und die Tatsache, daß er am Abend zuvor mit leerem Blick Nebelhorngeräusche in eine Rotweinflasche gemacht hatte, während im Hintergrund Tom Waits irgend etwas von einem betrunkenen Klavier röhrte, hatte ihre Sinne geschärft. Heute abend würde sie mit ihm darüber sprechen und die Dinge wieder ins Lot bringen.

~

Malina, die von Hiltruds Mission nicht die geringste Ahnung hatte, faltete mit leisem Bedauern ihre Kleider zusammen, bevor sie sie in den Koffer legte. Es war ihr letzter Abend in Paris, und obwohl sie sich nach Hause sehnte, rief der Abschied eine leise Traurigkeit in ihr wach. Nachdem sie Paul Mauriers Wohnung verlassen hatten, waren sie und Simon noch einmal ins Café Au Père Tranquille gefahren.

Noch einmal hatten sie Café au lait getrunken, ein Baguette Camembert dazu gegessen und dabei das Ergebnis ihrer Recherchen besprochen. Sie wollten gerade gehen, als ein Mann mittleren Alters hereinkam. Es war die Art gewesen, wie er seine Sonnenbrille abgenommen hatte, die sie hatte stutzen lassen. Unter dem Vorwand, etwas vergessen zu haben, war sie ins Café zurückgegangen. Er saß an einem Tisch vor dem großen Fenster und beugte seinen Kopf über eine Zeitung. Sie hatte es kaum gewagt, ihn anzublicken, doch aus den Augenwinkeln heraus hatte sie ihn erkannt.

Gilles.

Ihr Herz hatte gezuckt. Dreizehn Jahre, und er hatte

sich fast nicht verändert. Dann war sie im Waschraum verschwunden, hatte ihre Lippen nachgezogen, und als sie zum zweitenmal an ihm vorübergegangen war, hatte er aufgeblickt und sich gleich darauf wieder seiner Zeitung zugewandt. Als sie draußen noch einmal zurückgesehen hatte, entdeckte sie sein fragendes Gesicht hinter der Scheibe. Vielleicht hatte er sie doch erkannt.

~

Irgendwann am späten Abend, während Hiltrud in ihrem schicken Hausanzug Edward gegenübersaß, kehrten Malina und Simon in Paris vom Abendessen zurück. Hiltrud nippte an einem Gläschen Bailey's, Edward trank ein Glas Rotwein. Malina und Simon hatten die Minibar um das letzte Fläschchen beraubt und lümmelten sich auf dem riesigen Bett.

»Na, Pralinchen? Mit den Gedanken schon zu Hause?« fragte Simon, der Malina dabei beobachtete, wie sie grübelnd auf den Boden ihres Glases stierte.

»Malina kommt morgen nach Hause. Ihr Flieger landet um ein Uhr. Du holst sie doch sicher ab, oder?« erkundigte sich Hiltrud, die ihre Mission diskret und vorsichtig beginnen wollte. Von der Nachricht überrumpelt, goß Edward gleich noch einmal nach.

»Ich weiß nicht, ob ich mich freuen soll. Edward hat mich kein einziges Mal zurückgerufen. Seitdem wir an diesem Fall arbeiten, redet er kaum noch mit mir.« Malina richtete sich auf und strich ihren Rock glatt.

»Ich soll sie abholen? Ich weiß nicht einmal, ob sie mich überhaupt noch sehen will«, raunzte Edward und unterbrach seinen Versuch, einen Fleck von eingetrocknetem Eigelb aus seinem Hemd zu rubbeln.

»Laß man«, sagte Hiltrud, wobei sie sich vorbeugte und den Fleck durch ihre Brille betrachtete. »Das mach ich später. Da muß Gallseife drauf. Papperlapapp, Malina und dich nicht mehr sehen wollen. Hätte sie dann so oft angerufen?«

»Und du hast natürlich keinen Schimmer, woher sein wortkarges Benehmen rührt.« Die Asche von Simons Zigarette fiel auf den kostbaren Brokatüberwurf des Bettes und hinterließ ein Brandloch.

»Nicht daran herumreiben. Du machst es nur noch größer«, rief Malina. »Woher soll ich denn wissen, was mit ihm los ist, wenn er nicht mit mir spricht. Ich glaube, er unterscheidet sich nicht maßgeblich von anderen Wesen mit Y-Chromosomen: Es mißfällt ihm eben, daß ich nicht nur sein Hausweibchen sein will.«

»Sie glaubt, ich habe etwas dagegen, daß sie arbeiten geht. Aber das stimmt nicht. Ich wußte schon immer, daß sie keine Frau ist, die zu Hause bleibt. Aber nach einem wahnsinnigen Mörder zu fahnden ist nicht dasselbe, wie die Bilanzbuchhaltung zu machen oder in einer Werbeagentur zu arbeiten. Es ist nicht nur aberwitzig, sondern auch verantwortungslos. Sie hat schließlich ein Kind. Und ... mich«, fügte er trotzig hinzu. »Außerdem treibt sie sich ständig mit diesem Graf herum.«

»Hast du schon mal darüber nachgedacht, daß dein Edward eifersüchtig sein könnte?« Simon lehnte den Kopf zurück und musterte die Decke.

»Eifersüchtig? Worauf denn?« Malina blickte konsterniert zu ihm hinüber.

»Na ja, ich möchte nicht eitel klingen. Aber ich fürchte, unsere Zusammenarbeit macht ihn nicht gerade glücklich.« Simon verschränkte die Arme hinter dem Kopf.

»Edward, mien Jung, ich will mich ja nicht tantenhaft anhören, aber ich fürchte, du bist eifersüchtig.« Hiltrud hatte inzwischen ihr Nähzeug hervorgeholt und stopfte Victors Harry-Potter-Socken.

»Ich und eifersüchtig? Daß ich nicht lache. Worauf denn?«

»Simon Graf.« Mit zusammengekniffenen Augen schob sie einen neuen Faden durchs Nadelöhr. »Er ist ja auch ein schöner Mann. Aber ich glaube nicht, daß du dir Sorgen machen mußt. Ich weiß, daß sie dich liebt. Malina ist eben eine Frau, die Aufmerksamkeit braucht und begehrt sein will. Glaub mir, ich spreche aus Erfahrung, wir Frauen neigen nun mal dazu, uns dem Mann zuzuwenden, der uns das entgegenbringt. Und wenn du nicht bald in die Puschen kommst, hat Simon Graf einen klaren Vorsprung.«

»Du glaubst also, daß Edward eifersüchtig auf dich ist?« Malina drehte sich zur Seite und stützte ihr Kinn in die Hand. »Das ist doch völliger Schwachsinn. Dazu hat er überhaupt keinen Grund.«

Bevor Simon ihr eine Antwort gab, rollte auch er sich zur Seite und blickte sie lange an. »Hat er nicht …?«

»Vielleicht hast du recht.« Edward ging inzwischen im Zimmer auf und ab. »Ich wußte schließlich von Anfang an, daß ich nicht mit Mutter Beimer zusammenlebe. Du hast recht, morgen fahre ich zum Flughafen und hole sie ab.« Edward ließ sich wieder auf die Couch fallen und trank mit einem Gefühl der Befreiung sein Glas aus.

»Hat er vielleicht doch ...?« Malina stellte ihr Glas auf den Boden, und als sie sich wieder umwandte, war Simons Gesicht plötzlich dicht vor ihrem ...

~

Malina blickte aus dem Fenster der Boing 707 – unter ihr versank Paris in den Wolken wie Brigadoon im Nebel. In einer Stunde und zehn Minuten würde sie zu Hause sein. Sie lehnte ihren Kopf gegen den Sitz und schloß die Augen. Neben ihr saß Simon, ebenfalls schweigend. Sie hatten kaum miteinander gesprochen an diesem Morgen, als hätte es ein stillschweigendes Abkommen gegeben. Ein Abkommen darüber, das, was zwischen ihnen geschehen war, wie ein Geschenk in Seidenpapier zu hüllen und es in die Schublade der Erinnerungen zu legen.

Aus dem Augenwinkel heraus sah sie zu ihm hinüber. Er hatte die Lider geschlossen, was seinem Gesicht einen entspannten Ausdruck gab. Ihr Blick glitt über seine kurzen dunklen Haare zu seiner markanten Nase, die nicht ganz gerade wuchs. Dann betrachtete sie seine Wangen und das kräftige Kinn, wo sich trotz frischer Rasur schon wieder Schatten abzeichneten. Zuletzt blieb ihr Blick an seinem Mund hängen: die Oberlippe schmal und scharf geschnitten, die Unterlippe voll und gewölbt.

Sie hatte ihn geküßt.

Noch einmal sah sie diesen Augenblick vor sich, als sie sich zu ihm umgedreht hatte und sein Gesicht ihrem so nah gewesen war. Nur einen winzigen Moment hatte er gezögert, bevor er ihre Hände festgehalten hatte, um sich über sie zu beugen. Sein Atem war zu hören, und wie von selbst hatten sich ihre Lippen seiner Zunge geöffnet, die behutsam in ihren Mund geglitten war. Wieder erinnerte sie sich an ihr Aufstöhnen, an die Heftigkeit, mit der sie ihm entgegengekommen war. In dem Moment, als er sich auf sie gelegt und sie die Schwere seines Körpers gefühlt hatte, war etwas in ihrem Kopf explodiert.

Nichts in Simons Gesicht regte sich, und Malina fragte sich, ob er schlief. Sie sah wieder hinaus, und ihr Blick versank in den Wolken, die so plastisch schienen, als könne man auf ihnen spazierengehen. Es war ihr bewußt, daß nicht viel gefehlt hatte, und es wäre geschehen. Doch in dem Moment, als Simon sich zwischen ihre Schenkel geschoben und sie ihn durch die dünne Seide ihres Höschens gespürt hatte, war sie instinktiv zurückgewichen.

Sie hatten es nicht getan.

Es hätte alles zerstört: zwischen ihr und Edward – zwischen ihr und Simon.

11

Daß der Traum über Erinnerungen verfügt,
welche dem Wachen unzugänglich sind,
ist eine merkwürdige und theoretisch bedeutsame Tatsache …
SIGMUND FREUD, DIE TRAUMDEUTUNG

Das Flugzeug setzte zur Landung an.

»Alles klar, Pralinchen?« In Simons Augen lag ein warmes Funkeln.

»Alles klar«, lächelte sie und drückte leicht seine Hand.

Nachdem sie die Maschine verlassen und ihr Gepäck vom Band geholt hatten, gingen sie in Richtung Ausgang. Sie hatten soeben beschlossen, ein Taxi zu teilen, als Malina plötzlich Edward entdeckte. Sein gebräuntes Gesicht ragte aus der Menge, und seine dunklen Augen unter den dichten Brauen sahen sich suchend um.

Als sich ihre Blicke trafen, lächelte er. Sein altes Lächeln, in das sie sich zuerst verliebt hatte. Es war ein entwaffnendes Lächeln, das in seinem rechten Mundwinkel begann und in seinen Augen endete. Sie hob die Hand und winkte ihm zu. Als sie schließlich vor ihm stand, ließ sie Taschen und Jacke fallen und fiel ihm spontan um den Hals.

»Edward, woher wußtest du ...? Das ist aber eine Überraschung!«

»Wir haben eine Haushälterin, die sehr gut für alles sorgt.« Er küßte sie auf den Mund, während er aus den Augenwinkeln zu Simon schielte.

»Und ich dachte schon, du sprichst nie mehr mit mir.« Malina strahlte ihn an. Sie hatte nur Augen für Edward.

»Nein, nicht doch. Du machst dir immer viel zu viele Gedanken. Wir Männer sind gar nicht so kompliziert, wie du immer glaubst. Stimmt's, Graf?« Er legte den Arm um ihre Schultern und drückte sie fest an sich.

»Ganz genau«, grinste Simon.

»Willst du nicht mit uns in die Stadt fahren?« bot Malina ihm schnell an.

»Nein, dahinten ist Susanne.« Er hob den Arm und winkte jemandem zu. »Sie hat es also doch geschafft, mich abzuholen. Gestern war es noch nicht ganz klar. Also ihr beiden, schönen Tag noch.«

»Wir sehen uns morgen im Büro«, rief Malina ihm verdutzt hinterher, bevor sie sich wieder Edward zuwandte. Er faßte sie unter das Kinn und sah sie nachdenklich an. »Freust du dich?«

»Hm, sehr.«

Als sie auf dem Parkplatz verschwunden waren, trat Simon hinter einer Säule hervor und ging zum Rollband, das hinunter zur S-Bahn führte.

»Wo ist eigentlich Victor? Warum hast du ihn nicht mitgebracht?« fragte Malina, als sie im Auto saßen.

»Ich habe ihn und Mephisto zu deiner Mutter gebracht, und Hiltrud habe ich sozusagen freigegeben. Ich dachte, es wäre vielleicht besser, wenn wir erst ein bißchen allein sind.«

»Keine schlechte Idee«, sagte Malina gedehnt und sah ihn unter gesenkten Wimpern an. Edward lenkte seine Limousine durchs Flughafengelände und bog in die Landstraße ein, die nach München führte.

»Auf der Autobahn ist totaler Stau. So sind wir schneller«, erklärte er Malina, die ihn fragend ansah.

Eine Weile fuhren sie durch die sommerliche Landschaft, und Malina erzählte ihm von Paris. Dann sagte sie: »Ich bin wirklich froh, daß du mich abholst. Ich habe so oft angerufen, zu Hause und im Büro. Warum hast du dich denn nie gemeldet?«

»Weiß ich auch nicht. Ich hatte eben viel zu tun und wollte mich nicht mit dir streiten.«

»Edward, du wolltest mich bestrafen. Stimmt's?« Anstelle einer Antwort schenkte Edward ihr einen Blick, den sie lange vermißt hatte. Sie rutschte näher an ihn heran und legte ihren Kopf an seine Schulter. »Du riechst ja immer noch so gut«, murmelte sie, während der herbe Duft seiner Haut in ihre Nase stieg. Sie schloß die Augen und küßte ihn leicht auf den Hals. Für einen winzigen Moment hielt er die Luft an, dann griff er nach ihrer Hand und führte sie langsam hinab zwischen seine Schenkel. »Tu das lieber nicht. Ich garantiere sonst für nichts«, sagte er rauh, als sie seinen Reißverschluß öffnete und ihre Hand hineinschob.

»Das sollst du auch nicht«, flüsterte sie in sein Ohr, während sie ihn auf eine Art berührte, die es ihm schwermachte, sich auf den Straßenverkehr zu konzentrieren. Als sie ihren Kopf in seinen Schoß sinken ließ, bog er in einen Feldweg ab, weit weg von der Hauptstraße. Er stoppte, und im selben Augenblick zog er sie zu sich heran.

All sein Verlangen, all die Spannung der letzten Wochen entluden sich in diesem Kuß: Sie spürte seine festen Lippen, und ihre eigenen öffneten sich im selben Moment. Sein Atem ging schwer, seine Hände waren überall, knöpften ihre Bluse auf, umfaßten ihre Brüste fast schmerzhaft und fuhren unter ihren Rock. Er stöhnte auf, als er spürte, wie weich, wie heiß sie war, und seine Finger glitten tiefer in ihr Höschen.

»Zieh es mir aus«, flüsterte sie und drängte sich an ihn.

»Warte, nicht so schnell.« Er öffnete die Wagentür und zog Malina mit sich hinaus. Die Sonne prallte auf sie hinab, als er sie zur Motorhaube drängte. Er hob Malina hinauf und drückte ihren Oberkörper auf die warme Fläche. Ihr Atem flog, während er sie festhielt und mit so unbeherrschter Kraft nahm, wie sie sie noch nie an ihm erlebt hatte. Er drang tief in sie ein, als gälte es einen Sieg über sie zu erringen. Ein grellweißer Blitz durchzuckte ihr Gehirn, und sie schrie auf.

Hinterher ließ er seinen Kopf erschöpft auf ihre Brust fallen, und während sie ihm sein feuchtes Haar aus der Stirn strich, sah er ihr in die Augen und sagte eindringlich: »Heirate mich endlich.«

Dieser Satz schwang auf der ganzen Heimfahrt zwischen ihnen. Malina hatte keine Antwort darauf gegeben. Sie hatte ihn nur fester an sich gezogen und ihn geküßt. Und während ihre Hände über seinen Rücken strichen, hatte er sie mit einem brennenden Blick angesehen, der die Vehemenz seines Willens unterstrich.

Sie wußte, daß sie ihn liebte.

Wie hatte dann das zwischen ihr und Simon passieren können? Sie war sich nicht im klaren darüber, ob die Nacht mit ihm eine Art Entgleisung gewesen war, ein spontanes Gefühl aus der Situation heraus, oder ob es tatsächlich etwas zu bedeuten hatte. Sie wußte nur, daß Edward nie etwas davon erfahren sollte.

Der Sommernachmittag neigte sich bereits seinem Ende entgegen, als Malina und Edward erschöpft voneinander ließen. Ein dünnes Laken kühlte ihre verschwitzten Körper, und ein paar Sonnenstrahlen drangen gedämpft durch die Ritzen der Jalousien.

Das Haus, der Raum, sie selbst – alles war wie früher. Und doch: Etwas war anders geworden.

Sie hatten erkannt, wer sie waren.

Aneinandergeschmiegt schliefen sie ein, und als sie ein paar Stunden später erwachten, liebten sie sich noch einmal. Langsam und mit einer Intensität, die beinahe weh tat. Danach lagen sie träge nebeneinander wie zwei satte Löwen.

»Weißt du, woran ich gerade denke?« flüsterte Malina und stützte ihr Kinn auf Edwards Schulter.

»Nein. Woran denn, Liebling?«

»An eine riesige Pizza mit Double-Cheese-Crunchy-Crust. Heiß und fettig von Pizza Hut. Und wir essen sie gleich hier im Bett, ja?«

»Wie kannst du in einem so romantischen Moment an Pizza denken ...«, murmelte Edward und küßte sie im Nacken. »... genau wie ich übrigens. Und ich dachte schon, ich müßte bis zum Frühstück so liegenbleiben.« Edward lachte und schwang die Beine aus dem Bett.

»Du bist ein Schatz«, murmelte sie schläfrig und drehte sich auf den Bauch. Sie döste vor sich hin, bis sie eine halbe Stunde später das Klicken von Edwards Schlüssel hörte. Wohlig reckte sie sich unter der Decke und schlüpfte in ein T-Shirt. Mit gekreuzten Beinen und verstrubbelten Haaren saß sie erwartungsfroh im Bett, als Edward in der Tür erschien. Er hielt einen großen Karton in der Hand, und der Duft stieg Malina geradewegs in die Nase.

»Hm, gib schon her«, sagte sie, bevor sie stutzte. Edwards braune Augen blickten verstört, und auf seinen Wangen lagen Schatten. »Was ist mit dir?«

Er legte den Karton aufs Bett und zog die Abendzeitung aus seiner Jackentasche. »Lies das«, sagte er tonlos.

ALEXANDER DE VRIES – DER MÖRDER, DER ZUM OPFER WURDE

Warum tötete der Bankier die Theaterfrau Paula Martinez? / Mußte er deshalb sterben?

Von Doris Stange

München. Der Mordfall Alexander de Vries hat eine spektakuläre Wendung genommen: Der tote Bankier war selbst ein Mörder!

Im Zuge der Ermittlungen um seinen grausamen Tod löste die Polizei jetzt das Rätsel um den Mord an Paula Martinez, einer Galionsfigur der Münchner Kleinkunstszene. Die Frau war am 26. Januar dieses Jahres tot in ihrer Wohnung in der Corneliusstraße aufgefunden worden. Wie die Polizei jetzt herausfand, hatte Alexander de Vries die Frau mit einer Marmorbüste erschlagen. Uwe Veigl, Kommissar der Kripo Haidhausen, entdeckte die Beethoven-Büste im Keller von de Vries und überführte den Bankier postum des Mordes. Auf der Büste befanden sich Blutspuren, die die DNS von Paula Martinez aufweisen, und unzählige Fingerabdrücke, die von de Vries stammen. Diese fand man auch überall in Martinez' Wohnung. Des weiteren wurden an einer benutzten Teetasse Speichelreste mit der DNS von Alexander de Vries entdeckt.

Im verborgenen bleibt weiterhin das Tatmotiv. Die Polizei geht allerdings von einem Mord im Affekt aus, was dessen grausame Umstände nur wenig mildert. Wie schon berichtet, wurde Paula Martinez einen Tag nach ihrem Tod kopfüber in der Toilette ihres Badezimmers gefunden. Jetzt erst gelang es der Polizei, den Tathergang zu rekonstruieren. Es wird vermutet, daß Alexander de Vries Paula Martinez am Abend ihres Todes aufgesucht hat. Offenbar kam es im Verlauf ihres Gesprächs zu einem Streit, der blutig endete, indem de Vries sie mit jener Büste auf den Hinterkopf schlug. Die Wunde selbst war nicht tödlich, vielmehr muß Paula Martinez nach dem schweren Schlag versucht haben, sich selbst zu helfen. Erst im Badezimmer wurde sie bewußtlos, worauf sie mit dem Kopf in die Toilette stürzte und darin ertrank. De Vries, so nimmt die Polizei an, muß direkt nach der Tat panisch aus der Wohnung geflohen sein, anstatt Hilfe zu holen. Dafür spricht, daß er keine Versuche unternommen hat, Fingerabdrücke und sonstige Spuren zu beseitigen. Das Tragische daran: Paula Martinez, die als beliebt und warmherzig galt und großes soziales Engagement für Obdachlose zeigte, könnte heute noch leben.

Wie ein Sprecher der Polizei verlauten ließ, gibt es Indizien dafür, daß die Verbindung zwischen de Vries und Martinez weit in die Vergangenheit, ins Jahr 1985, reichen könnte. Erscheint der mysteriöse Mord an Alexander de Vries vor einem solch aufsehenerregenden Hintergrund nun nicht in einem anderen Licht? Gibt es eine Person, die Paula Martinez rächen wollte?

Nachdem Malina den Artikel gelesen hatte, war es so still im Schlafzimmer, daß das Surren einer Schmeißfliege überdimensional laut erschien.

Mit leerem Blick saß Malina auf dem Bett – die Pizza in der Schachtel blieb unberührt. Der Zauber des Nachmittags war mit einem Schlag verflogen, sie fühlte sich müde und erschöpft.

Das Bild, das sich in Paris hinter de Vries schillernder Fassade aufgetan hatte, war nicht mehr gewesen als ein Bild der Trostlosigkeit und der Zerstörung.

Und jetzt hatte er auch noch einen Menschen getötet.

Er hatte sie allesamt getäuscht, Dorothee am meisten.

Plötzlich fiel ihr etwas ein, und sie nahm die Zeitung erneut in die Hand.

»Edward«, sagte sie, »er hat Paula Martinez am fünfundzwanzigsten Januar umgebracht. Einen Tag später war er mit meinem Bruder auf Victors Taufe, hat sich Dorothee geangelt und sich munter unseren Rehbraten schmecken lassen. Ihm war rein gar nichts anzumerken. Später war er in unserem Haus in Kochel und hat mit Victor gespielt, während er sich für seine eigenen Kinder einen Dreck interessierte. Und wir alle fanden ihn reizend und nett.«

»Du fandest ihn reizend und nett«, widersprach Edward. »Ich hatte gleich meine Bedenken. Erinnerst du dich noch? Aber daß er ein solcher Scheißkerl gewesen ist ...« Er schüttelte den Kopf.

»Ich frage mich«, Malina kaute an ihrem kleinen Finger, »ob es überhaupt sinnvoll ist, nach dem sogenannten Mörder dieses Mannes zu suchen. Nach allem, was ich über de Vries erfahren habe, erscheint es mir allmählich so, als sollte man sich bei seinem Henker bedanken, anstatt ihn lebenslänglich einzubuchten. Es ist wahrhaftig nicht schade um ihn. Wenn ich mir vorstelle, was er Dorothee noch angetan hätte ... Er hätte sich nie geändert. Ein Mensch ist, wie er ist.«

»Emotional gesehen stimme ich dir zu«, sagte Edward und nahm sie in den Arm, »aber die Rechtsprechung verlangt eben die Verurteilung eines Mörders, so verständlich seine Tat in manchen Fällen auch scheinen mag. Doch wo sollte man die Grenzen ziehen? Gerechtigkeitsempfinden ist nun mal individuell verschieden, und deshalb gibt es das Gesetz. Und das muß für alle gleich sein.«

»Ich frage mich die ganze Zeit, was ich Dorothee sagen soll ...« Malina sah ihn nachdenklich an.

»Zuerst einmal braucht sie gar nichts davon zu erfahren. Ich habe mit ihrer Tante telefoniert und sie gebeten, die Zeitungen, so gut es geht, von ihr fernzuhalten.«

»Gut, daß du daran gedacht hast.«

»Vielleicht ist es erst einmal das Beste«, meinte Edward und griff jetzt doch nach einem Stück Pizza,

»aber irgendwann kommt sie zurück, und dann wird sie es erfahren. Du kannst sie nicht vor allem schützen.«

»Nein, ich weiß ...«

In diesem Moment klingelte das Telefon. Edward hob ab, und ein paar Sekunden später verfinsterte sich seine Miene. »Für dich. Dein Kompagnon.« Er reichte ihr den Hörer.

»Ich denke, auch du wirst inzwischen dazu gekommen sein, die Zeitung zu lesen.« Auf irgendeine Art klang auch Simon verärgert. »Ich versuche schon den ganzen Nachmittag, dich zu erreichen.«

»Natürlich habe ich die Zeitung gelesen«, antwortete Malina.

Als sie zehn Minuten später auflegte, wußte sie, daß noch mehr gegen Alexander de Vries vorlag. Wie Simon von seinem ehemaligen Kollegen Robert Hammerl erfahren hatte, waren vor ein paar Jahren zwei Strafverfahren gegen ihn gelaufen. Der Grund: Verletzung der Unterhaltspflicht.

Erst nachdem er rechtskräftig verurteilt worden war, hatte er schließlich bezahlt. Die Empfängerinnen waren Cathérine Beauvillier und Ulla Bergmann, die blonde Frau, die sie bei der Beerdigung an Alexanders Grab gesehen hatten. Auch sie hatte eine Tochter von ihm: Luisa, fünf Jahre alt. Ebenso wie Cathérine Beauvillier erhielt sie einen monatlichen Unterhalt von lächerlichen zweihundert Euro.

Simon hatte die Erklärung, wie eine solch bodenlose Ungerechtigkeit überhaupt möglich war, gleich parat: Der Vater des Kindes brauchte nur sein persönliches Vermögen einer anderen Person zu überschreiben und eine Bescheinigung vorzulegen, die ihm ein niedriges Gehalt nachwies – und schon war ein Richter bereit, väterliche Verpflichtungen auf ein Mindestmaß zu reduzieren. Solange der Kindsvater dann pünktlich am Monatsanfang zahlte, passierte nichts weiter. Selbst Angehörige des deutschen Hochadels nutzten diese Methode.

»Alexander de Vries hat also mindestens zwei uneheliche Kinder, für die er nicht bezahlen wollte«, sagte Malina. »Und der Eintrag vom 25. Januar in seinem Terminkalender bedeutet nicht Paul Maurier, sondern Paula Martinez. Weshalb hat er sich mit ihr getroffen? Wenn wir den Grund dafür erfahren, wissen wir auch, warum er sie umgebracht hat. Aber ist das auch die Spur zu seinem Mörder?«

~

Die Uhr der weißen Kathedrale schlug neunmal. Die Luft war noch warm, und der breite Boulevard war voller Menschen. Allein oder in Paaren gingen sie an Dorothee vorüber, die an den eleganten Geschäften vorbeieilte und schließlich in eine Seitenstraße abbog. Sie hatte das Haus schnell gefunden und ging hinunter in eine holzgetäfelte Bar, die in warmes goldenes Licht getaucht war.

Die anderen waren noch nicht da.

Stimmengewirr um sie herum, leise Musik und das Klirren von Gläsern. Sie bestellte etwas zu trinken, und ein paar Minuten später tauchten ihre Freunde auf.

Die Zeit schritt schnell voran, und es wurde ein netter Abend. Sie lachten und plauderten, tranken Cocktails, und erst da bemerkte Dorothee, daß alle um sie herum französisch sprachen. Das Merkwürdigste aber war, daß sie es selbst ebenfalls fließend sprach und ohne Schwierigkeiten verstand, was die anderen sagten.

Verblüfft blickte sie noch einmal in die Runde, aber niemandem sonst schien etwas aufzufallen, und sie beschloß, ihrer Entdeckung keine weitere Beachtung zu schenken.

Ich brauche Erholung, dachte sie plötzlich, und sie fragte das Mädchen neben sich, ob sie nicht einen schönen Ort wisse, wo sie hinfahren könne.

»Fahr nach Vernon«, raunte sie, während sich ihr weißes Kleid plötzlich um ihren Körper bauschte, »die Gegend dort ist zauberhaft.« Sie zog eine Straßenkarte aus ihrer Handtasche und zeigte Dorothee, wo das Städtchen lag. Es befand sich ungefähr hundert Kilometer nordwestlich von Paris.

Schon am nächsten Tag fuhr Dorothee los. Das Mädchen mit den langen dunklen Haaren sollte recht behalten: Sobald Dorothee ankam, fiel alles Schwere von ihr ab. Sie stellte das Auto ab und ging zu Fuß durch die Straßen mit den malerischen Fachwerkhäusern – immer weiter geradeaus, bis sie an ein großes Gewässer von strahlendem Blau gelangte, das auf der einen Seite von einem riesigen dunklen Wald umschlossen wurde.

Für einen Moment blieb Dorothee stehen und nahm das Bild in sich auf. Dann ging sie weiter am Ufer entlang, bis sie zu einer Wiese kam, die erst am Horizont endete. Sie lief hinein, und nachdem sie ein paar Schritte gegangen war, erkannte sie, daß es Klee war, der ihre nackten Füße streichelte.

Er war von goldener Farbe.

Das Flirren der Blätter war unbeschreiblich – stach schmerzhaft in ihre Augen, bis sie schließlich geblendet die Lider schloß. Dann erklang von irgendwoher schwach eine Melodie. Es wurde schwarz um Dorothee, und sie fiel und fiel und fiel …

Als sie die Augen wieder öffnete, drang sanftes Licht durch die Ritzen der Fensterläden. Sie lag in ihrem Bett im Haus ihrer Tante. Es war neun Uhr morgens in San Donato in Collina, einem kleinen Ort südlich von Florenz. Es war die vierte Nacht, die sie hier verbrachte, und schon zum vierten Mal hatte sich dieser Traum wiederholt. Er mußte etwas zu bedeuten haben, da war sich Dorothee sicher. Aber wo sollte sie beginnen, nach der Lösung zu suchen?

Drei Dinge darin verwirrten sie.

Sie sprach und verstand fließend Französisch. In Wirklichkeit waren ihre Kenntnisse der Sprache nur lückenhaft.

Sie hatte niemals zuvor von Vernon gehört. Und doch träumte sie von dieser Stadt, hatte ihren Namen deutlich in schwarzen Lettern auf der Landkarte gesehen.

Und dann war da noch dieser Teppich aus Klee, dessen goldener Glanz für ihre Augen zu einem bohrenden Schmerz wurde. Was steckte hinter alledem?

Nach dem Frühstück ging Dorothee hinaus zum Auto. Im Handschuhfach fand sie, was sie gesucht hatte: eine Europakarte. Sie nahm sie mit auf die Terrasse, setzte sich in einen alten Holzstuhl, und ganz automatisch wanderte ihr Blick über einen silbrig flimmernden Olivenhain, durch den sich ein ausgetretener Weg schlängelte. Er führte zu einem sanft geschwungenen Weinberg, auf dessen Spitze eine bernsteinfarbene Villa lag, die von Zypressen flankiert war.

Inmitten all dieser Schönheit kamen ihr die Ereignisse in München merkwürdig weit weg vor. Es war, als lebe sie in einer Oase, zu der es von außen keinen Zutritt gab. Auch die Anrufe hatten aufgehört, seitdem sie hier war.

Dorothee schlug den Atlas auf. Wenig später hatte sie Vernon gefunden. Es lag an derselben Stelle wie in ihrem Traum.

Am Nachmittag ging sie spazieren. Ihr Weg führte sie über Felder, die weiß und rosa mit Oleander bewachsen waren, und durch den Weinberg, den sie von der Terrasse aus gesehen hatte. Schließlich kam sie zu der alten Villa und setzte sich unter eine der Zypressen. Im Gras ringsumher raschelte es geheimnisvoll. Den ganzen Tag hatte sie an die französische Stadt aus ihrem Traum gedacht: Vernon. Wieder und wieder fragte sie sich, wie sie von einem Ort träumen konnte, von dem sie nie zuvor gehört hatte und der dennoch existierte.

Als sie am Abend mit ihrer Tante auf der Terrasse eine Runde Scrabble spielte, verlor Dorothee. Sie konnte sich nicht konzentrieren, denn ihre Gedanken schweiften immer wieder ab. Und nachdem Charlotte in die Küche gegangen war, um noch etwas Wein zu holen, zog Dorothee geistesabwesend ein paar Buchstaben aus dem grünen Säckchen und setzte sie zusammen. Schließlich lagen sie in einer Reihe vor ihr auf dem Spielbrett:

V E R N O N

Sie starrte auf die schwarzen Lettern, minutenlang. Dann durchzuckte sie ein Gedanke, und sie legte die Buchstaben in die umgekehrte Reihenfolge:

N O N R E V

»Nonrev«, murmelte sie. »Nonrev«. Plötzlich hatte das Wort eine Bedeutung: Trennte man es in der Mitte und fügte ein »e« hinzu, ergab es nicht nur laut gesprochen, sondern auch geschrieben einen Sinn:

Non rêve – nicht Traum – kein Traum.

Dorothee fühlte, wie ihr Herz schneller schlug. Wenn der Traum nicht nur ein Traum war, was war er dann? Die Wahrheit?

~

Zur selben Zeit tollte Malina mit Victor durch den Garten. Um halb neun hatte sie ihn bei ihrer Mutter abgeholt, und am liebsten hätte sie den kleinen weichen Körper gar nicht mehr losgelassen. Aber davon wollte Victor nichts wissen, lieber jagte er einem Ball hinterher oder versteckte sich. Wenn seine Mutter nach ihm rief, klatschte er entzückt in die Hände und jauchzte immer wieder: »Da isser!« Von all den Wörtern, die er in seinem Leben noch sagen würde, waren »Da isser« seine ersten.

Inzwischen war auch Hiltrud eingetroffen und hatte auf der Terrasse den Frühstückstisch gedeckt. Sie hatte frische Croissants mitgebracht, in irgendeinem Baum zwitscherte ein Vogel, und überhaupt war alles so schön, daß Malina sich fragte, warum sie dies nicht einfach genießen konnte, ohne immer wieder nach neuen Herausforderungen suchen zu müssen ...

Am Morgen aufzuwachen und zu denken »ich bin daheim« – war das nicht Glück genug?

~

Die zwei Stiefschwestern waren auch dazu eingeladen, riefen Aschenputtel und sprachen: »Nun kämm uns die Haare, bürste uns die Schuhe und schnall uns die Schnallen, wir tanzen auf des Königs Fest.« Das tat Aschenputtel und weinte, weil es auch gern zum Tanz mitgegangen wär ...

Ich stand da und sah ihnen zu.

Sie sahen mich nicht. Ich stand hinter einer der Hekken. Ihre dichten Zweige hielten mich verborgen.

War es Jasmin?

Der Duft erinnerte mich an daheim. An die seligen Jahre. Ein Ball flog hoch. Immer wieder hoch hinauf – eine rote Kugel, die durch die Luft wirbelte. Dann hörte ich das Kind lachen. Einen kleinen Jungen mit dunklen Locken und dunklen Augen.

Ein schönes Kind.

Doch Schönheit, Anmut und Freundlichkeit brauchen Licht, um erstrahlen zu können.

Was, wenn dieses Licht erlischt?

Zuerst verstand ich nicht, warum ich hierher gefahren war. Zu diesem Haus mit den dicken Mauern und den großen Fenstern, durch die das Schimmern einer heilen Welt zu sehen war.

Doch dann wurde mir klar, daß ich wissen wollte, wer sie war. Wie sie lebte. Diese rothaarige, lebendige Frau. Sie schien allgegenwärtig zu sein. Ich hatte sie vor Alexanders Haus gesehen, ebenso auf seiner Beerdigung an der Seite dieses dunkelhaarigen Mannes.

Inzwischen wußte ich: Sie suchte nach mir.

Und jetzt hatte ich sie gefunden.

Ich hörte sie lachen. »Victor, hier bin ich!« rief sie, und der Ball flog wieder in die Luft. Weiter und weiter, und das Kind rannte kreischend hinterher.

Sie waren glücklich. So unerträglich glücklich.

Warum die einen und die anderen nicht?

Der Ball flog über die Hecke.

Ich fing ihn auf.

Der Kleine blieb verdutzt stehen, sah sich um. Dann entdeckte er mich. Ich warf den Ball zurück. Der Junge blickte mich prüfend an, dann lächelte er und klatschte in die Hände. Er nahm den Ball und trat mit seinen kleinen Füßen dagegen.

»Victor, komm. Komm zu Mama«, hörte ich die Frau rufen.

Da drehte ich mich um und ging.

Etwas in mir drohte ganz zu zerbrechen.

~

Während Malina Victor mit Cornflakes fütterte, fütterte Simon in der Detektei am Rosenkavalierplatz das Internet mit Codierungen, die in seinem Kopf schon längst nicht mehr existieren durften. Jedenfalls nicht offiziell.

Ein Callboy, der die Bibel las und sie dann zwischen seinen Handtüchern versteckte – dieser Gedanke hatte Simon nicht mehr in Ruhe gelassen. Es mußte mehr dahinterstecken, als sie in Paris erfahren hatten. Eines wußte er inzwischen ganz genau: Paul Maurier existierte nicht.

Über eine Kontaktperson bei der Pariser Polizei hatte Simon erfahren, daß in jener Wohnung in der Rue d'Orsel niemand mit diesem Namen lebte. Wohl aber ein Paul Schleich, der am 28. August 1975 im südfranzösischen Giverny-Sur-Mer geboren war. Diese Information war das Fundament aller Ergebnisse, die Simon jetzt vorlagen. Die tatsächliche Geschichte des jungen Mannes, der sie in Paris mit beinahe bravouröser Nonchalance abgefertigt hatte, war eine völlig andere als die von ihm präsentierte.

Sie begann damit, daß seine Mutter, eine gebürtige Claire Maurier, im Jahr 1973 den Deutschen Franz Schleich geheiratet hatte und mit ihm nach Feldafing am Starnberger See gezogen war. Zwei Jahre später brachte sie in ihrem Heimatort Giverny-Sur-Mer ihren Sohn zur Welt: Paul Schleich wuchs in Deutschland auf, schloß das Gymnasium 1993 mit dem Abitur ab und begann im Jahr 1995 an der Münchner Ludwig-Maximilians-Universität Theologie und Philosophie zu studieren. Fünf Jahre später exmatrikulierte er sich und tauchte zwei Monate später als Paul Maurier in Paris wieder auf. Über sein Leben dort gab es keinerlei Informationen, und seine Spuren verloren sich.

Simon lehnte sich zurück und verschränkte seine Hände im Nacken. Er starrte auf den Bildschirm, als wollte er ihn hypnotisieren. Paul Maurier oder Paul Schleich war also nur Halbfranzose. Das erklärte immerhin, warum er die Sprache perfekt beherrschte. Den Namen seiner Mutter hatte er wohl angenommen, weil er für Pariser Ohren eleganter klang. Und vielleicht hatte Paul Maurier auch einen Grund, seine wahre Identität zu verbergen.

Was Simon noch viel mehr stutzen ließ, war die Tatsache, daß Paul Maurier aus Feldafing stammte. Alexander de Vries war in Possenhofen geboren. Beide Orte lagen am Starnberger See. Ein Zufall?

Und wenn es so war, war es dann auch Zufall, daß ein Student der Theologie plötzlich mit seiner ganzen Welt gebrochen und einen Weg eingeschlagen hatte, der seinem ursprünglichen so völlig entgegengesetzt schien?

Gerade als Simon im Internet die Flugpläne München – Paris zu studieren begann, klappte draußen die Bürotür.

»Tut mir leid, daß ich mich verspätet habe, aber Victor wollte seine Mama nicht früher gehen lassen.« Malina erschien in der Tür und lächelte ihn an. Sie trug

Jeans, hatte die Haare hochgesteckt und war kaum geschminkt. Und obwohl Simon lieber nicht darüber nachdenken wollte, war die Ursache des Lächelns auf ihrem Gesicht für ihn offenkundig. Es machte sie anziehend und gleichzeitig unerreichbar.

Simon räusperte sich, und um seine Unsicherheit zu überspielen, rückte er schnell mit den neuen Fakten über Paul Maurier heraus.

»Paul«, meinte sie, »ist also so etwas wie ein gefallener Engel. Wie hieß es in den Zitaten, die er in der Bibel unterstrichen hatte? Ging es darin nicht um Verrat? Und um Verdorbenheit hinter einem schönem Äußeren?«

Simon zog das Buch aus seinem Schreibtisch hervor und suchte nach den markierten Stellen. »Weh euch, ihr Schriftgelehrten und Pharisäer, ihr Heuchler! Ihr seid wie die Gräber, die außen weiß angestrichen sind und schön aussehen, innen aber sind sie voll Knochen, Schmutz und Verwesung«, las er vor. Dann fuhr er mit dem zweiten Zitat fort: »Der Menschensohn muß zwar den Weg gehen, der ihm bestimmt ist. Aber weh dem Menschen, durch den er verraten wird.«

»Je mehr ich darüber nachdenke, desto mehr kommt es mir so vor, als hätte Paul Maurier in diesen Zeilen Alexander de Vries gesehen. Kann sein, daß mein Gedanke zu banal ist, aber hinter de Vries' schöner Fassade verbarg sich ein Abgrund. Vielleicht fühlte sich Paul Maurier durch ihn verraten oder vom rechten Weg abgebracht? Ein verirrtes Schaf, das wieder zurück zur Herde wollte?«

»Das scheint mir gar nicht so platt. Ich habe mir schon etwas ähnliches gedacht und inzwischen die Flugpläne nach Paris studiert. Was hältst du davon, wenn ich unseren Freund noch einmal aufsuche?«

»Gute Idee«, sagte Malina knapp und vermied es, ihn anzusehen. Er hatte sie nicht gefragt, ob sie ihn begleiten wollte.

Sie stand auf und ging hinaus in die Küche, um sich ein Glas Wasser zu holen. Während sie es mit Eiswürfeln füllte, kam es ihr vor, als drehte sich alles in ihrem Kopf. So viele lose Enden, und noch immer wußten sie nicht, an welcher Stelle sie beginnen sollten. Im Grunde sind wir keinen Schritt weiter, dachte sie. Wir sind auf drei Menschen gestoßen, die einen Grund hatten, de Vries zu hassen, aber es gibt keinen einzigen Hinweis darauf, daß einer von ihnen ihn wirklich umgebracht hat.

Alexander de Vries hatte selbst gemordet: Paula Martinez. Eine Tatsache, die nicht in ihren Kopf passen wollte.

Aber vielleicht lag dort die Lösung. Sie füllte ihr Glas noch einmal nach und ging zurück an ihren Schreibtisch.

Simon hatte Malina am Tag zuvor nicht alles erzählt, was er von seinem früheren Kollegen Robert Hammerl erfahren hatte. Als er ihr jetzt von dem Theaterkostüm und dem Programmheft berichtete, das die Polizei in de Vries Wohnung gefunden hatte, fühlte sie sich in ihrer Vermutung bestärkt, die sie schon damals gehabt hatte, als die Polizei Alexanders abgetrennten Zeh und die Ferse in seiner Toilette gefunden hatte. Schon damals hatte sie eine Verbindung zwischen ihm und Paula Martinez geahnt.

Simon hingegen suchte nach einem anderen Punkt, von dem er wußte, daß er irgendwo in seinem Kopf gespeichert war. Paula Martinez, dachte er, eine Ikone der Münchner Kleinkunstszene. Hatte sie etwas über Alexander de Vries gewußt, was geheim bleiben sollte?

Hatte sie ihn erpreßt? Plötzlich fiel es ihm ein. Kurz vor ihrem Tod hatte er gelesen, daß sie ihre Biographie veröffentlichen wollte. Es war eine kurze Notiz in einer Münchner Tageszeitung gewesen. Er erinnerte sich deshalb so genau daran, weil er Paula Martinez einige Male auf der Bühne bewundert und sich überlegt hatte, das Buch zu kaufen. Gab es darin vielleicht ein Kapitel »de Vries«?

Eine halbe Stunde später – Simon war in die Rolle eines Feuilletonisten der Süddeutschen Zeitung geschlüpft – hatte er von Annette Hutmacher, der zuvorkommenden und ein wenig atemlosen Lektorin des Schwangau Verlags, erfahren, was er hören wollte. Auf seine Frage, ob die Biographie der Verstorbenen überhaupt noch erscheinen sollte, hatte sie ihm erzählt, daß das Projekt noch nicht abgeschlossen sei, da Teile des Buches verschwunden seien.

Na ja, nicht gerade verschwunden, hatte sie einige Sekunden später gemeint, aber sie fehlten. Paula Martinez hatte die ersten dreizehn Kapitel an den Verlag geschickt, doch die letzten vier fehlten. Dabei mußten Kapitel vierzehn und fünfzehn existieren, denn Paula Martinez hatte sie ein paar Tage vor ihrem Tod angekündigt. Auch, daß sie gesellschaftlichen Zündstoff enthalten würden.

Auf der Festplatte ihres Computers hatte die Polizei jedoch nichts gefunden, was dem Verlag nicht schon bekannt gewesen wäre. Und eine Diskette war offenbar nirgendwo aufgetaucht.

Während Simon mit der Lektorin telefonierte, blätterte Malina die Zeitung durch. Sie war voll von Geschichten über die Familie de Vries, so daß Malina eine kleine Meldung beinah übersehen hätte. Sie klang eher skurril als aufsehenerregend.

In Schwabing gab es jemanden, der Puppen die Hälse aufschlitzte. Die Polizei fragte sich, ob dies im Zusammenhang mit einem toten Lamm stand, das man ebenfalls mit durchschnittener Kehle im Lagerhaus eines Architekturbüros gefunden hatte. Die spinnen, die Münchner, dachte Malina und schlug die Zeitung zu.

Zum selben Zeitpunkt beendete Simon sein Telefonat und warf Malina einen bedeutungsvollen Blick zu. »Ich bin mir fast sicher, daß Paula Martinez' Biographie, oder sagen wir besser die letzten Kapitel daraus, aufschlußreich für uns wären. Das Problem ist: Genau diese letzten Kapitel sind verschwunden. Angeblich sollen sie von gesellschaftlicher Brisanz sein.«

»Was heißt verschwunden? Kapitel können doch nicht einfach verschwinden wie Männer auf der Flucht vor Alimenten.«

»Sie sind aber nicht mehr da. Weder auf der Festplatte ihres Computers noch auf Diskette. Laut Verlag müßte es aber eine Diskette geben.«

»Und wo könnte sie sein?«

»Ich nehme an, sie wurde entweder vernichtet, oder sie ist noch irgendwo versteckt. Die Polizei hat jedenfalls nichts gefunden, das heißt, bislang hat sie auch nicht gezielt danach gesucht. Die Frage ist nur, wo befindet sich der Nachlaß von Paula Martinez?«

Simon hielt einen Moment inne und klopfte mit einem Bleistift ungeduldig auf den Schreibtisch. »Ich denke, ich werde heute abend mit Robert Hammerl ein Bier trinken gehen. Und morgen mittag werde ich die Maschine nach Paris nehmen. Da fällt mir übrigens ein: Du hast immer noch meinen Paß in deiner Handtasche. Erinnere mich daran, daß ich ihn später bei dir abhole. Die lassen mich im Hotel sonst nicht einchecken.«

»Dann bleib doch gleich zum Abendessen. Hiltrud kocht sicher etwas Leckeres.« Malina sah ihn fragend an.

»Danke, das ist nett. Aber ... lieber nicht, Prinzessin.« Er schickte ihr ein schiefes Lächeln über den Schreibtisch. Malina erwiderte nichts darauf. Die Schublade mit den Erinnerungen war offenbar noch nicht ganz geschlossen.

~

Gegen sieben Uhr verließen Malina und Simon das Büro. Den Nachmittag hatten sie damit verbracht, die Ergebnisse ihrer Recherchen in den Computer einzugeben und ihr weiteres Vorgehen zu besprechen. Sie waren einander freundlich begegnet, aber der lässige, vertrauliche Ton, der ihren früheren Gesprächen beigemischt war, wollte sich nicht einstellen.

Malina schloß die Bürotür ab, während Simon in seinem Wagen auf sie wartete. Sie stieg ein und suchte angestrengt nach ein paar Worten, die die Atmosphäre hätten entspannen können, aber in ihrem Kopf herrschte Leere. Sie war ungeduldig, sie war verbittert, und sie sehnte sich nach ihm. Wieso sagt er denn nichts? dachte sie gereizt und schob eine Kassette in den Recorder.

»Nicht diese«, sagte Simon und versuchte ihre Hand zurückzuhalten. Aber es war schon zu spät: »Il me dit que je suis celle juste faite pour ses bras ...«, sang Patricia Kaas mit rauchiger Stimme: Er sagte mir, ich allein sei die, die für seine Arme gemacht ...

»Simon ...«, setzte Malina an, »ich ...«

»Nein, laß ... Es gibt nichts mehr zu sagen. Wir haben in Paris alles besprochen, und damit ist es gut. Und jetzt fahren wir zu dir nach Hause und holen meinen verdammten Paß.« Er gab Gas und fuhr los, während Malina aus dem Fenster blickte und über ihr Dilemma nachdachte. Sie liebte Edward, gleichzeitig wollte sie Simon. Wollte in dieser Sekunde nichts lieber als sich zu ihm hinüberbeugen, ihn anfassen, ihn so küssen, wie sie es in Paris getan hatten. Wollte, daß er das Auto endlich stoppte und alles mit ihr tat.

Scheißvernunft, dachte sie wütend und zwang ihren Blick auf die Straße.

Edwards Auto stand schon vor dem Haus. Er kam ihnen auf der Treppe entgegen. Sein Blick war besorgt. »Hast du etwas von Hiltrud gehört?« fragte er anstelle einer Begrüßung.

»Von Hiltrud? Wieso?« Malina schloß das Gartentor hinter sich und Simon.

»Sie ist nicht hier, und es ist fast halb acht. Sie hat auch keine Nachricht hinterlassen, wohin sie mit Victor gegangen ist. Irgendwie paßt das gar nicht zu ihr.«

»Jetzt laß uns erst einmal hineingehen.« Malina ging die Stufen hinauf, während Simon zögernd am Zaun stehenblieb. »Ja, du auch«, sagte sie ein wenig ungehalten.

»Guten Abend, Graf«, sagte Edward und ging hinter Malina ins Haus.

Scheiße, dachte Simon und biß die Zähne zusammen. »Hallo, Edward«, erwiderte er und stapfte den beiden hinterher.

Im Haus war alles blitzblank geputzt, der Kühlschrank gefüllt, und Hiltruds Brille lag auf dem Küchentisch.

»Na bitte. Weit kann sie nicht sein«, stellte Malina

fest und zeigte auf das dunkle Horngestell. »Vielleicht kauft sie noch etwas ein.«

»Hiltrud plant ihren Tag strategisch durch. Ich habe die letzte Zeit mit ihr verbracht – sie ist präzise wie ein Schweizer Uhrwerk. Punkt sechs ist das Essen auf dem Tisch.«

»Na, dann geht die Uhr heute eben nach. Ich hole jetzt Simons Paß.« Malina ging hinaus.

»Hast du denn bei ihr zu Hause angerufen?« fragte sie, als sie zurückkam.

»Natürlich, aber da läuft nur der Anrufbeantworter. Und ihr Handy ist ausgeschaltet.«

»Sie wird sicher gleich kommen. Ich mache jetzt erst einmal eine Suppe warm.« Es war der Zeitpunkt, an dem Malina zum erstenmal Angst verspürte.

Die große Standuhr im Eßzimmer tickte unaufhaltsam. Es war inzwischen halb neun, und noch immer hatten sie nichts von Hiltrud gehört. Die Suppe in den Tellern war kalt geworden. Edward rief alle paar Minuten in ihrer Wohnung an, aber niemand meldete sich. Dann telefonierte er mit Wolf-Hinrich Willnet, der ebenso ratlos war. Er hatte von Hiltrud an diesem Tag weder etwas gesehen noch gehört.

Malina ging rastlos durch die Zimmer und dann hinaus in den Garten. Victors roter Ball, mit dem er am Morgen noch gespielt hatte, lag verwaist auf dem Rasen. Bei seinem Anblick wurde Malina schlecht. Sie lief zurück ins Haus.

Simon hatte in der Zwischenzeit kein einziges Wort mehr gesagt. Er saß am Tisch und rauchte. Sein Gesicht war starr, und auf seiner Stirn hatten sich Schweißperlen gebildet. Das Schweigen im Zimmer war unerträglich, und Malina flüchtete nach oben in

Victors Zimmer. Es roch nach seinem Babypuder. Seine Teddys und eine Plüsch-Biene-Maja saßen auf seinem Bett, als würden sie auf ihn warten. Ein Stapel kleiner Pullover lag auf seinem Kinderstühlchen, und eine Reihe von Schühchen stand vor seinem Schrank. Heute morgen hatte sie Victor noch im Arm gehalten, war mit ihm durch den Garten getobt – fast war es ihr, als hörte sie sein jauchzendes »Da isser«, sah seine Ärmchen, wie er sie nach ihr ausstreckte. Sie blickte auf die Uhr: halb zehn. Wo steckte Hiltrud? Und was war mit ihrem Sohn geschehen?

Plötzlich stand Edward hinter ihr. »Ich fahre jetzt zu Hiltruds Wohnung«, sagte er. »Simon bleibt so lange hier. Was ist eigentlich mit ihm? Sitzt da wie blöd und macht den Mund nur auf, um an seiner Zigarette zu ziehen.«

»Ich weiß es nicht«, sagte Malina, und es war ihr auch völlig egal. »Ruf an, sobald du dort bist, ja?«

»Hey, Kleines, es wird schon alles gut werden.« Edward nahm Malina in die Arme und zog ihren Kopf fest an seine Schulter.

»Ja, sicher«, flüsterte sie und schwor sich, nie mehr auch nur an einen anderen Mann zu denken, wenn sie am nächsten Morgen wieder mit ihrer Familie an einem Tisch sitzen konnte. Sie wischte sich die Tränen aus den Augen. »Fahr jetzt.«

Bevor Malina wieder hinunterging, ließ sie kaltes Wasser über ihr Gesicht laufen. Sie blickte sich im Spiegel an und erschrak. Ihre Augen waren dunkel umschattet und ihre Wangen eingefallen. Wenn irgendwer Hiltrud niedergeschlagen und Victor entführt hatte? Wenn er gequält würde, von fremden Menschen angefaßt … Wenn sie ihn nie mehr wiedersehen würde …

Unten im Wohnzimmer saß Simon noch immer am

Tisch. Seine Zigarette verglühte vor ihm im Aschenbecher.

»Simon«, sagte Malina, und er blickte hoch. Sie ging auf nackten Füßen und schien mit einem Mal viel kleiner als sonst. Als sie näher trat und zaghaft seinen Arm berührte, stieß er ihre Hand grob zur Seite. Sein Gesicht verzog sich plötzlich, und seine Augen verengten sich zu schmalen Schlitzen.

»Du«, preßte er hervor, »was bist du eigentlich für eine Mutter? Läßt jeden nach deiner Pfeife tanzen für deine sogenannte Selbstverwirklichung. Wie kannst du dein kleines Kind anderen Leuten überlassen? Komm, verrat's mir, wie bringst du das fertig? Nach Paris zu fliegen, während er zu Hause nach Mami ruft?« Schwerfällig stand er auf und trat vor sie. Dann legten sich seine Hände fest um ihren Kopf. »Was geht darin eigentlich vor? Wie willst du damit fertig werden, wenn er nicht wiederkommt? Hast du dir das überlegt? Zu wem kommst du dann gerannt? Zu mir? Zu Edward? Oder sagst du dir dann auch, es war für die gute Sache? Er ist ein Kind, Malina, und du bist seine Mutter. Das bedeutet Verantwortung und nicht nur nette Spielchen im Garten.« Sein Griff wurde härter, und sie bekam Angst.

»Simon ...«, versuchte sie ihn zu beruhigen.

»Du«, seine Stimme wurde lauter, »sag jetzt nichts. Ich bin noch lange nicht mit dir fertig.«

»Hör auf. Du machst mir angst. Und du tust mir weh.« Ihre Augen füllten sich mit Tränen, und sie versuchte sich seinem Griff zu entwinden, aber seine Hände glichen einem Schraubstock.

»Das ist auch gut so. Du sollst Angst haben, damit du endlich kapierst, worauf es im Leben ankommt. Was die wirklich wichtigen Dinge sind.« Plötzlich ließ er sie so schnell los, daß sie taumelte. Sein Atem ging schwer, und seine Stirn war über und über mit Schweiß bedeckt. Dann brüllte er los:

»Was du jetzt erlebst, das hast du dir selber zuzuschreiben, du mit deiner maßlosen Eitelkeit. Aber glaub ja nicht, daß es das schon war. Was wird denn sein, wenn Victor nicht wiederkommt? Kannst du dir diese Nächte vorstellen, in denen du daliegst und vergehst vor Angst und vor Schuld?« Wieder kam er ihr bedrohlich nahe und schüttelte sie, bis sie laut schluchzte. »Du denkst doch keinen Augenblick darüber nach, wie andere Menschen sich fühlen, wenn es darum geht, deinen eigenen Willen durchzusetzen. Ich wünschte, ich könnte dir deine Flausen aus dem Kopf prügeln ...«

Sein Gesicht war inzwischen zu einer Fratze verzerrt, und sein Körper war eine einzige Bedrohung.

In diesem Augenblick löste sich Malina aus ihrem starren Entsetzen und schlug ihm mit aller Kraft ins Gesicht. Fassungslos über sich selbst und über das, was geschehen war, stürmte sie aus dem Zimmer. »Hau endlich ab, du Verrückter«, schrie sie noch, bevor sie die Tür hinter sich zuschlug.

Sekundenlang starrte Simon auf diese Tür, und allmählich kam er wieder zu sich. Sein Atem wurde ruhiger, und er wischte sich den Schweiß aus dem Gesicht. Er blickte an sich hinunter: Seine Hände zitterten noch immer. Von Malina war nichts zu hören. Er preßte die Lippen zusammen und suchte nach seiner Jacke. Als er das Haus verließ, klingelte drinnen das Telefon.

Simon Graf betrank sich in dieser Nacht.

Das Grauen, das er über die Jahre eingemauert hatte, war wieder hervorgebrochen, und er hielt es nicht aus. Es hatte Zeiten in seinem Leben gegeben, da hatte er nur noch mit Hilfe starker Medikamente Schlaf gefunden. Wie er das Leben manchmal ertragen hatte, wußte er nicht mehr.

An diesem Tag war der 9. April 1986 wiedergekehrt.

In seinem ganzen Ausmaß. Mit all der Verzweiflung. Mit all der Schuld.

Als er am nächsten Morgen das Flugzeug nach Paris bestieg, wünschte er sich, nie mehr zurückkommen zu müssen.

Malina hatte Edward Simons Ausbruch verschwiegen. Sie wollte selbst nicht mehr daran denken, und doch war der Gedanke daran da. Wie ein zähes Gift, das sich in jede Verästelung ihres Gehirns eingenistet hatte. Warum hatte er all diese Dinge gesagt? Sie wollte ihn dafür hassen und konnte es nicht. Was hatte sie ihm getan?

Als sie Victor fütterte, verschwanden ihre düsteren Gedanken für kurze Zeit. Sie beugte sich zu ihm vor, und als er ihr Gesicht zwischen seine klebrigen Händchen nahm, schloß sie die Augen, um die aufsteigenden Tränen zu unterdrücken.

Wie erleichtert war sie am Abend zuvor gewesen, als das Telefon geklingelt und sie das Aufatmen in Edwards Stimme gehört hatte. Er hatte Victor und Hiltrud in ihrer Wohnung gefunden. Satt und tief schlafend.

Wie Hiltrud ihm dann erzählte, war sie gegen Abend mit Victor rasch in ihr Appartement gefahren, um sich frische Kleidung zu holen. Dann hatte Victor Hunger bekommen, und sie hatte ihm ein Gläschen Babynahrung heiß gemacht. Nachdem sie ihn gefüttert hatte, war ihre Migräne, mit der sie sich schon den ganzen

Tag über geplagt hatte, noch stärker geworden, und sie hatte zwei hochdosierte Schmerztabletten genommen. Dann war eins zum anderen gekommen: Um die Wirkung zu beschleunigen, hatte sie sich aufs Bett gelegt, und Victor, der den ganzen Tag an der frischen Luft herumgetollt war, hatte sich zu ihr gekuschelt, und beide waren innerhalb weniger Minuten tief und fest eingeschlafen. Das Telefon im Wohnzimmer war leise gestellt gewesen, und sie hatte nichts gehört, bis Edward an der Tür Sturm geklingelt hatte. Froh darüber, daß nichts passiert war, hatte er die schuldbewußte Hiltrud beruhigt und war dann mit dem schlafenden Victor nach Hause gefahren, wo seine Mutter ihn die ganze Nacht nicht mehr aus ihren Armen ließ.

Sie verbrachten den restlichen Samstag zu Hause. Malina ging mit Victor einkaufen, und als sie zurückkamen, hatte Edward im Garten den Grill vorgeheizt. Sie blieben auf der Terrasse, bis es dunkel wurde und Victor auf einem der Liegestühle leise zu schnarchen begonnen hatte.

Am Sonntag schliefen sie lange aus – Victor hatte offenbar beschlossen, seinen Eltern etwas mehr Ruhe als sonst zu gönnen, und spielte zufrieden in seinem Bett.

Gegen zwei Uhr packten sie den Kinderwagen ins Auto und fuhren zum Englischen Garten. Sie fütterten die Enten und amüsierten sich über ihren Sohn, der kreischend davonlief, wenn das Federvieh ihm zu nahe kam. Anschließend aßen sie Eis auf der Seehaus-Terrasse. Sie waren das, womit die Werbung von jeher Unsummen verdiente: Eine glückliche Familie an einem sonnenbeschienenen Wochenende.

Es wäre perfekt gewesen, hätte Malina nicht immer wieder daran denken müssen, daß sie noch etwas erledigen wollte. Als sie Edward gegenüber damit herausrückte, daß sie noch mit einem alten Bekannten vom Morgenblatt verabredet sei, weil sie etwas in deren Archiv recherchieren wollte, reagierte er erstaunlich gelassen.

»Ich beeile mich auch«, sagte sie, bevor sie sich verabschiedete. »Ich bin zwischen sechs und halb sieben bestimmt wieder zu Hause.« Sie küßte ihn und ging.

Heino Ruttlich wartete schon auf sie, als sie ins Großraumbüro der Zeitung trat. Sie hatten sich lange nicht gesehen. Das letzte Mal vor anderthalb Jahren, als er im Literaturhaus aus seinem Erstlingswerk vorgelesen hatte. Inzwischen arbeitete er an einem weiteren Roman und gelegentlich auch für Zeitungen und Zeitschriften.

Er begrüßte sie mit einem herzlichen »Grüß dich, wie geht's dir?« Früher hätte er ein Zitat von Rilke gewählt, um ihr einen guten Tag zu wünschen.

Nachdem sie sich eine Weile unterhalten hatten, ging er mit ihr ins Archiv, erklärte ihr, wie der Projektor für die Mikrofilme funktionierte, und ließ sie allein. Bald hatte sie in einem der unzähligen Hängeordner gefunden, wonach sie gesucht hatte: Artikel zu Paula Martinez und ihrem Theater »Pantalone«.

Im Jahr 1979 hatte sie das Haus mit einer überaus erfolgreichen Inszenierung der »Dreigroschenoper« eröffnet, danach war es Schlag auf Schlag weitergegangen. »Theater zum Träumen« hatte die Abendzeitung 1981 geschrieben, als sie »Cyrano de Bergerac« herausbrachte. Wenige Monate später lobte der Münchner Merkur die Premiere von »Richard III.« mit den Worten: »Phantastische Inszenierung eines finsteren Stoffes«.

In einem Porträt der Süddeutschen Zeitung aus dem Jahr 1984 hieß es über Paula Martinez: »Sie hat den besonderen Blick auf die Dinge des Lebens. Wer sich von ihrer Begeisterungsfähigkeit, die sie auf die Bühne überträgt, nicht anstecken läßt, gleicht einem Stück Holz. Ihr Temperament steckt an, ihre Energie putscht auf. Sie selbst antwortet auf die Frage, warum sie so ausschließlich für das Theater lebe: ›Aus demselben Grund, warum Sie atmen. Weil wir es müssen.‹«

1985 inszenierte sie »Tartuffe« von Molière und erntete wieder glorreiche Kritiken. An dieser Stelle stutzte Malina. Neben dem Artikel war ein Foto des Ensembles abgedruckt. In der Mitte eine strahlend stolze Paula Martinez, umringt von ihren Schauspielern und Bühnenarbeitern. Sie sahen alle jung und hoffnungsvoll aus. Auf eine scheue Art fröhlich, so, als hätte der Erfolg sie überrascht.

Das Foto war beinahe zwanzig Jahre alt, dennoch traten seine Gesichtszüge zwischen den romantischen Locken und dem umflorten Blick deutlich hervor: Der Mann im Barockkostüm auf der rechten Hälfte des Bildes war eindeutig Alexander de Vries.

Malinas Herz schlug schneller.

Aber nirgendwo tauchte sein Name auf. In der Bildunterschrift hieß es nur: »v.l. Günther Kurbjuhn, Babette Steinmann, Paula Martinez, Maria Siegfried, Christian Beck, Hans Gleede, Stefan Hansen.«

Immer wieder verglich Malina die Namen mit den Personen auf dem Foto. Jedesmal kam sie zum selben Ergebnis: Alexander de Vries war Christian Beck.

War es das, was Alexander de Vries und Paula Martinez in der Vergangenheit verbunden hatte? Er war unter falschem Namen Schauspieler an ihrem Theater gewesen?

Warum eigentlich nicht, dachte Malina in einem Anflug von Zynismus. Schließlich hatte er es meisterhaft verstanden, anderen Menschen etwas vorzumachen. Sie kopierte den Artikel und steckte ihn ein.

Im Jahr 1987 war Paula Martinez' Theater bankrott gegangen. Trotz ausverkaufter Häuser und staatlicher Subventionen hatte sie es nicht geschafft, ihr Unternehmen über Wasser zu halten. Das Pantalone hatte seine Portale am 11. November 1987 geschlossen.

Erst drei Jahre später eröffnete Paula Martinez es neu. Gemeinsam mit ihrer Freundin Ariane Klingenberg. Dreizehn Jahre hatte der Erfolg diesmal angehalten. Bis zu ihrem Tod.

Malina druckte die restlichen Artikel aus und legte sie zu den anderen in ihrer Tasche. Ihre Uhr zeigte halb sechs, sie würde also rechtzeitig nach Hause kommen.

Sie stand schon vor dem Lift, als ihr etwas einfiel, und sie ging noch einmal zurück. Einer inneren Eingebung folgend durchforstete sie das Archiv nach dem Buchstaben »G«.

Simon Graf war in seiner Tätigkeit als Kriminalkommissar häufig erwähnt. Zuletzt mit seinem freiwilligen Austritt aus dem Polizeidienst, den er mit gesundheitlichen Problemen begründete hatte. Der Artikel zeigte ein Foto von ihm, auf dem er aufgedunsen und müde wirkte. Merkwürdig, dachte Malina und las weiter.

Vor seinem Austritt im Februar 2002 hatte Simon an dem Fall der elfjährigen Julia Steinhover gearbeitet. Das Mädchen war nach der Schule nicht mehr nach Hause gekommen. Wochen später wurde ihre Leiche verstümmelt in einem Waldstück bei Freising gefunden. Vor ihrem Tod war sie mehrfach vergewaltigt worden. Ihr Mörder wurde nie gefaßt.

Mit angehaltenem Atem überflog Malina die weiteren Berichte. Immer wieder war Simon Sonderkommissionen zugeteilt gewesen – oder hatte sie selber geleitet –, die mit der Aufklärung von Verbrechen an Kindern betraut worden waren. Es zog sich wie ein roter Faden durch seine gesamte berufliche Laufbahn. Es gab unzählige Artikel, die sich mit ihm und seiner Arbeit beschäftigten. Malina verschlang sie alle. Ihre Pupillen rasten fieberhaft über die Seiten, und plötzlich stieß sie auf das Foto eines blonden Mädchens. Daneben prangte in schwarzen Lettern: Was geschah mit Valerie Graf?

Die Fünfzehnjährige war am 9. April 1986 mit ihrem Bruder Simon, damals neunzehn Jahre, im Kino gewesen. Kurz vor Beginn der Vorstellung war sie noch einmal auf die Toilette gegangen. Als sie nach einer Viertelstunde nicht zurückgekommen war, ging er ihr nach. Er rief nach ihr, und sie antwortete ihm durch die verschlossene Kabinentür, daß sie gleich nachkäme und alles in Ordnung sei.

Es war das letzte gewesen, was er von ihr hörte.

Später sagte Simon Graf aus, daß ihre Stimme in diesem letzten Moment seltsam bedrückt geklungen, er sich aber nichts dabei gedacht habe.

Der Fall, der Aufsehen erregt und eine bundesweite Fahndung ausgelöst hatte, wurde nie gelöst. Valerie Graf blieb für immer spurlos verschwunden.

Simon. Ein Name, ein Mensch, der Malina so vertraut geworden war wie die Uhr an ihrem Handgelenk. Jede Regung glaubte sie zu kennen, und dann dies: Es gab noch einen anderen Simon. Einen Simon, in dessen Innerem die Verzweiflung tobte. Er hatte nie etwas davon an die Oberfläche dringen lassen.

Malina war wie vor den Kopf geschlagen, als sie nach Hause fuhr. Unfähig, einen klaren Gedanken zu fassen, unfähig, die Gefühle, die sie ihm entgegenbrachte, einzuschätzen. Was sie über ihn erfahren hatte, machte es ihr leichter, seinen Ausbruch zu verstehen. Er tat ihr unsagbar leid. Sie hätte weinen können für ihn. Trotzdem konnte sie ihm nicht verzeihen.

Sie verbrachte die Nacht schlaflos. Ihr Kopf spulte in einer Endlosschleife die verschiedensten Bilder ab: Simon, wie er drohend vor ihr stand. Simon in ihrem Pariser Hotelzimmer. Simon, wie er ihr gegenüber am Schreibtisch saß. Seine Augen, die zu Schlitzen wurden. Und immer wieder das Bild des blonden Mädchens: Valerie Graf.

Malinas Angst, Simon wieder zu begegnen, war groß. Wie sollte sie ihm gegenübertreten? Was sollte sie sagen? Wie sollte sie ihr Mitgefühl unterdrücken, das sie dazu auffordern würde, ihn einfach in den Arm zu nehmen? Als sie nach dem Aufstehen duschte, hatte sie die Antwort noch immer nicht gefunden.

~

An Aschenputtel dachten sie gar nicht und glaubten, es läge daheim im Schmutz.

Manchmal wache ich in der Nacht auf. Lausche meinem Herzen, wie es klopft. Lausche und lausche, bis es mich verrückt macht, und dann schlage ich um mich. Aber er läßt mich nicht los, ist ganz dicht bei mir, seitdem es geschah: sein Schatten.

Ich öffne die Augen, und die Träume hören nicht auf. Ich sehe ihn vor mir, wie er da sitzt in seinem Stuhl, mit seinem stummen weißen Gesicht. Und er ist tot.

Tot.

Dann liege ich da, starre in die Dunkelheit.

Es ist kein Traum. Es ist die Wirklichkeit.

Und die Wirklichkeit endet niemals.

Sie sind mir auf der Spur, auch wenn niemand an mich denkt. Noch nicht. Graue Schemen, die mich umzingeln. Sie kommen näher und näher, strecken ihre Hände aus, deuten auf mich. Und der Tote, der in der Erde nach mir ruft, Nacht für Nacht, manchmal bis zur Dämmerung.

Ich werde nicht unentdeckt bleiben. Es ist nur eine Frage der Zeit. Niemand entflieht seinen Schergen.

Das gilt auch für ihn: Tagtäglich wird er gerichtet in den Zeitungen, in den Köpfen der Menschen, in den Herzen seiner Angehörigen.

Er war ein Mörder. Ein Mörder …

Die Diskrepanz zwischen uns ist nicht groß. Fast ist es zum Lachen.

Ich, der der Welt zeigen wollte, wie schlecht und verdorben er wirklich war – ich habe ihn vor der Demütigung bewahrt und vor der Ächtung.

Welch Laune des Schicksals.

Welch zynische Wende.

Er hat den Tod verdient. Er hat verbrannte Erde hinterlassen, und er hätte weitergemacht.

Es war seine Natur. Er konnte nicht anders.

Aber Paula Martinez? Warum auch sie?

Was war ihr Verbrechen? Daß sie wußte, was irgendwann alle gewußt hätten?

Bald wird in den Zeitungen stehen, warum.

Und bald wird die dunkle Frau sich wieder erinnern.

Und dann sehen sie – mich …

~

An diesem Morgen hatte Malina es tatsächlich geschafft, vor Simon im Büro zu sein. Nicht einmal Anke Zwinkmann war da, als sie die Tür aufschloß. Erleichtert setzte sie sich an ihren Schreibtisch, packte die Unterlagen aus dem Zeitungsarchiv aus und griff nach dem Telefonbuch. Doch so sehr sie sich auch bemühte, ihre Gedanken schweiften immer wieder ab. Gegen halb zehn klingelte das Telefon. Aber es war nicht Simon, wie Malina zuerst dachte, sondern Anke Zwinkmann, die mit Darmgrippe im Bett lag und sich ausgerechnet für diesen Tag entschuldigte.

Eine halbe Stunde später, nachdem sie sämtliche Büroklammern zu einer Kette zusammengesteckt hatte, klappte draußen die Tür, und sofort begann Malina auf der Tastatur ihres Computers zu tippen. Ihr Herz klopfte bis zum Hals. Nach ein paar endlosen Minuten betrat Simon den Raum. Er sah müde aus, und unter seinen Augen lagen Schatten. Wortlos ging er zu ihrem Schreibtisch und legte ihr seinen Büroschlüssel hin.

»Was soll das?« fragte Malina.

»Ich denke, es ist das Beste, ich gehe.«

»Du willst doch nicht etwa kündigen?«

»Weißt du eine bessere Lösung?«

»Es gibt immer eine bessere Lösung, als zu kneifen«, antwortete sie und ärgerte sich darüber, daß er sich von ihr abwandte und aus dem Fenster sah. Sie suchte eine der Kopien hervor und trat hinter ihn.

»Hier, du brauchst mir nichts mehr zu erklären. Ich weiß Bescheid.«

Reglos stand er da und starrte auf das Foto seiner

Schwester. Er sagte kein Wort. Ein paar Sekunden verstrichen, in denen nichts geschah. Malina wußte nicht, warum sie schließlich die Arme um ihn legte. Langsam ließ er den Kopf auf ihre Schulter sinken.

»Es tut mir leid«, sagte er nach einer Ewigkeit, und seine Stimme brach.

»Ist ja schon gut«, murmelte sie und strich ihm sanft über den Kopf, »ist ja schon gut.«

~

Rot. Dunkelrot. Blutrot.

Das Fleisch unter ihrer Haut.

Kein Schmerz. Kein Gefühl. Alles taub.

Nur die Spitze dieses Messers, die immer tiefer bohrte. Bohrte. Und bohrte.

Ihre Augen blicken geradeaus. Da ist die Wand. Ein Bild mit Früchten. Ein Sonnenstrahl bricht sich darin. Und überall das Blut.

Blut auf ihren Händen. Blut auf ihrer Kleidung. Es läuft ihr die nackten Beine hinab auf den Boden. Ihre Füße stehen in einer Lache. Und sie kann nicht aufhören. Bohrt das Messer immer weiter in die Hand. Bei jedem Pulsschlag quillt ein neuer kleiner Strom heraus.

Rot. Dunkelrot. Blutrot.

So wie damals. Als er in dem Sessel saß mit durchgeschnittener Kehle. Verwischtes Blut überall. Blut auf seinen Kleidern, an seinem Körper. In seinem Gesicht.

Und dann war es auch an ihren Händen gewesen. In ihrem Gesicht. Auf ihrem Kleid.

Zäh. Süß. Rot.

Sie hat es nicht vergessen. Kann es nicht. Niemals.

Was soll sie jetzt tun? Mit der Wahrheit? Der Wahrheit über ihn?

Jetzt hat auch sie erfahren, was die Welt schon seit Tagen weiß: Er war ein Mörder. Er hat eine Frau getötet.

Sie wollten es vor ihr geheimhalten. Warum? Um sie zu schonen? Sie lacht. Die Schmerzgrenze war längst überschritten. Und das Messer zieht weiter kleine Hautfetzen ab.

Hatten sie gedacht, sie würde es nicht merken, daß keine Zeitungen mehr im Haus herumlagen? Daß alle am Telefon mit ihr sprachen wie mit einer Zurückgebliebenen? Daß Charlotte, ihre Tante, wie auf Zehenspitzen ging? So bemüht, ihr alles recht zu machen.

Natürlich hat sie es gemerkt. Sie hat es nur nicht deuten können. Bis vorhin.

Die anderen, die Nachbarn, die waren nicht so rücksichtsvoll gewesen. Warum auch? Sie wußten ja nicht, wer die Frau mit den raspelkurzen dunklen Haaren war, die jeden Tag am Schwimmbecken lag, ein Buch in der Hand, in dem sie nicht las.

Jeden Morgen gegen zehn trabte sie an, diese Musterfamilie aus Niederbayern, der die andere Hälfte des Hauses gehörte. Mutter. Vater. Sohn.

Jeden Morgen breiteten sie sich in den Liegestühlen aus, verteilten Badelatschen und Handtücher generös auf dem Rasen. Und mittags, wenn sie zu ihrem Spaziergang aufbrachen, markierten sie die Liegestühle mit Zeitungen.

Und so hatte sie die Zeitung gefunden. Diese Zeitung, die ihr kalt lächelnd verraten hatte, daß er ein Mörder war.

Er. Dieser Mann, den sie zu kennen geglaubt hatte. Dieser Mann, der sie berührt hatte. Und sie ihn. Dieser Mann, den sie liebte.

Seitdem sitzt sie in der Küche und bohrt sich das

Messer in den Handballen. Seitdem ist sie taub und blind. Seitdem ist die Hoffnung tot. Dieser winzig kleine Rest, der noch geblieben war.

Als Charlotte Brabanzoni mit ihren Einkäufen nach Hause kam, fand sie Dorothee in der Küche. Sie saß auf dem Boden. In der einen Hand hielt sie das Messer, mit dem Charlotte Gemüse zu schneiden pflegte, die andere wirkte so, als hätte man sie in einen Eimer voll roter Farbe getaucht.

Dann sah Charlotte das Blut. Es war überall. Eine Spur zog sich über den Boden, tropfte aus der Hand ihrer Nichte und schien nicht mehr stocken zu wollen. Sie stieß einen Schrei aus. Aber Dorothee reagierte nicht. Stumm saß sie da und stierte auf die Wand. Neben ihr lag die Zeitung mit dem Bild von Alexander de Vries.

»Dorothee!« Charlottes Stimme schrillte durch den Raum. Dann fielen ihr die Taschen aus der Hand, und sie merkte es nicht einmal. Sie riß die Zeitung vom Boden und stopfte sie in den Müll. In ihren Ohren brauste es. Das Blut quoll weiter. Charlotte nahm Dorothee das Messer aus der Hand und warf es weit weg.

Der Schleier auf Dorothees Augen brach auf, und sie begann zu schreien. Immer lauter. Sie schrie, bis Charlotte ihr endlich ins Gesicht schlug. Dann war sie still. Und dann kamen die Tränen. Quollen aus ihren Augen wie zuvor das Blut aus ihrer Hand. Drei Stunden weinte sie, und Charlotte hielt sie fest. Danach schlief Dorothee. Das erste Mal traumlos seit Tagen.

Am Abend, nachdem der Arzt ihr die Wunde genäht hatte, lag Dorothee auf der Couch im Wohnzimmer und blickte auf ihre bandagierte Hand. Sie war ruhiger geworden, was wohl zum einen an dem Beruhigungsmittel lag, das man ihr gegeben hatte, zum anderen an der inneren Leere und dem Bewußtsein, am Tiefpunkt angekommen zu sein. Ihr Schädel war dumpf, wie ausgehöhlt.

Es gab keinen Trost. Sie war kein kleines Mädchen mehr, und niemand würde sie auf den Schoß nehmen und versprechen, daß alles wieder gut werden würde. Das ist das Ungerechte am Leben, dachte sie. Wir werden erwachsen, und keiner sieht mehr das Kind in uns. Plötzlich ist es nicht mehr da. Niemand gibt uns Schutz, niemand nimmt uns etwas von der Last, niemand denkt überhaupt daran. Alles bleibt uns selbst überlassen. Entweder wir schaffen es, oder wir gehen daran zugrunde.

Es gab zwei Möglichkeiten: Sie konnte sich in einen Abgrund hinabreißen lassen, dem sie nie mehr entkommen würde, oder dagegen ankämpfen. Dorothee entschied sich für die zweite. Sie würde zurück nach München fahren, in ihre Praxis gehen und ihre Arbeit wiederaufnehmen. Die Arbeit, durch die sie vielleicht alles, was geschehen war, aus ihrem Kopf drängen könnte. Sie würde abends todmüde ins Bett fallen und an nichts mehr denken. Und irgendwann würde sich alles normalisieren. Sie würde älter werden, ein paar ihrer Illusionen wären gestorben, und sie wäre ein bißchen härter geworden. Aber sie würde leben.

12

Mußte das denn so sein?
daß das, was des Menschen Glückseligkeit macht,
wieder die Quelle seines Elends würde.
Johann Wolfgang von Goethe,
Die Leiden des jungen Werthers

Simon hatte Malina alles erzählt. Zum ersten Mal, seit es passiert war, hatte er mit jemandem darüber gesprochen. Erst zögernd, doch dann waren die Worte wie ein Sturzbach aus seinem Mund geströmt, als hätten sie schon längst nach einem Weg nach draußen gesucht.

Am Ende saß er an seinem Schreibtisch, bleich, mit rotgeränderten Augen. Er wirkte mit einem Mal alt und erschöpft.

Malina sah ihn an, und dann seinen Schlüssel auf ihrem Schreibtisch. Sie nahm ihn und drückte ihn Simon in die Hand.

»Hier, du kommst doch morgens immer früher als ich. Willst du künftig vor der Tür stehen und auf mich warten? Nicht, daß es mir nicht gefiele, aber für dich ist es doch angenehmer so.«

Simon blickte zuerst auf den Schlüssel, dann auf Malina, dann wieder auf den Schlüssel. Schließlich steckte er ihn ein.

Wenig später saßen sie im Café Fön am Rosenkavalierplatz. Vor ihnen stand jeweils eine Portion Lammragout mit Tagliatelle, und die Farbe war wieder in Simons Gesicht zurückgekehrt. Sie hatten einander gesagt, was es zu sagen gab, dennoch fühlten sich beide befangen.

»Ich war am Wochenende noch einmal in Paris«, setzte Simon an.

Malina blickte ihn erstaunt an. Damit hatte sie nicht mehr gerechnet. »Du warst wirklich in Paris? Hast du mit Maurier gesprochen?«

»Nein«, entgegnete Simon, »ich habe ihn überhaupt nicht getroffen. Der Vogel hat seinen goldenen Käfig verlassen.«

»Was soll das heißen?«

»Er wohnt nicht mehr da, hat alles bis auf die Möbel und die Bilder mitgenommen. Seine Klamotten und seine anderen privaten Sachen sind aus der Wohnung verschwunden, sogar das Klingelschild fehlte. Dann war ich noch einmal im Le Prince und habe mit diesem Kellner, Yves, gesprochen. Auch dort hat ihn niemand mehr gesehen.«

»Wie bist du dann überhaupt in seine Wohnung gekommen?«

»Pralinchen«, es war das erste Mal seit Paris, daß er sie wieder so nannte, »das muß ich dir doch nicht sagen. Da hat doch jeder gute Detektiv seine ganz individuelle Methode. Was dich viel mehr interessieren wird, ist die Botschaft, die Paul Maurier der Welt hinterlassen hat.« Simon stockte für einen Moment. »Botschaft? Was denn für eine Botschaft?«

»Der Spiegel im Badezimmer. Er war über und über mit den Worten ›Was Hänschen nicht lernt, lernt Hans nimmermehr‹ bedeckt.«

»Was Hänschen nicht lernt, lernt Hans nimmermehr? Was wollte er denn damit sagen? Die ganze Geschichte klingt reichlich verrückt.« Malina trank einen letzten Schluck Bier.«

»Ja«, erwiderte Simon, »das ist sie wohl. Aber an wen sollte sich Paul Mauriers Botschaft richten? Und ich frage mich, wo er steckt.«

Schon als Simon und Malina den breiten Flur entlanggingen, erkannten sie, daß etwas nicht stimmte. Die Tür zum Büro stand sperrangelweit offen, und als sie näherkamen, entdeckten sie, daß jemand das Schloß herausgebohrt hatte.

»Laß mich allein hineingehen«, flüsterte Simon und gab Malina durch einen Wink zu verstehen, sich ruhig zu verhalten.

Ein paar Minuten später kam er wieder heraus. »Es ist niemand mehr da. Aber bitte krieg keinen allzu großen Schreck.« Doch bevor er eine Erklärung liefern konnte, war Malina schon an ihm vorbeigestürmt.

Alles war durchwühlt, Papier war aus den Schubladen gerissen und die Ordner aus den Regalen gezogen worden. Auf den Schreibtischen lag alles wüst durcheinander, ein Glas Cola war umgekippt und hatte die Unterlagen klebrig durchtränkt. Einer der Papierkörbe war umgestürzt, sein Inhalt über den Boden verstreut.

»Oh, mein Gott. Wer hat das getan?« Malina fühlte, wie sich die Härchen auf ihren Armen aufstellten. Ihre Beine begannen zu zittern, und sie ließ sich auf einen Stuhl fallen. Simon griff unterdessen zum Telefon und sprach mit dem Pförtner unten am Empfang.

»Er sagt, er habe nichts Auffälliges bemerkt«, berichtete er wenig später. »Die Besucher, die über Mittag ins Haus gekommen sind, waren alle angemeldet.

Hier im siebten Stock sei nur einer im Overall und mit einem Werkzeugkasten gewesen. Er habe etwas an der Heizung reparieren wollen.«

»Ich dachte immer, da unten sitzt ein Mann«, schnaubte Malina darauf.

»Ja, und?«

»Na, ich dachte, Männer haben einen so wahnsinnig praktischen Verstand.«

»Haben wir ja auch«, sagte Simon konsterniert.

»Ach, und dann glaubst du, daß mitten im Hochsommer jemand vorbeikommt, um die Heizung zu reparieren?« Sie schnaubte noch einmal und entdeckte, daß das Foto von Edward und Victor unter den Schreibtisch gefallen war. Die Tatsache, daß jemand mit ihren persönlichen Sachen so respektlos umgegangen war, versetzte ihr einen Stich.

Nachdem sie alles durchgesehen und festgestellt hatten, daß nichts fehlte, kamen sie von dem Gedanken ab, die Polizei zu rufen. Statt dessen bestellten sie einen Schlosser, der die Tür wieder richten sollte, und fingen an, das Büro notdürftig aufzuräumen.

Dann begann Malina im Telefonbuch nach den Personen zu suchen, die mit de Vries auf jenem Theaterfoto abgebildet waren. Dabei ließ sie das Gefühl, nicht allein zu sein, von einem unsichtbaren Auge beobachtet zu werden, nicht los. Aber nichts geschah. Alles blieb ruhig. Nur die im Luftzug schwingende Tür gab hin und wieder ein leises Knarzen von sich.

Die Suche in den Telefonbüchern brachte nicht viel. Von dem ehemaligen Ensemble fand Malina nur zwei Personen – Maria Siegfried und Stefan Hansen. Sie sah auf die Uhr: Es war zwanzig nach vier. Sie beschloß, zuerst die Frau aufzusuchen.

Simon wollte noch den Schlosser abwarten und anschließend Ulla Bergmann, der blonden Frau, die sie an Alexanders Beerdigung an seinem Grab gesehen hatten, einen Besuch abstatten.

Als er eine Stunde später seinen Wagen am Herrgottseck 3 stoppte, beobachtete er etwas Seltsames: Eine Frau in einem hellen Sommerkleid verließ das Haus, und er war sich sicher, sie schon einmal gesehen zu haben. Als sie um die Ecke verschwunden war, wußte Simon auch, wo. Doch was hatte sie hier gewollt?

Unterdessen hatte Malina das Haus gefunden, wo Maria Siegfried lebte. Es lag in einem Hinterhof im Lehel. Malina hatte eine halbe Stunde gebraucht, um einen Parkplatz zu finden. Sie klingelte, und eine attraktive Frau in den Dreißigern öffnete ihr die Tür. Sie wirkte freundlich und aufgeschlossen, und einen Moment war Malina versucht, sich tatsächlich als Detektivin auszugeben. Irgendwie hatte sie das Gefühl, Maria Siegfried würde daran Vergnügen finden. Dann entschied sie sich dagegen und behauptete, sie sei Journalistin beim Morgenblatt und recherchiere für eine Geschichte über Alexander de Vries.

»Ja, dann kommen Sie doch rein«, bot ihr die Frau mit einem herzlichen Lächeln an. »Ich warte schon die ganze Zeit darauf, daß ich mal interviewt werde.« Malina folgte ihr in die Wohnung.

»Wollen Sie auch einen Tee? Ich habe aber nur Kräutertee aus der Apotheke. Sie ahnen ja gar nicht, wie gut man danach schläft. Nehmen Sie doch schon mal Platz.«

Malina setzte sich und sah sich um. Die Wohnung war nicht groß, aber gemütlich. Überall lagen riesige Kissen mit phantastischen Mustern, und in den Regalen stapelten sich Bücher. Vor allem aber gab es unzählige Fotografien, die entweder Maria Siegfried selbst, privat und in Kostüm, oder andere Schauspieler zeigten.

Absätze klapperten, und die Frau kam mit einem Tablett in den Händen aus der Küche zurück. Sie setzte sich auf einen unbequem aussehenden Holzstuhl und schenkte Malina ein.

»Denken Sie sich nichts dabei, daß ich hier sitze, als hätte ich einen Stock verschluckt, aber ich hatte vor einigen Monaten eine ziemlich schwere Rückenoperation. Ich kann nicht anders sitzen.« Sie nahm ihre Tasse und trank sie in einem Zug leer. »Ah, das tut gut. So, und jetzt sagen Sie, was kann ich Ihnen denn erzählen?«

»Vielleicht erkläre ich erst einmal, wie ich auf Sie gekommen bin«, antwortete Malina, erstaunt darüber, daß sie so plötzlich zu Wort kommen sollte. Sie zog die Kopie des Artikels mit dem Foto aus der Tasche und reichte es der Frau. »Das sind Sie doch auf diesem Foto hier? Und das ist Alexander de Vries, oder?«

»Mein Gott, waren wir da alle jung«, rief sie und lachte. »Und ich noch mit Dauerwelle. Ja ja, das ist Alex.«

»Ich frage mich schon die ganze Zeit«, warf Malina ein, »warum sein richtiger Name in der Unterzeile nicht erwähnt wird. Hier, lesen Sie, Christian Beck.«

»Ja, das war eine merkwürdige Sache. Wir wußten selbst lange nicht, daß er mit richtigem Namen Alexander de Vries hieß. Durch irgendeinen blöden Zufall kam es eines Tages heraus. Er hat uns auch nie erklärt, warum er einen falschen Namen angenommen hatte. Ich vermute, er wollte nicht, daß wir wußten, daß er zu *den* de Vries gehörte. Wahrscheinlich glaubte er, das hätte ihn zum Außenseiter gemacht. Mein Gott, ich kann gar nicht glauben, was da in den Zeitungen über ihn steht.« Sie hatte ihre Tasse inzwischen wieder gefüllt und trank sie abermals in einem Zug aus.

»Wie war Alexander de Vries denn so?« hakte Malina nach.

»Sehr gutaussehend, sehr charmant, sehr euphorisch, was seine Karriere anging. Obwohl er ein verwöhnter Junge aus reichem Haus war, besaß er so etwas wie Idealismus. Er arbeitete mehr und härter als alle anderen. Ich hatte damals das Gefühl, er wollte es unbedingt schaffen. Obwohl wir nach den Vorstellungen immer etwas trinken gingen und über die Aufführungen sprachen, erzählte er nur wenig von sich selbst. Aber ich glaube, er wollte es damals unbedingt beim Theater schaffen, um sich ganz von seiner Familie zu lösen.«

»War er talentiert?« fragte Malina und trank jetzt ebenfalls einen Schluck. Der Tee schmeckte schauderhaft.

»Nicht mehr als die anderen. Aber er war ehrgeiziger. Und er hatte Paula auf seiner Seite. Er besuchte sie oft zu Hause, und sie gab ihm Unterricht, studierte Rollen mit ihm ein. Ich kann nicht glauben, daß er sie umgebracht haben soll. Wissen Sie, wenn Sie die beiden damals gesehen hätten, könnten Sie es auch nicht glauben. Sie hatten ein inniges Verhältnis. Er war so etwas wie ihr Prinz.«

»Weshalb blieb er nicht am Theater? Nach allem, was ich weiß, muß er es ziemlich schnell verlassen haben.«

»Ich weiß nicht, was passiert ist. Eines Tages war er verschwunden, und wir haben nichts mehr von ihm gehört. Ich weiß das deshalb noch so genau, weil wir mitten in der Spielzeit steckten und schnell für Ersatz sorgen mußten.«

»Hat er sich danach nie wieder bei Ihnen oder den anderen gemeldet oder eine Erklärung für sein Verhalten geliefert?«

»Nein, er hat sich nie mehr bei mir gemeldet. Aber wir waren ja auch nicht befreundet. Unsere Beziehung ging über das Theater nicht hinaus. Eigentlich war er nur mit einem von den Leuten dort befreundet. Sein Name war … Wie hieß er doch gleich? Ach, da ist er ja.« Sie deutete auf das Foto. »Stefan Hansen. Er war einer der Bühnenbildner und das ganze Gegenteil von Alex. Eher still und zurückhaltend. Ich habe die beiden vor Jahren einmal in einem Café zusammen gesehen, und sie wirkten noch immer sehr vertraut. Tja, und bald nachdem Alex verschwunden war, ging das Pantalone bankrott. Wir konnten es alle nicht fassen, als Paula uns erklärte, sie müsse das Theater schließen.«

Als Malina eine halbe Stunde später ging, stand Maria Siegfried am Fenster und beobachtete, wie sie die Straße überquerte. Es war lange her, daß sie eine Rolle gespielt hatte. Ihre Träume waren schon vor Jahren gestorben.

~

Edward stand mit Victor auf dem Arm vor dem Haus, als Malina ihren Wagen parkte. Sie war müde, hungrig und froh, zu Hause zu sein. Auf dem Anrufbeantworter war eine Nachricht von Dorothee. Sie würde am nächsten Morgen zurück nach München kommen.

Als am nächsten Morgen das Telefon klingelte, stand Malina gerade unter der Dusche. »Hiltrud«, rief sie, »kannst du bitte mal rangehen?« Aber Hiltrud antwortete nicht, und das Telefon klingelte unerbittlich weiter. Fluchend schnappte Malina sich ein Handtuch, und als sie mit bloßen Füßen über die Fliesen rannte, rutschte sie aus und fiel gegen das Kästchen, auf dem das Telefon stand. »Maltzan«, schrie sie in den Hörer.

»Ich weiß, wie du heißt.« Simon war am Apparat. »Du brauchst gar nicht so zu schreien.«

»Ach, Simon, du.« Unwillkürlich zog sie das Handtuch fester um sich und rieb sich mit schmerzverzerrtem Gesicht das Bein. »Was gibt's denn um diese Zeit?«

Simon hatte sich am Abend zuvor noch mit seinem ehemaligen Kollegen Robert Hammerl getroffen. Sie hatten im »Lux« in der Reichenbachstraße etwas gegessen und ein paar Bier getrunken. Dabei hatten sie sich über den Fall Paula Martinez unterhalten. Ganz nebenbei hatte Simon erfahren, daß ihre Möbel und der Rest ihrer persönlichen Habe bei ihrer Freundin Ariane Klingenberg untergebracht worden waren. Sie lebte auf einem Bauernhof am Wörthsee. Von einer verschwundenen Diskette, die die Aufzeichnung von Paula Martinez' Biographie enthalten sollte, hatte Hammerl allerdings nichts gewußt.

»Wie wär's, wenn ich in einer halben Stunde bei dir vorbeikomme?« schlug Simon vor. »Wir könnten gemeinsam hinausfahren? Ich habe Frau Klingenbrecht schon angerufen. Sie erwartet uns.«

Malina zögerte. Sie hatte schlecht geschlafen und die ganze Nacht gegrübelt, wie es mit dem Fall weitergehen sollte. Im Grunde waren sie keinen Schritt weitergekommen. Sie hatten viel über Alexander de Vries erfahren, sie hatten Menschen getroffen, die ein Tatmotiv hatten. Aber sie hatten keine Richtung gefunden, die sie zum Ziel führte. Ihre Ermittlungen hatten viel Zeit und vor allem viel Geld gekostet. Wie weit waren sie von der Lösung entfernt?

»Ich verstehe dich«, sagte Simon, nachdem sie ihre Gedanken laut geäußert hatt. »Ich habe auch darüber nachgedacht. Warum setzen wir uns nicht einfach ein Ultimatum? Wenn sich nach der ersten Septemberwoche nichts Entscheidendes getan hat, überlassen wir das Ganze der Polizei.«

Malina blickte auf den Kalender: Er zeigte den neunzehnten August. Ihnen blieben noch gut zwei Wochen. »Einverstanden«, sagte sie. »Hol mich in einer halben Stunde ab.«

Die Bäume am Straßenrand flogen vorüber, und die Autobahn nach Herrsching lag wie ein silberner Streif vor ihnen. Es war ein wahrer Bilderbuchsommer, und Malina dachte an einen Picknick-Korb, an gelbgesprenkelte Wiesen und an Victors Beinchen, wie sie hindurchwateten.

Simon dachte an Ulla Bergmann. Im wesentlichen hatte sich das, was sie ihm über Alexander de Vries erzählt hatte, nicht von der Geschichte Cathérine Beauvilliers unterschieden. Allerdings war sie ein völlig gegensätzlicher Frauentyp. Sie war Mitte Vierzig, also älter als de Vries, groß und schlank, fast hager. Sie hatte bei Simon den Eindruck hinterlassen, nicht so tief gelitten zu haben wie die Französin. Sie hatte wütend gewirkt und kein Blatt vor den Mund genommen, und es war ihm so vorgekommen, als verspürte sie eine gewisse Genugtuung darüber, daß Alexander de Vries nun unter der Erde lag.

Wie bei Cathérine Beauvillier hatte de Vries das Interesse verloren, als sie ihm mitgeteilt hatte, schwanger zu sein. »Es hat mich wahnsinnig gemacht, mit dickem Bauch zu Hause zu sitzen, während ich ganz genau wußte, daß er zur selben Zeit seinen großen Schwanz durch die Gegend trug«, hatte sie unumwunden gesagt.

Sie hatte für ihn ihren Mann verlassen, doch als sie ihm das schließlich vorhielt, waren seine Worte nur verächtlich gewesen: »Was willst du, Schätzchen? Du wolltest Spaß, den hattest du. Was wärst du denn ohne mich? Eine Frau, die nachts neben ihrem schnarchenden Gatten in die Kissen weint. Von einem Kind war zwischen uns nie die Rede. Wenn du es haben willst, dann ist es allein deine Sache.« Danach war er gegangen und hatte sich nie wieder gemeldet. Den Unterhalt für das Kind hatte sich Ulla Bergmann vor Gericht erstritten. Wie Cathérine Beauvillier erhielt sie nur den Mindestsatz.

Als sie Alexander de Vries am zweiten Geburtstag des Mädchens – Luisa war mittlerweile fünf Jahre alt – angerufen und ihm lautstark vorgeworfen hatte, nie an sein Kind zu denken, hatte er ungerührt geantwortet: »Natürlich denke ich daran. An jedem Ersten eines Monats.«

»Ich habe ihn gehaßt«, hatte sie abschließend zu Simon gesagt, »und ich tue es noch. Gottes Mühlen mahlen langsam, aber gerecht. Er hat bekommen, was er verdient hat.«

Als Simon sie nach der Frau fragte, die er vor ihrem Haus gesehen hatte, war Ulla Bergmann plötzlich verstummt. Es war Cathérine Beauvillier gewesen, Simon hatte sie sofort erkannt. Ulla Bergmann leugnete, sie jemals gesehen zu haben, ja, überhaupt von ihrer Existenz zu wissen.

»Warum?« fragte Simon Malina, als sie in die Auffahrt des alten Bauernhofes einbogen. »Und warum ist Cathérine überhaupt in München?«

~

Ariane Klingenberg, die langjährige Freundin von Paula Martinez, erinnerte an eine Squaw, die ihr Zelt stets mit sich trug: Ihr langes aschblondes Haar trug sie im Nacken zu einem lockeren Knoten geschlungen, und ihr üppiger Körper verschwand unter einem riesigen Kaftan, über den sie trotz der Hitze mehrere Tücher geschlungen hatte. Aus ihrem Mund, der in ihrem Gesicht wie eine Himbeere im Teig saß, klang unvermutet ein äußerst zartes dünnes Stimmchen.

Ariane Klingenberg war – wie sie selbst sagte – ein »bayerisches Urvieh«. Außerdem war sie Malerin. Das riesige Wohnzimmer, das sich an die Diele anschloß, diente zugleich als Atelier. Leinwände mit halbfertigen Ölbildern lehnten gegen die Wände, an einem der Fenster stand eine Staffelei, und auf dem Tisch breitete sich ein Wirrwarr aus Farbtuben, Pinseln, fleckigen Tüchern und Terpentingläsern aus.

Nachdem das Pantalone zum zweiten Mal eröffnet hatte, so erzählte Ariane Klingenberg wehmütig, war sie auch an der Entstehung der Bühnenbilder beteiligt gewesen. »Es war die schönste Zeit in meinem Leben. So intensiv. Wir haben gearbeitet wie die Narrischen, nächtelang. Manchmal haben wir uns angeschrien, die Paula und ich, weil wir nicht mehr konnten, aber am Morgen war alles vergessen. Paula und ich – das war wie Bluse und Knopf. Wir gehörten zusammen wie Fred Astaire und Ginger Rogers. Jetzt ist sie tot, und es ist, als hätte man mir die andere Hälfte weggerissen.« Während sie erzählte, kochte sie Kaffee und deckte den Tisch auf der Terrasse. Durch die hohen alten Bäume im Garten blitzte das Blau des Sees.

Nachdem sie Kaffee getrunken und sich dabei über Paula Martinez unterhalten hatten, holte Ariane Klingenberg ein bunt bemaltes Kästchen aus Holz.

»Sie haben doch heute früh am Telefon nach einer Diskette gefragt«, wandte sie sich an Simon, »Paulas gesamte Hinterlassenschaft ist dort drüben in dem Stadl untergebracht. Nach Ihrem Anruf habe ich alles noch einmal durchsucht. Eine Diskette habe ich nicht gefunden. Nur das hier.« Sie zeigte auf das Kästchen. »Und wenn ich mich recht erinnere, hat Paula darin Briefe und Fotos, die ihr viel bedeuteten, aufbewahrt. Vielleicht finden Sie darin auch diese Diskette. Das Problem ist, ich weiß nicht, wie man es öffnet. Es hat einen speziellen Mechanismus.«

Das Holzkästchen war so groß wie eine Schuhschachtel. Es war glatt gearbeitet und hatte weder Schubladen noch Knöpfe, mit denen es sich öffnen ließ. Simon hob es auf und schüttelte es. Man konnte hören, daß sich darin Papier und etwas Härteres befand.

»Ich hatte mal so ein Geheimkästchen, als ich klein war«, sagte Malina plötzlich. »Mein Bruder hat es mir aus San Francisco mitgebracht. Man muß in einer bestimmten Reihenfolge an den Verstrebungen der Seiten ziehen, die Wände verschieben, und dann geht es auf. Darf ich einmal probieren?«

Sie versuchte verschiedene Variationen – und das Kästchen, das wie ein kleiner Sarkophag vor ihnen gestanden hatte, gab plötzlich ein leise Knarzen von sich. Malina zog eine der Innenwände zur Seite, schob eine der Verstrebungen zurück in seine ursprüngliche Position, und mit einem Mal ließ sich der Deckel öffnen.

Mit angehaltenem Atem blickten sie hinein: ein Stapel Briefe, zusammengehalten von einem rosa Band,

Schwarz-Weiß-Fotos, die eine südländische Familie zeigten, eine goldene Halskette. Ganz unten lag das, was sie gesucht hatten: eine schwarze Diskette.

Es war der 11. November 1987. Schon in der Früh war ich aufgestanden. Ich hatte nicht schlafen können, obwohl mich Ariane bis zwei Uhr nachts zu trösten versucht hatte. Wir hatten eine halbe Flasche Cognac getrunken. Den guten, den für besondere Gelegenheiten, hatte ich hervorgeholt. Aber es hatte nichts genützt.

Draußen war es nebelig und naß. Ich wollte noch einmal hinfahren zum Pantalone, ganz allein, bevor ich den Schlüssel abgab. Wir hatten schon alles ausgeräumt in den Tagen vorher, Requisiten geschleppt, Kostüme in Kartons verpackt, die Spanplatten mit den aufgemalten Bühnenbildern im Hinterhof verbrannt. Einmal war ein Journalist vorbeigekommen, der wissen wollte, ob wir wirklich schließen würden. Ja, habe ich geantwortet und dabei gelacht. So sei es nun einmal im Leben, einmal oben, einmal unten. Innerlich hat es mir das Herz zerrissen. Es war ja nicht nur ein Theater, es war ein ganzer Lebenstraum, der zerstört worden war, und zugleich waren es auch die Träume und Hoffnungen derer, die sich mir anvertraut hatten, meine Schützlinge, mein Ensemble.

So, wie ich mich gefühlt habe, als ich ihnen sagte, daß es vorbei war mit dem Pantalone, so mußte sich der Vater von Hänsel und Gretel gefühlt haben, als er seine Kinder in den dunklen Wald, ins Ungewisse, schickte.

Ich habe ihnen nicht verraten, wie es so weit kommen konnte. Das wußten nur drei Personen, und ich hatte mir vorgenommen zu schweigen.

Warum?

Aus Ehrgefühl? Oder weil ich kein Verräter sein wollte wie die, die mir das angetan hatten? Weil ich mich schämte, mich so in jemandem getäuscht zu haben? Die anderen hatten ihn scherzhaft meinen »Prinzen« genannt. Christian Beck – oder sollte ich sagen: Alexander de Vries? Sohn von Gregor de Vries, jenem Mann, der mich in den Ruin geschickt hat?

Malina und Simon saßen in ihrem Büro und lasen die Aufzeichnungen von Paula Martinez.

»Du hast den richtigen Riecher gehabt, Simon«, sagte Malina. »Aber daß sich eine solche Geschichte dahinter versteckt, hättest du das gedacht?«

»Laß uns erst mal zu Ende lesen«, antwortete Simon, »ich bin sicher, da kommt noch mehr.«

Gregor de Vries war von Anfang an dagegen, daß sein Erstgeborener, sein Sohn, sein Erbe, zum Theater ging. Schließlich sollte der Junge in seine Fußstapfen treten, herangezüchtet werden zum Präsentator eines Millionenunternehmens.

Aber Alexander hatte sich anders entschieden. Er besaß nicht die bullige Statur des Vaters, wohl aber dessen Zähigkeit. Auf den ersten Blick.

Er war neunzehn, als er bei mir auftauchte, und pleite. Sein Vater verweigerte ihm jegliche finanzielle Unterstützung. Wie schön er war! Ein Romeo, wie man ihn sich wünschte. Seidige dunkle Locken und dazu tiefblaue Augen. Eine gefährliche Mischung: Schönheit und Charme, gepaart mit Kalkül und unbezwingbarem Egoismus.

»Paß bloß auf mit dem«, hatte mich Ariane schon damals gewarnt, »der wickelt dich um den kleinen Fin-

ger. Er wird's dir nicht danken.« Aber ich hörte nicht auf sie und ließ ihn bei mir wohnen, bis er genug eigenes Geld verdiente, um sich ein Zimmer zu suchen. Ich gab ihm Unterricht und studierte verschiedene Rollen mit ihm ein.

Der Leser mag denken, ich sei in ihn verliebt gewesen. Doch das war nicht so. Auch wenn es banal klingt: Er war für mich der Sohn, den ich nie bekommen hatte.

Dann kam die Premiere von »Tartuffe« am 28. Oktober 1985. Er spielte den Damis, den Sohn des Orgon. Es wurde ein großer Erfolg, und schon bald plante ich die nächsten Stücke. Es folgte »Ein Sommernachtstraum«, und Alexander spielte den Demetrius. Der Erfolg hielt an, und noch nie in meinem Leben war es mir so gut gegangen wie damals.

Dann, am 14. September 1987, passierte etwas Schreckliches: Alexander ging nach der Vorstellung mit Maria Siegfried, einer befreundeten Kollegin, noch tanzen. Er hatte zuviel getrunken, und als er sie nach Hause fuhr, kam er mit dem Wagen von der Straße ab und schleuderte gegen einen Baum. Er selbst kam mit leichten Verletzungen davon, doch das Mädchen erwischte es weitaus schlimmer. Sie brach sich den Lendenwirbel und trug eine schwere Kopfverletzung davon. Das Ganze kam nie vor Gericht, und ich fragte mich schon damals, warum.

Kurz darauf, am 26. September, kam der Brief vom Bankhaus de Vries & Söhne. Um den Aufbau meines Theaters zu finanzieren, hatte ich ein paar Jahre zuvor bei der Stadtsparkasse einen sechsstelligen Kredit aufgenommen. Ariane, die das Haus am Wörthsee von ihren Eltern geerbt hatte, war meine Bürgin.

Gregor de Vries war schlau vorgegangen. Er hatte meinen Kredit bei der Sparkasse abgelöst und forderte ihn jetzt auf einen Schlag zurück. Noch immer belief sich die Summe auf knapp 200 000 Mark. Er muß ganz genau gewußt haben, daß er mich damit zur Schließung des Theaters zwingen würde. Und ich nehme an, genau das hatte er beabsichtigt.

Ein paar Tage danach war Alexander plötzlich verschwunden. Erst viel später erfuhr ich, daß er in einer teuren Wohnung lebte und in das Geschäft seines Vaters eingestiegen war. Sein Leben hatte eine ganz neue Wendung genommen, als hätte das, was vorher war, nie existiert. Nach wie vor unterhielt er jedoch Kontakte zur homosexuellen Szene. Bei mir hat er sich seitdem nie wieder gemeldet.

Wie sein Vater ihn so unter Druck setzen konnte, erfuhr ich eines Tages von Maria Siegfried, der jungen Kollegin, die mit ihm verunglückt war. Was niemand gewußt hatte: die beiden hatten eine Liebesbeziehung. Nach dem Unfall verließ er sie jedoch. Sein Vater zahlte ihr seitdem monatlich eine Art Schweigegeld, um zu verhindern, daß die Wahrheit über den Unfall ans Licht der Öffentlichkeit kam.

Alexander hatte sich vom Unfallort entfernt, um seine Trunkenheit zu verschleiern. Von einer Telefonzelle hatte er anonym die Polizei gerufen, die schließlich das Mädchen im Autowrack fand. Da es ihr eigener Wagen gewesen war, aus dem sie bei dem Aufprall geschleudert worden war, konnte sie später glaubhaft versichern, selbst am Steuer gesessen zu haben.

Warum sie Alexander de Vries gedeckt hatte, erklärte Maria Siegfried mir mit wenigen Worten: »Was hätte ich davon gehabt, ihn anzuzeigen? Mit den Unfallfolgen werde ich mein Leben lang kämpfen müssen. So habe ich immerhin mein monatliches Geld, das mir mein Auskommen sichert.« Vielleicht war es weitblik-

kend von ihr gewesen, so zu handeln, denn im Lauf der Jahre mußte sie sich immer wieder schweren Operationen unterziehen und war über lange Strecken arbeitsunfähig. Wovon hätte sie leben sollen?

Ich versuchte Alexander de Vries und die Enttäuschung, die er mir bereitet hatte, zu vergessen. Sie flammte nur dann wieder auf, wenn jemand mir erzählte, er habe ihn irgendwo gesehen. Einmal entdeckte ich ihn bei einer Lesung erotischer Literatur. Er war mit einem blonden Mann da, und auch ihn kannte ich. Er war immer sehr nett gewesen und ein

An dieser Stelle brach Paulas Geschichte ab. Eine ganze Weile schwiegen Malina und Simon.

»Kann es wirklich sein, daß ein einzelner Mensch so viel verbrochen hat?« fragte Malina.

Simon betrachtete sie mit einem liebevoll-amüsierten Blick. »Was für eine naive Frage. Ich glaube, du machst dir wirklich keine Vorstellung davon, was alles hinter den Fassaden braver Einfamilienhäuser oder hochherrschaftlicher Villen lauert. Weil du oder die Menschen, die dir etwas bedeuten, nicht in der Lage wären, etwas wirklich Schlechtes zu tun, meinst du das träfe auch auf den Rest der Menschheit zu. Aber das ist nicht so, Prinzessin.«

Malina starrte nachdenklich auf einen unsichtbaren Punkt in der Ferne. Sie dachte an Maria Siegfried. Die Frau hatte so herzlich, so sympathisch gewirkt, voller Lebenslust und Optimismus. War ihr Auftritt nur eine Farce gewesen?

Würde Stefan Hansen, der ehemalige Bühnenbildner, mehr dazu sagen können? Sie suchte seine Nummer heraus, aber es meldete sich nur der Anrufbeantworter. Wahrscheinlich war er noch bei seiner Arbeit.

Malina beschloß, ihn am Abend ohne Vorankündigung aufzusuchen.

~

Allein. Zum ersten Mal seit dem Mord war sie allein in ihrer Wohnung. Diesen Moment hatte Dorothee die ganze Zeit gefürchtet.

Jetzt war er da.

Vor einer halben Stunde war ihre Tante gegangen. Dorothee wußte nicht, was sie tun sollte. Sie fühlte sich verloren, fremd – so, als gehörte sie nicht mehr hierher. Ihr wurde kalt.

Egal, wohin sie blickte – überall entdeckte sie Dinge, die Alexander gehört hatten. Im Flur hing sein Mantel gleich neben ihrem, im Badezimmer standen sein After Shave, seine Rasiercreme, seine elektrische Zahnbürste, die er jeden dritten Tag mit einem neuen Kopf versehen hatte, und das Buch, das er zuletzt gelesen hatte, lag aufgeschlagen auf dem Couchtisch. Er war so gegenwärtig, als würde er jeden Moment zur Tür hereinkommen.

Mußte sie ihn nicht hassen, nach allem, was er getan hatte?

Mußte sie ihn nicht lieben, nach allem, was sie mit ihm erlebt hatte?

Sie hatte keine Antworten darauf.

Sie wußte nur, daß sie sich von allem befreien mußte, wenn sie weiterleben wollte. Sie wollte die Dinge, die ihm gehört hatten, nicht hüten, als wären sie ihr größter Schatz.

Jeder Blick darauf schwemmte schmerzhaft die Erinnerung an.

Plötzlich wußte sie, was sie zu tun hatte. Sie ging durch die Wohnung, suchte alles zusammen und legte es auf den Wohnzimmertisch. Dann ging sie ins Schlafzimmer, um die große Reisetasche zu holen. Mit einem flauen Gefühl öffnete sie die Tür.

Dahinter lauerten noch mehr Erinnerungen. Langsam ging sie hinein.

Sie sah es nicht gleich. Erst nach ein paar Minuten fühlte sie, daß sich etwas in dem Raum verändert hatte. Das Bild – ein Druck von Modigliani –, das über dem Bett gehangen hatte, war verschwunden. Nur ein rechteckiger Fleck, der heller war als der Rest der Wand, zeigte, wo er einmal gehangen hatte.

Und dann klingelte das Telefon.

Dieses Rauschen – sie hatte es lange nicht gehört.

»Ruckedigu, ruckedigu, Blut ist im Schuh ...«, wisperte Alexanders Stimme, bevor sie den Hörer fallen ließ.

Es hatte wieder angefangen.

Sie fühlte, wie ihr der Schweiß ausbrach und ihr Blick gefror. Minutenlang stand sie da, dann erst sah sie es: Das Bild aus dem Schlafzimmer hing an der Wand im Flur.

~

Dorothees Anruf erreichte Malina nicht mehr. Als das Telefon im Büro läutete, war sie mit Simon schon auf dem Weg zu Stefan Hansen. Sie hofften, ihn zu Hause anzutreffen. Nach zweimaligem Klingeln ertönte der Summer. Sie stiegen die gewundene Holztreppe zu seiner Wohnung empor und trafen am oberen Absatz auf einen blonden Mann in ausgewaschenen Jeans und T-Shirt. In seiner Hand hielt er einen farbbeschmierten Lappen.

»Wollen Sie zu mir?«

»Sofern Sie Stefan Hansen sind, ja«, antwortete Malina.

»Der bin ich«, sagte er und lächelte. Malina stellte sich und Simon wieder einmal als Journalisten vor. Und nachdem sie Stefan Hansen erklärt hatte, wie sie ihn gefunden hatten, bat er sie herein.

»Vorsicht, stolpern Sie nicht. Ich bin gerade beim Schuheputzen«, sagte er und deutete auf ein Durcheinander aus Schuhen, Lappen, Bürsten und Cremes, das über den Boden verstreut lag. Simon fielen die teuren englischen Schuhe gleich auf. Er selbst gab im allgemeinen nicht viel Geld für Kleidung aus – meistens trug er Jeans und eine alte Fliegerjacke –, aber erstklassigem Schuhwerk konnte er nicht widerstehen.

»Oh, Sie haben ja dieselbe Lieblingsmarke wie ich. Ich putze meine Schuhe seit Jahren damit«, meinte Simon und deutete dabei auf ein Döschen. »Und je öfter man diese Marke benutzt, desto feiner wird das Leder im Laufe der Jahre, natürlich nur, wenn es von vornherein von guter Qualität ist.«

Malina und Stefan Hansen blickten ihn gleichermaßen erstaunt an. Dann sagte Hansen mit einem angedeuteten Grinsen: »Ja, aber nur, wenn Sie vorher hiermit grundieren.« Er hielt Simon eine hellbraune Tube hin und blickte dabei auf dessen Schuhe. »Die sind italienisch, stimmt's? Handgemacht?«

»Nein«, antwortete Simon, »das kann ich mir nicht leisten. Obwohl die hier auch eine schöne Stange Geld gekostet haben.«

Malina fühlte sich allmählich fehl am Platze. Zwei Männer, die sich angeregt über ihre Schuhe unterhielten, irritierten sie ebensosehr wie Männer, die kampflos die Fernbedienung aus der Hand gaben. Doch ehe sie etwas sagen konnte, bemerkte Stefan Hansen:

»Ich ziehe handgemachte vor, das heißt, ich kaufe nur alle sechs bis sieben Jahre ein Paar. Natürlich klassisch im Schnitt, damit sie auch zu allem passen. Sehen Sie?« Er hielt ein Paar schwarzer glänzender Schuhe hoch. »Die trage ich zu allem. Ich habe gar keine anderen. Abgesehen von ein Paar Joggingschuhen und Badelatschen. Aber ich nehme an, Sie sind nicht gekommen, um mit mir über Schuhe zu reden. Darf ich Ihnen erst einmal etwas zu trinken anbieten?«

Er führte sie in einen großen Wohnraum. Überall an den dunkelrot gestrichenen Wänden hingen gerahmte Theaterplakate und schöne alte Bilder. Überhaupt wirkte das Zimmer wie ein bunter Theaterfundus. Trotz der vielen Gegenstände, die irgendwann einmal als Requisiten gedient hatten, und der teilweise antiken Möbel wirkte er nicht überladen, sondern war von einer gewissen Ordnung beherrscht. Ein Raum, der über die Jahre gewachsen war und dem jemand all seine Liebe und Aufmerksamkeit gewidmet hatte.

Ein paar Augenblicke später saßen sie alle um den Tisch und tranken Eistee.

»Alexander und ich haben uns auch in den letzten Jahren noch gesehen«, erzählte Hansen. »Natürlich nicht so oft wie früher. Aber der Kontakt zwischen uns ist nie ganz abgebrochen.«

»Es muß furchtbar für Sie gewesen sein, als Sie von seinem Tod erfahren haben«, warf Malina ein und sah ihn fast mitleidig an. »Aber viel schlimmer muß es doch sein, zu erfahren, daß jemand, den man mochte, einen anderen Menschen getötet hat?«

»Wenn man jemanden so lange gekannt hat, dann können Sie so etwas nicht glauben. Egal, was die Fakten sagen. Es geht einfach nicht in Ihren Kopf. Ich habe Alexander gekannt, und ich kann Ihnen versichern, er war nicht nur der Mensch, zu dem ihn die Presse jetzt abstempelt. Es stimmt, er war egoistisch und eitel, und wie er mit Frauen umgegangen ist, spricht nicht gerade für ihn. Aber er war auch großzügig, humorvoll und tolerant. Und auf gewisse Art treu. Ich bin mir ganz sicher, er wäre dagewesen, wenn ich seine Hilfe gebraucht hätte.«

Malina wußte nicht, was sie denken sollte. Sie dachte an Maria Siegfried und wie er sie hatte fallenlassen, an Cathérine Beauvillier und das kleine, dunkelgelockte Mädchen, an Ulla Bergmann und Paul Maurier. Ob Stefan Hansen von ihnen wußte? Nein, gab sie sich im stillen die Antwort. Alexander de Vries hätte nie darüber gesprochen. Dazu war er viel zu bemüht gewesen, das Strahlen seiner Fassade zu wahren. Dennoch wagte sie einen kleinen Vorstoß.

»Sie sagten, daß er nicht immer ein Kavalier gewesen ist, was Frauen angeht. Verhielt es sich mit Männern anders? Inzwischen ist ja bekannt, daß er bisexuell war.«

»Dazu kann ich nicht viel sagen.« Stefan Hansen stockte einen Augenblick. »Er hat mit mir nie darüber gesprochen. Aus Erfahrung weiß ich: Ein Mensch ist, wie er ist. Wenn Alex mit weiblichen Gefühlen leichtsinnig umgegangen ist, dann wird es mit den männlichen nicht anders gewesen sein.«

»Und was war mit Maria Siegfried? Sie erinnern sich doch bestimmt noch an sie. Sie waren damals gemeinsam am Theater von Paula Martinez. Alexander de Vries hatte eine Beziehung mit ihr, aber nach dem Unfall scherte er sich nicht mehr um sie. Erscheint Ihnen das nicht außergewöhnlich kaltschnäuzig, vor allem weil die Frau seitdem erhebliche gesundheitliche Probleme hat?«

»Soweit ich weiß, hat sich die Familie de Vries großzügig darum gekümmert. Und eine Liebesbeziehung – nein, so war das nicht. Drücken wir es mal vorsichtig aus: Maria war schon immer eine Frau mit großer Phantasie und einem Hang zur Dramatik. Die Sache damals ging von ihrer Seite aus und beruhte zum größten Teil auf ihrer Einbildung. Vielleicht waren sie ein paar Mal miteinander aus, aber Liebe? Ich kann mir nicht vorstellen, daß Alex ihr irgendwelche Versprechungen gemacht haben soll. Sie war nicht sein Typ.«

»Wie war eigentlich Alexander de Vries' Verhältnis zu seinen Eltern in den letzten Jahren?« fragte Malina abschließend.

»Seine Mutter liebte ihn abgöttisch. Und ich glaube nicht, daß sich daran irgend etwas geändert hat. Tja, und sein Vater, das war eher eine schwierige Geschichte. In Alexanders Jugend, aber das wissen Sie ja sicherlich schon, gab es ständig Differenzen zwischen den beiden. In den letzten Jahren haben sie sich, wie soll man es nennen, arrangiert. Der Alte war gottfroh, daß er nun endlich seinen Thronerben hatte.«

Danach gab es nicht mehr viel zu sagen, und Malina und Simon verabschiedeten sich. Noch lange nachdem die beiden gegangen waren, saß Stefan Hansen im Dunkeln auf seiner Couch und ließ seinen Tränen freien Lauf.

~

Mittlerweile war Dorothee schon seit knapp einer Woche wieder zu Hause. Mit dem Bild und dem Anruf hatte es angefangen. Jetzt war sie sich sicher, daß außer ihr noch jemand in der Wohnung war. In der Nacht hatte sie wieder diesen Traum geträumt, von der französischen Stadt und wie sie selbst durch das goldene Kleefeld gegangen war. Noch immer wußte sie nicht, was hinter all dem steckte.

Am frühen Morgen war sie von einem merkwürdigen Geräusch aufgewacht, einem seltsamen Summton. Zuerst hatte sie sich nicht erklären können, woher er kam, und war in ihrem Bett liegengeblieben. Doch das Geräusch war nicht verstummt.

Irgendwann nach zehn Uhr war sie schließlich aufgestanden. Das Geräusch war lauter geworden. Es mußte aus dem Badezimmer kommen. Wie erstarrt blieb sie stehen und fühlte, wie das Blut in ihren Ohren rauschte. Ihr Atem schien auszusetzen, und sie keuchte nach Luft.

Mit zitternden Beinen betrat sie den Raum. Auf der Ablage des Waschbeckens stand Alexanders elektrische Zahnbürste, die sie vor ein paar Tagen mit seinen anderen Sachen weggepackt hatte. Jemand hatte sie hervorgeholt und angeschaltet. Der kleine hellblaue Bürstenkopf vibrierte unaufhörlich.

Dorothee versuchte zu schreien, doch der Ton erstarb ihr im Hals. Sie lief ins Wohnzimmer und hielt sich die Ohren zu.

Sie bildete sich das nicht ein. Sie wußte genau, daß diese Dinge passierten.

Aber wer würde ihr glauben, nach allem, was geschehen war? Würden sie nicht sagen, sie hätte das Ganze eben doch nicht verkraftet und litte jetzt an Verfolgungswahn? Dann würde man sie zurück in die Psychiatrie schicken.

~

Zwei Stunden später klingelte Malina bei Dorothee. Sie war sofort nach ihrem Anruf zu ihrer Wohnung gefahren. Als die Freundin ihr die Tür öffnete, erschrak Malina zu Tode. Das war nicht mehr die Dorothee, die sie gekannt hatte. Vor ihr stand eine Frau, die ihr mit raspelkurzen und pechschwarz gefärbten Haaren völlig fremd war. Ihr bleiches Gesicht und die dunklen Ringe unter den Augen spiegelten das Grauen wider, das sie durchlebt hatte. Erst als Malina ihre Stimme hörte, erkannte sie allmählich wieder den vertrauten Menschen.

Und dann erzählte Dorothee: von dem, was im Haus ihrer Tante passiert war, von den Anrufen, die bereits in der Klinik angefangen hatten, von dem, was am Morgen geschehen war, von dem immer wiederkehrenden Traum und von ihren Befürchtungen, daß niemand ihr Glauben schenken würde. Schließlich begann sie zu weinen.

»Ich weiß nicht, wie ich mit alldem fertig werden soll«, stieß sie hervor. »Manchmal habe ich das Gefühl, meine Kraft wird von Tag zu Tag weniger. Woran soll ich noch glauben? Alexander hat einen Menschen umgebracht. Und ich habe ihn geliebt. Ich habe nie etwas Böses an ihm bemerkt. Und all die Dinge, die du über ihn in Erfahrung gebracht hast – manchmal kann ich nicht glauben, daß dieser Mensch, von dem du sprichst, und der, den ich gekannt habe, ein und derselbe gewesen sein soll. Was wäre aus mir geworden, wenn all dies nicht passiert und wir zusammengeblieben wären? Hätte er mich auch zerstört? Hat er mich überhaupt geliebt?«

Malina zog Dorothee an sich und nahm sie in den Arm. »Ich glaube schon, daß du ihm viel bedeutet hast. Vielleicht wollte er sein Leben wirklich ändern und ein anderer werden. Dir zuliebe. Ob er es geschafft hätte, ist eine andere Frage.«

Dorothee löste sich von ihr und blickte sie an. »Dann müßte ich ja froh sein, daß alles so gekommen ist. Gott, wie zynisch.« Sie lachte bitter.

Malina wußte keine Antwort. An der Vergangenheit konnte sie nichts mehr ändern – was ihr Sorgen bereitete, war die Zukunft. »Du hättest mir viel früher erzählen müssen, was passiert ist. Wie konntest du ernsthaft denken, ich würde dir nicht glauben? Wir sind so lange befreundet, ich kenne dich so gut. Du kannst mir doch vertrauen. Ich möchte nicht, daß du allein in dieser Wohnung bleibst. Mit wäre viel wohler, wenn du mit zu uns kommst, bis alles geklärt ist.«

Dorothee trocknete die Augen und sammelte sich. »Ich glaube nicht, daß das nötig sein wird. Ich habe schon einen Schlosser beauftragt, das Schloß auszuwechseln. Er müßte eigentlich jede Minute hier sein. Und die Telefonnummer werde ich auch ändern lassen. Ich will mich nicht von alledem in die Flucht schlagen lassen.«

Sämtliche Überredungskünste halfen nichts. Dorothee blieb in ihrer Wohnung. Doch auf den Schlosser wartete sie an diesem Tag vergeblich.

Dorothees Geschichte ging Malina nicht mehr aus dem Sinn. Am meisten beschäftigte sie der seltsame Traum. Genau wie ihre Freundin glaubte sie, daß er die Lösung enthielt. »Non rêve – nicht Traum – kein Traum«, murmelte sie vor sich hin. Ein irrlichternder Gedanke, den sie nicht zu fassen bekam. Aber sie wußte: Er war da.

~

Paul Schleich wusch sich die Hände und blickte in den Spiegel. Er musterte sein Gesicht mit den hohen Wangenknochen, den gewölbten Lippen und den eisblauen Augen. Plötzlich war es ihm, als hörte er die Stimme eines ehemaligen Kunden: »Ein bildschöner Mann, aber Killeraugen«, hatte er über ihn gesagt. Sollte er recht behalten?

Die letzten Tage, die mit schwerer körperlicher Arbeit angefüllt waren, hatten eine beruhigende Wirkung gehabt. Aber er zweifelte dennoch. Er dachte an die Worte, die er in Paris an den Spiegel geschrieben hatte, die Worte, die er so oft von seiner Großmutter gehört hatte: »Was Hänschen nicht lernt, lernt Hans nimmermehr.«

Er war schon einmal auf dem rechten Weg gewesen. Damals, bevor er Alexander de Vries kennengelernt hatte. Er hatte versagt. Alexander war die Versuchung gewesen, die Gott ihm geschickt hatte. Er hatte ihr nicht widerstanden. Dafür haßte er sich. Und de Vries. Es hatte sich nichts daran geändert.

War es nicht schon im allerersten Augenblick so gewesen? Hatte er ihn nicht da schon gehaßt? Weil er tief in seinem Innersten geahnt hatte, daß die Zerstörung von ihm kommen würde? Was war es gewesen, was ihn trotzdem so gelockt hatte? Die Erkenntnis, daß er über sein alltägliches Leben hinaus etwas besaß, was ihm Macht verlieh?

Er war schön. Das hatte er im Spiegel gesehen. Doch es hatte ihm nie etwas bedeutet, die Schönheit war einfach dagewesen.

Bis zu dem Tag, als Alexander aufgetaucht war.

Er war mit einem Freund in den Kammerspielen gewesen. In der Pause hatten sie etwas getrunken und sich über das Stück unterhalten. De Vries war auf ihn zugekommen und hatte ihn angesprochen, unaufdringlich und interessiert an dem, was er, Paul, zu sagen hatte.

Zuerst war es ihm seltsam erschienen. Was wollte dieser Mensch, der so gewandt wirkte, von ihm, einem einfachen Jungen? Dann hatte er sich geschmeichelt gefühlt, und sie waren nach der Vorstellung in eine Bar gegangen.

So hatte es begonnen. Später hatte er sich der trügerischen Faszination nicht mehr entziehen können, die ihm so viel versprochen hatte: Lust, Geld, Macht. Ein neues Leben.

Seine Ideale hatten schnell die Seiten gewechselt.

Als er erkannte, was aus ihm geworden war, gehörte er schon zum Besitz von Alexander de Vries. Sein Preis war nicht hoch gewesen.

Paul Schleich blickte aus dem Fenster und sah hinaus auf die grünen Wiesen, auf denen Kühe weideten, sah ein Kind auf einem Dreirad über den Hof fahren, die Bäuerin, wie sie hinüber zum Stall ging, und ein Aufatmen ging durch seinen Körper. Gleich nachdem diese deutschen Kriminalbeamten bei ihm in Paris aufgetaucht waren, war er hierher gekommen, auf diesen oberbayerischen Bauernhof.

Eine Rückkehr zu seinen Wurzeln? Gab es die noch? Er stellte sich die Frage wieder und wieder.

Als Junge hatte er davon geträumt, Gutes zu tun, fromm zu sein. So hatten ihn seine Eltern erzogen. Sie hatten nichts mehr von ihm gehört, seit er in Paris gewesen war. Er hatte sich geschämt. Wie sollten sie ihm seine Todsünden jemals verzeihen?

Vor ihm lag noch ein weiter Weg.

~

Die Dunkelheit kroch durch die Fenster, und obwohl es warm war, fröstelte Dorothee. Sie verschloß die Tür mehrmals und überprüfte in der ganzen Wohnung, daß keines der Fenster geöffnet war. Dann schenkte sie sich Rotwein ein und setzte sich vor den Fernseher. Gegen elf ging sie zu Bett.

Gegen halb zwölf verließ Cathérine Beauvillier die Wohnung von Ulla Bergmann. Sie hatten noch einmal über alles gesprochen, waren jeden Schritt durchgegangen. Ihre Lösung würde für alle die beste sein.

Cathérine startete den Wagen und blickte in den Rückspiegel. Seit Ulla ihr von diesem Polizisten erzählt hatte, fühlte sie sich ständig verfolgt. Doch ringsumher war nichts als schwarze Nacht. Sie fuhr los, und bald hatte die Dunkelheit sie verschluckt.

~

Dorothee erwachte von einem Vogelschrei. Sie war todmüde und drückte ihr Gesicht tiefer in die Kissen. Der Vogel schrie weiter. Durchdringende schrille Laute. Nicht das helle Gezwitscher, von dem sie üblicherweise geweckt wurde.

Ihr Verstand arbeitete langsam, gab seine Erkenntnisse nur verschwommen preis. Sie fühlte sich matt und benommen, und sie versuchte, das Geschrei zu ignorieren. Dann spürte sie es:

Etwas schwang über ihrem Bett. Riesige Flügel, die sich wie ein ausgebreiteter Mantel über sie legten.

Das Herz klopfte hohl in ihrer Brust, und die Angst, diese unerträgliche Angst, ließ ihren Körper erstarren.

Wenn ich mich bewege, bringt er mich um.

Sie wußte nicht, wer es war, sie wußte nur: Er war da. Die Schreie verschwanden ebensowenig wie das Schwingen, und irgendwann, nach schier unendlicher Zeit, öffnete Dorothee die Augen. Um sie herum war es dunkel.

Es war dunkel, und ein Vogel schrie.

Allmählich gewöhnten sich ihre Augen daran, und im fahlen Licht des Vollmondes erkannte sie, daß etwas neben ihrem Bett stand, das die schrillen Laute ausstieß.

Allmählich nahm das Wesen Konturen an: Es stand mit dem Rücken zu ihr und trug ein goldenes Kleid, dessen Rock in üppigen Volants auf den Boden fiel. Helle Locken reichten ihm bis zur Taille, und auf dem Rücken trug es zwei goldene Flügel, dazwischen eine Voliere mit ausgestopften Vögeln.

Dorothee schloß die Augen, doch als sie die Lider wieder hob, war das Wesen noch immer da und stieß seine Schreie aus. Dann drehte es sich zu ihr um und kam langsam näher. Schritt für Schritt.

Das Gesicht hatte nichts Menschliches. Es bestand aus einem riesigen gebogenen Schnabel. Die Augen waren tot. Dann verstummten die Schreie, und Alexanders Stimme sagte: »Ruckedigu, ruckedigu, Blut ist im Schuh … Der Schuh ist zu klein, die rechte Braut sitzt noch daheim.«

Dorothee begann zu schreien, doch je länger der Schrei anhielt, desto mehr erkannte sie, daß es nur ein tonloses Krächzen war, das aus ihrer Kehle drang.

Dann wurde es still, und die Kreatur schien davonzuschweben. Leise öffnete sich die Schlafzimmertür, und das Wesen verschwand so unmerklich, wie es gekommen war.

Als die ersten Sonnenstrahlen ins Zimmer fielen, lag Dorothee schweißnaß in ihrem Bett, als habe sie im Fieberwahn geträumt.

Einen Tag später hatte Dorothee das Bett noch immer nicht verlassen. Sie hatte sich ganz klein darin gemacht, wie Kinder es tun, um nicht gesehen zu werden. Dann klingelte es an der Tür, und ihr Herzschlag beschleunigte sich. Als plötzlich das Geräusch eines Schlüssels zu hören war, hielt sie den Atem an.

»Dorothee? Bist du da?« Es war Malina.

»Ja«, rief sie schwach und setzte sich im Bett auf. Als sie ihre Freundin sah, brach sie in Schluchzen aus.

»O mein Gott, was ist passiert?« Entsetzt blickte Malina in Dorothees bleiches Gesicht.

Nachdem sie ihr erzählt hatte, was in der Nacht zuvor geschehen war, schwieg Malina. Sie glaubt mir nicht, dachte Dorothee, sie hält mich für verrückt. Und dann setzte das Zittern wieder ein. So stark, daß ihre Zähne aufeinanderschlugen.

Nachdem Malina sie einigermaßen beruhigt hatte, verließ sie ohne Erklärung das Zimmer. Nach ein paar Minuten kam sie zurück.

»Du brauchst keine Angst zu haben. Ich habe nicht den Krankenwagen gerufen. Du bist nicht verrückt.« Sie setzte sich neben Dorothee. »Hier, das habe ich auf dem Fußboden im Flur gefunden.« Sie öffnete die Hand und legte etwas auf das Bett: eine goldene Feder.

»Was soll das alles nur bedeuten?« fragte Dorothee.

»Das bedeutet«, entgegnete Malina nachdenklich, »daß jemand all das inszeniert hat, um dich zu manipulieren. Jemand will dich und deine Umwelt glauben machen, du leidest an Verfolgungswahn.«

»Aber warum? Wer sollte so etwas denn wollen?« Dorothee sah Malina aus geweiteten Augen an.

»Jemand, der befürchtet, du könntest möglicherweise etwas gesehen haben. Alexanders Mörder. Kannst du dich denn an gar nichts mehr erinnern?«

»Nein«, antwortete Dorothee hilflos.

Malina überlegte einen Augenblick. Dann sagte sie: »Du brauchst keine Angst mehr zu haben. Ich rufe Edward an, er soll dich hier abholen. Ich fahre ins Büro und spreche mit Simon über alles. Vielleicht sollten wir jetzt auch die Polizei einschalten.«

Nachdem Malina Edward angerufen und die Wohnungstür verschlossen hatte, fuhr sie los. Der Weg ins Büro führte an Baustellen vorbei, und sie kam nur im Schrittempo vorwärts. Der Gedanke an Dorothee ließ sie nicht los. Sie war jetzt sicher, daß Dorothee an jenem schrecklichen Abend in Alexanders Wohnung etwas gesehen haben mußte, was einen entscheidenden Hinweis auf den Täter geben konnte. Dann dachte sie an Dorothees Traum. »Vernon. Non rêve – nicht Traum – kein Traum«, murmelte sie. Was konnte das bedeuten? Vielleicht wäre es hilfreich, einen Psychologen hinzuzuziehen? Sie wußte es nicht.

Allmählich löste sich der Stau auf, und der Verkehr begann zu fließen. Malina war noch immer so in ihre Gedanken versunken, daß sie beinahe eine rote Ampel überfahren hätte. Sie trat heftig auf die Bremse, und etwas fiel klirrend auf die Fußmatte: ihr Schlüsselbund, an dem auch Dorothees Haustürschlüssel hing.

Malina beugte sich hinunter, hob ihn auf und legte ihn aufs Armaturenbrett. Dann fuhr sie weiter, und ihre Gedanken wanderten wieder zu Dorothees Traum zurück. Ein Kleefeld, dachte sie. Ein goldenes Kleefeld. Und alle sprechen Französisch. Sogar Dorothee. Dorothee – sie geht durch ein Kleefeld. Sie fällt hinein. Ihre Augen schmerzen. Immer dieser Klee. Was bedeutet Klee eigentlich auf Französisch? Malina überlegte. »Trèfle«, fiel es ihr ein. Das sagte ihr nichts. Sie zuckte mit den Schultern.

In diesem Moment gerieten die Räder des Wagens auf Schotter. Vor ihr klirrte wieder der Schlüssel. Ihre Hand schnellte nach vorn, um ihn festzuhalten. »Verdammter Schlüssel«, fluchte sie und stockte im selben Moment. Cette clé damnée ... Malina bremste und wendete den Wagen.

»Ich glaube, wir sind der Lösung ein Stück näher«, sagte Malina zwanzig Minuten später und legte den Schlüsselbund mit einer nachdrücklichen Geste auf Dorothees Küchentisch.

»Wie meinst du das?« Dorothee blickte sie irritiert an, während Malina sich langsam auf einen Stuhl setzte.

»In deinem Traum, in dem nur Französisch gesprochen wird, geht es doch um dieses goldene Kleefeld. Und weißt du, was mir vorhin eingefallen ist? ›Klee‹, laut gesprochen, klingt wie das französische Wort für Schlüssel: la clé. Verstehst du? In deinem Traum ist der Klee golden. Gold ist ein Metall, und Schlüssel sind auch aus Metall ... hm ... Ist wohl doch nicht so gut. Klingt irgendwie wirr.« Sie verlor sich in ihren Überlegungen.

Dorothee sah sie mit starren Augen an. Ein Schlüssel. In ihrem Kopf löste sich allmählich ein Schleier. Dann sah sie ihn verschwommen vor sich: den Schlüsselbund. Mit einem Anhänger aus Gold. Ein Vogel. Ein Pfau, besetzt mit blauen Steinen. Er hatte neben Alexanders Leichnam auf dem Boden gelegen.

Nachdem Malina Dorothee in ihrem Gästezimmer untergebracht hatte, fuhr sie ins Büro, wo Simon schon ungeduldig wartete. Er hatte einen Anruf von Robert Hammerl erhalten: Die Spurensicherung hatte im Schuppen des Architekturbüros Fingerabdrücke gefunden, die identisch mit Fingerabdrücken in Alexander de Vries Wohnung waren. Als er Malina davon erzählen wollte, unterbrach sie ihn.

»Offen gestanden wundert es mich nicht, daß diese Fingerabdrücke identisch sind«, sagte sie. »Es bestätigt nur meinen Verdacht.«

Simon sah sie verblüfft an, und sie erzählte ihm von Dorothees nächtlichem Erlebnis und von dem goldenen Schlüsselanhänger in Form eines Pfaus. Wie hätte sie seine Bedeutung vor ein paar Tagen, als sie in jener Wohnung gewesen waren, erahnen können? In ihrer Erinnerung kehrte jedes Einrichtungsdetail zurück. Die künstlerische Gestaltung, das phantasievolle, fast bühnenhafte Ambiente – und die Pfauen, die sie gesehen hatte. Als Figuren in einem Regal und als Skulptur in Originalgröße neben der Eingangstür. Unweigerlich hatte sie dieses Arrangement an Schloß Linderhof denken lassen, die Sommerresidenz Ludwigs II. Er hatte Pfauen geradezu verehrt, und so war es dort Sitte geworden, daß zwei in Gold gegossene Pfauen vor den Schloßportalen stets die Anwesenheit seiner Majestät bekundeten.

Und genau diese Assoziation war ihr blitzartig eingefallen, als Dorothee sich an den goldenen Pfau an jenem Schlüsselbund erinnert hatte.

Malina wußte, wer Alexander de Vries getötet hatte. Es fehlte nur noch der Beweis.

Stundenlang zerbrachen Malina und Simon sich den Kopf darüber, wie sie das richtige Indiz finden sollten. Obwohlt dieser Mensch alles genau geplant hatte – er mußte etwas getan, er mußte etwas gesagt haben, was ihn verriet. Sie hatten es bislang nur übersehen.

Immer wieder versuchte Malina, sich die Einzelheiten des Gesprächs ins Gedächtnis zurückzurufen, die Details der Wohnung. Es war fast zum Verrücktwerden. Der Gedanke war da. Quecksilbrig. Sie konnte ihn nicht fassen.

Und dann fiel es Simon ein. Schon während er es laut aussprach, fragte sich Malina, warum sie nicht selbst darauf gekommen war.

Der nächste Tag brachte den Durchbruch.

Gegen sieben Uhr morgens standen Malina und Simon vor dem Gebäude in der Georgenstraße. Eine halbe Stunde später verließ die Person in Sportkleidung das Haus und lief in Richtung Englischer Garten. Simon hatte sich daran erinnert, daß sie davon gesprochen hatte, regelmäßig in aller Frühe zu joggen.

Wie sie gehofft hatten, war das Türschloß nicht schwer zu öffnen. Wie beim letzten Mal war die Wohnung aufgeräumt, und alles blitzte vor Sauberkeit. Das, wonach sie suchten, hatten sie gleich gefunden. Sie entdeckten das Paar schwarzer Schuhe im Flur, nicht weit von der Pfauenfigur. Während sich Simon Handschuhe überstreifte und es vorsichtig in eine Plastiktüte packte, suchte Malina nach einem Foto. Sie wußte genau, wem sie es später zeigen wollte. Jemandem mit einem brillanten Gedächtnis.

~

Als Christoph Kempf ihnen im Flur des Instituts für Rechtsmedizin in der Frauenlobstraße entgegenkam, verstärkte sich Malinas Vorstellung von einem riesigen Puzzle, dessen Teile sich nun mehr und mehr zusammenfügten. Ihre Unruhe war grenzenlos, und Simons stoische Gelassenheit, die sie sonst so an ihm schätzte, ließ sie fast wütend werden. Er schien sich seiner Sache so sicher zu sein, und als er Christoph die Schuhe mit den Worten »Es müssen Blutspuren daran sein, die die DNA von Alexander de Vries aufweisen«, überreichte, fragte sich Malina, was sie tun sollten, wenn ihre Ahnung sie getrogen hatte.

Die beiden Männer schienen weder ihre Unruhe noch ihre Zweifel zu spüren. Statt dessen meinte Christoph nur: »Bis spätestens morgen früh habt ihr das Ergebnis. Ich rufe euch an, sobald es vorliegt.«

Der Mann mit dem brillanten Gedächtnis stand wie immer am Pariser Platz. Sir Harrys spitzer Bart war noch ein wenig länger geworden, und er rief den Passanten sein höfliches »Entschuldigen Sie bitte« hinterher. Als Malina und Simon auf ihn zutraten, ging er gerade seiner täglichen Aufgabe nach und schichtete den Inhalt seiner Plastiktüten um.

»Grüß Sie, Chef«, sagte er und zeigte sein verschmitztes Lachen, »ham Sie Ihren Mörder jetzt gefangen?«

»Bald, Sir Harry, bald«, antwortete Simon. »Vorher brauchen wir noch einmal Ihre Hilfe.«

»Sicher, Chef. Für die Polizei ist man doch immer da. Kann ich das vorher noch fertig machen?« Er zeigte auf seine Plastiktüten.

»Klar doch, Sir Harry. Nur keine Eile.« Simon lächelte. Bevor Harry sich wieder auf den Boden zu seinen Plastiktüten begab, huschte ein verschlagenes Grinsen über sein Gesicht, und er winkte Simon zu sich.

»Chef, ham Sie jetzt schon mal mit der da ... na, Sie wissen schon, l'amour, l'amour ...?« Mit dem Kopf deutete er auf Malina.

»Nee, Harry, habe ich nicht, und daran wird sich auch nichts ändern. Die Dame hat schon einen Mann.«

»An Ihrer Stelle hätte ich es nicht soweit kommen lassen. Schlappschwanz«, entfuhr es ihm krächzend, als er sich bückte. Malina verkniff sich ein Lachen und verfolgte interessiert, welche Schätze Harry in seinen Tüten sammelte. Plötzlich stutzte sie. Der Penner hielt eine angeschlagene Porzellanfigur in der Hand. Sie hatte die Form eines Pfaus.

»Wo haben Sie denn diese Figur her?« fragte sie, obwohl sie die Antwort schon wußte.

»Och, aus einer der Mülltonnen da drüben.« Er blickte sie mißtrauisch an und zeigte auf das Haus, in dem Alexander de Vries gewohnt hatte.

»Sie ist wirklich sehr schön. Passen Sie gut darauf auf.«

»Mach ich, mach ich.« Harry schien erleichtert, daß er nicht des Diebstahls bezichtigt wurde. Als Malina ihm das Foto zeigte, hellte sich sein Gesicht auf.

»O ja, hab ich oft gesehen«, sagte er. »Ging immer da drüben rein.« Wieder zeigte er auf das Haus von Alexander de Vries. »Ein feiner Mensch, hat mir immer was in meine Mütze geworfen. Hab ihn lang nicht mehr gesehen.«

»Dafür kriegen Sie jetzt etwas von mir«, sagte Malina und gab ihm einen Zehn-Euro-Schein.

»Danke, Mylady. Kommen Sie öfter mal vorbei, stets zu Ihren Diensten.« Harry wußte, was sich gehörte.

~

In der darauffolgenden Nacht schlief Malina schlecht. Wenn das Ergebnis von Christoph Kempfs Untersuchungen ihren Verdacht bestätigte, wäre morgen alles vorbei. Sie würde wieder für Victor dasein, sie würde sich um Dorothee kümmern, und sie würde Edwards Frage ernsthaft überdenken. Und dann würde wieder etwas Neues beginnen. Für sie und für Dorothee. Auch für Simon würde die Vergangenheit vielleicht ein wenig leichter zu ertragen sein. Sie wußte, daß der Gedanke banal wirkte, aber er war richtig: Zeit heilt alle Wunden, dachte sie, bevor sie im Morgengrauen endlich Ruhe fand.

Als das Telefon um sieben Uhr klingelte, hatte Malina das Gefühl, gerade erst eingeschlafen zu sein.

»Christoph hat angerufen«, sagte Simon, ohne ihr einen guten Morgen zu wünschen. »Sie haben die Nacht durchgearbeitet. Das Ergebnis liegt ihm jetzt vor. Wir sollen gleich hinkommen.«

Um acht Uhr einundzwanzig trafen sie sich vor dem Eingang der Gerichtsmedizin.

Wieder kam ihnen Christoph entgegen. »Volltreffer«, sagte er und zeigte auf das Paar schwarzer Herrenschuhe, die mittlerweile in Plastikfolie eingeschweißt waren. Sie gehörten Stefan Hansen.

»Wir haben Blut gefunden. Allerdings nicht an der Sohle, wie du vermutet hast. Die muß er gut geschrubbt haben. Die Innenseite hatte er vergessen. Aber eines noch, bevor du gehst. Wie bist du auf diese

Lösung gekommen?« Christoph musterte Simon gespannt.

»Das war gar nicht so schwer. Jeder Mörder macht irgendwo irgendwann einen Fehler. Und Stefan Hansen hatte nicht an dieses Paar Schuhe gedacht. Als wir ihn in seiner Wohnung besuchten, war er gerade dabei, sie zu putzen, und erzählte, daß er sie zu allen Gelegenheiten trägt. Es sind sehr teure Schuhe, maßangefertigt. Und so kam mir später der Gedanke, wenn er sie wirklich immer trägt, dann muß er sie auch getragen haben, als er Alexander de Vries getötet hat.« Simon blickte nervös auf seine Uhr. »Wir müssen gehen, die Polizei erwartet uns längst.« Er klopfte Christoph auf die Schulter. »Ich melde mich Ende der Woche bei dir. Dann reden wir ausführlich.«

Als sie das Gebäude verließen, blickte Christoph Kempf ihnen gedankenvoll hinterher.

~

Da brach er das Reis, und als er nach Hause kam, gab er den Stieftöchtern, was sie sich gewünscht hatten, und dem Aschenputtel gab er das Reis von dem Haselbusch. Aschenputtel nahm es, ging damit zu seiner Mutter Grab und pflanzte es darauf und weinte so sehr, dass das Reis von seinen Tränen begossen ward. Es wuchs aber und ward ein schöner Baum.

Ich wußte, daß sie kommen würden. Ich wußte es, seitdem dieser Polizist in unserem Büro erschienen war. Ich hatte nicht damit gerechnet, daß sie das Lamm so schnell entdecken würden. Ebensowenig hatte ich damit gerechnet, daß jemand diese Puppen finden würde.

An dem Lamm habe ich geübt. Mich in der Überwin-

dung geübt, ein Messer durch eine Kehle zu führen. Es war schwer gewesen, ich habe es fast nicht über mich gebracht. Viel leichter war es gewesen, das Tier dem türkischen Metzger zu stehlen. Er war ohnehin nicht zu Hause gewesen. Das hatte ich schon vorher in Erfahrung gebracht. Er war an diesem Tag zur Hochzeit seines Bruders eingeladen. Man weiß, wie lange solche Feste bei den Türken dauern. Ich konnte mich also sicher fühlen.

Die Puppen waren nur symbolisch. Sie dienten meiner Erleichterung.

Daß ich Dorothee Kupitz so viel Schreckliches zufügen mußte, bereue ich.

Im Grunde wollte ich ihr nichts tun. Im Grunde war sie ein Opfer wie ich selbst. Ich wußte es von dem Augenblick an, als ich in Alexanders Wohnung den Brief eines Immobilienmaklers gefunden hatte, aus dem hervorging, daß er mit ihr auf der Suche nach einer gemeinsamen Wohnung war.

Aber Dorothee Kupitz hatte den Schlüsselanhänger gesehen. Den goldenen Pfau. Alexander hat ihn mir vor Jahren geschenkt. Meine Vorliebe für diese Vögel hat ihn immer amüsiert. Meine Affinität zu ihnen hat er nie verstanden.

Ich wollte so sein wie sie.

Bäumchen rüttel dich, Bäumchen schüttel dich, wirf Gold und Silber über mich

Auf den ersten Blick wirken die Vögel unscheinbar, mit ihren winzigen ausdruckslosen Köpfen. Wenn sie den Schnabel öffnen, singen sie nicht, sondern geben nur diese schrillen Schreie von sich. Mißtöne für jedes empfindliche Ohr. Doch wie prächtig sind sie, wenn sie ihr

Rad schlagen! Unübersehbar und stolz in ihrem Gang. Mein Leben lang habe ich darauf gewartet, selbst zu einer solchen Verwandlung fähig zu sein.

Ich habe mich verwandelt – in das Böse.

Ich bin zum Mörder geworden.

Alexanders Stimme am Telefon, die Dorothee Kupitz zu Tode erschreckt haben muß, das war ich, ebenso wie das Vogelwesen in jener Nacht.

Jetzt ist mir der Pfau zum Verhängnis geworden.

Es war unumgänglich, Alexander zu töten. Meine Liebe zu ihm hätte mich vollends zerstört. Jetzt zerstört mich sein Tod.

Die Uhr zeigt neun Uhr dreißig.

Ich höre das Auto vorfahren. Es ist das Auto der Rothaarigen, der dunkelhaarige Mann sitzt neben ihr. Sie müssen in ihren Ermittlungen ganz zuletzt auf mich gestoßen sein. Als ich in ihr Büro einbrach, gab es noch keinerlei Hinweise, die auf mich deuteten.

Hinter ihrem Auto fährt ein dunkelblaues. Darin sitzen zwei Männer. Einer von ihnen ist der Polizist, der den Vorfall mit dem Lamm untersucht hat. Gleich werden sie heraufkommen und mir sagen, daß ich mit ihnen kommen soll. Aber so leicht werde ich es ihnen nicht machen.

Es gibt einen Hinterausgang.

Sie haben nicht gleich gemerkt, daß ich ihnen ein Schnippchen geschlagen habe. Sie stiegen gerade aus den Autos, als ich mit meinem Wagen an ihnen vorüberfuhr.

Wieder bin ich ihnen einen Schritt voraus.

Ich blicke in den Rückspiegel. Noch sind sie nicht hinter mir. Die Ampel an der nächsten Kreuzung schaltet auf Rot, und sie holen meinen Vorsprung ein. Noch liegen einige Autos zwischen uns.

Mein Weg führt mich hinaus aus der Stadt. Ich bin ihn oft gefahren, diesen Weg hinaus zum Starnberger See, wo ich so oft mit Alexander segeln war.

Endlich die Autobahn. Die Sonne liegt vor mir. Ich gebe Gas, der Motor wird lauter, die Reifen beschleunigen. Dann sehe ich sie im Rückspiegel hinter mir. Sie kommen näher. Ich fahre schneller, mein Tacho zeigt fast zweihundert. Die Straße scheint sich aufzulösen unter den Rädern meines Wagens. Ich beachte meine Verfolger nicht mehr.

Ich fahre so schnell wie noch nie in meinem Leben. Manchmal gerät das Auto fast ins Schleudern. Doch ich habe es im Griff. Mein Herz klopft bis zum Hals. Die letzten Wochen gleiten wie im Zeitraffer an mir vorüber. Sie werden mich nicht kriegen. Niemand wird Recht oder Unrecht über mich sprechen.

Niemand hat das Recht dazu.

Ich sehe die Abzweigung nach Starnberg vor mir und drossele das Tempo nicht. Ein Mann, den ich überhole, greift sich an die Stirn, hupt und lamentiert. Es ist mir egal. Zum letzten Mal blicke ich in den Rückspiegel. Ich bin ihnen immer noch ein Stück voraus.

Dann fahre ich durch Starnberg und weiter am See entlang. Die Straße ist kurvig und hügelig. Und ich kenne sie gut. All die Häuser, all die Bäume huschen an mir vorüber, und es ist wie ein Abschied. Und schließlich komme ich zur Abzweigung, die auf die Ilkahöhe führt.

Ich bin wieder klein. Ich bin wieder fünf Jahre alt. Die Straße ist dieselbe wie damals, als es geschah. Als mir die Mutter genommen wurde. Als mein erstes Leben zu Ende ging. Doch zum ersten Mal empfinde ich es nicht als leidvoll, den gewundenen, von Bäumen umsäumten Weg zu fahren.

Dann sehe ich sie. Wie sie dasteht, mit ihren flachsblonden Haaren und ihrem lichtblauen Kleid. Sie lächelt liebevoll, wie sie immer gelächelt hat. Ich höre ihre Stimme, wie sie mich nach Hause ruft. So, wie sie mich immer gerufen hat, wenn ich im Garten beim Spielen war. Und dann beginne ich zu begreifen: Hier, an dieser Stelle, hoch über dem See, beginnt endlich die Verwandlung, erwartet mich endlich das Schöne …

~

Der Notarzt konnte nichts mehr tun. Die Feuerwehr hatte Stefan Hansen aus seinem Auto herausschneiden müssen, sein blutüberströmter Körper lag halb verborgen unter einer grauen Decke.

Malina und Simon standen fassungslos ein paar Meter entfernt. Die Fahrt war die Hölle gewesen, doch das hier war noch viel grauenvoller. Malina klammerte sich an Simons Arm und wandte schließlich den Blick ab. Ein paar Minuten später trat der Arzt zu ihnen. »Da war nichts mehr zu machen«, sagte er ruhig.

Stefan Hansen war tot.

Als sie den Weg von der Ilkahöhe ins Tal zurückfuhren, schimmerte der See so blau und friedlich wie zuvor. Als wäre nichts passiert.

Epilog

Denn du bist der, den ich liebte,
du bist der, den ich brauchte,
ich wünschte mir so sehr,
mit dir glücklich zu werden.
Oliver Probst

An einem der letzten Tage im September saß ein alter Mann im riesigen Garten seiner Possenhofener Villa. Sein Blick schweifte über das Gras, das bald so braun werden würde wie die Flecken auf seiner Hand. Dann sah er hinaus auf den See. Gregor de Vries hatte den Tod seines Sohnes nicht verkraftet. Ein paar Wochen danach war er in seinem Büro zusammengebrochen. Schlaganfall, hatten die Ärzte diagnostiziert, und Lähmung der linken Gehirnhälfte. Seitdem hatte er kein Wort mehr gesprochen. Er mußte von einer Pflegerin gewaschen, angezogen und gefüttert werden, und jeden Morgen schob ihn seine Frau bei schönem Wetter hinaus auf die Terrasse, wo er den Tag verbrachte.

Der alte Mann hatte die Waffen gestreckt.

Seine Frau Elisabeth hatte den Kampf mit dem Vergangenen aufgenommen. Sie war es auch gewesen, die Kontakt zu Ulla Bergmann und der kleinen Luisa aufgenommen und Cathérine Beauvillier mit Anne-Cécile zu sich geholt hatte.

Egal, was ihr Sohn getan hatte, in seinen Kindern würde er weiterleben.

Elisabeth de Vries wollte ihre Chance nutzen. Diesmal würde es besser werden.

Seit ein paar Wochen waren die beiden nun bei ihr, und Cathérine hatte der alten Frau den Schritt zur Versöhnung nicht verweigert.

Bald würden sie und Anne-Cécile wieder zurück nach Frankreich fahren, aber im nächsten Jahr wollten sie wiederkommen. Das kleine Mädchen fühlte sich in dem großen Haus inzwischen heimisch, und sie liebte die jungen Häschen, die Grandmère ihr geschenkt hatte, abgöttisch.

Als es Abend wurde und Gregor de Vries noch immer auf der Terrasse saß, lief sie hinaus in den Garten, um die Hasen in ihrem Holzverschlag zu füttern. Jeden einzelnen nahm sie auf den Arm, streichelte ihr weiches Fell und sang dabei. Dann blickte sie zu dem alten Mann hinüber, der reglos in seinem Rollstuhl saß. Anne-Cécile überlegte einen Moment, dann lief sie zu ihm, und als er nichts sagte, kletterte sie einfach zu ihm auf den Schoß. Mit einem prüfenden Blick, wie ihn nur Kinder haben, musterte sie sein Gesicht. Dann nahm sie es zwischen ihre kleinen Hände und sprach ihr erstes deutsches Wort: »Opa.«

~

Am selben Tag spazierten ein Mann und eine Frau am Tegernsee entlang. Wolf-Hinrich Willnet ging es allmählich wieder besser. Sein Asthma war so schlimm geworden, daß er einige Wochen im Krankenhaus hatte verbringen müssen. Es war eine zermürbende und einsame Zeit gewesen, doch Hiltrud hatte nicht gezögert und sich in dieser Zeit unermüdlich um ihn gekümmert.

Auf einer Bank machten sie Rast, und plötzlich ergriff er Hiltruds Hand. Es war das erste Mal. Hiltrud lächelte.

Während Hiltrud und Wolf-Hinrich sich allmählich auf den Heimweg machten, packte Malina Victor in ihr Auto und fuhr zu Edward in die Kanzlei. Sie hatte ihm nichts davon gesagt, und er war entsprechend überrascht, als sie dort auftauchte.

»Zeit für einen kleinen Spaziergang?« fragte sie. Und wie sie es sich erhofft hatte, willigte er ein. Sie sagte ihm nicht, wohin sie mit ihm wollte, und fuhr einfach los.

Die Kastanienbäume im Nymphenburger Park leuchteten golden, und eifrig sammelte Victor die braunen Früchte vom Boden auf. Sie gingen die Kieswege entlang, bis Malina ihr Ziel erreicht hatte: eine alte Trauerweide, die ihren Schatten auf einen der Schloßkanäle warf. Sie war majestätisch und mächtig, und ihre üppigen Zweige hingen bis auf den Boden hinab. Malina nahm Edward und Victor an die Hand und führte sie zu der Seite des Baumes, wo sich die Zweige wie zu einer kleinen Tür lichteten. Das Geäst breitete sich über sie aus wie ein riesiges grünes Gewölbe.

»Ist das nicht wunderschön?« Als Edward ihr einen verwunderten Seitenblick zuwarf, deutete sie auf den knorrigen Baumstamm. Er war bis in die Krone hinauf von eingeritzten Herzen, Liebesschwüren, Jahreszahlen und Namen übersät.

Edwards Verblüffung wuchs, als sie ein Taschenmesser aus ihrer Jacke zog und begann, ein weiteres Herz in die Rinde zu ritzen. Als sie fertig war, schrieb sie ihrer beider Namen und den von Victor hinein.

»Verstehe ich das jetzt richtig?« fragte Edward endlich.

»Ich glaube schon«, antwortete sie.

»Heißt das, du sagst ja?«

»Nein. Das heißt, ich sage: Ja, ich will.«

Abends, als Malina Victor zu Bett bringen wollte, kam der Kleine zu ihr und hielt ein Buch in der Hand.

»'schichte lesen«, sagte er. Es war ein Märchenbuch der Gebrüder Grimm. Hiltrud hatte es ihm geschenkt.

»Welche willst du denn hören?« fragte Malina.

»Da«, antwortete Victor und schlug das Buch auf.

Und Malina begann:

»Einem reichen Mann wurde seine Frau krank, und als sie fühlte, daß ihr Ende herankam, rief sie ihr einziges Töchterlein zu sich ans Bett und sprach: ›Bleib fromm und gut, so wird dir der liebe Gott immer beistehen, und ich will vom Himmel herab auf dich blikken und um dich sein.‹ Darauf tat sie die Augen zu und verschied …«

Danksagung

Nach getaner Arbeit, die manchmal auch langwierig, anstrengend und zäh war, ist es mir ein Bedürfnis, all jenen zu danken, die mitgeholfen haben, daß es vorangehen konnte:

Wie immer Siegrun Mühlfeld (für Zuspruch, Verständnis und das Ermöglichen freier Tage), Heinrich Mühlfeld (für die vielen kleinen Extras zwischendurch), Gisela und Kurt Siekmann (für begeisterten Ansporn, Lob und den Glauben an die Sache), Heribert Liepertz (für seine zahlreichen Kontakte, die er nie ungenutzt ließ), Dr. Steven von Gernet und Dr. Carsten Steinmann (für medizinische Beratung).

Lieben Dank auch all meinen Freunden, die ich im letzten Jahr vernachlässigt habe und die mich trotzdem mit Verständnis und Geduld unterstützt haben, sowie Georgette Dee und Oliver Probst für die freundliche Genehmigung, je ein Zitat abzudrucken.

Ganz besonders danke ich Annika Krummacher und Ulrike Buergel-Goodwin (für eine echte Chance, für Loyalität, Feingefühl und Nachsicht).

Tausend Dank an Aurehlianus, Rhett Butler und Fancyman, jene Fabelwesen, die mir auf höchst individuelle Art ein wenig vom simplen Innenleben der Männer erklärten …

Und danke, Nicolas, dem Süßen, für die dringend benötigten Streicheleinheiten zwischendurch.

Anna Kalman, im März 2003

Anna Kalman

Dornröschenmord

Roman. 300 Seiten. Serie Piper

Bizarre Ritualmorde füllen die Schlagzeilen der Münchner Presse: Ein Serienkiller ermordet drei junge Frauen – als mysteriöse Botschaft hinterläßt er bei den nackten Leichen stets eine Krone aus roten Rosen. Während die Polizei vor einem Rätsel steht, gerät die Detektivin Malina Maltzan bei den Recherchen zu ihrem ersten Fall auf die Spur des Dornröschenmörders. Im Auftrag einer Filmgesellschaft überprüft sie die Lebensgeschichte eines Arztes und entdeckt dabei seine Verbindung zu den Opfern. Auf geheimnisvolle Weise scheinen alle Ereignisse und Personen um Malina untrennbar miteinander verbunden zu sein. Immer tiefer gerät sie in einen Sog aus Lüge und Wahn, und schließlich tauchen auch bei ihr rote Rosen auf … Geschickt versteht es Anna Kalman in ihrem rasanten Debütroman, Spannung mit doppelbödigem Humor zu verbinden.

05/1448/01/L

Franziska Stalmann

Annas Mann

Roman. ca. 192 Seiten. Serie Piper

Annas geliebter Mann stirbt bei einem Autounfall. Für Anna geht die Welt unter. Sie sucht Zuflucht in Jochens Ermittlungsbüro und findet Hinweise, dass sein Tod kein Unfall war, sondern Mord. Naiv und unerfahren beginnt sie zu ermitteln. Dabei trifft sie auf Andreas, in dessen Bett sie Jochen für eine Weile vergessen kann. Hin und her gerissen zwischen neuer Leidenschaft und alter Liebe, ermittelt sie weiter, bis sie in einen unheimlichen Irrgarten aus Spurensuche und Bedrohung gerät … Franziska Stalmanns neuer Roman besticht durch Wärme, Ironie, Spannung und den schwebenden Ton, in dem sie vom Verlust einer großen Liebe erzählt und davon, wie Anna den Boden unter den Füßen zurück gewinnt.

Von der Autorin des Bestsellers »Champagner und Kamillentee«

05/1503/01/R

SERIE PIPER

Karin Fossum

Dunkler Schlaf

Roman. Aus dem Norwegischen von Gabriele Haefs. 263 Seiten. Serie Piper

Sie gehört zu den Meisterinnen ihres Genres: die Norwegerin Karin Fossum. In diesem packenden Kriminalroman recherchiert der wortkarge Kommissar Konrad Sejer den Fall der sonderbaren Irma Funder: In deren Keller liegt ein sterbender junger Mann – und für Sejer beginnt ein Wettlauf gegen die Zeit, den er nicht gewinnen kann … Ein fesselndes Psychogramm, in dem sich die Grenzen zwischen Opfer und Täter immer mehr verwischen.

»Seit Jahren schon erweist sich Karin Fossum mit ihren anspruchsvollen, lebensklugen Sozialthrillern als ebenbürtige Kollegin von Henning Mankell.«
Der Spiegel

05/1482/01/L

Julie Myerson

Die Frau mit den Lilienknochen

Roman. Aus dem Amerikanischen von Sabine Maier-Längsfeld. 299 Seiten. Serie Piper

Verzweifelte Liebe, Eifersucht und fieberhafte Leidenschaft verbindet Laura mit dem fünfzehn Jahre jüngeren Billy. Doch zwischen ihr und dem Geliebten steht die Erinnerung an ihr verlorenes Kind – und der verhaßte Ehemann, dem sie zu lebenslangem Dank verpflichtet ist. Julie Myersons Roman über Sehnsucht und Obsession im Viktorianischen London betört mit einer morbiden Sinnlichkeit, aus deren Umarmung man sich nicht so schnell befreien wird.

»Meisterlich schafft die britische Schriftstellerin Julie Myerson es, in ihrem subtilen Roman Spannung und Atmosphäre zu erzeugen und mit Sprache zu brillieren.«
Hamburger Abendblatt

05/1469/01/R

Sybille Schrödter

Auroras Abgründe

Roman. 238 Seiten. Serie Piper

Ausgerechnet mit dem Beschuldigten in einem Mordfall beginnt die junge ehrgeizige Staatsanwältin Aurora eine heftige Affäre. Und das nur, weil er ihrer großen Liebe Mark ähnelt, der sie vor Jahren verlassen hatte – zugunsten ihrer Cousine! Die Affäre erweist sich schnell als fataler Fehler. Aurora wird in die Provinz strafversetzt, obendrein in ihre verhaßte Heimatstadt. Dort begegnet sie jedoch nicht nur ihrer ungeliebten Familie, sondern auch einem faszinierenden Mann, der sich über alle Widerstände hinwegsetzt und Aurora zu einer neuen Sicht der Dinge zwingt …
Ein spannender und rasanter Roman von Sybille Schrödter.

05/1451/01/L

Andrea Isari

Römische Affären

Roman. 288 Seiten. Serie Piper

Am Tiberufer wird die Leiche des anscheinend unbescholtenen Bankinspektors Gianpiero Puccio gefunden. Vor seinem Tod hat er noch versucht, Kontakt mit der Polizei aufzunehmen. Warum mußte er sterben? Ein Fall für Leda Giallo, die liebenswerte und eigenwillige Kommissarin, die eine große Schwäche für kulinarische Genüsse hat und sich nicht um weibliche Gardemaße schert. Bei ihren Ermittlungen stößt sie in ein echtes Wespennest von kriminellen Machenschaften. Denn die Spuren laufen auf mehr als eine seltsame Verbindung zwischen der Banca di Credito und dem Vatikan zu … Ein atmosphärisch dichtes und spannendes Krimidebüt, das die Leser in die historischen Kulissen der Ewigen Stadt entführt.

05/1447/01/R